LA PEUR DERRIÈRE LA PORTE

Du même auteur
à TF1 Éditions

Les Crimes passionnels, (1989).
Nuits d'angoisse, (1990).

avec la collaboration de Jean-François Nahmias

Pierre Bellemare
Marie-Thérèse Cuny

LA PEUR DERRIÈRE LA PORTE

TF1
EDITIONS

La mort en tête-à-tête

Madame Gretel Hauser est une voisine bien aimable. A Peysdorf, un petit bourg près de la frontière tchèque, il n'y a pas plus aimable que Gretel Hauser. Albert Liener, son voisin, peut compter sur elle.

— Ne vous en faites pas, Albert Liener, j'arroserai vos fleurs et je donnerai un peu d'air avant votre retour. Vous partez pour longtemps?

— Une semaine. Mais ne vous donnez pas tant de peine.

— Si, si... J'arroserai vos fleurs, j'ouvrirai un peu les fenêtres. Et puis je vous ferai un peu de ménage la veille. Comme ça, vous rentrerez dans une maison propre! Je sais ce que c'est, allez! Un homme seul, c'est pas facile. Et où allez-vous comme ça, si ce n'est pas indiscret, monsieur Liener?

— Oh! ce n'est pas indiscret du tout. Le patron m'envoie faire un stage d'informatique à Linz.

Gretel Hauser s'inquiète de savoir à quoi exactement sert l'informatique. Elle hoche vigoureusement la tête aux mots d'ordinateur et de cartes perforées, sans comprendre vraiment de quoi il s'agit. Mais elle sourit, elle est aimable, si aimable, si compréhensive avec tout le monde. Surtout avec ce bon monsieur Liener. Le pauvre homme a perdu sa femme et ses enfants dans un accident, il y a quinze ans, en 1957. Et depuis, il n'est plus tout à fait le même. C'était sur une route de montagne, dans les Alpes, un camion de bois est arrivé en plein virage à une vitesse folle. Les gendarmes ont retrouvé, deux heures plus tard, l'unique survivant de cet accident horrible. Il marchait seul sur la route, en riant nerveusement et en répétant: «C'est de ma faute... c'est de ma faute.» Plus loin dans le ravin, il y avait sa jeune femme de trente-cinq ans et ses deux enfants de huit et cinq ans, morts. Mais ce n'était pas de sa faute. Personne au monde n'aurait pu éviter l'énorme camion fou. Seulement il était le seul survivant, donc le seul coupable: ce que l'on nomme le «syndrome du rescapé».

— Alors, au revoir madame Hauser, et merci pour tout. A dimanche prochain!

Gretel Hauser sourit encore et agite la main, tandis qu'Albert Liener se dirige vers la station des cars.

Il est petit, enfoncé dans un imperméable de toile bleu marine. A cinquante-six ans, il a l'air d'en avoir soixante-dix. Ses cheveux sont tout blancs depuis l'accident et son visage s'est creusé de rides autour du nez et de la bouche. Des rides tombantes et profondes qui le font ressembler à un clown triste.

Albert Liener est un homme très poli, très convenable, que tout le monde respecte pour le grand chagrin qu'il a connu. Il vit dans le souvenir et sa maison est un musée. Gretel Hauser, qui lui rend service chaque fois qu'elle le peut et lui fait son ménage, l'a raconté dans le bourg :

— Il a gardé les jouets des enfants, les vêtements de sa femme, toutes leurs affaires. Il les a disposées un peu partout dans la maison, comme s'ils vivaient encore. C'est bien triste de vivre ainsi... Pauvre monsieur Liener.

La semaine écoulée, Gretel Hauser, qui a soigneusement arrosé chaque jour les fleurs de son voisin, décide d'aller ouvrir la maison et d'y faire le ménage.

Demain, dimanche, Albert Liener arrivera par le car de 10 heures.

Il est 19 heures, ce samedi de juin 1972. Gretel Hauser, un chiffon à la main, un autre sur la tête, s'active dans la maison du voisin. Elle a ouvert toutes les fenêtres mais la maison sent le renfermé. Ce pauvre monsieur Liener a pris l'habitude de vivre en reclus. Il n'ouvre presque jamais les fenêtres des chambres.

Gretel Hauser s'arrête devant les jouets et les pauvres objets du musée personnel de son voisin. Ça n'est pas étonnant avec une maison pareille qu'il n'ait jamais pu se remarier...

Gretel fait voler la poussière, secoue chiffons et balais et renifle avec ennui une odeur de moisi désagréable. D'où cela vient-il?... De ce placard-là. L'ennui, c'est qu'il est fermé à clé.

Gretel fouille dans les tiroirs, dans les soucoupes, à la recherche de la clé mais ne la trouve pas. Cette odeur de moisi est très curieuse. Il a dû entasser là des vêtements ou des affaires qui ont pris l'humidité. Au fond elle ne devrait pas essayer d'ouvrir ce placard. Ça ne la regarde pas. Mais Gretel Hauser est tellement serviable qu'elle ne pense pas une seconde être indiscrète en insistant.

Elle a trouvé un tournevis et s'emploie à forcer la serrure d'un type classique et simple. Ah! s'il y avait eu un verrou ou une serrure de sûreté quelconque, Gretel Hauser n'aurait pas osé. Mais une serrure toute bête, une porte toute bête d'un placard tout bête... et qui s'ouvre tout bêtement à la première pression du tournevis!

Tiens ! Il est grand ce placard, très grand. C'est même un réduit où on entre tout debout, presque une pièce. Pas de lumière. Gretel Hauser ressort du placard et va chercher une lampe électrique dans le couloir de l'entrée. L'odeur de moisi n'est pas très forte mais désagréable. Que pourrait-elle faire ? Nettoyer et aérer un bon moment, ce serait déjà bien. Ensuite, elle prendra sur elle de mettre une de ces bouteilles désodorisantes qui diffusent un parfum de citron ou de fleurs.

Gretel retourne au placard et éclaire l'intérieur. Il est tapissé de velours rouge et le tissu a pris l'humidité, bien sûr. Il y a des photos partout, des fleurs, des inscriptions... et trois statues bizarres, agenouillées.

Gretel ne comprend pas bien les inscriptions mais elle croit lire : « A mon épouse, mon amour. »

Pauvre homme, il a installé là une chapelle du souvenir. Et les fleurs ont pourri dans les vases, sans lumière et sans air depuis une semaine. Voilà la raison de l'odeur de moisi.

Gretel regarde une à une les photos de mariage, de baptêmes, ou de vacances, c'est un album de famille qui serre la gorge.

Il faudrait changer les fleurs mais en a-t-elle le droit ? Albert Liener serait peut-être fâché de savoir qu'elle a découvert sa chapelle. Il n'en a parlé à personne.

Gretel Hauser s'assoit sur une chaise basse et pose la lampe par terre pour réfléchir un moment. Son regard effleure les statues bizarres alignées le long du mur. Quelles étranges sculptures ! La pierre est grise, un peu brune, on dirait trois pénitentes grandeur nature, agenouillées, les mains jointes et le front baissé comme en prière. Il fait humide dans ce réduit et la brave voisine frissonne un peu. Pourtant, elle n'a pas compris. Pas encore. Elle tend la main vers une pile de cahiers d'écolier, ceux des enfants très certainement.

Machinalement, elle ouvre le premier et lit : *Devoirs de vacances, août 1957, appartenant à Klaus Liener.* Klaus, le petit Klaus de huit ans. Le cahier est tout abîmé. Il a dû souffrir dans l'accident.

Greta feuillette les derniers devoirs de l'enfant ; une dizaine de pages. Puis elle découvre que l'écriture n'est plus la même et qu'il ne s'agit plus d'additions, de grammaire, ou de dictées. Alors elle fouille dans sa poche, ajuste ses lunettes, dirige la lampe sur les feuilles quadrillées et lit :

« Maria, j'ai serré ton cou. Tu es morte lentement. J'ai retenu ta vie le plus longtemps possible, mais il valait mieux que je t'en débarrasse. Ainsi c'est accompli, tu n'auras plus peur de toi-même, la mort t'a été donnée, tu es préservée pour toujours. »

Madame Gretel Hauser se gratte le front un instant et déplie ses jambes engourdies. La chaise basse sur laquelle elle s'est assise, une sorte de prie-Dieu en fait, n'est pas du tout confortable. Elle réfléchit :

«Maria... J'ai connu une Maria, voyons, c'était il y a longtemps... C'est cette femme qui était venue chez monsieur Liener. Il me l'a présentée. J'ai bien cru qu'il allait se remarier. Et puis, on ne l'a plus revue cette Maria. Je m'étais toujours demandé ce qui n'avait pas collé... Est-ce qu'il parle d'elle?... "Maria, j'ai serré ton cou." Mais... Oh non! Il n'a pas écrit ça! Pas monsieur Liener! Mais qu'est-ce que ça veut dire?»

Bizarrement, Gretel Hauser se sent tout à coup mal à l'aise. A-t-on idée d'écrire des bêtises de ce genre? Le pauvre devait être bien malheureux à une certaine époque pour faire de la littérature aussi noire. Cela voudrait-il dire qu'il l'aurait tuée? Étranglée, cette femme? «J'ai serré ton cou. Tu es morte lentement.»

Gretel Hauser sent un frisson glacial lui parcourir la nuque et le dos. Il n'y a rien d'autre sur le cahier, elle en prend un autre, au hasard, et lit: *Cahier appartenant à Lucile Liener.*

La petite Lucile, morte en 1957, n'avait guère eu le temps d'aller à l'école. Le cahier est couvert de pages d'écriture enfantine et maladroite, représentant des A et des O. Et puis, tout à coup, la même écriture que tout à l'heure. Celle du père.

Gretel Hauser a les mains qui tremblent. Elle lit:

«Elsa, tu as bien défendu ta vie. Tu m'as couvert de ton sang. Maintenant tu resteras avec moi pour toujours. J'ai lavé ta pauvre tête et je lui ai fait un pansement. Tu vas dormir. Tu n'as plus peur.»

Elsa? Madame Hauser a bien connu une Elsa!

Monsieur Liener avait amené une jeune Elsa un jour et il l'avait présentée en chuchotant: «Vous ne trouvez pas qu'elle ressemble à ma femme?» C'était sa manie. Pour Maria aussi il avait dit ça. Il voyait des ressemblances partout. Combien de temps était-elle restée, cette Elsa? Un mois, peut-être deux. Et puis monsieur Liener était resté seul, comme avant...

Madame Hauser n'a plus jamais revu ni Maria, ni Elsa. Le souffle court, elle s'empare du troisième cahier. C'est une sorte d'agenda de ménage. Elle y reconnaît immédiatement l'écriture de madame Liener. De son vivant la jeune femme tenait les comptes de la maison. Tout est inscrit en colonnes régulières et jour par jour: achat de savon, de vêtements, jusqu'au moindre kilo de pommes de terre.

Gretel Hauser tourne les pages avec précipitation, elle cherche «l'écriture». Elle est sûre qu'elle va la trouver, quelque part sur l'une de ses feuilles blanches dans l'agenda inachevé... Août 57 est vierge. Et puis voilà «l'écriture».

«Danuta, tous les jours je viendrai te raconter ma journée, comme aux autres. Pourtant tu m'as déçu. Tu n'avais rien d'elle que son sourire et le brun de ses yeux. Mais tes yeux à toi étaient différents, ils cherchaient à me faire du mal, tu étais trop curieuse. J'ai crevé tes beaux yeux. Tu resteras là avec les autres, dans le ciment.»

Gretel Hauser est prise d'un tremblement convulsif. Elle va comprendre ! Elle a compris ! Elle n'ose plus bouger, elle n'ose plus se retourner, elle sait ! Dans son dos, là, juste derrière elle, presque à la toucher, les trois statues de pierre agenouillées... Ce qu'elle a pris naïvement pour des sculptures, ces visages torturés, ces membres figés... Ce n'est pas de la pierre, c'est du ciment ! Elles sont là toutes les trois, Maria, Elsa, Danuta, trois femmes assassinées !

Alors seulement, Gretel Hauser, la bonne voisine qui ne voulait que rendre service, Gretel Hauser se met à hurler. Mais le hurlement ne sort pas, elle ne l'entend pas, cela hurle à l'intérieur d'elle-même. Elle tombe à genoux et rampe sur le sol. La lampe tombe, éclairant vers le haut les visages coulés dans le ciment. Gretel Hauser jette un regard, un seul, et hurle de peur encore une fois. Ce qu'elle a pris pour de la pierre brune, c'est la pellicule de ciment écaillée par endroits. La vision est insoutenable !

Dans le placard de ce Barbe Bleue du XXe siècle, le silence accueille un bruit lourd. Celui du corps de Gretel Hauser qui vient de s'évanouir.

Quelques secondes, quelques minutes peut-être s'écoulent. Puis le corps de Gretel se met à ramper lentement. Elle sort du placard, la voilà dans la chambre, la voilà dans le couloir, la voilà près de la porte d'entrée. Elle s'agrippe aux meubles pour tenter de se redresser car ses jambes refusent de la soutenir.

Et puis, enfin, la voilà debout. Elle croit courir alors qu'elle avance par bonds désordonnés jusqu'au portail du jardin. Voici la rue. Le tremblement convulsif ne se calme pas, il empire. Gretel Hauser longe les murs, s'accroche aux arbres pour pénétrer enfin dans la cabine téléphonique à l'angle du carrefour.

Les gendarmes ont du mal à la comprendre. Enfin ils arrivent. Enfin ils arrachent Gretel Hauser à sa cabine téléphonique. Et elle désigne la maison d'Albert Liener d'un doigt tremblant :

— Des cadavres... Des cadavres !

C'est tout ce qu'elle arrive à dire. Si bien qu'en faisant les premières constatations, les gendarmes pensent qu'il s'agit de réfugiés ayant franchi la frontière tchèque.

Mais, au bout d'une petite heure et de quelques verres d'alcool, Gretel Hauser est enfin en mesure de leur raconter l'histoire.

La première statue, c'est Maria, une employée d'usine qui a vécu quelque temps avec Albert Liener. Elle a même donné sa démission pour l'épouser. La seconde, c'est Elsa, une jeune étrangère qu'il avait ramenée d'un voyage à Vienne et qui était repartie, d'après lui. La troisième, c'est Danuta, elle ne vécut que peu de temps avec lui, c'était une Polonaise qui lui faisait le ménage et s'occupait de son linge. Chacune de ces femmes ressemblait à la sienne, selon lui. En les présentant à ses relations ou à madame Hauser, il ne manquait pas de faire remarquer une vague similitude de traits.

Dans le placard-musée, les gendarmes découvrent également un autre cahier, couvert de l'écriture large d'Albert Liener, où il raconte la vie insensée qu'il mène depuis l'accident. Cet homme est non seulement devenu fou, sans que quiconque s'en aperçoive, il est également devenu cruel. Il décrit minutieusement la manière dont il a tué les trois femmes et le détail de ces horreurs n'est pas utile à exposer. Ensuite, il s'est servi de ciment à prise rapide. Des sacs inutilisés sont encore dissimulés dans la cabine de son jardin.

Madame Gretel Hauser est priée de ne révéler à personne sa découverte. Albert Liener doit rentrer le lendemain dimanche, ainsi qu'il l'a dit, par le car de 10 heures. Il est important que personne ne puisse le prévenir. Il n'a sûrement pas de complice mais mieux vaut se taire.

Le lendemain, Gretel Hauser est à l'arrivée du car. Derrière elle, deux gendarmes.

Albert Liener descend tranquillement. Il passe une main large et souple sur ses cheveux blancs, se frotte les yeux comme un homme qui n'a pas assez dormi et rajuste sa cravate.

De loin, il a l'air d'un grand-père tranquille, un peu voûté.

— Le voilà, c'est l'homme en imperméable bleu marine. Il est très poli et très convenable, vous verrez.

Quand les gendarmes se sont approchés et lui ont saisi les poignets, Albert Liener a eu un léger sursaut mais n'a demandé aucune explication.

Lorsque les habitants du bourg ont appris la nouvelle, ils sont venus voir la maison de Barbe Bleue. Gretel Hauser, la bonne voisine, a raconté inlassablement son aventure et décrit inlassablement les trois statues de ciment qu'un fourgon avait emportées le matin même.

Et puis l'on attendit le procès.

En vain. Albert Liener dépendait des psychiatres. Son cas était injugeable. Certains spécialistes écrivirent dans des revues spécialisées que cet homme s'était montré bien plus cruel que Landru, que, sans une arrestation due au hasard, il aurait poursuivi longtemps ses chimères, pour les emprisonner dans le ciment.

C'était en 1972. Albert Liener a maintenant soixante-quinze ans. Il est peut-être encore quelque part dans un hôpital psychiatrique de Vienne, où l'on dit que son corps a vieilli très vite, comme à l'accéléré, comme s'il courait vers la mort, comme s'il voulait la rattraper à la course. La mort: cette chose qu'il n'a ni comprise, ni admise, qui l'a rendu fou et que, probablement, il a hâte de rencontrer en tête-à-tête.

Les noces de Violetta

Le personnel de la fabrique de chapeaux Finsten est rassemblé dans le grand atelier des formes. C'est ici que, depuis des générations de Finsten, on forme les melons, les chapeaux de feutre, les hauts-de-forme et les casquettes des gentlemen.

Jonathan Finsten est chapelier, son père le fut avant lui, ainsi que son grand-père qui fonda la maison. Les bureaux sont poussiéreux, les meubles démodés, les ateliers datent du grand-père Finsten, mais les couvre-chefs lustrés qui sortent de ce musée de la confection chapelière ont toujours leurs acheteurs.

Jonathan Finsten est avare. La pingrerie se lit sur son visage: quelque chose de rare dans le cheveu, d'étriqué dans le pli amer de la bouche, de soupçonneux dans l'œil.

A l'exception de ce détail, c'est un homme grand, maigre et plutôt séduisant dans son genre, bien qu'il se montre également avare de cette séduction.

Les employés de *Finsten & Finsten Fils* ont l'habitude de cette pingrerie, dont le symbole le plus évident demeure leur bulletin de paie mensuel. Nul n'a été augmenté depuis 1925, date de la prise de pouvoir de Jonathan, le fils, à la fabrique. Or, nous sommes en 1933. Un beau jour du printemps 1933, le 7 mai, très exactement.

Devant les employés réunis, Jonathan vient d'annoncer solennellement son prochain mariage. Dans le genre paternaliste, court, en une phrase, afin de ne pas arrêter trop longtemps le bruit des machines.

Ensuite, il s'est rendu dans son bureau où la secrétaire l'a vu installer le portrait de sa future épouse dans un cadre de bois. Elle s'est alors dit: « Il aurait pu en acheter un autre. »

Un jeune coursier-livreur-emballeur-étiqueteur, bon à tout faire, récemment engagé, a demandé naïvement:

— Un autre quoi, Miss?

— Un autre cadre, jeune homme. Celui-là contenait déjà le portrait de sa première épouse. C'est à croire qu'il l'a conservé dans ce but!

Le petit coursier-livreur-emballeur-etc., dont la jeunesse a l'œil plus curieux et appréciateur, aperçoit la future épouse et ramène la nouvelle :

— Elle est jolie !

Il a raison. Joli minois, regard sage, air sage, vingt ans à peine...

Le 7 mai 1933, la future madame Finsten accompagne son promis chez le notaire. Elle est orpheline, mais a des « espérances » en la personne d'un vieil oncle-tuteur, grognon et gâteux. Jonathan Finsten a le désir et le devoir, avant d'épouser la donzelle, de faire le point sur ces espérances. Ce sont des choses normales entre gens de bonne société.

Les fiançailles ont lieu le dimanche suivant, 9 mai 1933, chez le vieil oncle. Les invités sont rares mais ils garderont de l'événement un souvenir curieux.

Jonathan arrive dans la demeure de l'oncle à l'heure précise du déjeuner. Il apprécie la grille du jardin, solide monument de fer forgé, les murs de pierre, les volets de bois plein, les couloirs, les tapis, le salon et les meubles cossus. Un ensemble bourgeois conforme à l'idée qu'il s'en faisait : tout cela lui appartiendra un jour, dès que le vieil oncle aura l'excellente idée de quitter ce bas monde en léguant ses biens à son unique nièce, Violetta. Le testament est en règle, le notaire l'a assuré, les espérances précisées, visibles à l'œil de Jonathan jusqu'au moindre des candélabres d'argent.

Autour de la table du déjeuner des fiançailles, sept personnes : l'oncle qui préside, le pasteur de la paroisse, une cousine aussi âgée qu'éloignée, la mère de Jonathan, madame veuve Finsten, la tante de Jonathan, sœur de la précédente, et Violetta. Violetta un peu pâle, en robe rose, col blanc, qui lève un regard quelque peu effrayé vers son noir fiancé assis à ses côtés. Noir de costume et de chapeau. Noir d'yeux. Impressionnant.

Chacun attend poliment le moment de la remise de la bague qui doit se pratiquer au dessert.

Enfin, Jonathan extirpe de la poche de son veston une petite boîte, qui n'a pas l'air très neuve. « Un bijou de famille peut-être », se dit l'assemblée. Il l'ouvre avec prestesse et, de son ton guindé habituel, déclare :

— Ma très chère Violetta, j'ai là, selon la tradition, de quoi orner votre doigt afin de matérialiser le lien qui nous unit désormais jusqu'au mariage. Permettez...

Pauvre Violetta ! Son enfance d'orpheline habituée à l'obéissance et au respect de ceux qui veulent bien la nourrir ne lui a pas permis de s'ouvrir à l'intelligence du monde, à ses nuances, à ses fastes ou à ses mesquineries. Elle n'a aucune idée d'indépendance, aucune idée des hommes. Elle ne se rend pas compte qu'il y a mieux sur terre, en matière de futur époux, que ce sinistre corbeau de Jonathan au langage aussi noir que son plumage.

Elle tend la main et le fiancé glisse à son doigt le symbole annoncé. C'est une bague, certes. Sans aucun doute. L'anneau est d'or mais la pierre est si petite qu'il faut l'examiner avec soin pour en apercevoir l'éclat. Jonathan précise :

— Ma chère, vous serez, j'espère, de mon avis : la simplicité est la meilleure des élégances.

Violetta est encore plus pâle, soudain. Puis rouge. Le feu aux joues. Les invités l'observent avec curiosité. Elle secoue tout à coup la main gauche, légèrement d'abord, puis violemment, s'affole et, d'un seul coup, retire l'anneau, le pose sur la table, effrayée, comme s'il la brûlait.

Jonathan est si surpris qu'il s'en étrangle en silence. Autour de la table, chacun s'exclame :

— Mais que se passe-t-il ? Qu'avez-vous, mon enfant ?

Toujours rougissante et le front légèrement en sueur, Violetta contemple son doigt, le frotte, puis bredouille :

— Je vous demande pardon, ça m'a brûlée si fort !

Brûlée ? Cette jeune personne est-elle folle ? Que raconte-t-elle ?

— Je... je suis désolée mais la bague a brûlé mon doigt...

La mère de Jonathan fronce le nez au-dessus d'une légère moustache naissante :

— Jonathan, que signifie ? Est-ce une plaisanterie ? Je ne te connaissais pas ce genre de mauvais goût ! Un jour pareil !

La dignité du fiancé est mise à rude épreuve. Le soupçonner d'une blague ? Lui ? Un homme dont les ateliers fabriquent les bombes de l'équipe de polo, les couvre-chefs de l'armée, les melons des financiers de la City !

— Mais je n'ai rien fait, mère. S'il y a une plaisanterie, elle ne peut venir de moi. Violetta, voyons, que veut dire cette gaminerie ?

— Mais je vous assure, Jonathan, elle m'a brûlée !

— Remettez cette bague immédiatement je vous prie, ou je me vexerai !

Tout le monde regarde Violetta qui baisse la tête, au bord des larmes. Elle ne comprend pas elle-même ce qui se passe. La bague l'a brûlée, c'est indéniable. D'ailleurs, la trace rouge est là, sur son annulaire. Elle la montre et chacun de se pencher sur le mystère de ce cercle rosé... Étrange phénomène ! Cette enfant ne supporterait-elle pas le contact de l'or ? Nul n'a jamais vu cela ! Tout le monde supporte l'or.

La jeune fille s'exécute lentement, saisit l'anneau entre deux doigts prudents, l'approche de son annulaire, le glisse, serre les dents, grimace, se mord les lèvres... et le retire plus vite encore que la première fois.

L'anneau roule sur la table des fiançailles et la future souffle sur le cercle rosâtre et boursouflé.

— Je suis navrée... je... ça brûle!

A la limite de l'apoplexie, Jonathan saisit la bague, la glisse à son propre petit doigt et montre le résultat à la ronde:

— Voyez vous-mêmes, je ne sens rien. Cette histoire est incompréhensible!

Chacun fait alors l'expérience. Du vieil oncle au pasteur, l'anneau fait le tour des doigts sans aucun incident. Mais Violetta ne peut pas. Malgré plusieurs tentatives courageuses, elle est incapable de garder cette bague plus de quelques secondes et, à chaque essai, son doigt rougit comme si l'or était en fusion et lui brûlait la peau. L'ambiance s'en ressent. Jonathan remet la bague dans son écrin usé, les lèvres pincées, le front tendu sous l'outrage. Il craint le ridicule autant que le manque de bénéfice.

Sa mère conclut:

— C'est insensé! Ma première bru a porté cette bague depuis le jour de ses fiançailles jusqu'à sa mort en 1927! Elle n'a jamais fait de grimaces à ce sujet!

Une manière de dire: «Mon petit, si vous avez décidé de faire la comédie parce que le diamant est petit, ne comptez pas sur la famille pour en changer!»

Mais Violetta a des frissons. Elle imagine soudain, en contemplant son assiette de pudding, une scène qui lui donne froid dans le dos: Jonathan dans la chambre conjugale, penché sur le lit mortuaire, retirant du doigt de sa première épouse défunte le bijou en question.

Elle n'en dit rien, bien sûr, et Jonathan retrouve, au sherry, un peu de sa dignité perdue.

— Vous avez raison, mère, Violetta ne doit pas supporter l'or. Mon Dieu, cela n'a rien d'obligatoire, n'est-ce pas? Nous choisirons ensemble une alliance en argent.

Le curieux phénomène est favorable à sa pingrerie maladive.

Quoi qu'il en soit, le mariage reste fixé pour Noël. Jonathan ne veut pas attendre davantage: il a quarante ans, il est veuf depuis plus de cinq ans. Un homme de son âge et de sa condition se doit d'être établi. Il lui faut un fils. Sa première épouse n'ayant pu assurer la lignée des Finsten, il est temps de s'y mettre.

Au fait, de quoi est morte la malheureuse première du nom? Jonathan n'est guère bavard à ce sujet. D'une mauvaise congestion, semble-t-il. Un veuf digne de ce nom ne parle pas de ces choses. Qu'elle ait laissé tous ses biens audit veuf est normal. On ne parle pas d'argent non plus. Même si la rente est jolie.

A Noël 1933, la cérémonie se déroule dans la plus stricte intimité. La jeune mariée porte un anneau d'argent. Quant à Jonathan, il a déclaré détester les alliances. Un homme ne porte pas de bijou. Son habit est le même que lors de son premier mariage, ainsi que la cravate et le gilet.

En ce qui concerne le voyage de noces, dont la tradition doit être respectée, il a prévu un séjour de quarante-huit heures à Londres, dans un hôtel dont il sait les tarifs raisonnables. Cela ne représente que trente kilomètres de voyage mais, selon Jonathan Finsten, le dépaysement est largement suffisant lorsqu'on habite une petite ville.

La cérémonie achevée, Violetta abandonne sa robe blanche, droite et sans dentelles, façonnée par la couturière en chambre de madame Finsten mère, et les jeunes mariés partent pour un inoubliable séjour. L'hôtel *Savana* les accueille, le gérant a un sourire de convenance polie. Jonathan et Violetta disparaissent dans leur chambre.

Vers 10 heures du soir, les clients occupant les chambres voisines entendent soudain des cris. Quelques-uns sortent dans le couloir et voient courir une femme en chemise de nuit, l'air affolé.

La jeune femme dévale les escaliers, comme si le diable était à ses trousses, et va se jeter dans les bras du gardien de nuit:

— Sauvez-moi, monsieur, sauvez-moi, je vous en supplie! J'ai peur!

Le gardien, un brave vieux militaire à la retraite, peut voir sur l'épaule de la jeune femme une large tache rouge, d'autres sur les bras, d'autres sur le dos, à la limite de la chemise de nuit et de la décence... Mais Violetta a si peur que la décence ne lui vient même plus à l'esprit. Elle est en état de crise de nerfs et montre les marques sans pudeur. Cela ressemble à des brûlures... Elle pleure, hoquette et, entre deux hurlements de frayeur, accuse son mari d'avoir voulu l'étrangler. Ni plus ni moins...

Remue-ménage dans le convenable petit hôtel *Savana*. Les clients s'agitent dans les couloirs, le directeur, réveillé, vient constater le scandale, appelle la police et un médecin.

Hâtivement vêtu, l'air quelque peu égaré, ayant forcément du mal à conserver sa dignité, Jonathan Finsten est traîné dans un poste de police, tandis que l'on soigne son épouse à l'hôpital.

L'officier de police jauge le prévenu:

— Vous n'avez jamais été arrêté et condamné?

— Arrêté? Condamné? Moi? Que signifie cette question? Je ne suis pas un assassin...

— En général, voyez-vous, les désaxés, les obsédés sexuels sont des récidivistes. Si c'est le cas, je le saurai. Mais admettons...

— Je ne suis pas un... comme vous dites! Je m'appelle Jonathan Finsten, je suis chapelier. Je vous prie de croire que ça ne se passera pas comme ça!

— Du calme, monsieur. Avez-vous, oui ou non, étranglé votre femme et pourquoi?

— Étranglé? Mais je n'ai étranglé personne! Ma femme est une hystérique, voilà tout!

— Le médecin a constaté les marques sur son cou et d'autres traces de sévices. Ne niez pas!

— Je n'ai rien fait de tel, croyez-moi! Écoutez-moi, je vous en prie. Cette histoire est complètement folle, je n'y comprends rien. Ma femme s'est mise à hurler soudainement, elle ne voulait pas que je la touche... Je ne faisais rien d'extraordinaire... Enfin, comprenez-moi, nous venons de nous marier, et j'ai eu affaire à une véritable folle tout à coup!

— Monsieur Finsten, un de nos inspecteurs a téléphoné à son oncle... cette jeune femme n'est pas démente, ni même malade. D'ailleurs, le directeur de l'hôtel a témoigné, le gardien également. Lorsque vous êtes arrivés tous les deux, madame Finsten était normale et ne portait pas de traces d'étranglement. Par contre, les clients de l'étage ont entendu crier et l'ont vue sortir de la chambre en se tenant le cou. Vous étiez derrière elle... vous la poursuiviez?

— Mais je ne poursuivais personne! C'est insensé! Elle hurlait, alors je voulais comprendre, la retenir, elle était en chemise... Laissez-moi la voir, je m'expliquerai avec elle, c'est un malentendu. Elle est jeune, naïve, c'est son premier mariage... Enfin, comprenez-le... elle n'est pas, ou plutôt elle est... du moins je suis en droit de supposer que... Bref, elle ignore la réalité du mariage. Elle a eu peur, je ne vois pas d'autre explication. Tout ceci est une affaire privée!

— Ah oui? Et les marques sur le cou? Une affaire privée, aussi?

— Monsieur l'Officier, il se trouve que ma femme a déjà eu ce genre de réaction bizarre. Le jour de nos fiançailles, elle a prétendu que la bague lui brûlait l'annulaire. Elle avait une trace rouge sur le doigt, vous pouvez vérifier, même le pasteur vous le dira.

L'officier, ébranlé, vérifie. Que penser de cette histoire? Jonathan a dit la vérité? L'officier consent à le relâcher provisoirement et à procéder rapidement à une confrontation des époux.

A l'hôpital, le lendemain, Violetta est encore sous l'effet des calmants. Devant un médecin, en présence de l'officier de police et de Jonathan, son récit est cependant clair.

— J'ai senti deux mains qui me serraient la gorge. C'était horrible, j'étouffais. En même temps, j'avais l'impression que mon corps brûlait entièrement.

Le médecin confirme, en apportant une précision importante:

— J'ai en effet constaté des marques d'étranglement autour du cou, mais il s'agit d'un cercle continu, non de la marque de deux mains ou des pouces de l'agresseur, comme c'est toujours le cas. Quant aux marques sur le corps, elles ont disparu assez vite, dès que la malade a été au calme.

— Disparues complètement? Quel est votre diagnostic en ce cas?

— Je ne pense pas qu'il s'agisse d'une agression, mais plutôt d'une réaction de cette jeune femme. Des sortes de stigmates. Je ne les explique pas, bien entendu, mais le phénomène est relativement connu de par le monde. Certaines personnes portent, par exemple, les-

stigmates de la Passion du Christ. C'est d'autant plus probable que cette jeune femme m'a dit avoir entendu une voix qui n'était pas celle de son mari.

L'officier de police et Jonathan écarquillent les yeux de surprise. Violetta baisse les siens. Elle a conscience de l'étrangeté de sa conduite et du scandale: s'échapper du lit conjugal en pleine nuit et en petite tenue! Mais elle tente d'expliquer, avec une candeur naïve:

— Jonathan me fait peur. La voix me disait: «Il va te tuer.»

Jonathan devient blême. L'officier de police soupire, le médecin hoche la tête... Chacun pense selon sa fonction.

Le médecin se dit: «Hystérie, troubles sexuels, peur de l'acte.» L'officier de police se demande comment régler le problème. A première vue, ce bonhomme maigre et sombre a bien une tête à étrangler sa femme.... mais elle est folle, cette femme, alors?

Quant à Jonathan, le diable sait ce qu'il pense, sous son teint cireux.

L'officier de police fait son devoir:

— Madame, tout ce que je dois savoir en cette minute est simple: portez-vous plainte contre votre mari, ou non?

Le mari sursaute:

— Elle ne fera rien de tel! Nous allons rentrer. Ma femme se fera soigner. De toute évidence, il s'agit d'un problème nerveux, le médecin lui-même le dit. Donc, nous rentrons chez nous, Violetta? Tu m'entends? Tu sais parfaitement bien que je n'ai pas voulu te tuer.

— La voix a dit: «Il va te tuer.» J'ai peur... Jonathan, ne me touche pas.

— C'est ridicule, voyons! Sois raisonnable... Je vais poser ma main sur ton front, ici, devant le médecin et l'officier. Tu n'en mourras pas. Enfin, tout de même, tu es ma femme!

Et la main de Jonathan se pose brutalement, pendant qu'il parle, sur le front de Violetta... qui bondit hors de son lit comme si un serpent venait de l'attaquer.

Et tout le monde, c'est-à-dire le médecin, l'officier de police et le mari, peut constater que la main de Jonathan est imprimée, en rouge, au milieu du front de sa femme.

Cette fois l'affaire est complexe. Le médecin et le policier se penchent avec circonspection sur le phénomène. Quant à Jonathan, il regarde sa main sans comprendre, la retourne, la secoue, l'éloigne de lui, la laisse pendre finalement comme un objet encombrant et se laisse lui-même tomber sur le lit, abasourdi.

Le médecin murmure:

— Il s'agit là d'une forme d'allergie tout à fait remarquable. Voyez vous-même, Monsieur l'Officier, remarquable... Je n'ai jamais vu cela! J'aimerais bien, quant à moi, étudier ce cas.

L'officier est plus pragmatique:

— En tout cas, voilà qui innocente totalement le mari...

— Certes, certes, cette jeune femme présente un cas d'hystérie somptueux... j'aimerais que mes confrères...

Jonathan intervient brutalement:

— Cela suffit! Ma femme ne servira pas de sujet d'expérience douteuse. Il m'appartient, et à moi seul, de la faire soigner et de décider qui le fera!

Et nul ne peut rien contre cela. Il est le mari: sa femme doit le suivre, il a le choix du médecin et tous les droits.

Ainsi s'achève le voyage de noces des époux Finsten qui regagnent leur domicile dès le lendemain, en voiture et en silence.

L'ambiance est à nouveau tendue. Madame mère apprend la chose de son fils, la raconte à sa sœur, qui la raconte à la cousine et au pasteur... Et Violetta se sent devenir objet de répulsion, de ridicule, d'inconvenance, comme si la peur épouvantable qui l'habite n'était pas suffisante.

Car le soir arrive et il faut bien se glisser dans le lit conjugal. A peine sous les draps, Violetta bondit et fait une nouvelle crise. Réaction d'autant plus remarquable que l'époux n'y est pas. Il a préféré renoncer provisoirement à ses droits d'époux pour aller dormir ce soir-là sur le canapé du salon. Alors, que se passe-t-il, cette fois? Cette jeune folle peut-elle l'expliquer?

— Des aiguilles... c'était comme des aiguilles qui me harcelaient sur tout le corps. Quelqu'un m'a poussée hors du lit... c'est un diable, il m'a poussée hors du lit. Je ne peux même pas effleurer le lit sans qu'il me repousse!

C'en est trop cette fois. Jonathan renvoie cette épouse infernale chez son tuteur. En larmes, épuisée, terrorisée, Violetta est en quelque sorte répudiée et l'oncle demande aussitôt l'annulation du mariage.

Cela, Jonathan ne le souhaitait pas vraiment. Il proteste de sa bonne volonté, s'excuse platement et promet la patience. Il attendra que sa femme se rétablisse. Il se contentera de quelques visites, mais pas d'annulation...

L'ennui est, qu'à chaque visite de son époux en sursis, Violetta est saisie de tremblements nerveux, incoercibles. Dès qu'il apparaît, même sur le pas de la porte, elle a un brusque mouvement de recul et répète:

— Il va me tuer s'il me touche! Il ne faut pas qu'il me touche!

Situation fort ennuyeuse pour un honorable bourgeois comme Jonathan Finsten. Sa réputation souffre de ces événements qu'il n'a pu tenir secrets. On jase dans ses ateliers, on chuchote à son cercle... c'est intolérable. Les mois passent, rien ne s'arrange et il est contraint d'accepter la procédure d'annulation du mariage... non consommé, bien entendu.

Adieu les espérances de Violetta, l'héritage du vieil oncle, gâteux mais attentif à la santé de sa pupille! Adieu Violetta qui reprend des couleurs loin de son sinistre époux et semble parfaitement normale hors de sa vue!

Jonathan Finsten, se croyant condamné au célibat ou à la recherche d'une nouvelle épouse, est de plus en plus noir, pingre, aigri, mauvais patron. Il ne se méfie pas assez de son entourage. Il a tort.

Qui l'a dénoncé? Deux ou trois personnes, selon la police. Car Jonathan Finsten a de nouveau affaire à la police, un inspecteur de Scotland Yard cette fois. Sa morgue a tendance à s'effriter dans ce bureau sévère où on lui reparle d'une vieille histoire.

Jonathan Finsten est nerveux.

— A quoi rime cette convocation? S'il s'agit de cette malheureuse histoire à Londres, mon ex-femme en est l'unique responsable.

— Il ne s'agit pas de votre ex-femme, la deuxième, mais de la première ex-femme, Margie Finsten, décédée en 1927.

— Je suis veuf. En quoi cela vous concerne-t-il?

— J'ai ici le témoignage d'une certaine Miss Kellog, garde-malade de son état. Elle a déclaré, volontairement, que, lors de la maladie de votre femme Margie, certaines bizarreries se seraient produites... Par exemple, certaines tisanes que vous auriez décidé vous-même de faire ingurgiter à la malade.

— Ma femme était capricieuse et refusait parfois de se soigner.

— Possible, mais ces tisanes... qui les préparait? Vous, semble-t-il. En tout cas, Miss Kellog en ignorait le contenu exact... c'est ce qu'elle affirme.

— Je ne vois pas où est le problème? Des tisanes... on me convoque pour des tisanes?

— Il n'y aurait guère de problème, en effet, monsieur Finsten, si ce même témoin n'avait reçu des confidences de votre épouse. Votre femme lui aurait dit à plusieurs reprises que vous vouliez l'étouffer.

— Ridicule! Vous écoutez les élucubrations d'un témoin qui se réveille après des années? Ma femme est morte de congestion pulmonaire, elle le sait parfaitement! Si elle avait eu le moindre doute à l'époque, pourquoi ne pas en avoir parlé?

— Elle le précise... Elle a eu, depuis, connaissance des «mésaventures» de votre deuxième épouse... Elle n'est pas la seule... J'ai ici d'autres témoignages émanant cette fois du médecin qui a soigné votre femme et qui affirme n'avoir prescrit aucune tisane. Votre mère, elle-même, monsieur Finsten, déclare vous avoir surpris un jour dans une attitude équivoque... penché sur Margie, vous aviez les mains autour de son cou.

— Je rajustais tout simplement un foulard...

— C'est ce que vous avez prétendu, mais Madame votre mère à

l'issue des événements récents, estime encore que votre attitude était équivoque.

— Ma mère est folle!

— Ah! Tout le monde est fou autour de vous, monsieur Finsten. Les femmes surtout... Mais nous avons l'obligation de tenir compte des accusations portées contre vous. Nous allons donc procéder à l'exhumation du corps de Margie Finsten et à son autopsie...

— Je refuse! Laissez ma femme en paix!

— Désolé, monsieur Finsten... Vous n'avez rien à dire de plus explicite au sujet du décès de votre femme?

— Absolument rien. Il s'agit d'une cabale! Ma femme est morte de congestion pulmonaire.

Hélas! Jonathan Finsten, voici que l'autopsie du corps de Margie révèle des traces bien trop importantes d'arsenic.

— Les tisanes, monsieur Finsten?

— Le diable vous emporte! Je n'ai pas empoisonné ma femme!

Il n'a jamais avoué, le noir corbeau, héritier de la chapellerie Finsten. Jamais. Mordicus. Seuls les faits l'ont condamné.

L'héritage en valait la peine. Un beau mobile.

Et l'héritage de Violetta, la jeune et naïve oie blanche, lui avait échappé de justesse.

Qui avait «prévenu» Violetta? D'où venaient les brûlures étranges et le cercle autour de son cou? Bizarrement, pas des mains de Jonathan. Elle le reconnaissait volontiers.

Alors... du fantôme de Margie?... Ne plaisantons pas avec ces choses-là.

Il se trouve que la cuisinière de la maison Finsten avait raconté à Violetta, quelques jours avant les fiançailles, que la jeune madame Margie était morte d'étouffement. Qu'elle éprouvait une certaine répulsion pour son époux et ne supportait guère sa présence. Enfin qu'elle était morte brusquement après de nombreux jours de souffrance, et sans qu'on ait pu prévoir une fin aussi tragique. Et la cuisinière de conclure naïvement:

— Enfin... vous allez prendre sa place à présent.

Et Violetta, déjà peu attirée par cet homme plus vieux qu'elle, imposé pour un mariage de convenance, s'était inconsciemment mise en tête qu'elle allait mourir si elle épousait ce diable noir. Ce en quoi elle n'avait sûrement pas tort, mais sans le savoir.

Particulièrement influençable, sensible, impressionnable, elle avait aussitôt montré sa peur sous la forme de stigmates. Logique parfaite avec les symboles du mariage: la bague au doigt, le lit conjugal, le corps du mari, les mains du mari... et même la corde au cou.

Rumeur, quel est ton nom?

La chose était tenue secrète. Murmurée sous le manteau, confidentiellement susurrée de bouche à oreille. Ceci par exemple:

— La femme du ministre y a passé quinze jours...

Le mot «ministre» fait sérieux, dans un secret.

— On dit que madame X, la cantatrice, y est allée aussi...

Une cantatrice célèbre, dont la beauté est aussi importante que la voix, voilà qui fait rêver!

— Vous savez, il ne reçoit que sur invitation personnelle. Impossible de le voir si vous n'êtes pas présentée par une amie.

Le privilège, voilà aussi qui fait rêver.

— D'ailleurs, ça coûte une fortune!

Plus c'est cher, plus le miracle doit être fabuleux.

— Il réserve ses consultations aux grands de ce monde...

Cette fois, tout est dit du secret, qui reste secret.

Le personnage dont parle ainsi la bourgeoisie de Buenos Aires dans les années 50 est lui-même mystérieux. On le dit Russe, on le dit Allemand, on le dit Chinois... Ce serait un Chinois qui connaîtrait le secret de l'immortalité. «Ces gens, dit-on, travaillent avec des aiguilles et font des miracles». Ce Chinois-là aurait des aiguilles d'or, il serait héritier de la tradition de ses ancêtres... Finalement, on prétend qu'il est tout simplement Argentin, mais qu'il a fait ses études à Paris. Paris, capitale du rêve, capitale de tout ce que l'on ne trouve pas ailleurs.

Qui dit cela? Deux femmes. N'importe lesquelles, à la seule condition qu'elles appartiennent à la bonne société de Buenos Aires, qu'elles soient entre deux âges, privilégiées et épouses de riches maris.

— Argentin? C'est fantastique! Qui vous l'a dit?

— Mais, la femme du ministre, justement! Elle l'aurait dit à madame Chose, vous savez, la femme du secrétaire d'État...

— Et vous y allez quand?

— Chut, c'est un secret. J'ai rendez-vous le mois prochain. Mais je n'ai rien dit à personne, surtout pas à mon mari.

— Vous n'avez pas peur?

— Peur? Ma chère, je meurs d'excitation et de terreur!

— Mais que va-t-il vous faire?

— Je n'en sais rien. Ce qu'il voudra. Vous savez, avec ce genre de spécialiste, il faut avoir confiance, se remettre totalement entre ses mains... Il décidera.

— Et si ça ratait?

— Ça ne peut pas rater... Ça coûte une fortune, je vous l'ai dit. A ce prix-là, rien ne rate!

— Votre mari en fera une tête! Qu'est-ce que vous avez trouvé comme prétexte?

— J'ai inventé une cure en Europe... en Suisse. Ça fait sérieux, la Suisse.

— Et s'il venait vous rendre visite?

— Mais non, c'est interdit. Une cure de repos en Suisse, c'est une véritable retraite. On entre en religion.

— S'il a entendu parler de cette clinique à Buenos Aires, il se doutera de quelque chose.

— Les hommes ignorent ces choses-là, ma chère. Et même s'il se présentait, je suis tranquille. «On» m'a prévenue: pas de visites, pas de courrier, pas de photos, pas de miroir. La solitude complète, un régime d'enfer... jusqu'à la sortie.

— Il ne vous reconnaîtra pas!

— J'y compte bien...

Ces deux femmes, dont le dialogue est imaginaire mais adapté à la réalité, représentent donc les personnages types de l'histoire. Riches, inoccupées et démesurément angoissées par la petite ride nouvelle apparue au coin d'un œil.

Cette rage de l'humanité à refuser la vieillesse... Que les ans s'acharnent à creuser les visages, surtout celui des femmes, à rapetisser les os, à ramollir le cerveau, blanchir les cheveux, voilà qui est insupportable!

C'est pourquoi une histoire comme celle-ci a pu naître et se développer jusqu'à la catastrophe.

La rumeur avait distillé l'information: il s'agissait d'un spécialiste de chirurgie esthétique. Ses mains de fée avaient déjà rajeuni telle ou telle star d'Hollywood, telle ou telle femme de ministre, voire de président. Il réservait son art aux grandes fortunes, refusait la publicité au *vulgum pecus*, ignorait les mondanités. L'on affirmait même qu'il avait découvert une méthode miracle pour rajeunir le plus gâteux des vieillards. Personne ne pouvait réellement en témoigner...

La rumeur est une chose étonnante, fascinante. Elle croît et se multiplie en dépit de toute logique, parfois sans aucune base de réalité. Elle se nourrit d'elle-même, court en ville, en se moquant des obstacles.

Les psychologues y perdent leur latin. Qui l'a fait naître, cette rumeur? En principe, celui à qui elle rend service. Qu'il s'agisse de vengeance personnelle et souterraine ou de délire collectif.

La jeunesse éternelle est un délire collectif.

Le docteur Kajan, ce mystérieux docteur Kajan, avait donc semé le grain dont il espérait récolter la fortune. Mais ne s'improvise pas apprenti-sorcier qui veut. Il advint donc qu'un jour, la femme d'un industriel argentin: confia à l'une de ses amies.

— J'ai rendez-vous avec le docteur Kajan. J'entre dans sa clinique pour un mois...

Le but était de récupérer la peau et le visage de ses trente ans. Elle ne donnait pas l'adresse de cette clinique miracle car les visites y étaient formellement interdites. C'était à prendre ou à laisser, selon le docteur Kajan.

— Il dit qu'il faut absolument préserver la tranquillité des patients et leur anonymat. Je suis d'accord. Je n'ai pas envie de crier sur tous les toits qu'on va me tirer la peau. D'ailleurs, il paraît qu'on est très laide les premiers jours.

La malheureuse se voyait déjà faire une «rentrée» triomphale et éblouissante dans la société argentine, la peau lisse, le sein ferme et l'œil assassin. Belle, cette épouse d'industriel veut le redevenir. Pour compter à nouveau dans les salons, être courtisée et regarder de haut un époux volage.

C'est ainsi qu'elle disparaît, un jour d'été 1950, en prenant très officiellement l'avion pour Paris, sous prétexte d'y faire des emplettes. Mais trois jours plus tard, un autre avion ramène la voyageuse en Amérique du Sud. Incognito. A partir de là, on perd sa trace. Son amie et confidente lui avait demandé.

— Comment feras-tu pour écrire à ton mari?

— Tout est prévu. Le docteur Kajan dispose d'un service qui se charge de faire poster en Suisse les cartes postales que l'on écrit de la clinique. C'est merveilleux. Ainsi, personne ne se doutera de rien. A part toi, bien sûr! Mais tu me jures le secret?

L'amie avait juré. D'autant qu'elle espérait bien faire le même «voyage», avec l'avantage de pouvoir constater *de visu* les résultats sur son amie cobaye.

Ce que n'avait pas dit le cobaye, c'est qu'elle emportait avec elle, outre ses bijoux assez somptueux, une petite fortune en dollars, destinée à régler discrètement les honoraires du docteur Kajan.

La première carte postale arriva au domicile conjugal comme prévu. L'époux était sans méfiance, d'ailleurs assez content de vivre en célibataire, sans obligation de mensonges durant quelques temps. Chacun ayant donc trouvé son intérêt personnel dans l'histoire. La-

carte postale ne présentait qu'une importance relative, merveilleusement passe-partout, d'ailleurs, cette carte postale:
Temps splendide. Je suis en pleine forme. A bientôt. Ta Carla.

Tandis que l'époux de Carla lit les bonnes nouvelles, quelque part sur une route déserte, à quelques kilomètres de Buenos Aires, marchent un paysan et son chien. Un chien jaune, de la race originelle des chiens, non revue par la génétique des croisements. Queue basse et touffue, cinquante centimètres au collier, museau fouineur et caractère de chien. Normal.

Il commence par lever le museau pour renifler alentour une présence insolite. Puis il grogne et, le nez dans la poussière, avance prudemment jusqu'au fossé. Là, il se met à hurler à la mort. Le paysan s'approche alors, croyant qu'il s'agit d'une carne quelconque.

C'est un corps de femme qu'il découvre. Les jambes nues, seules, peuvent lui en donner l'assurance, car le reste du corps est enveloppé d'une sorte de chemise blanche et longue, la tête recouverte de bandages sales. Le tout est un peu effrayant. Peureusement, le paysan se penche.

Deux yeux fous le contemplent, deux trous à travers les bandages. Des yeux boursouflés, rouges comme ceux d'un lapin. Des yeux fous, mais vivants, dans cette tête recouverte de gaze et de sparadrap. Sous les pansements, on devine une bouche, et un souffle desséché réclame faiblement à boire.

Le paysan regarde alors autour de lui et ne voit personne. La plaine est déserte, la route nue à perte de vue. D'où vient cette femme? Qui l'a jetée là, dans cet accoutrement bizarre? Et pourquoi? Une évadée d'un asile? D'un hôpital?

— Señora, qu'est-ce qui vous est arrivé? Qui êtes-vous?

Le souffle ne répond plus. Les yeux fous, révulsés, ont perdu le contact.

Le paysan regarde les jambes, les pieds nus. Cette femme a dû marcher très longtemps car ses pieds sont en sang et ses mollets sont griffés par les ronces. Elle a dû même avancer sur les mains, se traîner à plat ventre. La paume est écorchée elle aussi, la chemise déchiquetée par endroits.

L'homme ne sait que faire. Il n'a rien à boire, sa ferme est à des kilomètres... Le plus simple est de charger la femme sur son dos pour la transporter jusque-là, en espérant trouver de l'aide en route.

Le voilà donc qui se penche pour attraper ce corps inerte, mais la femme réagit avec une violence et une rapidité de bête traquée. Elle se débat, terrorisée, tente de se redresser pour courir, y parvient, tombe quelques mètres plus loin et se recroqueville en hoquetant de peur.

Alors, le paysan s'assied au bord de la route. Résigné, il attend patiemment que cette femme accepte de l'aide, ou que l'aide arrive sur la route.

Le temps passe, sous le soleil accablant. La femme ne bouge plus, elle se contente de surveiller l'homme et le chien. Enfin, une charrette se présente, conduite par un autre paysan. Les deux hommes se connaissent et discutent un moment de leur trouvaille. Ils décident de transporter la femme, de force s'il le faut, jusqu'au village et de prévenir la police. Ils s'attendaient à ce qu'elle résiste à nouveau, se débatte, mais elle s'est évanouie au soleil. Alors ils la chargent sur des ballots de foin. La charrette, cahin-caha, prend le chemin de la civilisation.

La femme n'est remise à un hôpital que dans la matinée du lendemain. Aucun papier sur elle: elle ne porte que la blouse blanche et ses affreux pansements au visage.

Le médecin l'en débarrasse avec précaution et découvre un monstre. Outre l'infection qui boursoufle les traits, ce visage n'est plus un visage. Il semble qu'un chirurgien sadique se soit amusé à découper la peau autour des yeux, autour des oreilles, dans le cou. Le cuir chevelu est entièrement rasé. Une besogne de charcutier.

Les médecins se demandent bien à quoi correspond cette torture. La peau a disparu comme si on avait écorché le visage et la chair est visible. Aucun chirurgien n'a pu faire une chose pareille; même en cas d'accident ou de brûlure. Des coutures maladroites apparaissent à certains endroits, infectées, bordées de pus. La chair a gonflé, le nez est une bosse tuméfiée. Cette femme, inconnue pour l'instant, est dans un état d'épuisement mortel. Sous-alimentée, droguée, semble-t-il. Ce qui vaut mieux pour elle, en ce moment, car les douleurs seraient insupportables. Lorsque l'enquête commence, on parle tout d'abord d'une femme torturée par un maniaque.

A Buenos Aires, l'époux de Carla, ayant épuisé la lecture des cartes postales hebdomadaires, attend le retour de son épouse. Mais des semaines passent sans apporter de nouvelles et il s'adresse à la police.

On le met en présence de l'inconnue à l'hôpital.

— Il pourrait s'agir de votre femme...

— Cette malheureuse? Elle n'a rien de ma femme! Comment voulez-vous reconnaître quelqu'un avec un visage pareil?

— Parlez-lui, elle est sous l'effet des anesthésiques mais elle pourra vous entendre, reconnaître votre voix...

— Carla?

Les yeux fous dévisagent l'homme qui se penche sur elle.

— Ces yeux... on dirait bien... Mon Dieu, ce ne peut pas être ma femme!

— Connaissez-vous un signe particulier? Quelque chose d'intime?

— Oui. Deux grains de beauté, l'un en haut du rein droit, l'autre sur l'épaule, du même côté.

— C'est elle.

Cette femme est donc Carla. A son départ pour l'Europe, c'était une femme de cinquante-deux ans, soixante-cinq kilos, un mètre soixante-deux, les cheveux teints en blond. Il reste une loque. Muette, prostrée, devenue folle. Elle est en permanence attachée à son lit, la seule vue d'une infirmière la fait hurler de terreur. On lui administre régulièrement de la morphine, on nettoie ses plaies avec précaution, il s'agit pour l'instant de redonner à la chair du visage, du crâne et du cou, une hygiène compatible avec des soins. Mais la cicatrisation se fait d'une manière anarchique, en bourrelets rosâtres et fragiles. Il est hors de question de tenter la moindre chirurgie réparatrice. Le temps doit, seul, faire son ouvrage. En ce qui concerne l'état mental, aucun pronostic n'est possible.

L'enquête cherche à reconstituer l'itinéraire du voyage de Carla à Paris, son retour en Argentine mais, à l'aéroport de Buenos Aires, la piste se perd. Pour comble de malchance, l'amie confidente est absente du pays momentanément et ignore tout du drame.

Les rumeurs continuent cependant de faire leur sale petit bonhomme de chemin en ville. La police s'intéresse au cas du docteur Kajan. De nouvelles disparitions sont signalées. La femme de chambre de l'une des disparues donne de précieuses indications :

— Ma maîtresse m'a dit qu'elle allait dans une clinique, au nord de La Plata. Elle a laissé un numéro de téléphone au cas où je voudrais la joindre, mais en cas d'urgence seulement. Elle a bien précisé : extrême urgence. Elle a dit qu'elle partait pour longtemps là-bas, peut-être six mois, pour un traitement assez long. J'ai téléphoné, une fois, c'était grave, son fils avait eu un accident, mais personne n'a répondu.

Effectivement, il n'y a plus d'abonné au numéro demandé. Il correspond à une villa, luxueuse, louée par un propriétaire innocent à un certain Miguel Kajan.

— J'ai eu affaire à un intermédiaire qui a payé d'avance, en espèces. Comme je suis souvent absent, c'était tout à fait pratique. Je n'ai jamais vu mon locataire.

La police ne le vit pas non plus. De toute évidence, l'homme avait quitté les lieux précipitamment, en ne laissant sur place qu'un minimum de preuves. Le matériel de chirurgie, dans l'hypothèse où il opérait sur place, devait être extrêmement rudimentaire et tenir dans une valise. L'étrange est qu'il devait lui être difficile de justifier l'appellation «clinique» auprès de ses patientes. Il devait les droguer dès leur arrivée.

Mais quel était le but réel de l'affaire? Pourquoi ce charcutage? Cet homme était d'abord un escroc, il récupérait l'argent, les bijoux, les dollars, jusqu'aux bagages de ses victimes. Quel besoin avait-il de se servir d'un scalpel? Une fois les femmes attirées chez lui, une par une semble-t-il, il lui suffisait de les supprimer.

Étrange comme ce genre de personnage se comporte illogiquement. Tel le docteur Petiot, il en rajoute.

Celui-là était un fou sadique. Si la perquisition de la villa ne donna pas grand-chose, les alentours étaient révélateurs.

Dans le jardin, trois corps enterrés. Deux femmes et un homme dont l'état de décomposition ne permettait pas d'avancer s'ils avaient, ou non, subi le même sort que Carla.

L'amie de la seule victime vivante ne pouvait donner aucun détail sur la personnalité du docteur Kajan. Carla n'avait vraiment dit que le minimum. Toujours réfugiée dans sa démence, elle n'apportait rien de son côté. Comment avait-elle réussi à s'enfuir? Mystère. Les poignets et les chevilles portaient des marques de liens ainsi que la taille. Des liens sévères. Du cuir, qui avait entamé la chair? Elle avait dû se débattre longtemps. Ainsi ce monstre ne se contentait pas de voler, de torturer, il devait aussi contempler ses victimes agonisantes, durant des jours et des nuits peut-être.

Un jour, la police arrêta un homme. Un complice supposé de Kajan. Vénézuélien, il était soupçonné d'avoir servi de rabatteur. Une sale tête de serpent, trop bien habillé pour son niveau culturel.

— Je ne connais pas votre type. Je ne fais pas dans la médecine, moi. Je trafique dans la viande. Ce n'est pas un crime...

Le serveur d'un grand hôtel affirmait bien l'avoir vu en conversation avec l'une des femmes disparues, de celles qui avaient confié sous le sceau du secret qu'elles reviendraient rajeunies dans un mois ou deux. Mais l'homme, en avouant, risquait la peine de mort. Le trafic de beefteacks pour lequel on l'avait arrêté coûtait beaucoup moins cher. Il niait. Même en prison en compagnie d'un mouton adroit, il ne révéla rien. Si toutefois il avait des révélations à faire...

L'enquête piétina ainsi des mois et des mois... Le plus extraordinaire est que la rumeur continua de courir dans les salons...

A un journaliste qui enquêtait, une femme répondit:

— L'histoire de Carla? Mais, ça n'a rien à voir! La malheureuse a été victime de son avarice, c'est bien connu. Elle a voulu faire confiance à un charlatan. L'homme existe bien, il paraît que c'est un Américain qui s'est installé en Uruguay. La femme du chef de cabinet m'en avait parlé, elle avait l'air de savoir. Si j'en crois son cou, elle a gagné dix ans au moins...

Le cou de la femme du directeur de cabinet était un cou normal. Légèrement flétri, certes, à son âge, mais soigneusement repassé par la mise en place de petites pinces de fer, à l'arrière de la nuque, dissimulées sous les cheveux en chignon et faisant office de torture esthétique artisanale. Le procédé était connu.

Mais la rumeur courait encore. Anonyme, imprévisible, comme le vent du Sud qui tourbillonne, souffle et dessèche tout sur son passage, puis disparaît pour renaître ailleurs des cendres des autres.

Rumeur, quel est ton nom?

«Je m'appelle bêtise», répond le vent du temps qui passe.

La mort courait plus vite que lui

Soleil de plomb, murs blancs et sales, ruelles étroites refermées sur les boutiques des marchands comme sur des trésors inviolables : c'est la médina de Tunis en 1932.

Les policiers français n'y font que de rares intrusions. Il faut le renseignement d'un indicateur pour qu'ils lancent une rafle, coincent un trafiquant. A leur arrivée, d'ailleurs, toutes les boutiques sont closes, rideaux tirés, ruelles mortes. C'est qu'un autre indicateur, peut-être le même, a déjà répandu la nouvelle.

Cette fois, il ne s'agit pas de trafic d'armes. Du moins, rien ne permet de relier cette activité aux renseignements que donne le médecin français, Le Toubib, installé près de la mosquée El Haliq, en plein souk.

Le Toubib est connu et respecté. Son cabinet : une vaste salle en mosaïque bleue, quelques lits pour les plus mal-en-point, une table d'examen archaïque. Dehors, dans une cour cimentée, les patients attendent, assis à même le sol : des petits groupes de femmes voilées, d'enfants aux grands yeux noirs, ou bleus comme le ciel, des vieillards silencieux.

Lorsque les deux policiers de patrouille se présentent, Le Toubib les reçoit entre deux consultations, manifestement débordé.

— Vous avez signalé des cas de morsure ? Qu'est-ce que c'est que cette histoire de fou ? Des rats ?

— Un animal en tout cas. Mais des rats, j'en doute. J'ai vu des chairs déchirées si profondément, la peau arrachée de telle manière, que j'hésite à les attribuer même à un chien.

— La rage ?

— Dieu merci, non. Rien à voir.

— Et les victimes ? Elles vous racontent quoi ?

— Justement, rien. Tout le monde se tait. Je viens encore de prendre une colère de tous les diables. Pas moyen de leur tirer un mot ! Des murs de trouille. Je n'y comprends rien.

— Combien de cas jusqu'ici ?

— Une bonne vingtaine, depuis quelques mois. Ils ont peur, je n'obtiens que des «*manarf*», «je sais pas»... Quelqu'un les terrorise.

— C'est la rage !

— Non, je suis sûr que non, j'ai vacciné tout le monde, évidemment. Les gens d'ici savent reconnaître un chien enragé et ils le tuent d'eux-mêmes. Je ne vous aurais pas appelés pour ça. D'ailleurs, je n'ai repéré aucun symptôme, je vous dis que c'est autre chose.

— Bon ! eh bien, nous allons interroger quelques-uns de vos malades ...

— Si vous voulez... mais si vous comptez sur mon fichier pour les retrouver, vous n'êtes pas sortis de l'auberge. On me donne les noms et les adresses que l'on veut. D'ailleurs, ils ne viennent se faire soigner en général qu'une fois, après quoi je ne les revois plus.

— Vous n'en avez pas ici en ce moment ? Une femme ou un enfant, par exemple ?

— Eh non, justement. Le problème est que les mordus sont tous des hommes. Que ces hommes ont une telle peur qu'ils viennent la nuit. J'en ai déduit qu'ils ne voulaient pas qu'on les voie chez moi, pour que personne ne puisse les soupçonner d'avoir parlé. Si ça se trouve, je n'ai vu qu'une faible partie de ces gens, les plus atteints. Ils se sentent tellement menacés, même après avoir été agressés, qu'ils filent à peine pansés comme des rats.

— Qu'est-ce qui vous inquiète, au fond, docteur ?

— J'ai entendu l'un d'eux jurer sous la douleur pendant que je suturais ses plaies. Il a marmonné quelque chose... Enfin, j'ai cru comprendre qu'il parlait d'un loup maudit. Mais, quand je l'ai questionné, il s'est tu aussitôt.

— Un loup ? Ici, dans la médina ? C'est complètement insensé. On nous l'aurait signalé.

— Je sais, ça paraît fou. Mais j'ai vu des marques de crocs si énormes... Je n'ai jamais vu de crocs aussi énormes.

— Nous allons doubler les patrouilles. Signalez-nous le prochain cas, même en pleine nuit.

Quelques jours plus tard, un policier de patrouille, la nuit, bute sur un homme étendu dans une ruelle. A la lumière de sa lampe-torche, il découvre un spectacle horrifiant. Le malheureux est atrocement mutilé.

Son rapport précise les circonstances de cette découverte et rappelle, pour certains points, les déclarations du médecin :

«Au cours d'une ronde, j'ai entendu un bruit de bagarre et plusieurs coups de feu, j'ai eu le temps d'apercevoir la silhouette d'un homme, grand et maigre, qui s'enfuyait, suivi ou poursuivi, je ne peux le préciser, par un animal monstrueux. Une sorte de chien, mais de haute taille et puissant. L'animal devait avoir un pelage sombre et j'ai eu moi-même un réflexe de peur. Ce n'est que quelques minutes plus tard que je suis tombé sur le cadavre d'un homme. Le corps était déchiqueté par endroits, à la main et au visage. Les poches de ses vêtements avaient été arrachées. Il ne portait ni papier d'identité, ni portefeuille, ni argent. L'assassin l'avait manifestement fouillé avec une brutalité démesurée, préférant arracher les poches avec leur contenu. »

Le cadavre de l'inconnu est, cette fois, confié à un médecin légiste qui se montre formel :

— Morsures de chien, sans aucun doute. Mais il a été également atteint par une balle.

Fusillade donc. Près du cadavre, la police a retrouvé une douille d'un autre calibre. On a tiré sur cet homme, il a riposté et l'arme a disparu...

Des traces de sang étrangères au cadavre sont également visibles et ce, dans la direction vers laquelle s'enfuyait l'homme grand et maigre aperçu par le policier de patrouille.

Une longue enquête commence, afin d'identifier la victime. Lorsqu'enfin la police lui découvre une famille, le mystère est encore plus épais.

Des gens pauvres, parmi les plus pauvres. Si le malheureux avait de l'argent en poche, il ne pouvait s'agir que de quelques pièces. En revanche, il portait une arme. La famille est quasiment muette. La mère, une très vieille femme recouverte de plusieurs haillons de toutes les couleurs, la tête entre les mains, refuse de lever les yeux vers les policiers. Les enfants apeurés, serrés contre elle, ne savent rien, c'est évident, de même la veuve.

— Ton mari travaillait avec des trafiquants d'armes ?

— *Manarf*...

Manarf... toujours *manarf*. Sais pas.

La police sait bien que certains partisans s'activent au commerce des armes, italiennes pour la plupart, que les marchands leur vendent une fortune. Comment cet homme pauvre aurait-il pu acquérir un revolver, représentant pour lui une année de salaire ?

La conclusion provisoire de l'enquête est que l'homme grand et maigre doit être l'assassin.

Le rapport définitif du médecin légiste contredit totalement cette hypothèse.

— La victime a été attaquée aux mains qui devaient protéger le visage dans un premier temps. Plusieurs doigts ont été arrachés. Après quoi, il a été égorgé.

— Et les coups de feu ?

— Ce n'est pas la cause de la mort. La première a traversé un bras ; la seconde, une jambe. On ne meurt pas de ce genre de blessure. Égorgé. Salement égorgé. Un chien, un vrai fauve.

Les policiers sont perplexes. Faut-il penser que l'homme grand et maigre dispose d'un chien dressé à tuer?

— A tuer, le cas échéant. J'en ai parlé avec mon collègue, Le Toubib, de la médina. Les autres victimes qu'il a pu examiner, n'étaient que blessées. Le fauve doit obéir à son maître et ne tuer qu'en cas de nécessité.

— Donc, il s'agirait d'un chien dressé à attaquer les passants pour les voler?

— Logique, puisqu'il a arraché les poches. On distingue très nettement les traces de crocs qui ont traversé le tissu jusqu'à la peau.

— Mais tous ces gens-là ne sont pas riches, bien au contraire. Ça rime à quoi d'attaquer de pauvres diables pour leur prendre quelques dinars?

— Vous pensez à un voleur. En tant que médecin, je dois penser à un fou, un maniaque du dressage, qui s'amuse la nuit dans les ruelles de la médina.

— Pourquoi serait-il armé? Pourquoi la victime était-elle armée? Il est plus logique de croire à une histoire de trafiquants...

C'est ainsi que l'enquête se poursuit. Présomption de trafic d'armes. Pour infiltrer la médina, la police française fait appel à l'un de ses meilleurs indicateurs, Moktar.

Moktar est une figure dans la police. Un espion rare. Introduit dans les milieux de trafiquants, il a toujours donné de bons renseignements. Ceux qu'il veut bien donner, évidemment. Les autres, il les vend au plus offrant. Moktar est habile car il survit dans ce métier depuis longtemps. Petit, malin, un regard de souris hypocrite, il ressemblerait plutôt à un marchand de tapis avec sa chéchia rouge enfoncée sur le crâne, ses pantalons bouffants, d'un gris sale, sa chemise trop longue. Il ne cède à la mode européenne qu'en matière de chaussures. De vraies chaussures de gangster italien. De mafioso exotique. Cuir noir, bouts pointus et blancs, lacets impeccables.

Moktar est donc convoqué au poste de police. Il écoute, réclame un paquet de billets, qu'on lui marchande convenablement. Puis il accepte. Avec une réticence visible car, pour la première fois peut-être de sa vie d'indic, il n'a pas entendu parler de trafiquants d'armes munis de crocs. Avec ses 1 mètre 60 et ses malheureux quarante-cinq kilos, il a tout de même le courage d'affronter cette histoire de monstre.

Le voilà donc parti dans la médina, rasant les murs, s'installant comme un mendiant aux portes des cafés, traînant l'oreille à la mosquée, tout en surveillant ses chaussures de près. Plusieurs jours passent sans qu'il donne de nouvelles à ses commanditaires.

C'est un pêcheur qui le retrouve dans le passage maritime entre Tunis et Carthage, que l'on appelle «La goulette» en français. Les quarante-cinq kilos tout mouillés de Moktar, accrochés à une épave de barque, ont bien triste mine. A demi-mort d'épuisement, presque vidé de son sang, il porte une large blessure à la tête, une à l'épaule, une autre à l'avant-bras droit. Il est si faible que les ambulanciers doivent se pencher contre sa bouche pour l'entendre murmurer :

— Un loup. Avertir police. Un loup.

A l'hôpital, la police entend le reste du récit de Moktar :

— Un loup noir, plus gros que moi. Il a un maître. Je l'ai eu, je l'ai touché. Je l'ai vu tomber sur le quai des docks.

— Personne n'a rien vu, Moktar. Il n'y a pas d'autre blessé que toi.

— Je l'ai blessé, j'en suis sûr. Le loup a dû l'emmener.

Aussitôt, une escouade de gendarmes se répand à travers les quais et dans les ruelles avoisinantes qui montent vers la ville. On fouille même la plage.

Enfin, le long d'un hangar, un gendarme repère des traces de sang. Quelqu'un s'est traîné là, blessé, ou a été traîné sur cinq cents mètres au moins.

Le gendarme remonte la piste sanglante et tombe enfin sur un homme. Mort. Grand et maigre, les yeux bleus grands ouverts, vêtu à l'européenne mais enveloppé d'une cape noire de cavalier. Il porte des gants de cuir, à la ceinture un anneau d'acier relié à une courte laisse de cuir tressé, terminée par un énorme mousqueton.

C'est le maître du monstre. Et le scénario est facile à reconstruire. L'animal voyant son maître blessé à terre a dû le tirer par ses vêtements, déchirés en plusieurs endroits. Il ne l'a pas mordu. Il n'était pas attaché au mousqueton. Il a, de sa propre initiative, tenté d'éloigner son maître, de le traîner sur une longue distance, en s'y reprenant à plusieurs fois, dès que le tissu cédait sous les crocs.

Pas de traces de cet animal infernal, bien entendu.

Moktar, le petit indic, ayant récupéré quelques forces, réclame d'abord sa prime, le remplacement de ses chaussures, avant d'avancer la suite :

— J'ai fait parler un gosse. Il a vu une attaque de nuit. Il m'a dit que le maître avait dressé le loup à prendre les armes dans les poches. Ça se passe comme ça : le maître se promène la nuit sur les quais, l'animal marche à ses pieds, tout contre lui. On ne le voit pas, il est dissimulé sous la cape. Lorsque le maître a repéré des trafiquants, il les suit et attend que l'un d'eux soit seul. C'est alors qu'il lance le chien, ou le loup, ce monstre en tout cas. Je l'ai vu de près, moi...

— Alors ? C'est un chien, un loup, ou une panthère ?

— Je n'ai vu que les crocs et les yeux... Je dis que c'est un loup. Il m'a soulevé comme si je ne pesais rien. Il m'a secoué, mordu... Après, j'ai sauté dans l'eau du port. C'est ma chance. Sinon il me tuait.

— Pourquoi t'a-t-il attaqué ?

— Je ne sais pas, je n'ai rien vu avant...

— Moktar !

— D'accord. J'avais contacté des trafiquants... pour l'enquête, hein!

— Et tu en as profité pour récupérer une arme?

— Je ne l'ai plus... c'était juste pour l'enquête. Je jure! Écoute-moi, policier. On dit dans la médina qu'il a attaqué des dizaines d'hommes, qu'il a récupéré beaucoup de revolvers, de pistolets...

— Pourquoi personne ne parle?

— Ils ont peur. Tous peur que le loup revienne et les égorge. Mais les autres, ceux que j'ai vus, les trafiquants, eux, ils pensent autre chose. Ils croient que c'est une idée des policiers français.

— Pourquoi ça?

— Parce que vous, les policiers français, vous avez interdit l'achat et la vente de revolvers et de fusils aux musulmans. Comme ils le font quand même, ils pensent que vous voulez les punir...

— C'est idiot, cet homme n'est pas français...

— Moi non plus. Et je travaille pour vous...

— Bon, d'accord. Tu vas retourner dans la médina et tu diras partout que l'homme mort, le maître du loup, est musulman, qu'il s'appelle Sliman et que c'est un escroc, un bandit.

— C'est vrai, ça?

— C'est vrai, Moktar. Ce n'est pas de l'intox. Il est sur nos fiches, il est de Tripoli.

— D'accord. Mais le loup, lui? Il est vivant, il est dressé, il est fou furieux, sûrement, sans son maître. Il va courir partout et dévorer les gens, moi avec! J'ai entendu que le maître et le chien, c'était comme un couple. Ils sont cruels tous les deux, pareils. Ils sont complices comme tu ne peux pas l'imaginer, policier. Le gamin m'a dit que l'homme parle avec son chien, que le chien comprend tous les mots, tout ce qu'il doit faire. Il peut même chasser seul. Il a un flair qui lui permet de repérer les armes à feu, n'importe où. Un autre racontait aussi qu'il l'a vu attaquer seul. Seul, tu comprends, policier? Pour le plaisir... Je te dis que la terreur est grande en ville. Très grande. Parce que, souvent, le maître envoyait le chien tout seul. Pour punir.

— Tu t'en es sorti, pourtant?

— Parce que j'ai tiré le premier. Alors le loup s'est jeté sur moi. Après j'ai plongé dans l'eau...

— Il aurait dû plonger aussi, s'il est si terrible que tu le dis.

— Le maître l'a appelé. Peut-être qu'il voulait tirer sur moi et qu'il avait peur de tuer son loup. Alors, quand il m'a lâché, j'ai tiré encore un fois avant de sauter dans l'eau. J'ai vu l'homme tomber et le loup courir vers lui, il l'a léché, il l'a traîné par terre, il grognait comme le diable. Moi j'ai sauté dans l'eau, il allait revenir me tuer.

— Un loup... c'est petit, un loup, plus petit que certains chiens, même.

— Celui-là est grand. Le poil est foncé, noir. Quand il s'est dressé devant moi, il me dépassait de plusieurs têtes.

— Est-ce qu'il a un nom?

— Je n'ai pas entendu. Écoute, policier, quand j'ai sauté dans l'eau, il est venu au bord, il m'a regardé, j'ai vu ses deux yeux comme des flammes. Il a dit : «Je reviendrai te tuer.»

— Comment ça, il a «dit»?

— Ce n'est pas des paroles, j'ai lu dans ses yeux. J'ai lu: «Je reviendrai te tuer.» Il avait quelque chose de plus urgent à faire à ce moment-là. Il devait emmener son maître.

— Admettons. Sais-tu si l'homme agit seul?

— Seul. Toujours seul. On dit qu'il revend parfois les armes volées par son loup à ceux à qui il les a volées. Ça, c'est du commerce.

Moktar ne voulait et ne pouvait pas, de toute façon, retourner dans la médina apporter la bonne parole: «Le maître est mort, il n'est pas français, il faut trouver le repaire de Sliman de Tripoli.»

Alors, la police entama les battues. Mais l'animal semblait avoir compris que tous ces hommes en armes en avaient après lui. Il n'attaquait pas, ne se montrait pas. Et, durant plusieurs semaines, il rusa avec les chasseurs d'une manière étonnante. Un policier l'aperçut une fois, rôdant autour de l'hôpital où se trouvait Moktar, comme un tueur à gages chargé d'achever sa mission.

Le pire est qu'il trouva des complices dans la médina, et même dans les villages alentour. Sa réputation et son intelligence avaient frappé certains habitants, au point de leur faire prendre sa cause. On sut qu'il se cacha des jours entiers dans des cours, qu'il fut nourri avant de reprendre sa fuite éperdue dans la nuit, vers d'autres refuges.

En somme, ce chien-loup était en passe de devenir un héros, un hors-la-loi traqué par la police. Plus d'un homme dut essayer de l'apprivoiser, sans succès, pour en faire son compagnon de chasse ou de cambriolage. Mais le loup-garou, pas fou, ne recherchait que la nourriture et le gîte. D'ailleurs, il ne tuait plus.

L'affaire dura ainsi plusieurs semaines. La légende courait dans la ville et la campagne. On l'avait vu par ci, entendu hurler par là. Les policiers français pouvaient toujours proposer une prime à qui le ramènerait mort ou vif, le jeu continuait. C'était si drôle de voir courir les gendarmes, de voir courir les policiers... après un animal magique qui, après tout, était tunisien et plus fort qu'eux.

Enfin, un dénonciateur anonyme indiqua le refuge provisoire de l'animal.

A l'aube d'un matin d'automne 1932, l'attaque fut déclenchée. La maison repérée fut cernée. Un groupe de gendarmes armés jusqu'aux dents, commandé par un capitaine furieux, bloquait toutes les issues.

Le monstre était dans la cour, parmi les citronniers et le linge étendu, occupé à dévorer un lapin.

Par une porte minuscule, les gendarmes se faufilèrent à l'intérieur, d'autres grimpèrent sur le mur d'enceinte. Sur les toits alentour, les spectateurs s'entassèrent aussitôt. Un murmure montait des terrasses tandis que le capitaine furieux hurlait à s'époumoner :

— Tâchez de le prendre vivant !

Il était là, dos au mur, magnifique, oreilles dressées, gueule ouverte sur des crocs blancs d'ivoire, regard fou.

Chaque homme qui tentait de bouger reculait aussitôt. L'animal bondissait à la même seconde sur l'un ou l'autre avec une rapidité foudroyante et l'obligeait à reprendre sa place. Tactique intelligente, vu le nombre d'assaillants. S'il tentait d'en attaquer un en particulier, tous les autres lui tomberaient dessus. Il le savait. Comme disait Moktar, on lisait dans ses yeux lumineux comme des flammes, allant de l'un à l'autre, guettant le moindre geste : « Reste où tu es, je réfléchis. »

Il y avait une cage prévue sur un véhicule militaire, des hommes avec des filets, des lassos, des piques. Si les gendarmes avaient pu disposer de la technique du fusil anesthésiant, la chose se serait passée plus simplement.

L'animal se savait cerné dans cette cour intérieure dont les murs, hauts de plus de trois mètres, étaient défendus par des hommes en armes.

Un premier filet lui tomba dessus et fut réduit en lambeaux avant même que les lanceurs aient pu descendre dans la cour. La corde d'un lasso fut tranchée d'un coup de croc. Un groupe de six hommes armés d'une toile gigantesque s'approcha alors au plus près pour tenter de l'encapuchonner. Cinq furent mordus, qui au visage, qui aux bras, avant de s'enfuir éperdument, le sixième se débattit sous la toile comme un forcené, en hurlant qu'on le sorte de là.

C'était impossible. L'homme était doublement prisonnier, le chien s'en servant presque comme d'un otage et défiant quiconque s'approcherait de la toile.

Alors le capitaine, furieux, s'est résigné, d'autant plus que des toits et des terrasses, le public applaudissait. Un comble !

— Tout le monde en arrière, l'arme à l'épaule !

C'était un véritable peloton d'exécution. Trente fusils braqués sur la bête acculée.

— En joue...

Il grondait de toutes ses forces décuplées et faisait face au peloton, babines retroussées sur les crocs énormes et luisants, les reins creusés, la queue basse, les pattes arrière agrippées au sol de terre battue, prêt à bondir encore.

— Feu !

Un crépitement et le grand corps au pelage sombre tourbillonna sous l'impact des balles avant de retomber sur le dos, les pattes tendues vers le ciel, la gueule ouverte.

Mort la gueule ouverte comme un chien qu'il était.

Car c'était bien un chien. Peut-être croisé avec un loup. Un chien-loup, d'une taille effectivement impressionnante.

Le silence était sur les toits et sur les terrasses. Un silence de mort et de respect.

Le capitaine hurla :

— Sortez de là !

Le gendarme prisonnier de sa toile rampait prudemment pour en sortir et s'y replongeait aussitôt, terrorisé de se retrouver à quelques centimètres de la gueule énorme.

La poitrine puissante, musclée comme celle d'un cheval, était éclaboussée de sang. Les pattes, raidies dans un ultime bondissement avorté, tremblaient encore.

Secoués, choqués par cette exécution, les hommes contemplaient l'animal sans encore oser s'en approcher.

Il fallut quatre hommes pour le traîner et le hisser sur le dos d'un mulet. Même mort, il faisait encore peur aux enfants et les femmes s'enfuyaient en hurlant.

Une meute humaine et silencieuse suivit le cortège funèbre à travers la ville. A distance respectueuse. Sans oser toucher ou effleurer la fourrure épaisse et soyeuse d'un noir aux reflets fauves. Une collerette de poils plus longs et plus denses encerclait le cou. Le sang coulait sur les flancs du mulet.

Le regard surtout était insoutenable. D'étranges yeux d'or en amande, presque jaunes, qui regardaient le soleil en face, dans la mort, en un dernier défi.

Où Sliman, l'escroc de Tripoli, avait-il déniché cette bête infernale ? Comment ce voleur sans envergure avait-il décidé d'entrer dans le trafic d'armes avec ce moyen-là ? Comment l'avait-il dressé ? Où ? Sur qui ?

Où était sa planque d'armes ?

On ne la retrouvera pas. Ceux qui savaient se turent, comme d'habitude. Et même Moktar, assuré de ne plus représenter le « contrat » du loup, eut beau parcourir les ruelles et tendre les oreilles à les coller aux murs, il n'apprit rien.

Le chien savait, lui. Mais il n'y était pas retourné.

Pas fou, le loup. Fidèle à la consigne du maître, peut-être... On a dit qu'il venait des repaires montagneux des Matmatas ou des Ksours, où les loups et les chiens, pourtant, ne sont pas légion. La légende le fit naître du désert, fils du vent puissant et du soleil implacable.

Ainsi défila, ensanglanté et à dos de mulet, cet assassin d'un autre monde qui devait sûrement plus à la cruauté humaine qu'à la génétique.

La combustion de la comtesse von Gorlitz

En 1847, Darmstadt, jolie petite ville du grand-duché de Hesse, dans la Confédération germanique, est menacée de scandale. Le chef de la police, Marcus Ulrich, a un problème incroyable. Il s'agit d'un crime atroce, et la victime est une comtesse allemande. On en parle déjà dans toute l'Europe, car il y a affrontement entre la médecine légale et la police.

La médecine légale dit: «Il s'agit d'une mort "inexplicable" mais naturelle.» La police dit: «Il s'agit d'un crime parfaitement explicable.»

Le chef de la police de Darmstadt a rendez-vous pour la dixième fois au moins avec le docteur Graff, chargé de délivrer le certificat de décès de la comtesse von Gorlitz, morte depuis six mois déjà et qu'il se refuse à établir, conformément à la justice, en des termes normaux. Le policier enrage dans ses moustaches, qu'il a fort longues selon la mode de l'époque. Il est bien décidé à mettre fin à cette histoire stupide de mort naturelle, prétendument inexplicable, à faire comparaître «son» assassin en justice, à le faire pendre, et à ce qu'on ne lui parle plus de cette histoire. De l'ordre, il veut de l'ordre, le chef de la police.

C'est donc au pas de charge qu'il traverse la place Louise, pâle copie de notre place Vendôme, à quelques centaines de mètres du château ducal, en direction d'une noble maison, l'hôtel particulier de monsieur le comte von Gorlitz, veuf récent et éploré.

Lambris, tapisseries, argenteries et candélabres, meubles épais, tapis profonds. Les von Gorlitz sont enracinés dans la noblesse allemande depuis si longtemps que le hall d'entrée est un véritable musée des ancêtres. Le chef de la police attend impatiemment le docteur Graff sous les regards hautains d'une galerie de portraits.

Dans cette maison, le docteur Graff est le médecin de famille. Il reçoit ses honoraires à l'année, car on ne règle pas le médecin à l'issue de sa visite, c'est inconvenant. Depuis toujours, il examine la gorge des domestiques, vérifie les grossesses des blanchisseuses et, surtout, suivait de près la santé de madame la comtesse von Gorlitz. Celle-ci était une femme d'une quarantaine d'années, assez jolie selon les critères de l'époque: un peu grasse, parfois essoufflée d'une chevauchée dans les jardins du château en compagnie d'un officier plus jeune et plus fringant que le comte son mari, lui-même trop occupé par les affaires politiques pour se préoccuper des bouffées de chaleur de sa noble épouse. Mais le problème n'est pas là. Le problème est ce maudit certificat de décès qui permettrait de faire pendre le coupable.

— Alors docteur Graff? Ce rapport? J'espère que cette fois-ci vos conclusions sont raisonnables?

Le chef de la police est petit, bedonnant, hargneux et fumeur de pipe. Le docteur Graff est immense, maigre. Il déteste cette manie de faire de la fumée pour rien.

— Inspecteur, je pratique la médecine depuis plus longtemps que vous n'arrêtez les coupables. Et les innocents...

— Écoutez-moi bien, monsieur le spécialiste de la médecine, je n'ai pas l'intention de mourir de ridicule dans cette ville. Nous sommes dans la province de Hesse, pas en Bavière et, pour le ridicule, notre roi ne craint personne. Il s'agit d'une affaire criminelle et le diable n'a rien à y voir.

— Loin de moi l'idée de mettre le diable en cause.

Le ton du docteur Graff est sec, autoritaire, dominateur, vu les nombreux centimètres qui le séparent de son interlocuteur.

— Voici le dossier. Il démontre l'innocence du malheureux domestique que vous avez enfermé!

— Vous plaisantez?

— Ce n'est pas mon genre, et vous le savez. Ce n'est pas celui non plus du docteur Siebold, mon confrère, que vous avez vous-même nommé contre-expert.

— Siebold est d'accord avec vos conclusions?

— Malheureusement pour vous.

— C'est impossible. Tout le monde devient fou dans cette ville? Je demande une autre expertise, je veux l'avis de la faculté de médecine de Hesse!

— A votre aise. Mais il faudra exhumer le corps à nouveau et, en attendant, il me semble difficile de laisser votre inculpé en prison.

— Vous n'êtes pas chargé de sa défense, il a un avocat.

— En effet, et son avocat est au courant de notre rapport. De plus, j'ai la conviction personnelle qu'il est innocent. Je le connais. C'est un valet de chambre irréprochable.

— Vous êtes contre la police, docteur Graff? Vous persistez à croire à ces fichues histoires? Moi, je n'y crois pas et je n'y croirai jamais? La comtesse a été assassinée par son valet de chambre. Il avouera un jour et vous aurez l'air malin!

— Je vous souhaite le bonjour, Monsieur !
— Le bonjour, Docteur, mais nous nous retrouverons !
Les rapports entre police et médecine légale s'enveniment. C'est même carrément la guerre. Une guerre de principe, une guerre d'idée et, pendant ce temps, dans une noire cellule de la prison de Darmstadt, un prisonnier terrorisé, soit par l'ampleur de son crime, soit par l'énormité de l'accusation qui pèse sur lui, continue de hurler son innocence.
Depuis des mois, il répond à chaque question :
— Ce n'est pas moi, je n'ai rien fait, je suis innocent, ayez pitié...
Et, à force de le répéter, il ne sait plus de quoi il parle, ni de quoi on lui parle. Il devient fou, du moins il en a l'air.
Qu'est-ce donc que cette histoire de fou ? Voici ce que contient le dossier du chef de la police de Darmstadt.

Un soir de juillet 1846, le comte von Gorlitz rentre chez lui, préoccupé par des affaires politiques de la plus haute importance. En arrivant au coin de la place Louise, devant son hôtel particulier, le comte réalise l'heure tardive et ne s'inquiète pas outre mesure lorsque le maître d'hôtel lui annonce :
— Madame la comtesse s'est retirée pour la nuit. Monsieur le comte dînera-t-il ?
Monsieur le comte dînera. Il s'accorde le temps d'un repas léger, puis gagne la chambre conjugale.
L'appartement des von Gorlitz est immense. Il est composé d'une chambre, de deux cabinets de toilette, d'un boudoir pour Madame et d'un fumoir pour Monsieur. Quant aux lits, ils sont si éloignés l'un de l'autre que la conversation est quasiment impossible entre époux.
Le comte procède silencieusement à sa toilette, revêt une robe de chambre en cachemire des Indes et, avant de se glisser dans son propre lit, avance d'une vingtaine de pas dans l'intention de saluer son épouse, au cas où elle ne dormirait point encore. Question de politesse conjugale.
Et au bout de ces vingt pas, il s'arrête, pétrifié. Non seulement le lit de son épouse est vide, mais là, à terre, sur le tapis d'Aubusson, il voit l'incroyable, l'horrible chose qu'il en reste. Car ce qu'il reste de la comtesse von Gorlitz n'est ni reconnaissable, ni descriptible, voire effarant.
La comtesse a brûlé. Mais comment est-il possible qu'elle soit brûlée à ce point ? Consumée, réduite à un petit tas de cendres noires, qui n'a plus de la comtesse que le fantôme d'un corps, un dessin, une sculpture de cendres...
Près de la comtesse, une petite commode de bois précieux également brûlée. Assez peu, presque rien en comparaison de l'état du corps.

Une légère fumée grisâtre s'en échappe encore, mais elle est toujours sur pieds, simplement noircie dans la partie la plus rapprochée du corps. De même, le tapis d'Aubusson n'est carbonisé que sous le corps et le long de la forme humaine, mais il est intact pour le reste. Alors que le corps est en cendres.

Pétrifié est vraiment le mot! Le comte a déclaré:

— Je n'ai pu dire un seul mot et faire un seul geste avant longtemps. Je ne pouvais non plus détacher mon regard de cette vision d'enfer. La réalité avait basculé, je ne parvenais pas à croire à ce que je voyais.

Sa stupeur et son effroi dominés, le comte appelle aussitôt le docteur Graff.

Et le docteur Graff déclare devant ce spectacle effrayant:

— J'ai déjà entendu parler de cas semblables. Il s'agit d'une combustion spontanée.

Le comte avale l'information sans très bien comprendre.

— Spontanée? Vous voulez dire que ma femme a brûlé toute seule? C'est possible, ça? Un corps humain peut brûler tout seul?

— En effet. La chose est rare mais pas inconnue.

— Je ne peux pas croire à une telle chose. Qui vous dit qu'on ne l'a pas tuée et brûlée ensuite?

— Mon cher comte, regardez autour de vous... Seul un incendie terrible, violent, et dont tout le monde se serait aperçu dans cette maison, aurait pu réduire le corps de votre femme de cette façon. Tout aurait brûlé, toute la pièce, tous les meubles, les lits, les rideaux, la maison entière aurait pris feu. Avez-vous senti quelque chose en arrivant ici?

— Absolument rien. Aucune odeur particulière.

— Et les domestiques?

— Le maître d'hôtel croyait ma femme endormie, il me l'a dit, les autres domestiques étaient couchés.

— Voyez-vous quelque chose qui fasse penser à un crime? Un couteau, une cordelette, une arme quelconque? A-t-on volé quelque chose, les bijoux par exemple? Les fenêtres étaient-elles ouvertes?

— Non... Enfin je ne sais plus. Le choc a été si terrible que je ne puis rien affirmer. Mais la police est prévenue, elle arrive.

— Vous avez bien fait, mais je persiste à penser qu'il s'agit d'une mort naturelle.

— Naturelle? Ceci? Vous appelez ceci une mort naturelle?

— Inexplicable à notre bon sens, mais naturelle en effet. Et je suis prêt à signer le certificat de décès en ce sens.

— Écoutez, Docteur, je préfère attendre l'arrivée de la police. On m'a dit que le chef lui-même se déplaçait. Mon Dieu, quelle affreuse histoire, quelle mort insensée... Comment expliquer ceci à la famille, à nos relations?

— Je vous le répète, c'est une mort naturelle.

— Un suicide alors?

— Absolument pas! D'ailleurs, la comtesse votre épouse n'était pas neurasthénique. Un peu, comment dirais-je... un peu nerveuse, sans plus. Comprenez ce que je veux dire, nombre de femmes de son âge le deviennent. D'autant qu'elle n'a pas eu d'enfants... Mais de là à parler de suicide. D'ailleurs, on ne peut pas se suicider au feu, c'est impossible, surtout de cette manière. Je vous le répète, il n'y a pas eu incendie. C'est une combustion spontanée.

Monsieur le comte aimait convenablement sa femme, cette mort l'endeuille, bien entendu, mais ce cadavre lui pose problème. Il est, en quelque sorte, inconvenant... immontrable à la famille. Il est hors de question d'habiller cette chose de ses plus beaux atours pour l'exposer entre dentelles et candélabres au chagrin des intimes. On ne peut même pas lui croiser convenablement les mains. D'ailleurs, ce ne sont plus des mains.

Cette nuit-là, c'est un comte vert de peur qui reçoit Marcus Ulrich. Un verre de schnaps n'a même pas réussi à lui rendre ses couleurs.

Marcus Ulrich, en policier responsable, doué d'une logique criminelle responsable, examine les lieux en professionnel.

— Docteur Graff, ce sont des élucubrations indignes d'un scientifique! Ce meuble a brûlé, et il est tout à fait probable que le feu ait pris depuis ce poêle à bois!

Le poêle à bois en question, une petite merveille de faïence de Darmstadt dans les bleus et les gris, comme on n'en voit plus, avec sa grille en fer forgé, protégeant une porte épaisse, n'a subi aucun dommage. Et le docteur Graff sourit hautainement.

— Je vous rappelle que nous sommes en juillet. Je sais la comtesse frileuse; admettons qu'elle ait demandé qu'on l'allume, voyez vous-même, il n'a même pas noirci!

— N'empêche, il est chargé de bois et ce bois a brûlé. Il a pu s'éteindre faute de soins. Et il est encore chaud. Qui s'occupe de l'entretien de ce poêle, Monsieur le comte?

— Le valet de chambre, il dort. Je n'ai pas ameuté les domestiques, il est inutile qu'ils voient ma femme dans cet état et aillent cancaner je ne sais quoi en ville.

— Réveillez-le... Je veux lui parler.

Monsieur le comte va donc réveiller le valet de chambre, un brave garçon nommé Stauff, qui dormait à poings fermés dans les combles et se retrouve, ahuri, devant une scène d'un autre monde.

— Mais je n'ai pas allumé le poêle!

— Pourquoi est-il chaud alors?

— Il est possible que Madame la comtesse l'ait fait elle-même, hier soir. Il est toujours chargé, au cas où elle demanderait qu'on chauffe.

— Il n'y a que toi qui aies accès à la chambre de Madame, Stauff!

— Oui, Monsieur le policier.

— Tu es le seul à pénétrer dans cette chambre après 7 heures du soir?

— Oui, Monsieur le policier, mais Madame ne m'a pas sonné ce soir.

— Quel âge as-tu, Stauff?

— Vingt-cinq ans, Monsieur.

— N'as-tu jamais eu de gestes impudiques envers Madame la comtesse?

— Ça, jamais, Monsieur!

Le comte lui-même est choqué de la tournure de l'enquête.

— Je vous en prie, chef Ulrich... ma situation est déjà suffisamment tragique!

— Désolé, mon cher comte, je dois tout envisager. Stauff, où sont les bijoux de Madame la comtesse?

— Je l'ignore, Monsieur, la femme de chambre s'en occupe.

Le comte s'énerve de plus belle.

— Les bijoux sont là, Ulrich! J'ai vérifié avant votre arrivée. Il ne manque pas la moindre perle!

Mais Marcus Ulrich s'entête. Ce valet de chambre a un air sournois, selon lui et cette histoire de poêle chaud, qu'il prétend ne pas avoir allumé alors qu'il en a la charge est très louche.

— Je le jure, Monsieur le policier. Madame l'a déjà fait d'elle-même...

— En plein été?

— Je ne sais pas, Monsieur. Il arrive que les nuits soient humides...

— Avoue que tu as mis le feu au poêle! Avoue que tu t'es servi d'une bûche enflammée, après avoir assassiné ta maîtresse!

— Je n'ai rien fait! Ce n'est pas moi!

Le malheureux Stauff, suppliant, s'effondre à genoux devant son accusateur. Il est vrai qu'il a l'air sournois, mais ce n'est guère de sa faute, c'est une question de paupières, légèrement étirées, de nez légèrement busqué.

Le chef Marcus Ulrich serait-il en train de verser dans ce que l'on appelle de nos jours le «délit de sale gueule»? Les présomptions sont en effet fort minces. Quel serait donc le mobile de Stauff? Le vol? Il n'existe pas? L'amour? Faudrait-il envisager une vengeance issue d'une liaison entre ce valet dépourvu de charme et d'une intelligence limitée, et la très-noble et très-hautaine comtesse von Gorlitz?

Le docteur Graff balaie les arguments du policier:

— Fichaises! Vous supposez n'importe quoi! Rendez-vous à l'évidence, même si ce garçon avait voulu mettre le feu, pour une raison que j'ignore, il n'y a pas eu incendie, c'est clair, ça se voit. Et je maintiens que les combustions spontanées existent bel et bien.

Ulrich refuse de l'admettre. Mais comme le docteur Graff rédige un certificat de décès dans ce sens, il se voit contraint de nommer un médecin contre-expert. Hélas, sa conclusion est identique. Marcus Ulrich vient de l'apprendre en ce jour de février où il quitte à nouveau l'hôtel particulier du scandale et traverse la place Louise d'un pas furieux.

Il est décidé à consulter la faculté de médecine tout entière. Ce Graff l'exaspère, il convient de lui faire mordre la poussière afin qu'il cesse de ridiculiser la police de la ville.

Les membres de la faculté de médecine, pour la plupart chenus et barbus, considèrent le problème posé avec circonspection. Ils se consultent longuement, avant de réunir enfin une commission spéciale dont fait d'ailleurs partie le docteur Graff, leur éminent confrère.

Durant ces longs mois de réflexion, Stauff, le valet de chambre, moisit dans une cellule. Régulièrement, Marcus Ulrich lui rend visite, hurlant, tentant sans relâche de le faire avouer:

— Dis-le que tu l'as tuée!

— Ce n'est pas moi, je n'ai rien fait!

Dialogue sans issue.

Le corps de la comtesse von Gorlitz est exhumé, et la fine fleur de la science se penche sur les os calcinés, longuement, avec précaution, avant de déclarer à l'unanimité, moins la voix du docteur Graff:

— Il s'agit d'un incendie volontaire, et non d'une combustion spontanée!

Graff est en colère!

— Vous avez peur des conclusions! Vous vous conformez aux idées reçues! Vous ne tenez aucun compte de l'importance de la calcination! Vous savez pertinemment qu'elle est impossible à ce degré-là, sans un incendie gigantesque!

— Mon cher confrère... lui est-il répondu à voix basse et sur un ton mesuré... Mon cher confrère, il ne serait pas convenable de prendre en compte le surnaturel dans une Académie de médecine... Soyez raisonnable. Le scandale est déjà suffisant...

Marcus Ulrich triomphe. Contraint de libérer provisoirement son coupable, sur injonction de la défense, il lui remet la main dessus avec satisfaction.

A noter que le malheureux n'a pas pris la fuite durant cette parenthèse, ce qui semblerait être en faveur de son innocence.

Cette fois, donc, c'est la cour criminelle. Les mois ayant passé et s'étant transformés en années, nous nous retrouvons en 1850, dans le majestueux tribunal de Darmstadt, tout de lambris et de candélabres inquiétants, lumières approximatives pour une justice bien difficile à rendre. Les faits ne sont toujours pas clairs, en effet, et la Cour fait appel à deux célébrités scientifiques de l'époque, le baron Justus von Liebig et Théodore Bishof. Le baron Justus von Liebig est le célèbre inventeur des bouillons Liebig... mais aussi du lait artificiel pour les bébés et du pain chimique. Sa renommée est énorme. Il a créé le premier laboratoire-école de chimie en Europe. Une foule d'étudiants se presse à ses cours à l'université de Giessen et, depuis 1845, Louis II de Hesse-Darmstadt l'a fait baron.

A l'époque du procès, il est membre de toutes les académies savantes d'Allemagne, d'Angleterre, de la célèbre Société royale, membre des académies de sciences d'Amérique, et aussi de Paris. Il est considéré comme le premier créateur des techniques d'analyses chimiques et physiologiques.

Avec ses tablettes de bouillon, il a atteint une gloire contestable selon les puristes... Mais quoi, le bouillon Liebig est toujours là et, durant le siège de Paris, en 1870, il permit à nombre de citadins de ne point mourir de faim. L'homme est éclectique, aventureux, touche-à-tout, désireux de mettre la chimie au service de l'homme.

En passant, pour le plaisir: il a trouvé comment argenter le verre, comment blanchir à l'ozone les tissus végétaux, le papier par exemple, et il s'intéresse à l'étude des bouquets des vins...

Cela dit, son *Traité de chimie organique appliquée à la physiologie et à la pathologie* est une somme importante pour l'époque.

Donc, le baron Justus von Liebig et son éminent confrère non moins savant, le docteur Théodore Bishof, sont face au problème de la combustion spontanée d'un corps humain. Sujet fantastique. Et l'on oublie quelque peu, dans cet enthousiasme de bagarre scientifique, le malheureux Stauff, accusé d'avoir assassiné la comtesse, accusé d'y avoir mis le feu ensuite. On en oublie même la comtesse, pour ne s'occuper que de ses restes. Qui était la comtesse? Avait-elle des ennemis, des amants? Sa nervosité l'a-t-elle amenée à un suicide rocambolesque?

C'est alors qu'en pleine audience, l'accusé Stauff se lève soudain et déclare:

— Je plaide coupable.

Il nie depuis le début et voilà qu'il se dit coupable?

— Avez-vous fait des aveux?

— Oui, j'ai fait des aveux au policier Marcus Ulrich.

Grimace de la défense et grimace aussi du juge. Il n'aime guère les aveux «spontanés», obtenus en prison, à l'ombre des grilles d'une cellule, sous le regard unique et comminatoire d'un policier.

— Voulez-vous renouveler vos aveux devant la Cour?

— J'ai étranglé la comtesse et j'y ai mis le feu.

— Comment l'avez-vous étranglée? A l'aide de quoi?

— Je ne sais plus. Je l'ai peut-être assommée...

— Soyons clairs, Stauff... L'avez-vous étranglée ou assommée?
— Je ne me rappelle plus. Peut-être les deux.
— Et quel était votre mobile?
— Je n'ai pas de mobile?
— Êtes-vous devenu fou, soudainement?
— Je ne sais pas.
— Êtes-vous fou actuellement?
— Je ne sais pas.
— Asseyez-vous.

Marcus Ulrich, le chef de la police, est impassible dans son coin, derrière ses moustaches. Il supporte avec tranquillité le regard furieux du docteur Graff. Mais...

Voici venir en ce tribunal les deux sommités scientifiques. Le baron von Liebig et le docteur Bishof, lesquels déclarent à la Cour, conjointement, le résultat de leurs expériences.

— Nous avons tenté de reproduire en laboratoire l'incendie d'un corps humain, dans des conditions semblables à celles de la mort de la comtesse von Gorlitz.

— Veuillez-nous faire part de vos conclusions, baron von Liebig.

La célébrité de Liebig enchante la Cour qui l'écoute religieusement énoncer la chose suivante:

— Il est impossible de mettre le feu à un corps et d'obtenir le résultat que nous connaissons sur celui de la comtesse.

Brouhaha... exclamations et murmures dans la salle. Le maigre docteur Graff relève le menton et le petit policier Ulrich mord ses moustaches. Le président calme le public mondain et demande alors:

— Votre expérience prouverait-elle qu'il a été impossible à l'accusé de faire brûler le corps?

— C'est exactement cela. Il est absolument certain qu'un corps brûlant aussi intensément aurait nécessité, d'une part un feu bien plus important et que, d'autre part, il aurait communiqué l'incendie à tout l'étage de la maison. Ce sont nos conclusions après expériences. Les détails sont dans un rapport circonstancié, vous y constaterez que nous avons reproduit très exactement, ainsi qu'il convient pour une expérience de laboratoire, les conditions matérielles de l'environnement.

Ils ont même choisi un corps de femme. Dieu sait quel tollé provoquerait de nos jours ce genre de déclaration! Mais le tribunal de Darmstadt, en 1850, ne se préoccupe pas du respect des cadavres et de l'éthique scientifique. Au contraire, il apprécie. Imaginez qu'un corps de femme brûle plus vite qu'un corps d'homme? Il s'agit d'être précis en tout.

Bien évidemment, la déclaration de von Liebig, natif de Darmstadt, célèbre dans le monde entier, pionnier de la recherche, fait une impression terrible au jury. Lequel se trouve bien ennuyé cependant. Le voilà devant un coupable qui avoue un crime impossible à commettre.

Restent les autres. Tous les gros bonnets de la faculté de médecine de Darmstadt, qui s'en tiennent, eux, à l'incendie volontaire. Qui ne veulent pas céder, même devant la célébrité de von Liebig. Tous ces mandarins confits sur le siège académique pensent probablement que l'enfant du pays devenu riche et considéré de par le monde est un empêcheur de dormir. Nul n'est prophète en son pays. Jalousie, acrimonie; bref, c'est non. Mordicus. Que von Liebig retourne à ses bouillons, son lait maternisé, son pain chimique et ses honneurs.

Mais le dossier criminel reste incertain. Pas de mobile. Des aveux tardifs obtenus par un policier au bout d'un an d'emprisonnement...

Quant à déterminer si oui ou non la combustion d'un corps peut être spontanée, il faudrait d'abord savoir si, dans ce cas précis, elle a pu être accidentelle. Sans rien brûler autour de lui, ce cadavre de comtesse est un mystère irritant. Une commode léchée par le feu... à peine noircie, une trace sur la table de toilette, le trou dans le tapis d'Aubusson...

Il reste que le dénommé Stauff ayant avoué est, en principe, condamné à mort. C'est la loi dans la province de Hesse, surtout lorsqu'il s'agit d'une comtesse. Le jury populaire ne semble cependant pas convaincu ni par les aveux, ni par les expertises, car il choisit un moyen terme. Stauff est condamné à la prison à vie, dans un premier temps. Puis sa peine est ramenée considérablement et enfin, après une période assez courte d'emprisonnement, il est relâché, en conditionnelle.

Pourquoi donc? Erreur judiciaire? Accord souterrain avec Marcus Ulrich, du genre:

— Avoue, tu seras condamné, on n'en parlera plus et moi, je te fais sortir!

Par orgueil, la police de Darmstadt, qui ne veut pas céder, trouve ce subterfuge. Possible.

Considérons une autre hypothèse. Quelqu'un d'autre que le valet de chambre est coupable d'avoir carbonisé la comtesse. Quelqu'un de renom, qu'il est préférable de protéger, pour des raisons politiques. Possible.

Considérons une troisième hypothèse. Il a été dit, sans vérifications possibles, que le baron von Liebig aurait déclaré:

— En réalité, l'expérience était impossible à refaire en laboratoire, très exactement dans les conditions décrites.

Quelles conditions décrites? Un tapis d'Aubusson, une commode de bois précieux, un poêle de faïence? Ou d'autres conditions... et décrites par qui?

Stauff libéré, l'affaire continue son petit bonhomme de chemin dans les académies.

— Aucun chimiste digne de ce nom ne peut prêter foi à la combustion spontanée!

Liebig était un chimiste digne de ce nom tout de même. Outre les inventions déjà citées, il avait découvert le chlorate, isolé le titane, un métal qui consent à fondre à mille huit cents degrés. Tout de même!

Autre chose de très important: dans les revues de médecine de l'époque, on peut trouver, répertoriés, un petit nombre de cas similaires. Un, en particulier, reproduisant très exactement le cas de combustion spontanée de la comtesse von Gorlitz.

Marie Jauffret, veuve d'un cordonnier, femme replète âgée de cinquante ans, adonnée depuis longtemps aux liqueurs fortes, termina ses jours par une combustion spontanée. Le rapport du médecin se résume ainsi:

Des restes de Marie Jauffret, je ne trouvai qu'une masse de cendres et quelques os calcinés. Une main et un pied avaient échappé à l'action du feu ainsi que l'occipital. Près d'un cadavre était une table intacte et, sous cette table, une chaufferette éteinte. La chaise sur laquelle se trouvait probablement assise Marie Jauffret au moment de l'accident avait le siège et les pieds à moitié carbonisés. Aucune trace de feu, ni dans la cheminée ni dans la chambre; tous les meubles existaient dans leur intégrité de sorte que, à l'exception de la chaise, aucune matière combustible ne me parut avoir contribué à une aussi prompte incinération du cadavre, opérée en l'espace de quelques heures.

Conclusions: en collationnant plusieurs rapports de combustions spontanées, il faut admettre que la chose ne se produit pas dans les conditions ordinaires d'une combustion par le feu, mais qu'il existe un ensemble de circonstances spéciales, provoquant et entretenant la combustion. Il a été remarqué que cette combustion spontanée ne frappait que les sujets atteints d'embonpoint, adonnés aux liqueurs fortes, dont le corps est en quelque sorte saturé d'alcool. Il se pourrait que la substance de nos tissus se combine à la matière alcoolique et provoque une réaction particulière facilement inflammable. Des gaz peut-être, que nul ne peut analyser au moment où ils se produisent, et capables de s'enflammer à la moindre étincelle.

Le baron Dupuytren (1777-1835), membre de l'Académie royale de médecine, chirurgien de Louis XVIII et de Charles X, grand patron de l'Hôtel-Dieu, maître d'enseignement supérieur d'anatomie et de pathologie, donne sa version de l'«accident» de combustion spontanée:

Une femme... — c'est toujours une femme que l'on cite, ce siècle était macho — *une femme, donc... rentre chez elle un soir, après avoir bu un certain nombre de liqueurs fortes. Il fait froid, elle allume un feu pour se réchauffer ou s'assied sur une chaise, sous laquelle est disposée une chaufferette remplie de braises.*

Au coma produit par l'alcool s'ajoutent les vapeurs de charbon. Le feu prend aux vêtements et, dans cet état comateux, la femme ne ressent pas de douleurs. Elle est dans une totale insensibilité. Le feu gagne, les vêtements s'enflamment et se consument. La peau brûle, l'épiderme carbonisé se crevasse. La graisse fond et coule à l'extérieur du corps. Une partie ruisselle sur le parquet, le reste sert à alimenter la combustion. Le lendemain matin, tout est consumé.

Donc, la combustion spontanée existe. Donc, la comtesse avait un secret, elle buvait... Elle était replète sous ses robes de cour, dodue. Ayant allumé un peu de feu dans le poêle, sans avertir son valet de chambre afin qu'il ne la voit point en état d'ébriété, elle mourut solitaire, en combustion lente...

Et mystérieuse.

Il apparaît tout aussi mystérieusement que les combustions spontanées ne se produisent pas de nos jours. Les femmes ne seraient plus aussi grasses ? Ne s'adonneraient-elles plus aux liqueurs fortes ? N'allumeraient-elles plus de chaufferettes à charbon, de poêle à bois ?

Il semble. La mode leur intime l'ordre de boire de l'eau, d'éliminer, d'être mince. Le chauffage est électrique, ou au gaz, il n'y a plus d'étincelle disponible pour entretenir la flamme du mystère.

L'enfant né du tombeau

Sur un lit de dentelle blanche, entouré de roses blanches, repose le corps de Maria Magdalena Goring, épouse bien aimée de Rudolph Goring, décédée dans sa vingtième année.

Mystérieusement décédée. Comment une jeune femme alerte, au pied sûr, a-t-elle pu tomber accidentellement dans la rivière et en mourir ?

Autour de la couche funéraire, le prêtre et le médecin du village, tous deux presque aussi vieux que le vieux château des Goring. Ils sont arrivés trop tard. Le premier pour donner l'extrême-onction, le second pour réanimer la noyée.

Nous sommes en juillet 1901. Maria Magdalena aurait eu vingt ans aux vendanges. Belle comme la saison qui la vit naître, c'était un petit bout de femme fragile, noyée sous une cascade de boucles châtain qui avaient parfois, dans la lumière, des reflets prune. Elle riait comme un oiseau, trottinait comme une souris, s'essoufflait pour un rien et réclamait protection de tout.

Rudolph est beaucoup plus âgé que sa jeune épouse — presque quarante ans déjà. Il n'aura connu d'elle que deux années de bonheur fragile et délicat, après un triste célibat de misogyne convaincu.

Dernier représentant d'une famille jadis illustre mais appauvrie en ce début de siècle, il ne voyait guère l'utilité de prolonger cette décadence. Prendre femme, faire des enfants, remplir de cris et de rires le manoir sinistre, il n'y songeait pas jusqu'à cette apparition dans un jardin.

Maria Magdalena, une lointaine parente, si lointaine qu'il ne l'avait connue d'abord qu'en enfance, alors qu'il était déjà jeune homme. Et puis, un jour, auréolée de ses dix-huit ans tout neufs, elle était apparue dans une robe de drap ivoire, brodée de fleurs mauves et bleues, la taille fine prise dans un gilet de Chantilly blanc. Une fleur dans un verger. Une fleur en visite, une fleur orpheline, sévèrement gardée par deux tantes redoutables.

Comme souvent en ces temps de féminité en esclavage, la visite des deux tantes n'était pas innocente: caser la jeune nièce sans dot à ce lointain neveu par alliance.

Rudolph, pourtant méfiant, avait complètement négligé le piège grossier, subjugué qu'il était par cette jeune fille qui lui souriait comme une offrande, dans le verger centenaire de son domaine. Ils avaient calculé, en zigzaguant sur l'arbre généalogique, qui était l'oncle du cousin de la tante, qui... Et ils avaient ri de leur bon tour. Tomber amoureux l'un de l'autre, au nez et à la barbe des deux marieuses!

Ainsi Rudolph, grand et mince, sombre philosophe, plus épris de livres et de musique que de féminité, était tombé en une seconde amoureux fou de l'apparition. On la lui offrait mais il l'avait choisie, élue, avec passion. Et Maria Magdalena, de son côté, éblouie par cette passion, libérée de son triste orphelinat provincial, s'était mise à courir dans le parc, à rire dans les couloirs sombres, à ouvrir toutes les fenêtres, et à réclamer des roses en son jardin.

Ce 25 juillet de l'année 1901, sous une ombrelle de dentelle, elle se promenait au bord de la rivière, seule, juste accompagnée d'un chien. Au soleil couchant, le chien était revenu sans elle. Et deux serviteurs, partis à la recherche de la jeune maîtresse, avaient retrouvé un petit corps sans vie sur la berge, à un bon kilomètre du château.

Le monde de Rudolph Goring s'est effondré en voyant revenir le cortège funèbre. Durant plus d'une heure, il a tout tenté pour rendre la vie à sa femme. Il aurait donné son souffle, sa vie, pour ramener des couleurs sur les joues ivoire, pour que cette poitrine fragile ait un sursaut. Pour réchauffer le corps de glace.

Le médecin, dès son arrivée, s'est penché sur la jeune femme. Le petit miroir devant la bouche ne s'est pas embrumé. La veine bleutée sur le cou de nacre n'a pas palpité. Alors, il a signé l'acte de décès et Rudolph s'est mis en prière, effondré sur le prie-Dieu du boudoir, touché à mort par une telle injustice.

La servante s'est approchée du médecin pour lui confier un secret que le maître lui-même ignorait.

— Madame était enceinte. Quatre mois, je pense. elle attendait d'être sûre que tout irait bien pour l'annoncer au maître. Faut-il lui dire?

A quoi bon? A quoi bon alourdir la peine de ce malheureux en lui annonçant qu'il était plus que veuf?

Et le prêtre? Qu'en pensait-il?

— Je bénirai l'enfant en bénissant la mère. Il vivait en elle, il est mort en elle, ils auront la même sépulture. Nous ferons ce chagrin au père plus tard. Que Dieu nous pardonne de mentir par omission.

Maria Magdalena sera donc inhumée dans le parc du vieux château, ainsi qu'il est de coutume, près de la chapelle, parmi les dernières demeures des Goring.

Par la fenêtre du salon, le jardinier observe la scène. Embauché récemment pour cultiver les roses de Maria Magdalena, il n'éprouve pas les mêmes sentiments que les autres serviteurs. Il est même assez indifférent au drame et songe surtout à sa place. Qui voudra des roses à présent? Va-t-on le garder? Rudolph Goring n'a rien d'un riche propriétaire, toute sa fortune est représentée par ce château, dont la moitié est en ruine. Le salaire du jardinier était une charge pour lui, les roses mourront avec leur maîtresse, le jardinier s'en doute. Il l'a deviné au regard sombre de Rudolph alors qu'il lui intimait l'ordre de couper toutes les roses de juillet pour en faire l'ultime sépulture de son épouse. Une moisson de velours et d'épines que Rudolph a lui-même disposée sur la couche mortuaire.

Le jardinier s'approche un peu plus près de la fenêtre et observe. Demeuré seul, Rudolph se livre à un étrange cérémonial. Il tient entre ses bras un petit coffret d'où il sort un par un des bijoux somptueux, dignes d'une princesse.

Le jardinier écarquille les yeux de surprise. Dans ce château où l'argent est si rare, voilà soudain qu'apparaît un trésor. Rudolph tient dans ses mains un collier dont les émeraudes et les diamants étincellent à la lueur des candélabres. Il s'approche et, cérémonieusement, l'accroche délicatement au cou de l'épouse défunte. Puis il sort du coffret un bracelet aussi étincelant, qu'il glisse au poignet, enfin, il dispose sur la poitrine de sa bien-aimée, deux boucles d'oreilles comme deux larmes vertes... Cette parure est tout ce qu'il reste de la magnificence ancienne des Goring, jadis comtes et fidèles sujets de l'empereur d'Autriche.

Après Maria Magdalena, il n'y aura plus d'autre femme dans la lignée, les Goring s'éteindront et c'est à elle que Rudolph confie l'héritage familial, qu'il enterre définitivement. Geste théâtral et suicidaire financièrement, car le moindre de ces diamants, la vente de la plus petite de ces émeraudes redonnerait au vieux château un toit convenable, des écuries, des chevaux, des calèches...

Olaf Berguer, le jardinier, est complètement fasciné par ce désastre. Les seigneurs sont d'étranges humains. Comment peut-on sacrifier ainsi une telle fortune au nom de l'amour? C'est ridicule. Le maître ne peut pas faire cela. Ce doit être un rite, une dernière parure qu'il reprendra au moment de l'inhumation. Nul ne peut être fou à ce point.

S'il le pouvait à cette seconde, Olaf s'emparerait bien d'une seule de ces boucles d'oreilles. Une seule lui suffirait à rentrer chez lui, dans son village, et à y bâtir la plus belle des maisons. Il en a les yeux écarquillés de convoitise, le cerveau bloqué, il en transpire de désir.

Olaf recule silencieusement et se rend comme les autres domestiques à la chapelle pour y préparer la cérémonie funèbre.

Maria Magdalena doit reposer dans le caveau de famille, lequel se trouve au bout d'un escalier de pierre qui descend abruptement dans les profondeurs de la chapelle du château. La crypte est humide, il y règne un froid glacial.

Le 26 juillet, lendemain de la mort de Maria Magdalena, les domestiques déposent dans la chapelle le corps de la jeune femme, recouvert d'un linceul blanc qui ne laisse dépasser que son visage, superbe jusque dans la mort.

Rudolph y passe toute la nuit en prière. A bonne distance, caché derrière un pilier, Olaf le jardinier guette. Les bijoux sont-ils toujours là ? Comment savoir ? Il lui semble bien deviner sous le drap blanc la forme du collier. Mais il voudrait en être sûr.

Une longue nuit de prière. Une longue nuit d'attente. Enfin Rudolph s'approche, se penche sur le corps, replie le linceul, et s'abîme dans le spectacle de cette beauté qui va lui échapper demain, qui va disparaître sous une lourde pierre, dans la nuit du caveau.

Depuis son coin d'ombre, le jardinier distingue l'éclat des diamants. Celui, aussi, plus sombre des émeraudes.

Deux jours ont passé. Vient enfin la cérémonie funèbre. La messe est courte dans la chapelle. Le prêtre a parlé de rédemption, de Paradis, d'un ange rappelé à Dieu. Puis, Rudolph et un serviteur descendent eux-mêmes le cercueil dans la crypte, à pas lents pour ne pas glisser sur la pierre moussue. Il ne manque que la dalle gravée, le marbrier du village doit la livrer dans quelques jours.

Le prêtre s'en va, suivi des domestiques. Rudolph demeure seul devant le cercueil. Il ne se résigne à regagner le château qu'à la nuit tombée. Inconsolable, il s'est endormi de chagrin.

Or, pendant ce temps, à l'auberge du village, Olaf le jardinier, le cerveau embrumé quelque peu par la bière, accroche l'épaule d'un ami. Une sorte de brute au regard surbaissé sous d'énormes arcades sourcilières, dans lequel l'on chercherait vainement une lueur d'intelligence. L'homme s'appelle Bertie. D'ordinaire, il est employé à l'auberge, au soin des chevaux de passage et à divers travaux de force.

D'une voix pâteuse, le jardinier demande :

— Eh, Bertie ! t'as peur des morts ?

— Pourquoi que j'aurais peur des morts ? Ça ne peut pas te mordre, un mort.

— Écoute... Bertie... J'ai une affaire à te proposer.

Bertie écarquille deux petits yeux porcins et s'efforce de comprendre. Quel genre d'affaire pourrait bien lui proposer ce petit malin de jardinier. Détourner une charrette de fumier ? Dérober des paniers de cerises pour les revendre au marché ? Échanger un cheval boiteux contre un alezan de calèche ?

— Écoute bien, Bertie. Tu sais qu'on a enterré la dame du château aujourd'hui ?

— Je sais. Pourquoi tu parles si bas ?

Bertie prête l'oreille car son camarade de beuverie murmure avec prudence, en examinant alentour les clients de l'auberge.

— Elle est là-bas, Bertie... dans cette espèce de petite église qu'ils ont dans le parc... Et moi, j'ai tout vu avant qu'il referme le cercueil.

— T'as vu quoi ? Le diable ?

— Tais-toi donc, ne crie pas si fort. J'ai vu le Maître. Il lui a mis plein de bijoux sur le corps, des bijoux comme je n'en ai jamais vus et toi non plus, pour sûr. Des choses de princesse... Y'en a pour une fortune.

— Ah bon ? C'est bien des idées de riches, ça...

— T'as raison... Et là où elle est, cette pauvre femme, ça peut pas lui servir. Si on ne fait rien, voilà une fortune perdue pour tout le monde...

— Ben, qu'est-ce que tu veux faire ?

— Et si on allait rendre une petite visite à la morte ? Qu'est-ce que t'en dis ? Bertie ?

— Ben, c'est pas des choses qu'on fait. C'est sacrilège. On va pas fouiller chez les morts sous la terre... Ça, non..

— Écoute, Bertie. Personne ne le saura. On remettra tout en place. On fera même une prière. Et puis on partagera. Je te donnerai un beau diamant. Tu sais ce que c'est qu'un diamant ?

— Ben, je n'en ai jamais vu.

— Ça vaut plus cher que l'or.

— Plus cher que l'or du ciboire de la messe ?

— Et comment !

— Qu'est-ce qu'il faut faire, alors ?

— Y'a qu'à ouvrir la grille, c'est tout. Après, on n'aura plus qu'à se baisser pour ramasser la fortune. Juste un cercueil à ouvrir. Ce n'est pas difficile.

Quelques bières de plus, quelques beaux rêves... et Bertie se laisse prendre dans l'histoire. Voici qu'Olaf l'entraîne insensiblement au-dehors...

Voilà donc les deux hommes dans le parc, glissant d'arbre en arbre jusqu'à l'entrée de la chapelle dont l'ancienne croix gothique paraît bien menaçante sous la lune de juillet.

Les deux voleurs se faufilent jusqu'à la grille de fer forgé, à l'entrée de la crypte. Olaf la croyait fermée et avait besoin des muscles de son compagnon pour la forcer. Or, le battant cède à la première pression. L'énorme clé pend au bout d'une chaîne, personne n'a fermé. Probablement dans l'attente de l'installation de la dalle de pierre.

Les deux hommes descendent l'escalier de pierre, prudemment, dans l'odeur humide de moisi et le froid glacial du caveau. Puis Olaf bat le briquet et désigne le cercueil au fond du trou.

— Vas-y, Bertie, ouvre-le.

Rien n'est plus lâche, rien n'est plus méprisable que des profanateurs de tombes. Ce sont des êtres en état d'aliénation mentale pour la plupart, ou des fanatiques, ce qui revient quasiment au même. Au siècle dernier, les pilleurs de tombes exerçaient assez souvent leurs méfaits, car on enterrait les morts parés de leurs bijoux personnels, des alliances toutes simples, le plus souvent. Mais les horribles fossoyeurs, exerçant parfois officiellement ce métier, s'étaient spécialisées dans la récupération des alliances, chaînes de cou ou de montre, dents en or et boucles d'oreilles. Les peines encourues étaient lourdes. Pourvu qu'elles le soient encore... car les lâches et les déments de ce genre fréquentent encore les cimetières, nous le savons depuis peu.

Bertie pose ses énormes mains sur le cercueil, tandis qu'Olaf lève une vacillante bougie, afin d'éclairer la sinistre besogne. Il s'agit de dévisser le dessus du cercueil. Bertie s'y emploie avec force, il sort même un couteau de sa poche pour aider à l'ouvrage.

— Ne fais pas ça, imbécile! Si quelqu'un voit les traces, on sera pris...

Mais les mains de Bertie ont beau être larges et solides, les vis lui échappent. Olaf décide:

— Reste là, éteins la bougie quand je serai parti. Je vais chercher un outil dans la grange.

— Je ne veux pas rester tout seul.

— T'avais dit que tu n'avais pas peur des morts, imbécile! Mauviette!

— Eh! Je ne suis pas une mauviette, tu veux que je t'étrangle d'une main pour voir?

— Arrête Bertie, Écoute-moi. Je suis plus malin que toi, t'es d'accord?

— Tout le monde est toujours plus malin que moi... Le patron me le dit sans arrêt.

— Il a raison. Alors écoute-moi. Je vais chercher un outil pour dévisser. Tu éteins et, quand je reviendrai, je sifflerai deux coups, tu rallumeras la bougie pour que je descende.

— Pourquoi je ne peux pas garder la bougie...

— Parce qu'on pourrait te voir, si jamais le Maître venait faire une prière... Quand je reviendrai, tu rallumeras et moi, je ferai le guet pendant que tu dévisseras. Si quelqu'un venait, on aurait le temps de se cacher, tu comprends?

Bertie est d'accord. Il attend, pas longtemps. Une dizaine de minutes seulement. Mais lorsque le jardinier revient et siffle deux fois, il crie:

— Je suis là!

Le diable est avec eux. Pour l'instant, du moins car personne n'entend ce cri intempestif qui fait blanchir de trouille le jardinier Olaf.

— Ferme-la, imbécile... Mais ferme-la!

Certes, le diable est avec eux, et il ne les quittera plus.

Rassuré par le silence opaque, il est plus de minuit, Olaf se poste à quelques mètres du tombeau et regarde Bertie dévisser le cercueil.

— Pose les vis à côté de toi, ne les fais pas tomber, il faudra les remettre.

S'il savait, l'affreux Olaf! Il ne se croirait pas si malin...

La tombe étant relativement profonde, Bertie est contraint de se mettre à plat ventre au bord du trou pour retirer le couvercle du cercueil. Il peine mais fait glisser le couvercle verticalement. Il aperçoit maintenant le linceul, se penche, attrape le drap un peu au hasard, tire, et pousse un grognement d'extase:

— Ben dis donc... Qu'est-ce que c'est beau... Qu'est-ce que ça brille...

— Dépêche-toi, bon sang!

— Faut que tu me retiennes par les pieds, Olaf. Le collier, je ne peux pas le défaire d'une main.

Bon gré mal gré, Olaf le lâche est bien obligé de s'approcher du cadavre de sa maîtresse. Il en transpire de peur malgré le froid de la crypte. Mais la vue du fabuleux collier lui redonne des forces. Il attrape les deux pieds de Bertie, s'arc-boute et ordonne:

— Vas-y, tu peux lâcher les mains... Dépêche-toi, t'es lourd.

Lentement, les bras en avant, Bertie glisse ses mains derrière le cou de la jeune morte et bataille avec un fermoir dont il ne soupçonnait pas la difficulté.

— Je n'y arrive pas. J'ai les doigts trop gros.

Olaf le jardinier, s'énerve. Il n'en peut plus. De peur, d'envie d'attraper ces bijoux à portée de main, d'envie de détaler, d'envie d'étrangler ce lourdeau.

— Sors de là! Tu vas me tenir, c'est moi qui vais le faire.

Cette fois, la chose paraît plus facile. Olaf est bien plus maigre, ses doigts plus agiles. Bertie n'a aucune peine à le maintenir presque à l'aplomb du tombeau.

Les mains sacrilèges glissent sous la nuque. Le profanateur fermerait bien les yeux, s'il le pouvait, devant ce visage si blanc, ces mains diaphanes, croisées sur la poitrine, qui tiennent une rose blanche et les deux larmes d'émeraude, fixées à la dentelle de la robe mortuaire.

Si Olaf s'était contenté de dégrafer les boucles d'oreilles, peut-être... peut-être qu'il n'aurait pas vu ce qu'il a vu. Mais il voulait avant tout le gros du trésor. Le superbe collier.

Alors, il a soulevé la tête fragile et a tiré sur le bijou pour mieux voir le fermoir compliqué.

Olaf faisait-il un cauchemar ou cette nuque frémissait-elle réellement sous les cheveux tièdes? Vivante...

Dans la bibliothèque où il somnole, Rudolph Goring entend soudain un cri. Plus qu'un cri. Un hurlement, une plainte, un appel... Mon Dieu, cette voix, cette petite voix aiguë comme le cri d'un oiseau!...

Rudolph bondit comme un diable et se penche à la fenêtre. Il ne rêve pas, ce n'est pas un cauchemar, il entend bien une voix, celle de Maria Magdalena, sa femme, qui appelle de la chapelle... La voix vient d'outre-tombe.

Alors Rudolph court, court à travers les arbres du parc, le cœur en chamade, trébuchant dans le noir, guidé par cette voix aiguë, qui lui demande de l'aide:

— Rudolph... Rudolph... aide-moi... Rudolph!

Il dévale les escaliers dans le noir, au risque de se rompre le cou. La voix est toute proche. Il bute sur quelque chose, un corps renversé, auquel il ne prête pas attention. C'est Bertie.

La bougie fume dans un candélabre et diffuse une lumière fantomatique. Rudolph voit le couvercle du cercueil, il se penche vers le trou béant du caveau et se fige, glacé de terreur, devant un spectacle effrayant.

Le corps d'un homme pèse de tout son poids sur celui de Maria Magdalena dont il voit les bras se débattre, se tendre vers lui, s'agripper au corps de cet homme pour le repousser. La voix bien-aimée appelle désespérément:

— Rudolph... au secours! Rudolph, où suis-je? Que se passe-t-il, mon Dieu... Sauvez-moi! Rudolph!

Rudolph est là, hébété, paralysé, le cœur soulevé d'une émotion si violente, qu'il a du mal à se pencher à son tour, à empoigner le corps de cet homme, à le tirer hors du tombeau.

Deux bras blancs se tendent alors vers Rudolph qui se précipite et descend dans le caveau pour serrer contre lui une revenante.

Maria Magdalena est vivante! Vivante! C'est à devenir fou! A mourir d'émotion!

Il palpe le visage, la poitrine, les mains. Elle a froid, mais elle vit. Les jolis yeux noisette cernés de bleu, affolés, ne comprennent pas:

— Où suis-je Rudolph? Que s'est-il passé? Mon Dieu, ces hommes horribles! J'ai eu si peur en me réveillant!

Trois jours après sa mort, Maria Magdalena était donc vivante...

Il fut un temps où ce genre de choses arrivaient. Arrivent encore parfois, rarement. Coma profond, catalepsie, corps refroidi, en état de survie imperceptible et indécelable. En tout cas, en 1901, avec les moyens de l'époque, le médecin prévenu de la noyade a cru de bonne foi à la mort de la jeune femme.

Appelé par Rudolph, il accourt au trot de sa calèche, se penche sur la revenante et n'en revient pas lui-même.

— On m'a rapporté une histoire semblable au siècle dernier... Une malheureuse marquise, en France, ainsi dépouillée par sa servante dans son tombeau. La servante a voulu se venger et a giflé la malheureuse avant de lui dérober ses bijoux. Puis, la voyant revenir brutalement à la vie, elle s'est évanouie de peur et est restée démente pour la vie...

Où sont les coupables?

Au fait, c'est vrai, où sont les coupables? Rudolph serait presque prêt à les remercier... Olaf et Bertie... Comment ont-ils vécu cet instant?

Mal. On s'en réjouit pour eux. Le premier a hurlé de terreur en sentant une main repousser la sienne...

Maria Magdalena revenait lentement à la vie; l'air, après l'ouverture du cercueil a accéléré le processus. Le geste pour lui relever la tête l'a réveillée. Sa main s'est levée pour comprendre ce qui l'effleurait, ses yeux se sont ouverts, ont vu tout près le faciès de l'immonde jardinier. Elle s'est débattue immédiatement et Olaf, saisi de la terreur qu'on imagine, s'est évanoui instantanément sous le choc. Quant à Bertie, il a lâché prise, s'est effondré sur le sol de la crypte, paralysé, réduit à l'état de pierre, les yeux révulsés. Fou. Il fut condamné à des années de prison, comme Olaf le jardinier. Mais des années qui ne leur servaient plus à rien. Hors du monde des vivants. Déments.

La vie reprit au château.

— Votre femme attendait un enfant, Rudolph, il vivra.

L'enfant naquit en effet, de la tombe. Et il vécut, assurant ainsi la descendance des Goring.

Mais Maria Magdalena ne survécut pas aux douleurs de l'enfantement. Son extraordinaire aventure de mort l'avait fragilisée encore davantage. Quelques semaines après la naissance de l'enfant, elle mourut pour de bon cette fois.

Rudolph attendit longtemps pourtant, à son chevet. L'ayant déposée dans la crypte une seconde fois, il interdit que l'on fermât le cercueil et le garda ouvert au-delà du supportable. Il fallut l'arracher à cette veillée funèbre.

L'on dit que Maria Magdalena fut à nouveau enterrée sous la lourde pierre, gravée cinq mois avant sa véritable mort, parée de ses bijoux somptueux. Où? Il est hors de question de le révéler.

On dit, dans la campagne viennoise, que les diamants brûlent les yeux des profanateurs, enflamment leur cerveau et les guident en enfer. C'est sûrement vrai.

Le silence de mort

William Murris dort profondément dans son cottage de Los Angeles. A côté de lui, Suzanna, son épouse, dort moins profondément. Elle s'agite, se retourne, se redresse sur un coude, soupire et siffle avec désespoir, pour faire cesser les ronflements de son époux. William est obèse. Chacun de ses poumons semble souffrir terriblement de la position allongée et emmagasiner si peu d'air à chaque inspiration, que chaque expiration provoque une terrible douleur. Suzanna n'en peut plus. Soudain elle secoue violemment le dormeur:

— William, réveille-toi... William, j'ai entendu des coups de feu... Mais réveille-toi, bon sang!

William grogne, les yeux clos:

— Je dors. Fous-moi la paix!

Suzanna a réellement entendu des coups de feu. L'énervement du manque de sommeil et l'angoisse lui font dire des choses qu'elle retient depuis longtemps:

— Oh non! Tu ne dors pas, tu ronfles comme un porc depuis des heures. Je n'appelle pas ça dormir, j'appelle ça empêcher l'autre de dormir! Réveille-toi ou je t'assomme. On a tiré dehors!

William Murris se redresse sur ses oreillers avec difficulté, s'étire, bâille et, poussé par sa femme, se lève enfin pour aller mettre le nez à la fenêtre.

Il n'entend rien, ne voit rien. Il râle à son tour.

— Tu as rêvé! Qu'est-ce qui te prend de me réveiller en pleine nuit? Si tu ne supportes plus de dormir dans mon lit, il y a le canapé du salon!

Et William Murris se remet au lit en grommelant, grommellements qui se transforment rapidement en nouveaux ronflements.

Deux heures passent, l'aube pointe doucement derrière les volets. William ronfle toujours avec une volupté indécente. Suzanna s'apprête à abandonner le combat pour aller boire un café lorsque, à nouveau...

— William, ça recommence! Réveille-toi! Fais quelque chose! Va voir!

— La paix, Suzanna...

— Ah non, cette fois, pas question! Je te dis que ça recommence, on tire! Quelqu'un pleure... J'entends des lamentations, des prières plutôt, William, je t'en prie, ça vient de la maison des Madison...

— Nelly? Pourquoi voudrais-tu qu'elle se lamente à 5 heures du matin? Elle a dû mettre la radio!

— Ils n'ont pas de radio, William!

— Alors, c'est un chat qui miaule...

— Et les coups de feu?

— Ils sont dans ta tête les coups de feu!

— William, lève-toi! Je suis sûre que c'est grave!

William se lève tout de même.

— Bon... d'accord... J'y vais. J'y vais pour te mettre le nez dans ta bêtise.

Il enfile une robe de chambre douillette sur son pyjama, met ses chaussures, cherche son chapeau et sort dans l'aube bleuâtre de cet hiver 1931. Il franchit en frissonnant les quelques mètres qui séparent son cottage de celui des Madison et frappe. Pas de réponse. Il sonne, frappe à nouveau, appelle et attend. Il n'obtient rien que le silence. Mais un silence étrange. Il est des silences bienfaisants, des silences réparateurs, des silences paisibles. Ce silence-là est angoissant... Même le gros et placide William Murris le ressent. Voilà qu'il a peur tout à coup, là, devant cette porte muette, ce silence anormal...

Derrière, en chemise de nuit sur le pas de leur porte, Suzanna lui crie:

— Enfonce la porte si on ne répond pas, c'est pas normal!

Prudent et circonspect, William fait d'abord jouer la poignée et recule de surprise. La porte s'ouvre toute seule...

William Murris n'est pas un héros. Il ne fonce pas au-devant du mystère, du danger. D'ailleurs, il ne fonce jamais sur rien. C'est donc à pas lents qu'il pénètre dans le vestibule et cherche, en tâtonnant, la porte du salon. Il est venu souvent chez ses voisins, mais ne connaît pas pour autant l'emplacement des interrupteurs... Dans le salon, il prend le temps d'accoutumer son regard à la pénombre et distingue peu à peu un rai de lumière sous la porte voisine, celle de la chambre à coucher. Il stoppe immédiatement sa progression.

De quoi aura-t-il l'air s'il trouve les Madison en petite tenue et batifolant tranquillement comme les deux jeunes mariés qu'ils sont? Suzanna n'a même pas pensé à cela... «Des gémissements, des pleurs» dit-elle... Sa conception des joutes amoureuses retarde de plusieurs années...

William hésite toujours mais se rappelle autre chose. Suzanna a parlé de coups de feu cette nuit. On ne sait jamais... Alors, prudemment il appelle :

— Eric ? Nelly ? Vous êtes là ?

Toujours ce silence, cet insupportable silence alors qu'il y a là un rai de lumière... Le gros estomac de William Murris commence à se nouer désagréablement. Il avance, frappe à la porte :

— Eric... Nelly... répondez-moi ! Tout va bien ? Vous êtes là ? On a entendu des bruits... Enfin, répondez !

Silence. Alors, William pousse doucement la porte de la chambre à coucher, très doucement... les mains moites, la gorge serrée, car il a véritablement peur maintenant.

Sous son regard sidéré, un décor atroce : Nelly Madison est agenouillée à terre, elle tourne vers William un visage déformé par la terreur, au regard atrocement fixe. Les immenses yeux clairs paraissent plus immenses encore, démesurés. Et, en apercevant son voisin, elle pousse soudain un cri d'angoisse effrayant. Un hurlement si profond, tellement inhumain, que le malheureux William a l'impression d'être soudain enveloppé par ce hurlement, comme par un tourbillon d'horreur. Il en est statufié et met un certain temps avant d'apercevoir à terre le corps d'Eric Madison. Immobile.

Nelly Madison est son épouse depuis cinq ans. C'est une jeune femme mince et brune, au visage de madone, aux grands yeux verts. Une vraie beauté. Mais, en ce moment, elle a l'air d'un monstre. Bouche ouverte sur le hurlement, les traits distendus, le long cou mince, crispé, tendu comme un arc sous la violence du cri. Et soudain le silence. Elle se tait, aussi brutalement qu'elle a hurlé. Elle contemple le corps de son époux, tout habillé, et baignant dans une mare de sang. William n'a jamais vu autant de sang d'un seul coup. Plusieurs blessures au ventre, à la poitrine et à la tête d'Eric, laissent encore échapper de minces filets rouges.

Toujours pétrifié devant ce spectacle, William Murris a du mal à arracher ses yeux de tout ce rouge visqueux. L'odeur caractéristique lui parvient, fade, oppressante. Bizarrement, un crucifix a été placé sur la poitrine du mort. Deux bougies brûlent dans des chandeliers d'argent placés à sa tête, des fleurs retirées d'un vase ont été répandues sur le corps et sur le sol, comme pieusement effeuillées.

William Murris voit enfin les détails, il sort lentement du premier choc provoqué par ce spectacle insensé. Il réagit, s'ébranle enfin, veut s'approcher du corps. C'est à ce moment que Nelly se jette sur lui, en bafouillant des mots incompréhensibles. Elle s'accroche à ses épaules, s'agrippe à sa poitrine, retombe à genoux, se remet à psalmodier d'étranges prières, dans un langage inhumain. Il est fait de plaintes, de chants, de cris, de larmes... Une bête gémissante.

Il doit y avoir des heures qu'elle est ainsi. C'est donc cela que Suzanna a entendu cette nuit. La mort d'Eric doit remonter à 3 heures. Il s'est vidé de son sang... personne n'a rien fait pour le sauver. William, effrayé, pense soudain que, s'il était venu voir plus tôt, Eric ne serait peut-être pas mort. Il est désorienté, tout se mêle dans sa tête, les détails, l'horreur immense et ce qu'il faudrait faire maintenant. Quoi? Ah oui, appeler la police. Il cherche le téléphone, ne le trouve pas. Alors il veut faire de la lumière, mais, à peine a-t-il trouvé l'interrupteur et allumé, que Nelly Madison se dresse comme un diable, le bouscule, et s'enfuit dans la rue.

William n'a pas le temps ni le réflexe de la poursuivre. Il se sauve à son tour. Rester seul dans cette chambre horrible est au-dessus de ses forces. Expliquer ce qui se passe à Suzanna, il en est même incapable. Il la laisse entrer à son tour, l'entend hurler de peur et revenir en courant. C'est elle qui prend le téléphone et appelle la police. Elle qui explique ce qu'elle vu; elle qui secoue William devant les uniformes, quelques minutes plus tard:

— Où est Nelly? Tu as vu Nelly?...

— Elle... s'est enfuie quand j'ai allumé... Elle a couru, elle a disparu dans la rue. Je n'ai rien compris à ce qu'elle disait. Elle avait l'air complètement folle, c'était affreux...

Nelly est évidemment la seule à pouvoir expliquer le drame qu'elle a vécu. La seule à pouvoir dire comment est mort son mari. A qui appartient le revolver abandonné sur le tapis. Pourquoi il y a eu plusieurs coups de feu, à deux heures d'intervalle alors qu'il n'y a qu'un mort.

Mais Nelly Madison demeure introuvable pendant vingt-six jours. Plus de trois semaines durant lesquelles les enquêteurs n'ont à se mettre sous la dent que le témoignage de Suzanna et William Murris. Et la police n'avance pas dans ce crime bizarre.

Le couple était donc marié depuis cinq ans. Ils étaient, selon le voisinage, amoureux et sans histoires. Eric, chef comptable dans une société de production cinématographique de Los Angeles. Un homme sérieux, calme, pondéré, aux petites lunettes rondes, le cheveu ras, portant cravate et costume sombre. L'air d'un fonctionnaire tranquille. De son vivant, il avait l'œil plutôt gai derrière ses lunettes de myope, la bouche facilement souriante et le teint frais d'un homme qui ignore les abus, dort bien, n'a d'autre souci que ses livres de compte et les fleurs de son jardin. Pas de liaison.

Nelly, si jolie, si grande, si mince, malgré son visage de madone et ses immenses yeux verts, ne s'occupait pas non plus du mirage de la pellicule. Elle s'occupait de sa maison, avait toujours un sourire pour les voisins, faisait de la couture et s'habillait elle-même. Joliment. Parfois le couple recevait des amis, leur grande gentillesse était admise par tous. Ils semblaient s'aimer beaucoup, leur bonheur était rassurant, leur tendresse si visible que tous les témoins interrogés sont prêts à parier que leur ciel était sans nuage au-dessus du pavillon, du jardin fleuri, depuis cinq ans.

Mais cette nuit d'hiver 1931 a transformé le couple tranquille en personnages d'un cinéma fantastique. Un mort exsangue, des cierges, des fleurs éparpillées, un crucifix, un fantôme d'épouse hurlant des prières incompréhensibles, avant de disparaître... Les journaux sont à court d'hypothèses. La police tente d'en établir une.

On sait qu'Eric Madison a été tué de trois balles de revolver. Que ce revolver lui appartenait, que les empreintes relevées sur la crosse sont en partie celles de sa femme et en partie celles d'un inconnu. Donc... Il y aurait trio. Amant peut-être, et crime passionnel.

Le vingt-septième jour de l'enquête, un promeneur visite une grotte près de Dorbanks, à quelques kilomètres de Los Angeles. Il entend quelque chose, un souffle, au fond de cette grotte. Il pense à un animal, s'approche et découvre une femme. Dans un état physique épouvantable. Elle n'a pas mangé depuis longtemps et semble avoir vécu terrée dans ce trou sauvage, sans en bouger depuis des semaines. Elle est vêtue d'un tailleur en lambeaux, pieds nus, ses cheveux emmêlés sont pleins de poussière et de sable, son visage crispé dans une expression bizarre, les yeux fixes. Elle est muette. Le promeneur ne lui tire pas le moindre mot. Elle respire, mais aucun son ne franchit sa gorge. Elle ne réagit à aucune question et se laisse emmener par l'homme sans résister, avec indifférence.

La police l'identifie comme étant Nelly Madison, soupçonnée du meurtre de son mari.

C'est elle. Sans aucun doute. William et Suzanna Murris la reconnaissent. Pas elle. Le regard fixe se pose sans réaction sur les visages pourtant connus, d'amis et de voisins. C'est une morte vivante que la police remet entre les mains des médecins, car aucun interrogatoire n'est possible.

Au début, il faut la nourrir de force. Puis, elle accepte peu à peu les plats qu'on lui présente et boit sans l'aide des infirmières. Mais il est toujours impossible de lui arracher un mot.

— Comment vous appelez-vous? Nelly? Dites Nelly? C'est vous Nelly?

Aucune résonance à l'appel de son nom. Le psychiatre explique à la police ce qu'il en pense:

— Cette femme a subi un choc psychologique important qu'elle n'a pas supporté. Cela entraîne la perte de la parole et, bien entendu, une amnésie. La seule chose que je peux vous proposer, c'est de tenter de lui faire revivre le drame. Avec prudence, car nous ignorons sa réaction, et elle peut sombrer définitivement dans la démence... Nous allons commencer par lui montrer des photos.

La police fournit au médecin les clichés de l'enquête. On y voit le décor de la chambre à coucher et le corps d'Eric Madison, baignant dans son sang.

A cette vue, Nelly réagit enfin. Elle regarde la photo, effrayée, pour la première fois, le regard n'est plus fixe. C'est donc qu'elle n'a pas complètement oublié. Mais c'est en vain que l'on essaie ensuite de la faire parler. Médecins, infirmières, policiers, puis juge et avocat, s'arrachent les cheveux devant cette affaire.

La police estime que Nelly a décidé de se taire. Qu'elle joue un jeu destiné à s'innocenter, à empêcher les poursuites criminelles. Elle pourrait écrire ses réponses à leurs questions, si elle ne peut pas parler... Or, elle refuse de le faire. Elle repousse le papier et le stylo.

Organiquement, elle est parfaitement capable de parler, il n'y a aucun doute là-dessus. On place près d'elle une fausse malade, dans sa chambre, afin de tenter de la surprendre mais le piège ne donne rien. Nelly passe son temps couchée, à fixer le plafond ou assise sur une chaise devant une fenêtre, à contempler le jardin de l'hôpital, exactement comme s'il s'agissait du plafond. Or, elle a retrouvé un état physique normal, mange, ne se montre pas agressive, dort sans cauchemars. Ni ses gestes, ni son comportement ne sont ceux d'une démente. Silencieuse, c'est tout. Muette. Et n'entendant pas, ou feignant de ne pas entendre, ce qu'on lui demande. Lorsqu'il s'agit d'une question directe, d'ailleurs. Du genre: «Comment vous appelez-vous? où habitez-vous? qui est votre mari? que s'est-il passé cette nuit là?...» Pour le reste, les choses anodines, du genre: «Couchez-vous, c'est l'heure de dormir» ou «mettez-vous à table», elle obéit comme un automate.

Le juge l'inculpe, on la met en prison, dans une cellule isolée. On charge une détenue de la surveiller, de tenter un rapprochement, sans succès.

Ce silence est déconcertant pour la justice. L'avocat, nommé d'office, a déjà tenté à plusieurs reprises d'obtenir un mot de sa cliente, sans succès lui non plus. Or, le procès approche et il ignore comment préparer sa défense. Plaider la folie, certes... Mais le psychiatre n'est pas forcément d'accord. Le comportement est normal physiquement. L'avocat tente alors une dernière visite avant l'audience.

On lui amène la prévenue au parloir, vêtue d'une blouse bleue, le cheveu bien peigné, nette, un peu pâle peut-être, mais redevenue jolie, même dans l'accoutrement d'une détenue.

— Madame Madison, demain vous serez accusée du meurtre de votre mari, Eric. Je sais que vous m'entendez, que vous comprenez chacun des mots que je prononce et que vous êtes parfaitement capable de répondre. Les médecins l'ont dit. Vous êtes normale, ni folle, ni muette, alors répondez au moins par oui ou par non, ou faites un signe de tête. Il faut absolument que vous répondiez à une question, unique en ce qui me concerne. Avez-vous tué votre mari ?

Silence.

— Madame Madison, je vais formuler la question autrement. Je suis votre avocat, je dois vous défendre, il faut que je sache si vous plaidez coupable ou non coupable. Je repose la question : Êtes-vous coupable du meurtre de votre mari ?

Silence.

— Bon. Nous allons essayé autre chose. Vous avez le droit de refuser un avocat. On m'a nommé votre avocat. Voulez-vous un avocat, oui ou non ?

Silence.

— Êtes-vous folle, madame Madison ?

Silence.

— Êtes-vous malade, madame Madison ?

Silence.

— Souffrez-vous ?

Silence.

— Cachez-vous quelque chose ?

Silence.

— Protégez-vous quelqu'un ?

Silence.

Exaspéré, l'avocat observe le silence à son tour et se met à marcher dans le parloir de long en large. Il offre une cigarette, n'obtient pas de réponse. Le regard de Nelly se pose simplement sur le paquet tendu, mais l'ignore en fait.

— Madame Madison.... Il y a eu trois coups de feu cette nuit-là, deux à 3 heures du matin, un autre à 5 heures environ. Qui a tiré ? Vous ? Un autre homme ? Si c'est un autre homme qui a tué votre mari, est-ce vous qui avez tiré le dernier coup de feu ? Il y a vos empreintes sur l'arme, ainsi que d'autres empreintes inconnues... Cela peut vouloir dire que quelqu'un a tiré d'abord sur votre mari, que vous avez tiré ensuite... Ou l'inverse...

Silence.

— Pourquoi cette mise en scène ? Les bougies, les fleurs, les prières... les cris, les pleurs... Vous parliez encore ce matin- là... quand votre voisin vous a trouvée...

Silence.

— Pourquoi vous êtes-vous enfuie ?

Tout est silence. Cette femme est un silence vivant. S'il s'agit d'une simulatrice, elle a un talent extraordinaire.

— « Parlez » hurlera le juge au procès. « Parlez » supplieront les jurés et l'avocat... « Qu'elle parle d'abord » écrivent les journalistes. On ne peut pas juger quelqu'un qui ne parle pas. C'est impossible.

Nous n'avons qu'une version des faits, celle des témoins. Nous n'avons que des constatations... pas d'explications. La justice ne peut se rendre sans explication!

Les titres des journaux de Los Angeles nomment Nelly «l'énigme vivante». Elle ne parlera pas. Et le juge, estimant que les faits sont parlants, les preuves suffisantes et ce silence suspect, condamne Nelly Madison à la prison à vie, à l'issue d'un incroyable procès, aussi déconcertant pour le jury que pour les magistrats. Il y avait ses empreintes sur l'arme: coupable. Elle était habillée au moment du drame. Elle n'a donc pas été surprise dans son sommeil par un agresseur: coupable. Il n'y a eu que trois coups de feu tirés par l'arme, et les blessures de la victime y correspondent: coupable. Elle s'est enfuie: coupable. Les psychiatres ne la cataloguent pas comme étant en état de démence: coupable.

William Murris, témoin principal dit: «Elle avait l'air d'une folle»... Mais l'accusation répond: «Elle pouvait avoir l'air d'une folle après le meurtre, cela ne prouve pas qu'elle était en état de démence au moment des faits.»

Elle se tait parce qu'elle veut bien se taire. N'a-t-elle pas réagi par la peur, à la vue des photos du drame?

En 1932, Nelly Madison est donc transférée dans une prison pour femmes, où elle entame, avec indifférence, une longue existence silencieuse. Les détenues, les gardiennes, ont peur d'elle. Comment peut-on vivre ainsi? Comment peut-on jouer ainsi la comédie?

Il se trouve alors certains psychiatres pour affirmer que cette femme est réellement malade. Qu'elle vit une sorte de coma debout et qu'il est inhumain de la maintenir en prison. Le débat s'instaure. Faut-il soigner Nelly Madison? Y a-t-il possibilité d'erreur judiciaire?

Les partisans d'une démence, estimée sans précédent, vont gagner. En 1935, Nelly est transférée dans une maison de santé pénitentiaire où elle commence à subir divers traitements psychiatriques, dont les premières tentatives d'électrochocs, à la suite desquels elle fera plusieurs crises de nerfs et se remettra à hurler, mais des hurlements incompréhensibles, sans mots, un langage de terreur animale plus qu'une réaction humaine.

Après la Seconde Guerre mondiale, le cas de Nelly Madison, quelque peu oublié, fait encore l'objet de quelques articles de presse ou de conférences médicales. De l'avis d'un psychiatre, Nelly Madison a régressé mentalement à un point tel qu'elle est inaccessible désormais à tous les sentiments et réactions d'un adulte du genre humain. Nelly est, en quelque sorte, un fœtus.

Alors la médecine abandonne. La justice la maintient en maison de santé et, comme personne ne tente de procédure pour la faire sortir et la recueillir — elle n'a pas de famille — Nelly Madison reste à l'hôpital jusqu'à la fin de ses jours. Cette fin est survenue dans les années cinquante. Une fin due à une infection pulmonaire aiguë, que nul n'avait soupçonnée à temps, car elle ne se plaignait jamais de rien, d'aucune souffrance, ni d'aucun malaise. Elle ne réclamait aucun soin, même en silence, par geste... Elle subissait ce qu'on lui faisait, ce qu'on lui donnait à manger, à boire, les médicaments, les piqûres, tout, sans paroles.

Alors, le silence est retombé sur elle et sur le mystère irritant de ce drame. Définitif, hermétique. Le silence le plus lourd du monde, celui de sa propre mort silencieuse. L'éternité.

La petite fille aux cheveux roux

L'homme porte un feutre à larges bords et des lunettes rondes. Le col de son pardessus est relevé car il fait froid sur les marches de l'immeuble de la police.

Cinquante ans, visage carré, front intelligent et regard froid derrière des lunettes : c'est le shérif Craig de la ville de Douglas dans le Wyoming. Il tient par la main une fillette dont le joli visage de poupée semble buté et boudeur. Vêtue d'un pantalon noir et d'un duffel-coat, tête base, elle se laisse guider. Ses longs cheveux roux, épais et bouclés, lui balayent parfois le visage. Quatorze ans, ravissante, les yeux bleus, le nez en trompette et parsemé de taches de rousseur : c'est Caril F...

L'homme et la fillette ont grimpé l'escalier main dans la main, d'un même pas, sous les éclairs des flashes, volontairement indifférents aux appels des dizaines de journalistes maintenus par un cordon de policiers. Arrivé sur le perron, le shérif sent une résistance. Caril ralentit le pas et sa petite main tente d'échapper à celle du policier.

— Qu'est-ce qu'il y a ?

— J'ai peur. Je veux pas entrer là-dedans.

— Là-dedans, c'est mon bureau, et personne ne te fera de mal.

— Vous dites ça. Mais vous allez me mettre en prison.

— C'est pas moi qui en déciderai, c'est le coroner. Pour l'instant tu vas entrer là et me raconter tout ce qui s'est passé depuis quarante-huit heures.

— Je suis malade.

— Qu'est-ce que tu as ? Le médecin t'a soignée ! Il a dit que tu pouvais subir un interrogatoire. Alors qu'est-ce que tu as ?

La gamine redresse la tête, écarte ses cheveux d'un revers brusque de la main et dit :

— Rien, je n'ai rien. Allez-y.

Cette étrange enfant, à mi-chemin entre l'adolescence et le bébé, vient de dire au shérif qu'elle n'avait rien.

Une fuite à travers tout l'État du Wyoming, 800 kilomètres avec un dingue dans des voitures volées, dix morts en quarante-huit heures, sous ses yeux, une chasse à l'homme, une chasse au fauve plutôt, et elle dit: « Rien, je n'ai rien. »

Caril traverse les couloirs de l'hôtel de police, sa petite main toujours dans celle du shérif Craig. Sur son passage, les hommes s'écartent. Cette enfant les fascine. Elle les fascine de peur car chaque père de famille peut se demander en regardant ses yeux clairs et ses cheveux roux, si sa propre fille aurait pu agir comme elle, à quatorze ans.

Le shérif ouvre une porte, s'écarte pour laisser passer Caril. Ils sont à peine installés que la porte s'ouvre à nouveau sur un grand type essoufflé, en costume de ville.

— Je suis son avocat, shérif, Eddy Elb! Vous ne l'avez pas encore interrogée?

— Pas du tout.

— Et sur place? Vous ne lui avez pas posé de questions sur place? Au moment de l'arrestation?

— Des questions? Elle s'est sauvée! Un de mes hommes l'a retrouvée dans la campagne, dans un fossé très exactement! En pleine crise d'hystérie!

— Alors vous devez la confier à un médecin, avant toute chose!

— C'est déjà fait mon vieux, vous débarquez! J'ai l'autorisation des médecins pour l'interroger. Mais au fait, qui vous envoie? Elle n'a plus de famille à l'heure qu'il est.

— Je suis mandaté par l'Association pour la protection et la défense de l'adolescence.

— Okay. On peut commencer?

— Je dois enregistrer vos questions et ses réponses!

Le shérif hausse les épaules, d'un air fatigué, et désigne l'officier de police, assis à une petite table près de lui.

— Nous aussi on enregistre, qu'est-ce que vous croyez?

— Vous auriez pu choisir une femme. Pour cette enfant ce serait plus rassurant.

— Écoutez Elb, cette enfant était la maîtresse de Charles Stark, l'assassin le plus dingue que j'aie jamais rencontré. Alors, si vous permettez, trêve de précautions. J'ai dix morts éparpillés sur 800 kilomètres et je n'ai pas dormi depuis quarante-huit heures.

— Elle non plus, shérif, apparemment, et ce qu'elle a subi!

— Okay... okay... Caril, est-ce que tu veux raconter ton histoire maintenant? Ton avocat a peut-être envie de te donner des conseils pour la modifier ou pour t'en faire raconter une autre.

Caril, assise sur une chaise, les genoux remontés sous son menton, écarte nerveusement ses cheveux épais, qu'elle tortille rapidement en une espèce de natte bouclée. Son visage apparaît dégagé en quelques secondes. Sa voix un peu rauque répond:

— Je n'en ai rien à foutre de l'avocat. Et je peux dire la vérité toute seule, je ne suis pas une gamine.

— Alors, allons-y. Comment as-tu connu Charles?

— Dans la rue. Il traînait tout le temps à la recherche d'un boulot mais personne ne voulait l'employer. Tout le monde le trouvait bête et moche. On a parlé une fois, et puis on a pris l'habitude de se rencontrer au drugstore.

— Tes parents étaient d'accord?

— Non. Ils ne l'aimaient pas. Personne ne l'aime, d'ailleurs, à part son père. On se voyait en cachette.

— Est-ce que tu savais qu'il avait une arme et des munitions?

— Oui, il s'amusait à tirer dans la campagne sur des boîtes de bière.

— Et ça ne te faisait pas peur?

— A ce moment-là, non. Il jouait au cow-boy. Il voulait devenir le meilleur tireur du Wyoming.

— Caril, fais attention à ce que tu vas répondre maintenant, c'est important car tu es mineure. Est-ce qu'il t'a violée?

— Moi? Oh non!

— Tu n'étais pas sa maîtresse?

— Jamais de la vie. Je l'aimais bien, c'était mon amoureux.

— Tu es sûre?

— Évidemment que je suis sûre! Qu'est-ce qu'il y a? Vous voulez vérifier? Je n'ai jamais couché avec un garçon, si vous voulez le savoir et je n'en ai pas envie pour l'instant.

— D'accord. Alors commençons par le début. Pourquoi est-il venu chez toi avant-hier matin?

— Je n'en sais rien. Comme ça! Il m'a appelée dans la rue. Je suis sortie et il m'a dit qu'il avait envie de me voir. Et puis il a jouté: «Est-ce que je peux entrer chez toi?» Moi, j'ai dit oui, parce que mes parents commençaient à m'embêter avec cette histoire, à m'obliger à le voir en cachette et tout. Je suis libre, non?

— Qu'est-ce qu'il a fait en entrant dans la maison?

— On a été prendre du café dans la cuisine. Il était tôt encore. Mes parents sont descendus en pyjama. Et mon père a commencé à crier après Charles en disant qu'il devait s'en aller, qu'on ne venait pas chez les gens si tôt le matin, et des tas de trucs comme ça!

— Et alors? Qu'a dit Charles?

— Il a sorti son flingue, et...

Caril ferme les yeux. Son petit visage se durcit et sa voix rauque, un peu agressive jusqu'à présent, descend d'un ton:

— Il a tiré sur mon père et sur ma mère. Ils sont morts tous les deux, et puis le bruit a réveillé ma petite sœur. Elle avait trois ans, elle dormait encore dans sa chambre. Il est monté et il l'a tuée aussi.

— Caril, tu n'as pas essayé de l'empêcher?

— Je ne sais pas. Je ne pouvais rien empêcher. C'était comme ça...
— Et tu n'as pas cherché à t'enfuir ?
— Non.
— Pourquoi Caril ? Pourquoi ? Il t'a forcée à le suivre, c'est ça ? Il t'a menacée ?
— Non.
— Mais qu'est-ce qu'il a dit, bon sang ! Il a bien dit quelque chose, on ne tue pas les gens comme ça, pour rien ! C'étaient tes parents, tout de même ! S'il t'aimait, il ne devait pas les tuer. Et toi, tu ne devais pas accepter ça !
— Je sais pas, je vous dis. Il a eu peur, après, parce que des copains venaient me chercher pour aller à l'école. Il s'est planqué derrière la porte et moi, je les ai renvoyés. Je leur ai dit que mes parents avaient la grippe, qu'ils étaient couchés et que moi, je ne me sentais pas bien. Finalement, ils sont partis.
— Tu as dit ça parce que Charles te menaçait ?
— Non. Il avait peur, il ne voulait pas voir ces gens.
— Et toi ? Tu n'avais pas peur ?
— Un peu.
— Pourquoi es-tu partie avec lui ?
— Parce que j'étais la seule en qui il avait confiance. Je savais bien qu'il ne me tuerait pas, moi, tant que je resterais avec lui.
— Est-ce qu'il t'a dit pourquoi il avait tué tes parents ?
— Il voulait se venger.
— De quoi ?
— Du monde entier. Il disait que c'était le jour de sa grande vengeance.
— Alors, tu l'as suivi de ton plein gré ?
— J'étais sa complice, vous savez, puisque j'avais dit des mensonges aux copains.
— Mais, Caril, ça leur a sauvé sûrement la vie, à tes copains. Tu n'étais pas obligée ensuite de suivre ce fou !
— Obligée, obligée ! Vous n'avez que ce mot à la bouche... Je l'ai suivi, je ne sais pas vraiment pourquoi ! Voilà. C'est comme ça !

L'avocat se trémousse sur son siège et les interrompt soudain.
— Je suppose que Caril a subi un choc psychologique très grave. En voyant les corps de ses parents et de sa petite sœur, j'imagine qu'elle était en état de choc lorsqu'elle a suivi ce garçon, il ne peut pas s'agir de complicité !
— Ne vous emballez pas, l'avocat ! Vous n'êtes pas au tribunal. J'interroge et elle répond, c'est tout.

Un coup de téléphone coupe le shérif. Il raccroche et commente à l'intention de l'avocat :
— On a ramené Charles. Il est dans une cellule au premier étage et,

soyez content, il a déclaré que la petite n'avait rien à voir là-dedans. Il exige qu'on lui foute la paix ! Vous vous rendez compte ! Il exige ! Je sens que je deviens fou, moi. Voilà un dingue de dix-neuf ans, qui tue dix personnes en quarante-huit heures, en compagnie de cette gamine-là, et qui exige !

Le shérif prend le temps de commander des cafés et des sandwiches. Caril est toujours recroquevillée sur sa chaise, l'air un peu absent. Elle n'écoute même pas l'avocat qui la réconforte.

Charles Stark, dix-neuf ans, grand gaillard de 1 mètre 80, est un curieux garçon. Avec son visage d'ascète, il serait beau sans doute, sans quelques détails qui le rendent inquiétant : des yeux d'un bleu délavé, bien trop pâles ; des sourcils bas et rapprochés de la racine du nez. L'expression de sa bouche n'indique que le mépris. Son curriculum vitæ est rapidement fait. D'abord balayeur municipal, puis apprenti mécanicien, enfin chômeur. Caractère : violent, froid, incapable de s'adapter à un travail continu. Les filles le repoussent, les garçons aussi. On dit de lui qu'il marche comme un singe, qu'il parle vulgairement, et qu'il ignore les scrupules.

Charles Stark ne tirera de tout cela qu'une seule explication : on ne l'aime pas. Il ne veut pas savoir s'il en est responsable.

L'unique personne avec qui il entretiendra des rapports affectifs, c'est Caril, la seule qui puisse le prendre par le bras pour rire avec lui. Il l'aime et la respecte. Mais elle ?

Le shérif regarde cette enfant, qu'il n'ose appeler ni enfant, ni femme, cet être bizarre et mystérieux qu'est une adolescente de quatorze ans.

— Et toi, Caril, tu l'aimais ?

— Je l'aimais bien.

— Comment le juges-tu maintenant qu'il a tué tes parents et tous ces gens, pour rien. Tu ne crois pas qu'il est fou ?

— Je crois qu'il est malheureux mais ça, vous ne pouvez pas le comprendre.

— C'est parce qu'il était malheureux qu'il a tué le vieux Meyer ?

— On s'est sauvé de la maison et on s'est retrouvé près du champ de Meyer, tout à fait par hasard. Le vieux n'aimait pas Charles, il l'avait chassé de sa terre, il ne voulait pas qu'il tire sur les oiseaux.

— Alors, Charles a tiré sur le vieux Meyer et l'a tué, comme ça, en passant, quatre balles dans le corps !

— C'était sa vengeance. Il répétait tout le temps que c'était sa vengeance.

— Et toi là-dedans ? Qu'est-ce que tu faisais ?

— Je lui tenais la main.

— Tu le prenais pour un héros peut-être ? Ou alors tu avais peur qu'il te tue ?

— Je ne sais pas. Je n'en sais rien. Vous êtes là à poser des questions, le cul sur votre bureau. Vous n'étiez pas à ma place!

— Continue... Vous en êtes au quatrième meurtre tous les deux. Il est 10 heures du matin. Qu'est-ce que vous faites?

— Charles a dit qu'il nous fallait une voiture pour nous enfuir. On en a rencontré une sur la route, y'avait deux jeunes dedans qui flirtaient...

Caril interrompt son récit... Elle semble revivre les images, puis se remet à parler lentement:

— Charles prend le pistolet... Il dit au type de descendre de la voiture... et... il a tué aussi la fille...

— Il l'a violée d'abord, on le sait. Tu as tout vu et tu n'as rien dit à Charles? Même pour ça?

Caril ne répond pas. Elle veut peut-être gommer de sa mémoire cet épisode affreux. Elle enchaîne:

— Après, Charles a dit que la police devait nous rechercher et que tout l'État devait être en révolution. Il fallait passer la frontière. On a foncé avec la voiture.

Et, tandis qu'ils foncent, 80 agents fédéraux et 200 soldats bloquent les routes qui mènent aux frontières de l'État. On a découvert les corps des parents de Caril, puis celui du vieux Meyer dans son champ. Et bientôt ceux des jeunes gens dans le fossé au bord de la route.

Charles Stark en est à son sixième meurtre, sans raison valable. Il s'affole en constatant que les barrages de police deviennent de plus en plus nombreux. Il prend des petites routes et soudain la voiture s'arrête. Plus d'essence.

Caril continue:

— Il a dit: «Ça ne fait rien. Ils nous auraient repérés là-dedans. On va changer de voiture et filer vers le Nebraska. Ça fait 800 bornes. Il nous faut une bonne bagnole.» On a aperçu les lumières d'une villa au bout d'un moment et, devant l'entrée, une Packard. Charles était content. C'était une grosse bagnole. Il a bricolé le moteur pour la mettre en marche et il a réussi, mais le bruit a attiré les gens de la villa. Alors il m'a dit: «Viens, on y va.» Personne, pas même un bataillon n'aurait pu l'arrêter à ce moment-là. Tout a été très vite. Il y avait un homme et une femme, et puis une femme plus vieille dans la salle à manger. Il a tiré et on est parti.

Cet homme, c'est Laver Ward, quarante-huit ans, industriel. Sa femme, Clara, quarante-deux ans. Tous deux assassinés de deux balles chacun, lui dans le couloir, elle à table devant son dîner. Et puis aussi la vieille domestique, Lilian Francer, soixante-huit ans.

A présent, la Packard noire file sur la route comme une flèche. Charles veut franchir dans la nuit les 800 kilomètres qui le séparent du Nebraska. Il a laissé neuf victimes derrière lui, et il raisonne comme un grand criminel:

— Tu comprends Caril, avec une grosse bagnole comme ça, on va vite mais, à la frontière, on risque de se faire repérer. Surtout si les flics ont découvert les corps. Alors on va en changer, quand on arrrivera près de la frontière.

Caryl dort dans la voiture, bercée par la vitesse. A aucun moment elle n'a tenté de s'échapper. Elle suit Charles comme une somnambule.

C'est à quelques kilomètres de la frontière du Wyoming et du Nebraska que Charles la réveille.

— Regarde, une vieille bagnole, tout à fait ce qu'il nous faut.

Dans cette vieille bagnole, une moyenne cylindrée, un seul homme au volant. Il roule devant la Packard, à petite allure. Charles accélère comme pour le doubler, puis il lui barre la route. Le conducteur freine éperdument et évite de justesse la catastrophe. Il sort furieux de sa voiture mais n'a pas le temps d'insulter Charles. Deux coups de feu le font pirouetter et il va rejoindre la Packard dans le fossé.

Caril va vite à présent et le shérif ne l'interrompt pas. L'avocat non plus. Son récit est un cauchemar. Cette petite voix, ce regard bleu, ces cheveux roux, ce petit nez, comment peut-on être si jolie et raconter de pareilles horreurs sans frémir?

— Charles était content. Il était calme. Moi je me suis dit: «C'est fini, maintenant, il va s'arrêter.» Mais la voiture s'est mise à dérailler. Un pneu a éclaté. Ça l'a mis en rogne. Il est descendu pour changer la roue. Tout d'un coup, il m'a crié: «Je n'ai plus de munitions, on s'arrêtera en ville, il faut que j'en achète!» Là-dessus, un flic est venu nous demander si on avait besoin d'aide et Charles l'a envoyé promener. Il l'a même insulté. Le flic est parti mais j'ai trouvé bizarre qu'il s'en aille sans répondre et sans mettre une contravention. Charles aussi a trouvé ça bizarre. Alors on a abandonné la voiture et on est parti à travers champs. On approchait de la ville et Charles était nerveux. Il avait la frousse, je crois de se sentir sans munitions, ça le rendait malade. Je suis restée sur le trottoir et il est entré chez un armurier. J'ai vu les flics se précipiter sur lui. Ils étaient au moins cinquante. J'ai entendu la mitraillette et Charles qui criait. Alors, je me suis mise à courir.

Pendant que Caril s'enfuit enfin, Charles est à genoux sur le trottoir. Il supplie, il pleure comme un gosse, il ne veut pas mourir. La police a tiré une rafale dans le bas de la vitrine de l'armurier et il est sorti immédiatement les mains en l'air en criant:

— Arrêtez! Je ne veux pas mourir! Je ne veux pas mourir!

Dix morts. Mais pas lui.

L'équipée sauvage est terminée. On retrouve Caril dans un fossé, en proie à une crise d'hystérie affreuse. Il faudra deux heures pour la calmer.

Elle semble à présent avoir repris corps avec la réalité. Mais que deviendra-t-elle? Peut-on continuer à vivre normalement après avoir connu un tel cauchemar? Est-elle la complice de Charles ou sa victime? Ou les deux à la fois? Comprend-elle que ses parents sont morts?

Les voilà confrontés tous les deux, il joue les cyniques et a raconté cent fois déjà aux policiers comment il avait tué.

Pourquoi? Il ne semble pas pouvoir l'expliquer. Mais comment, il en est fier. Caril lui fait un petit signe de la main et un pauvre sourire. Il dit: «Elle n'est pas dans le coup, il faut la laisser tranquille!» Et il a l'air cynique, sûr de lui. Il a déjà oublié sa peur de mourir devant les mitraillettes.

Est-il fou? Dingue, comme dit le shérif? Son père va tenter de le faire croire, en expliquant qu'il a reçu un choc sur la tête, du temps où il était apprenti mécanicien et que, depuis, sa vue a baissé. Il n'y avait rien à faire pour le soigner.

Mais les médecins haussent les épaules car la théorie paternelle ne peut pas être retenue.

Alors Charles Stark attend la chaise électrique. Il affirme que c'est une plaisanterie et qu'il n'en a pas peur. Au rythme des expertises, renvois en appel et en cassation, pour combien de temps en a-t-il? Dix ans durant lesquels la justice américaine et Charles Stark jouent à cache-cache autour de cette chaise électrique, avant que la sentence soit exécutée.

Caril a été retenue comme complice. Puis jugée avec les circonstances atténuantes et, vu son âge, confiée à une maison spécialisée. On n'a plus jamais entendu parler d'elle après le procès. Même Charles, l'assassin, l'oublie dans ses nombreuses interviews. Il avait trouvé une sorte de gloire morbide qui remplaçait, semble-t-il avantageusement, l'amitié d'une petite fille aux cheveux roux.

Sur les eaux troubles de la légalité

Le chef de la police de Los Angeles, en 1934, est un homme au franc-parler, à l'estomac rond et au regard d'aigle. Né dans les bas quartiers de la ville, il en connaît toutes les impasses, tous les pièges, toutes les poubelles, pourrait-on dire. Vingt années de service l'ont habitué à ne s'émouvoir d'aucune situation. La seule chose qu'il craigne dans l'exercice de son métier, c'est l'intervention dans le déroulement d'une enquête, d'un homme politique ou d'un «ponte quelconque», selon son expression. Cette chose a le don de le mettre dans une colère noire, et il a déjà plus d'une fois frisé l'irréparable, en envoyant promener l'un de ces influents personnages qui se croient tout permis même pour une simple contravention.

Or, la rogne vient de monter au nez de celui que ses hommes ont surnommé «Chief Nusty» ou «Big Chief». Et cette rogne lui monte au nez à la vitesse d'un mustang au galop, car l'homme à l'autre bout de son téléphone lui parle sur un ton négligemment autoritaire.

— Vous comprenez que je ne souhaite pas voir s'étaler au grand jour ce genre d'histoire. Après tout, ma femme a la droit de jouer avec qui il lui plaît, tant que mes électeurs ne sont pas au courant. Cela fait partie de sa vie privée...

Devant Chief Nusty, le tableau de service indique la date du 3 juin 1934 et les affectations de ses équipes. Il a un travail monstre, comme d'habitude, et guère le temps pour les conversations mondaines de ce genre. Il s'efforce de se calmer:

— C'est votre problème, monsieur le Sénateur... En effet, mais le mien...

— Le vôtre, Nusty, est d'être un bon chef de la police... Laissez tomber ce prêtre et son soi-disant temple spirituel... Ça ne gêne personne!

Un «bon chef de la police», selon cet homme-là, est donc un bon perroquet qui répète les ordres et ferme son bec ensuite.

— Justement si, monsieur le Sénateur. Il se trouve que ça gêne quelqu'un!

— Allons donc... Qui ça?

— Moi, monsieur le Sénateur!

— Nusty! Bon sang! Vous vous prenez pour qui? Pour le président des États-Unis?

— Eh non, monsieur le Sénateur, juste pour le chef de la police de cette saloperie de ville infestée de sectes de gourous et de temple de la prostitution religieuse! Ça prolifère comme des insectes nuisibles! Et justement, ce prêtre, comme vous dites, est un fichu salopard de petit malin, qui a réussi à monter une affaire de prostitution avec des femmes mariées et complètement stupides! Elles s'imaginent offrir leurs corps à Dieu, chaque vendredi... et en prière par-dessus le marché!

— Modérez votre langage, Nusty... Je vous demande en quoi ça vous gêne?

— J'ai une plainte! Ce type a embobiné une jeune femme, du genre nerveux et fragile, que son mari recherche depuis des semaines...

— Et après? C'est une histoire de mari cocu... Ne me dites pas que vous voulez rétablir la morale...

— Désolé, monsieur le Sénateur, c'est plus grave... Je me fiche de la morale en la matière, mais il s'agit de deux gamines mineures. Cette femme a disparu avec ses deux filles, douze et quatorze ans... et je suis sûr qu'elles sont toutes les trois dans ce temple bidon.

— Si vous en êtes sûr, sortez-les de là sans esclandre, refermez la porte et n'en parlons plus...

— Mais bon sang, Sénateur, cet homme a porté plainte et c'est son droit le plus strict. Il s'agit de sa femme et de ses enfants... Il s'agit de viol et de détournement de mineur...

— Nusty... Ne me dites pas que vous avez perquisitionné?

— Pas encore... Le type n'a déposé sa plainte que ce matin. J'ai demandé un mandat au procureur.

— Eh bien alors, vous n'êtes pas certain que cette femme et ces enfants se trouvent là-bas?

— Forte présomption, Sénateur... quasi sûr...

— Mais vous n'êtes pas certain. Laissez tomber Nusty. D'ailleurs le procureur est de mon avis. Perquisitionner dans un lieu de culte, c'est contraire à nos lois dans cet État. Tant qu'il n'y pas de crime... L'Amérique est un pays de liberté, Nusty... Liberté de culte, notamment...

Le mustang au galop a largement dépassé les frontières de la colère de Chief Nusty... Son adjoint silencieux, de l'autre côté du bureau, voit l'énorme poing cogner sur la table et le chef reprendre son souffle, comme un sportif avant le dernier obstacle. L'affaire est trop importante, il faut se montrer diplomate. Mais la diplomatie pour Nusty, c'est plus dur à avaler qu'une purge... Saleté d'hypocrisie... Encore un effort:

— Sénateur? Et si je sortais d'abord votre femme de là, hein? Sans vague et sans publicité... Je referme la porte comme vous dites, et ensuite j'aurai les mains libres?

— Pas question! Laissez ma femme où elle est! Compris Nusty? Nusty...

Il y a changement de ton. L'échange de mauvais procédés arrive à son terme et Nusty attend la dernière attaque:

— Nusty... c'est un service que je vous demande. Je vous expliquerai... Donnez-moi quelque temps, bon sang! Un mois ou deux... après ça, vous pourrez faire ce que vous voudrez de ce prêtre et de son temple... Après tout, il ne s'agit que d'une affaire de mœurs... Un mois ou deux... Nusty, d'accord?

— D'accord sur un point, il ne s'agit que d'une affaire de mœurs, pour l'instant. Je vous laisse le temps de récupérer vous-même votre femme. Vous avez vingt-quatre heures. Après quoi, j'enfonce cette bon dieu de porte de temple! Mandat ou pas!

— David Nusty! Vous jouez au cow-boy et vous jouez votre place en ce moment!

L'adjoint de Big Chief voit s'ébaucher un sourire de loup sur les lèvres de Nusty.

— Je joue ma place... Vous aussi, monsieur le Sénateur, non? Bien le bonjour!

Et voilà. Ce 3 juin 1934, David Nusty, chef de la police de Los Angeles, raccroche son téléphone avec une fureur concentrée. Les turpitudes de la femme d'un sénateur nerveux à propos de ses électeurs ne l'intéressent pas vraiment. Ce qui l'intéresse, c'est de savoir pourquoi diable cet homme a pris le risque de chercher à l'influencer, lui, chef de cette police, patron de cette enquête. Il faut croire que l'affaire est bien plus importante encore qu'il ne le pensait, pour que le coroner prenne le risque d'annuler un mandat de perquisition...

Voyons les faits. D'abord, une espèce de prêtre à longs cheveux, se disant apôtre de l'«amour spirituel». L'homme s'appelle Charles Grosse. Il est arrivé un jour en ville avec l'intention de bâtir le temple de son culte. Jusque-là, rien de répréhensible. Il a donc bâti son temple. Et il a fait rapidement des adeptes. De curieux adeptes. Il s'est avéré que ce temple de l'«amour spirituel» que ce soi-disant culte consistait, en fait, en l'exercice d'une pratique simple et bien connue: l'amour tout court. Des échangistes en quelque sorte. Mais il restait à prouver que le temple n'était qu'une vulgaire maison de rendez-vous. Un bordel, pour être clair. Et à boucler le bonhomme pour prostitution.

L'équipe de Nusty, composée de deux inspecteurs, était formelle:

— La couverture de ce type est transparente, chef... On voit entrer et sortir tout ce que la ville compte d'excités dans le genre... Mais il est malin... Pas de prostituées notoires, pas de retape à l'extérieur... On n'a pas vu une fille faire de racolage dans le coin. C'est le bordel mondain...

A ce point de l'enquête, Big Chief Nusty réfléchissait au moyen de monter un flagrant délit. Introduire un de ses hommes dans le circuit, lequel... Les candidats ne manqueraient pas... Lorsqu'un citoyen d'une quarantaine d'années est arrivé dans son bureau, complètement affolé :

— Ma femme... elle a disparu avec mes deux filles... Elle m'a raconté une histoire incroyable, il y a quelques semaines, à propos d'un prêtre extraordinaire, un grand barbu, avec des cheveux longs et noirs... Je n'en sais pas plus...

David Nusty et ses deux inspecteurs ont fait immédiatement le rapprochement avec Charles Grosse. La police tenait le bon bout. Le mari était un homme intelligent, ingénieur de son métier et qui avait immédiatement suivi les directives de Nusty. Porter plainte pour séquestration. Il était vraisemblable que sa femme et ses deux filles avaient rejoint le temple. Et cette fois le cas était grave, car il s'agissait de deux enfants mineures, à la merci d'un satyre, doublé probablement d'un dingue. Grave aussi car, selon l'ingénieur, sa femme était fragile, nerveuse, excessivement influençable, à peine remise d'une grave dépression nerveuse et donc une proie facile pour n'importe quel gourou, se prétendant apôtre d'un dieu sur terre...

Et voilà qu'au moment de lancer ses hommes à l'assaut du temple maudit, grâce à une plainte régulière et à un mandat de perquisition en bonne et due forme, David Nusty subissait des pressions d'un homme politique assez influent pour lui couper les pattes et bloquer l'enquête.

Sa propre femme fréquentait les lieux, le fait figurait au rapport des deux inspecteurs. Il était logiquement plus simple de demander l'aide de la police, sa discrétion, de la récupérer, de la tenir à l'écart des journalistes quelque temps. Les électeurs n'en sauraient rien. Or, le sénateur faisait exactement le contraire. Pourquoi vouloir protéger le temple et son prêtre ? Pourquoi demander un ou deux mois de délai ? Où était l'avantage ? Le résultat des réflexions de Chief Nusty était qu'il existait, en fait, une sombre histoire personnelle que le sénateur voulait cacher, au mépris du danger encouru par d'autres que sa femme. Même des enfants. Donc, l'histoire était plus que sombre... noire.

David Nusty range provisoirement sa rogne dans un coin de son crâne solide et appelle ses inspecteurs.

— Les gars, vous allez me décrire physiquement toutes les femmes que vous avez vu entrer dans ce fichu temple. Et dénichez-moi une photo de la femme de ce fichu sénateur !

— Elle ? Pas la peine, chef, on peut en témoigner. On l'a vue plusieurs fois, c'est une vraie dingue...

— Comment ça, « dingue » ?

— Ce n'est pas la première fois que les collègues la ramassent à la sortie d'un bar, complètement saoule, ou d'une maison mal famée, si vous voyez le genre...

— Si vous la connaissez si bien, cette femme, dites-moi pourquoi le sénateur n'a pas demandé le divorce?

— Pas fou, chef, c'est elle qui a tout le fric!... Et un sacré tas de fric, vous ne saviez pas chef?

Eh non, le chef ne savait pas. Il n'a pas cherché à savoir, les politicards et leurs salades lui donnent la nausée...

— Dites-moi les gars... à votre avis, qu'est-ce qu'il cherche le sénateur, en laissant sa femme batifoler comme ça? S'il avait voulu le divorce, il l'aurait obtenu depuis longtemps... Il veut donc autre chose.

— Le fric, chef... Il veut garder le fric, sûrement...

— Okay. Mais comment peut-il le garder, ce fric, tout en se débarrassant de sa femme sans divorcer? Je vais vous le dire, moi... En me téléphonant pour qu'on foute la paix à ce fichu temple, en me demandant quelques mois de délai... Le bonhomme attend tout simplement que sa bonne femme devienne vraiment dingue... Comme ça, il n'a plus qu'à la faire enfermer... On le nomme tuteur de ses biens, il gère tout le fric à sa place et il passe pour le pauvre malheureux senateur affublé d'une épouse malade... Ça vous va?

— Ça c'est une idée, Chef.

— Diabolique l'idée... Non seulement il nous obligerait à être complice de son plan, mais il nous empêcherait de sortir de là une pauvre femme vraiment malade et ses deux gamines... rien que pour assurer sa petite combine... Vous trouvez pas ça dégueulasse?

— Si, Chef.

— C'est vu?

— Oui, Chef, c'est vu. Mais qu'est-ce qu'on peut faire sans mandat?

— Je sais. On a une plainte et pas de mandat.

— Chef? Y'aurait peut-être une idée...

— Si vous pensez à vous coller là-dedans pour faire un flagrant délit, j'y ai déjà pensé. Mais c'est un peu tard. Je suppose que le sénateur n'a pas perdu de temps pour renseigner notre homme ou sa femme... Pourquoi pas sur vos bobines à tous. On ne vous laissera pas entrer.

— Nous, non. Mais l'ingénieur?

— Et après? Il n'a pas de plaque de police que je sache?

— Il peut entrer là-dedans, mine de rien et ensuite, faire un scandale de tous les diables, appeler police-secours...

— C'est parfait! Sauf que je ne veux pas de police-secours. C'est vous qui l'emmenerez là-bas, vous vous planquerez ensuite et c'est vous qui ferez police-secours.. Je ne veux pas de bavure, compris?

— Compris Chef. Et on vous ramène qui dans le lot?

— Tout le monde. Je veux le grand jeu. Vous allez me poster des voitures dans toute la rue, prévoyez une ambulance...

— Pourquoi une ambulance, Chef?

— Il y aura peut-être des blessés... Mais s'il n'y en avait pas... débrouillez-vous pour que l'un de vous en ait l'air et la chanson? Compris? Je veux que le quartier soit réveillé en pleine nuit et en fanfare, je veux que les journalistes bondissent sur le coup... Je veux que vous me rameniez tout le monde, les gosses d'abord...

C'est ainsi que, dans l'illégalité la plus totale, le chef de la police de Los Angeles, David Nusty, vingt ans de carrière dans cette fichue ville comme il dit, organise, une nuit de juin 1934, l'assaut du temple de l'« amour spirituel ».

C'est une nuit noire. Quelques réverbères dans la banlieue ouest de Los Angeles laissent deviner l'étrange construction de briques rouges, portes et volets clos sur le mystère du culte.

A l'intérieur d'une voiture garée à l'écart des lieux, David Nusty fait ses dernières recommandations à John Marshall, l'ingénieur. Le malheureux est vert d'angoisse.

— Je n'ai jamais su forcer une serrure... Pourquoi ne pas frapper et demander à entrer, tout bêtement?

— J'ai réfléchi, Marshall. Il me faut tout ce grabuge de nuit. Le maximum de témoins réveillés en sursaut, et prêt à déclarer n'importe quoi, y compris la vérité, aux journalistes. Pour la serrure, pas de problème. Un de mes hommes va faire le boulot, vous n'aurez qu'à dire ensuite que c'est vous... C'est important pour nous, ça... C'est vous qui entrez par effraction... D'accord? Ensuite vous foncez.

— Mais je fonce où? Comment?

— Vous foncez comme un dingue, Marshall. Tout ce que vous avez à faire, c'est de crier, d'appeler votre femme, vos filles... Je veux vous entendre gueuler leurs noms...

— Et si quelqu'un veut m'en empêcher?

— Vous hurlez encore plus. Vous l'insultez, vous cognez, vous vous précipitez sur toutes les portes que vous voyez, vous allumez toutes les lumières que vous pouvez... Ne craignez rien, ça ne prendra pas beaucoup de temps, et vous ne serez pas en danger. Un de mes hommes, pendant ce temps, se charge de réveiller les voisins et de faire semblant d'appeler police-secours... En cinq minutes, on sera là...

— Je n'ai jamais fait ça, vous savez. Je comprends mal pourquoi la police ne peut arrêter ce monstre... J'ai quand même déposé une plainte!

— Je ne peux pas tout vous expliquer maintenant. La police peut, elle pourrait... Mais avec un délai. Et vos enfants sont là-dedans... Pensez-y... Chaque heure, chaque minute peut être importante pour elles. Dans le meilleur des cas, nous, nous ne pourrions agir qu'au matin, à l'heure légale... Vous comprenez ça? Toute une nuit encore, pour ces deux gamines... Dieu sait à quoi elles assistent, ou ce qu'on leur fait subir... C'est le meilleur moyen, faites-moi confiance.

Marshall secoue la tête comme un automate et suit les inspecteurs en silence.

David Nusty guette les premiers cris, les premières lumières... Il compte les minutes. Une minute pour la serrure, son adjoint est un as... qui en remontrerait à plus d'un voleur en taule. Une minute pour que Marshall se lance dans l'entrée... se repère... et voilà! L'attaque est déclenchée! Lumières, hurlements, coups de pied dans les portes, fenêtres brisées, Marshall met le paquet.

Les hommes de Nusty se précipitent, les voitures de police font mine d'arriver à fond de train, sirènes hurlantes, les hommes sautent des voitures, les portières claquent, et voici...

Voici qu'un homme, immense, barbu de noir, chevelu de noir, vêtu de blanc, surgit sur le perron de son temple en levant les bras au ciel, comme un christ implorant. Il appelle à lui tous les apôtres et tous les saints... Mais deux policiers l'enfournent sans ménagement dans une voiture et il disparaît.

«Un de moins», se dit Nusty.

A l'intérieur, les inspecteurs vont de découverte en découverte.

— Tiens, Monsieur X... vos papiers? Que faites-vous dans le lit de Madame Y? Vos papiers, Madame?

De chambre en chambre, de couple en couple, comme à la parade, saisis sur le vif entre de beaux draps, les fidèles de l'«amour spirituel» se retrouvent eux-aussi sur le perron; qui en chemise, qui en combinaison, qui enveloppé d'une serviette, l'œil effaré, ou fou furieux...

Les inspecteurs arrivent enfin jusqu'à une salle dite des prières, où une dizaine d'individus se rhabillent hâtivement en tentant vainement de dissimuler l'étrange messe à laquelle ils prenaient part.

L'offrande à leur dieu de l'amour spirituel, c'est Mary Marshall. La jeune femme de l'ingénieur. Nue, attachée sur une sorte d'autel, les yeux hagards, fous, livrée sans aucun scrupule à des hommes, qui ne croient en rien, sauf aux dollars versés au prêtre, sous la promesse d'une orgie fantastique.

Ceux-là sont emmenés sans précaution... Les journalistes auront de quoi faire avec eux. Mais Mary? Elle supplie les policiers. Elle croit. Elle croit véritablement qu'un dieu la regarde, que ces hommes sont des prêtres chargés de purifier son corps.

Marshall, pétrifié devant le spectacle qu'offre son épouse, reste là un long moment, puis il s'approche avec les policiers pour la délivrer. Alors, elle se précipite dans ses bras, mais sans le reconnaître vraiment, sans comprendre pourquoi il est là:

— Tu es venu nous rejoindre! Je suis heureuse... nous serons purifiés tous les deux...

— Les enfants, Mary? Où sont les enfants?

Elle n'entend pas. Elle ne sait pas.

Un policier rattrape alors un des hommes sans chemise, menottes aux mains:

— Vous avez des gosses ici? Dépêchez-vous de parler, mec, parce que je sais où vous coller d'autres menott s, moi, c'est compris?

— Elles prient... un prêtre les a emmenées pour faire leur éducation religieuse.

Course folle à travers le temple à la recherche des enfants. Éducation religieuse? Le père est fou d'angoisse, de terreur, de colère, il tuerait bien sur place l'un de ces sadiques...

Heureusement, rien n'est plus rétif, parfois, qu'un enfant de douze ou quatorze ans. Les deux fillettes, effrayées, mais toutes griffes dehors, ont dû être enfermées dans un réduit. On les entend crier. Sandy et Judy Marshall ont donné du fil à retordre à l'éducateur religieux. Il n'a pas pu les toucher.

On le rattrape lui aussi au vol dans un couloir. Visage marqué par les ongles des deux gosses. Pourtant, elles n'ont ni bu ni mangé depuis trois jours. Le prêtre les avait punies. Elles ne cherchaient qu'à s'enfuir, et il les aurait laissées là le temps qu'elles meurent de faim et de soif.

L'ambulance les emporte avec leur mère que l'on a dû calmer. L'infirmier qui lui a fait une piqûre dit à l'un des inspecteurs:

— Elle est dans un sale état. On a dû lui coller une drogue quelconque... le cœur est faible... Je ne sais pas si elle s'en sortira...

Marshall, pâle comme un mort, assis sur une marche du temple, ne cesse de répéter:

— Je vais les tuer... Je vais les tuer, tous...

Les journalistes l'entourent comme une nuée de mouches. Les questions fusent. Et Marshall n'a aucun mal à tenir son rôle. Le choc a été si affreux pour lui qu'il crie à qui veut l'entendre et tout le monde veut l'entendre, comment il a décidé de forcer la porte du temple, comment il a appelé la police, comment il a découvert sa femme et ses deux filles.

— Qu'allez-vous faire maintenant, monsieur Marshall? demande un journaliste:

— Je veux que ce prêtre du diable passe sur la chaise électrique, ou c'est moi qui le tuerai!

David Nusty, satisfait, regagne son bureau. Satisfait mais triste. A l'hôpital où elle a été transportée, Mary Marshall est en train de mourir. Son mari attend, prostré dans un couloir, que s'achève l'examen médical de ses deux filles.

Enfin, le médecin vient lui dire:

— Pas de viols, monsieur Marshall. Elles sont choquées, mais intactes. Il faudra probablement les garder ici un certain temps.

— Ma femme?
— C'est fini, monsieur. Elle s'est éteinte calmement.
— C'est de ma faute. J'aurais dû l'enfermer, j'aurais dû la laisser dans cette cellule où on la soignait... Mais j'espérais que les enfants... la patience...
— Vous n'êtes coupable de rien, monsieur Marshall. Pour certains d'entre nous, l'adaptation à la réalité est impossible. Votre femme était dans ce cas.
Pendant ce temps, Chief Nusty, dans son bureau, voit arriver entre deux inspecteurs, aux environs de minuit, une dame en petite tenue, apparemment ivre : la femme du sénateur. Les inspecteurs lui ont donné une couverture qu'elle rejette nerveusement.
La femme est agressive:
— C'est mon mari qui vous a envoyé? C'est ça?
— Non, madame. Au contraire, si je puis dire...
— Pourquoi au contraire?
— J'aimerais vous poser une question, si vous vous sentez capable de répondre en ce moment.
— Qu'est-ce que vous croyez? Qu'un verre ou deux m'empêche de marcher droit? Allez-y, posez-la, votre question!
— Madame, êtes-vous folle ou en passe de le devenir?
— Parce que je fréquente une église qui ne vous plaît pas?
— Parce que cette église est une maison de prostitution, un vulgaire bordel et vous le savez!
— C'est mon mari qui vous envoie me récupérer?
— Oh, non. Je vous le répète, votre mari préférait de beaucoup vous laisser vous encanailler un peu plus, histoire de faire signer au coroner un certificat d'internement... Histoire de rester seul à la maison devant votre coffre-fort... C'est pourquoi je vous demande si vous êtes folle, ou sur le point de le devenir...
— Je ne comprends pas... folle, moi? Peut-être que oui, au fond... je n'en sais rien...
— Si vous êtes folle ou peut-être... un bon conseil: dépêchez-vous de vous faire soigner, avant qu'il ne s'en mêle!
— Mais qu'est-ce que vous me racontez là? Qu'est-ce que c'est que cette histoire d'internement? Je fais n'importe quoi, d'accord, mais je ne gêne personne...
— Vous aimez votre mari, madame?
— La réponse est non, depuis un certain temps, déjà...
— Vous êtes riche?
— La réponse est oui... Depuis toujours...
— Et votre mari? Il est riche, lui?
— Mon mari est sénateur. Riche, certainement pas.
— Vous vous conduisez mal?

— Si l'on veut... Où voulez-vous en venir?

— Faites l'addition et la soustraction de tout ça... Et quand vous aurez compris, fichez le camp et réfugiez-vous dans une maison de repos. Faites une désintoxication, de votre propre initiative... c'est un conseil que je vous donne... Maintenant, filez... Je ne vous ai pas vue... Vous ne m'avez pas vu... Ça aussi, c'est un conseil, important... Vous n'étiez pas là-bas, mes inspecteurs ne vous ont pas arrêtée en combinaison, je ne vous ai parlé de rien. Vu? Filez. En vitesse. Vous dormiez dans votre lit, ce soir. Demain vous appelez vous-même un médecin.

— Qu'est-ce qui se passe? Vous savez quelque chose?

— J'ai deviné ce qui vous attend. Vous auriez pu le comprendre vous-même, si vous ne préfériez pas vous noyer la cervelle dans du gin et courir tous les lits de la région. Mais tant que vous prendrez l'initiative, vous ne risquez pas qu'il vous fasse enfermer. C'est ça le résultat de la soustraction de tout à l'heure. Bouclée... Vous comprenez? Dingue officielle, privée de la gestion de vos biens... c'est dans le Code, pigé? Alors, faites-le avant lui... Au revoir, madame... Content de ne pas vous avoir rencontrée cette nuit...

Elle est partie, la femme du sénateur, avec sa couverture. Une voiture de police l'a ramenée jusqu'à sa porte. Elle est rentrée chez elle par le service. Et David Nusty n'a plus entendu parler du sénateur, même pas au téléphone.

Le procès de Charles Grosse a eu lieu. Condamné à perpétuité. Il n'avait pas tué lui-même... N'est-ce pas. Pas de ses propres mains sales.

Mais, deux années plus tard, Big Chief Nusty apprenait, par une indiscrétion, que la femme du sénateur était internée sur décision judiciaire, après une tentative de suicide et une tentative de meurtre sur la personne de son époux... lequel devenait tuteur légal de la fortune de sa femme.

L'indiscrétion venait de la maîtresse du sénateur, rendue furieuse par le fait qu'elle ne parvenait pas à se faire épouser... et pour cause. On ne divorce pas d'un titre de tuteur. On ne divorce pas d'une folle milliardaire. On reste fidèle au poste sur un navire de luxe, dont on a pris le commandement. Pas question qu'il coule!

Alors, Big Chief Nusty a fait une vilaine chose. Mais il était à la retraite, il avait la permission de s'amuser un brin. Un de ses camarades journalistes bénéficia en exclusivité de l'indiscrétion de la belle. Et en bon journaliste américain, il s'empressa de publier une série d'articles fort désagréables, au point de faire baisser la côte du sénateur, qui ne fut pas réélu. On sait l'attachement du public américain à une morale exemplaire de ses représentants... Une maîtresse... quelle horreur!

Le crime d'Ève

Ronald Esquive a cinquante ans environ. C'est l'un des policiers les plus méticuleux et les plus efficaces de Scotland Yard. Un homme silencieux, observateur, doué d'un remarquable esprit de synthèse. Il a pondu plusieurs manuels destinés aux stagiaires de la police criminelle. Depuis quelques années, compte tenu de son expérience et de sa réputation, il n'a travaillé que sur de «grandes affaires», dites mondaines et compliquées, en qualité de superviseur d'enquêtes. La rançon de la gloire, en quelque sorte.

Anglais jusqu'à la perfection de la moustache, du parapluie et de la politesse attentive, il pénètre chaque matin dans son bureau du sanctuaire londonien de la police criminelle. Ce bureau, lui, n'a rien d'un sanctuaire. Encombré d'archives, il fait le désespoir des femmes de ménage.

Ce matin de 1935, Ronald Esquive se heurte immédiatement à son problème du jour.

— Le directeur veut vous voir. Il y a eu crime à l'hôtel de la Couronne, quartier Sud. La brigade est déjà sur place. On vous attend. J'ai téléphoné chez vous ce matin mais vous étiez déjà parti. Le directeur s'impatiente.

Ronald Esquive trotte jusqu'au bureau directorial. Il est ravi: on l'appelle sur une affaire fraîche. Une affaire fraîche est une affaire où l'on est le premier à faire les constatations, les interrogatoires, à réfléchir sur le problème posé. Dans les articles qu'il écrit parfois sur son métier, Ronald Esquive compare un crime à une partie d'échecs, car il est passionné d'échecs.

Quelques instants plus tard, Ronald Esquive sort du bureau, réfléchissant déjà au problème posé dans l'absolu.

«Il a été trouvé dans une chambre d'hôtel le corps d'un homme mort. L'arme du crime est inconnue, l'homme semble être passé sous un rouleau compresseur. La victime se nomme Craig. Ancien major de l'armée des Indes, travaillant actuellement pour l'Intelligence Service.»

Dès que les services secrets montrent le bout de leur nez, une affaire criminelle simple devient une affaire criminelle complexe. C'était la raison de l'appel directorial. Il y faut le doigté d'un professionnel.

L'hôtel de la Couronne dans le quartier sud de Londres est un hôtel moyen, sans plus, dirigé par un homme pour l'heure très ennuyé. Ronald Esquive l'écoute en silence, comme d'habitude.

— La major Craig descend chez moi depuis des années. Un homme remarquable, surtout de ponctualité. Ce matin, j'ai trouvé bizarre de ne pas le voir à la salle à manger pour le breakfast. J'ai donc envoyé la femme de chambre frapper à sa porte, craignant qu'il ne soit malade, mais la porte était fermée à clé. Personne ne répondait. Or, nous n'avions pas vu sortir le major. La femme de chambre a donc ouvert avec son passe et l'a trouvé mort dans son lit. La fenêtre était fermée, la porte également, comme je viens de vous le dire, de l'intérieur. Le vasistas de la salle de bains aussi. A part un membre du personnel disposant d'un passe, personne n'a pu pénétrer dans cette chambre. De plus, la compagne du major, qui occupait une autre chambre, a quitté l'hôtel ce matin pour un voyage à Paris. Elle est partie de bonne heure sans savoir ce qui se passait. Je vais devoir lui adresser un télégramme, c'est ennuyeux. Elle a laissé son adresse en France, celle d'un hôtel. J'espérais que le major était décédé de mort naturelle, mais votre médecin légiste dit qu'il s'agit d'un crime. C'est extrêmement ennuyeux pour la réputation de mon établissement. Je tiens à préciser que mon personnel est irréprochable. J'emploie les mêmes gens depuis des années, tout le monde ici connaît le major. Il est impensable de soupçonner qui que ce soit parmi mes employés. Je m'en porte garant.

Le gros homme, essoufflé par son discours, se tient en première ligne devant le personnel en question. L'inspecteur examine un à un les employés: trois femmes de chambre d'un certain âge, deux valets d'étage stupéfaits, une cuisinière ébahie et un concierge rhumatisant. Tout le monde peut se tromper, certes, y compris Ronald Esquive, mais on ne voit guère d'assassin dans cette brochette de braves gens. Ladite brochette, d'ailleurs, semble espérer une phrase d'encouragement de la part de ce policier, et l'inspecteur consent à la prononcer:

— Ne vous inquiétez pas, j'interrogerai tout le monde car j'ai besoin de détails précis, d'horaires et de toutes ces sortes de choses, mais je ne soupçonne personne. Je comprends que votre directeur soit ennuyé par cette affaire et, si vous craignez, vous aussi, pour la réputation de votre hôtel, écartez les journalistes, ne répondez à aucune question qui ne vienne pas de la police et évitez les ragots...

Un faible sourire de soulagement éclaire les visages, celui du directeur, en particulier, qui conduit immédiatement l'inspecteur au premier étage.

Ronald Esquive, en recommandant la discrétion, sert également son enquête. Un agent de l'Intelligence Service meurt rarement dans son lit. Nul ne sait ce que peut cacher la mort d'un espion. La brigade d'intervention est déjà au travail depuis 9 heures du matin. Le médecin légiste, assis dans un fauteuil, prend tranquillement des notes pour son rapport, il salue l'inspecteur et lui laisse contempler le cadavre un long moment.

Le major Craig est en pyjama de coton rayé tout à fait convenable, il est allongé, bras le long du corps, jambes jointes, et menton redressé, comme à la parade. Le nez est pointu, mais tous les nez sont plus ou moins pointus dans la mort, le front dégarni. Le major est mort en bon ordre, quasiment au garde-à-vous. Le seul désordre apparent est la bouche : elle est ouverte et tordue par un rictus étrange. L'inspecteur se penche sur le corps, longuement, à la recherche d'une autre bizarrerie. Le pyjama est froissé par endroits, rien d'autre.

Il écoute alors avec attention l'analyse du médecin :

— L'homme est mort par étouffement de la cage thoracique, entre autres. Car tout le corps a été compressé, comme passé au laminoir ou au rouleau compresseur. C'est tout à fait étonnant. Regardez ici... le thorax, les côtes enfoncées, le cou et même l'abdomen. On trouve des traces jusque sur les bras et le haut des jambes.

Le médecin écarte le pyjama aux endroits qu'il indique et l'inspecteur constate, en effet, les marques qui commencent à noircir, passant du bleu au violet sombre par endroits. Le corps semble avoir été pris en effet sous un rouleau compresseur. « Jamais vu ça », se dit l'inspecteur.

Le médecin poursuit, très excité par l'étrangeté de cette mort :

— Je suis formel. Il est mort dans son lit, le corps n'a pas été déplacé après la mort. C'est incompréhensible. Je situe le décès aux environs de 3 heures dans la nuit. Je vous en dirai peut-être plus après l'autopsie, mais, en ce qui concerne la cause du décès, elle est visible actuellement : compression.

Un rouleau compresseur dans une chambre d'hôtel dont la porte était fermée à clé de l'intérieur... Voilà qui représente une absurdité totale. L'inspecteur est perplexe, il examine le crâne dégarni.

— Il n'a pas été assommé avant ?

— Non.

— Endormi ou empoisonné, alors ?

— A priori, non. La plupart des poisons donne des signes visibles *post-mortem*. L'examen des viscères le dira mais, pour l'heure, j'affirme avec moins de un pour cent d'erreur possible que cet homme est mort par étouffement. Les signes sont clairs.

— S'est-il débattu ?

— C'est logique. Sûrement. Mais il est difficile de l'affirmer avec certitude. Voyez la position du corps, en ligne, les bras allongés : un homme qui se débat contre un autre homme aurait une attitude différente après la mort.

— Est-ce qu'un homme peut être assez fort pour en écraser un autre de cette façon?

Le médecin a une moue dubitative.

— C'est possible. Un tel homme peut exister. Un catcheur? Un lutteur? Quelqu'un d'assez monstrueux, cela dit, mais je ne retiens pas cette hypothèse a priori, car nous n'avons aucune trace de doigts, aucune marque d'étranglement. Ce devrait être le cas, s'il s'agissait d'une lutte. J'insiste sur le fait que cet homme est mort étouffé. Pas simplement étranglé. Et le poids qui a provoqué cet étouffement est considérable, sur toute la surface du corps. Nous pouvons dire que l'homme était dans son lit, allongé tel qu'il l'est maintenant, et non debout ou assis. Dans la position du sommeil, il faut supposer une immobilisation totale dans cette position.

— Des cordes ou des liens?

— Du tout. Pas de traces non plus. Même une corde mince laisserait une marque.

L'inspecteur fait le tour de la chambre du major. Il n'y règne aucun désordre. Apparemment rien n'a été volé. Les valises sont en place dans l'armoire, le linge rangé dans la commode qui n'a pas été fouillée. Les spécialistes des empreintes n'ont rien découvert de significatif.

Sous le lit du mort, une valise qui ne ressemble pas aux autres. Peut-être n'appartient-elle pas au major? Grande, en fort carton bouilli, assez usagée et totalement vide. Les bagages du major sont de bien meilleure qualité, en cuir, et à l'abri, dans l'armoire.

Un tout petit détail, mais un détail tout de même, le seul que révèle l'examen de la chambre.

En ce qui concerne le major Craig lui-même, l'inspecteur apprend l'essentiel par le directeur de l'hôtel.

Il est arrivé la veille à 18 heures, avec sa compagne. En provenance d'Afrique, où ils font tous deux de fréquents séjours. A chaque retour de voyage, le major descend au même hôtel car il ne dispose pas d'appartement à Londres. Sa famille est propriétaire d'un manoir dans le Hampshire mais il s'y rend très peu. Il dispose de rentes confortables en qualité de retraité de l'armée des Indes, et il porte encore la soixantaine avec élégance. Sportif, bel homme, grand chasseur de fauves, joueur d'échecs accompli. L'inspecteur regrette de ne pas avoir rencontré le major de son vivant dès qu'il apprend qu'il faisait partie d'un cercle renommé à Londres.

Bien évidemment, le directeur de l'hôtel ignore totalement les autres activités du major Craig au sein de l'Intelligence Service. C'est à la faveur de ses voyages en Afrique et aux Indes, qu'il transmettait de précieux renseignements: cela, l'inspecteur l'a appris à Scotland Yard.

Par contre, l'hôtelier sait pas mal de choses sur la vie privée de son défunt client :

— Cette jeune femme, sa compagne, elle est ravissante, tout à fait ravissante, et bien plus jeune que lui. Elle a vingt-neuf ans, vous pensez ! Ils sont ensemble depuis quatre ans. Ils voyagent ensemble. Bien entendu, ils ne sont pas mariés, mais nous sommes discrets. Nous jouons le jeu, ils occupent officiellement des chambres séparées.

L'inspecteur relève le mot « officiellement »...

— En privé aussi, apparemment, puisqu'elle n'était pas avec lui cette nuit. D'ailleurs, pourquoi est-elle partie ce matin justement, et de bonne heure ?

— Oh ! son voyage à Paris était prévu depuis longtemps. Mademoiselle Weber y avait fait allusion. Elle devait y rencontrer un directeur de cirque.

— Elle est artiste ?

— Pas que je sache. Il s'agissait de lui proposer des bêtes sauvages.

— Sauvages ? De quel genre ?

— Je l'ignore. Je sais que c'était une des activités du major. Il ramenait régulièrement un ou deux spécimens pour des acheteurs en Europe. Des singes par exemple, ou des petits tigres.

— En a-t-il ramené cette fois ?

— Je l'ignore, inspecteur, nous n'avons pas eu le temps d'en parler malheureusement. Mais je le suppose car la jeune dame s'est rendue à Paris pour cela. Lorsqu'il ramène des animaux de ce genre, ils ne peuvent pas les laisser en garde trop longtemps ici, à Londres.

L'inspecteur Esquive arrêtera là son enquête du jour. Il lui faut attendre que la jeune femme soit informée par télégramme de la mort du major et invitée à se présenter au Yard le plus rapidement possible pour un interrogatoire.

Ce que l'on sait d'elle, actuellement, tient en quelques traits : Allemande d'origine, ancienne écuyère de cirque, jolie, excellente chasseresse... C'est elle qui a convaincu le major de faire commerce avec les grands zoos d'Europe, et les cirques.

Nous sommes en 1935. La vogue est au sauvage, dans le mauvais sens du terme. La faune n'est pas protégée, les pays d'Afrique et d'Asie regorgent de chasseurs sans scrupules, qui tuent ou capturent avec, pour tout discernement, le plaisir ou l'argent. Greta Weber appartient donc à ce peuple de destructeurs. Elle y a entraîné le major.

Et voilà que l'inspecteur a une petite idée en tête, avant même d'avoir rencontré cette Diane chasseresse. En gros, il la considère a priori comme le suspect numéro 1. Logique : un départ étrange, qui a peu de chance d'être une coïncidence. Une jeune femme étrange, puisqu'elle n'est pas commune... Peu de femmes de vingt-neuf ans pratiquent le safari ; peu de femmes de vingt-neuf ans décident de vivre avec un homme plus âgé, un retraité, dont les rentes, bien que confortables, ne sont pas mirifiques...

Ne pas oublier, non plus, que le major est un espion, règlement de compte entre services?... Toujours possible. Ou entre associés, dans ce commerce peu ordinaire lui aussi? Règlement de compte entre amants, pourquoi pas? Ce qui compte avant tout dans la partie d'échecs engagée par l'inspecteur, c'est l'arme du crime. Mystère complet. Il a beau chercher, imaginer, cette histoire de rouleau compresseur dépasse son imagination, pour l'instant. Mourir dans son lit au garde-à-vous, comprimé comme un vulgaire paquet... La partie s'annonce intéressante.

Greta Weber met trois jours avant de rentrer à Londres et de se présenter au Yard.

Le major Craig est à la morgue. L'autopsie minutieuse des viscères n'a démontré qu'une chose: la compression. Foie, rate, intestins... comprimés.

Greta Weber vient de voir pour la dernière fois son compagnon de route et de safari; elle lève un regard bleu pâle sur l'inspecteur Ronald Esquive:

— Je ne comprends pas. Il est resté à Londres pour régler des affaires personnelles; c'est pour cela qu'il ne m'a pas accompagnée à Paris.

— Quelles affaires personnelles?

— Une vieille cousine à voir, je crois.

— Et vous ne lui avez pas dit au revoir le matin de votre départ?

— Le bateau partait de bonne heure. Je ne l'ai pas réveillé.

Esquive observe la jeune femme en silence, alors qu'ils quittent la morgue et montent dans sa voiture pour se rendre à Scotland Yard. Il aime observer, laisser parler sans trop questionner. Une manière très personnelle de s'imprégner du personnage. Et ce personnage est intéressant.

Assez grande, allure quelque peu garçonnière. Non dépourvue de charme féminin. Sous le tailleur élégant, on devine un corps souple, musclé. La démarche et les attitudes sont nettes, franches, mais une certaine inclinaison du cou ainsi que du visage démentent cette première impression de franchise. Greta penche légèrement la tête de côté, dans un mouvement de charme, pour s'adresser à son interlocuteur et, lorsqu'elle parle, ses yeux pâles ne quittent pas le regard de l'autre, comme s'il était très important de ne pas perdre le contact. Pour enregistrer les réactions? Pour convaincre? Sa voix est calme, persuasive:

— Nous sommes rentrés d'Afrique il y a quelques jours. Un voyage parfait, aucun incident. Sur le bateau, je n'ai vu personne susceptible de créer des ennuis à Edouard. A ma connaissance, il n'avait pas d'ennemis. Vous m'avez dit qu'on n'avait rien volé dans sa chambre, c'est curieux. Peut-être a-t-il fait une mauvaise rencontre à Londres, mais sincèrement je ne vois pas quand elle aurait pu se produire. Nous avons passé la soirée ensemble à l'hôtel, ensuite nous sommes montés nous coucher très rapidement. Edouard avait hâte de retrouver un vrai lit, quelque chose qui ne soit pas en toile, sous une tente et dans la brousse, ou même dans la cabine d'un bateau. Moi-même j'étais assez fatiguée, j'ai dormi, je n'ai rien entendu de spécial.

— Vos chambres étaient contiguës? Vous ne lui avez pas rendu visite pendant la nuit?

Greta Weber accroche le regard du policier avec insistance:

— Mes relations avec le major ne sont pas en cause, j'espère, inspecteur?

— Du tout.

— Je me suis endormie. D'ailleurs, la porte de communication entre les chambres était fermée.

— Je sais. Tout était fermé. La seule issue est une bouche d'aération de la salle de bains. Elle donne dans le couloir. Vingt centimètres de diamètre. Il est évident que personne n'a pu l'emprunter pour aller tuer le major...

Greta Weber ne relève pas ce détail, apparemment, mais se redresse un peu vite tout de même:

— Avez-vous besoin d'autre chose, je suis un peu lasse...

— Désolé, j'ai encore d'autres questions. Voulez-vous reprendre place, je vous prie? J'aimerais que vous me parliez de votre métier. Quel genre d'animaux capturez-vous par exemple?

— Tout dépend des demandes au départ: fauves, singes, perroquets...

— Et cette fois?

— Un jeune tigre.

— C'est tout?

— Absolument. Je l'ai envoyé à Paris, il est destiné à un cirque italien que je connais depuis longtemps.

— Vous deviez absolument l'accompagner?

— Cela fait partie du métier, inspecteur. C'est moi qui l'ai capturé, je l'observe pendant le voyage... ainsi je peux décrire au mieux son caractère à celui qui va le dresser. La plupart du temps, je commence le dressage moi-même en cours de route, je vends ainsi l'animal beaucoup plus cher...

— Vous ne dressez que les fauves?

— Pas du tout. Je ne touche aux fauves que depuis quelques années. Mon père était dresseur de lions, lui, mais ma spécialité reste les chevaux.

— Aucun autre animal?

— Aucun. A part les chevaux et les fauves, des animaux nobles à mon sens, je ne trouve pas d'intérêt au reste.

L'inspecteur se décide à lâcher le morceau:

— Miss Weber, saviez-vous que le major était un fonctionnaire de l'Intelligence Service?

— Non. Mais ce n'est pas très étonnant, en fait.

— Pourquoi?

— J'imagine que nombre d'officiers de son grade, à la retraite, travaillent pour les services secrets. Cela paraît logique après tout, des professionnels... Mais je l'ignorais.

— Sa mort nous pose des problèmes, Miss Greta Weber. Le major constituait des dossiers sur toutes ses relations, dossiers que le service complétait le cas échéant, si le personnage en valait la peine. Il a fait un dossier sur vous...

— Ah oui? C'est normal je suppose.

L'inspecteur aime cette partie d'échecs. La partenaire est d'un calme impressionnant. Il avance un pion, elle en avance un autre, tranquillement, sans écart de langage, sans apparemment aucune peur de perdre.

— Le dossier qui vous concerne, Miss Greta Weber, a donc été complété par les soins du service des archives. Nous avons là des coupures de presse, quelques affiches... une sorte de résumé de votre carrière.

— J'ai travaillé dans plusieurs cirques avant de connaître le major. Ce métier est un métier de nomade.

— Sur l'une de ces affiches, nous voyons, imprimés, vos talents de charmeuse de serpents... Un numéro présenté à Berlin ou à Vienne...

— Nous faisons de tout dans les cirques, vous savez.

— Je comprends. Mais vous présentiez, cette fois, un numéro de serpent dressé. C'est extrêmement rare, un serpent dressé. J'ignorais que l'on puisse parvenir à un tel résultat.

— Dresser n'est pas le terme exact. Un jour ou l'autre, une femme doit se plier à ce genre d'exercice, dans un cirque... Vous connaissez comme moi l'attirance du public pour ce type de spectacle. J'ai fait ce numéro il y a plus de dix ans... En quoi vous intéresse-t-il?

— Mon hypothèse, je dirais, presque ma certitude, est que vous avez ramené de ce voyage un animal dont vous ne parlez pas, dont le major lui-même ignorait peut-être la présence. Je dirais que cet animal est un serpent, un python par exemple. Le même que celui qui faisait le numéro avec vous, à Vienne en 1929.

Sur l'affiche il est dit qu'il mesure quatre mètres. Un python de quatre mètres peut parfaitement étouffer un homme endormi. Vous voyez ce que je veux dire?

— Je vois parfaitement. Mais vos soupçons sont assez ridicules, inspecteur. Je n'ai pas emporté de serpent dans mon sac à main. D'ailleurs, pourquoi aurais-je laissé ce serpent tuer le major? Je n'avais aucune raison de vouloir tuer Edouard. Je ne vois comment je l'aurais fait d'ailleurs...

— J'ignore pourquoi vous vouliez tuer le major, mais je pense que vous l'avez fait, et je crois savoir comment.

— Je suis curieuse d'entendre cela, bien que vos soupçons soient ridicules, je le répète.

— Il y avait une valise vide sous le lit du major. Une très grande valise de carton, fort solide. Susceptible de contenir un serpent. Disons que vous avez déposé cette valise sous le lit. Disons que le serpent en est sorti, qu'il est allé étouffer le major dans son lit et qu'il est allé ensuite retrouver sa maîtresse, en passant par la bouche d'aération. Seul un serpent peut passer par là. Seul un serpent peut écraser un corps à ce point, le comprimer. Je dirais qu'un serpent est une sorte de rouleau compresseur qui ne laisse pas de traces autres que celles constatées sur le cadavre du major. Je dirais enfin que vous êtes la seule capable, dans l'environnement immédiat du major, de dresser un serpent. Voilà, Miss Greta Weber.

— C'est un roman assez stupide. Vous me prêtez un talent exceptionnel. Dresser un python à tuer? Un exploit! Et quelle serait votre preuve?

— Dans la journée d'avant-hier, Miss Greta Weber, vous avez effectivement livré un jeune tigre à Paris, dans un cirque italien. Mais ensuite, vous avez vendu un python de quatre mètres à un collectionneur. Le corps d'un python plus exactement, mort, selon vous, durant votre voyage. La police française nous a prêté son concours. Je connais votre itinéraire à Paris et ce que vous y avez fait.

— Et vous appelez cela une preuve? En quoi considérez-vous la vente de ce serpent mort comme une preuve?

— Vous l'avez vendu mort à Paris, il était vivant à Londres. L'arme du crime, c'est lui. Vous l'aviez dressé.

— Inspecteur, vous m'étonnez! Vous avez déjà dressé un serpent? Sûrement pas, bien entendu. Interrogez les spécialistes. Ils vous diront, comme moi, qu'il n'est pas facile du tout d'ordonner quoi que ce soit à ce genre d'animal. Le serpent n'obéit qu'à une musique ou un sifflet et il ne fait pas grand-chose avec ça. S'il a confiance en vous, il se contente de ne pas vous agresser, sans plus. Les numéros du genre de celui que j'ai présenté il y a dix ans consistent essentiellement en une sorte de danse, assez courte, quelques entortillements, le temps de faire frémir le public. C'est plus impressionnant qu'autre chose. Une question de confiance entre l'animal et soi, ainsi, il n'agresse pas la «dompteuse».

— Miss Greta Weber, j'ignore, je vous l'ai dit, comment votre serpent a exécuté le crime. Je peux supposer que vous l'avez habitué à se montrer agressif vis-à-vis du major. Il reste ma certitude que ce python est l'arme du crime. La vôtre, exclusivement. J'espère le prouver.

— Suis-je arrêtée pendant que vous espérez le prouver?

— Pas pour l'instant. Il est nécessaire que j'ai l'avis d'un juge. Mais bien entendu, vous vous tiendrez à la disposition de mes services.

— Bien entendu, inspecteur.

Greta Weber et ses yeux pâles quittent donc le bureau de l'inspecteur Ronald Esquive, ce jour-là, en toute tranquillité. Et le policier a mal joué. Erreur fatale dans la partie d'échecs qu'il a entamée avec cette jeune femme étrange: il aurait dû conclure immédiatement. Certes, il ne pouvait pas, à partir de simples présomptions obtenir une inculpation rapide. Mais, vingt-quatre heures après son entretien avec lui, Greta Weber avait disparu.

Les recherches demeurèrent vaines. Le plus ennuyeux est que le collectionneur qui aurait hérité de l'arme du crime, maintenait, mordicus, que le serpent dont il s'était rendu acquéreur était mort depuis longtemps. Desséché. Il était bien entendu impossible de prouver le contraire.

Des années passèrent. Greta Weber avait disparu dans les remous de la guerre mondiale. Était-elle une espionne allemande? Découverte par le major, l'avait-elle réellement assassiné avec un python? L'inspecteur Esquive l'a toujours pensé, les spécialistes du dressage en doutaient: le major aurait dû être endormi au préalable, sinon il se serait logiquement défendu, aurait appelé au secours. Endormi? Peut-être par un somnifère léger que l'autopsie ne révéla pas à l'époque. Les méthodes d'investigation se sont affinées depuis. Avant la guerre, l'analyse chimique des viscères n'était pas aussi précise.

Le mobile est donc resté secret. Les circonstances de la mort, une hypothèse...

Cependant, une dizaine d'années plus tard, vers la fin de l'année 1946, Scotland Yard eut des nouvelles de Greta Weber. Il semble que la police allemande l'ait arrêtée. Il semble aussi qu'elle appartenait à la Gestapo et qu'elle était effectivement un agent secret nazi. Malheureusement, on ignore la suite. Fut-elle condamnée et exécutée? Greta Weber portait-elle un état civil de complaisance? Quel était son rôle exact avant-guerre?

Le rapport de Ronald Esquive, en 1935, conclut qu'il s'agit d'un règlement de compte entre agents de services étrangers. Par l'intermédiaire d'un rouleau compresseur de quatre mètres, obéissant au sifflet et à la souris vivante. Et il maintenait sa théorie personnelle en matière de psychologie criminelle: le jeu criminel ressemble au joueur, sa tactique le dénonce. Une charmeuse de serpent tuera de préférence à coups de python, plutôt qu'à l'aide d'un rouleau de pâtisserie.

C'est évident, inspecteur Esquive. Mais, évidemment, exceptionnel.

Cet homme dans ce jardin

Quelque part dans l'État du Nevada, en 1960.

Dans le parc immense d'un énorme hôpital, des êtres déambulent, vêtus de chemises longues et blanches. Certains ont l'air calme et marchent en suivant les allées, respectant les bordures et les règles de l'environnement. D'autres s'agitent, regardent en l'air, marchent de travers, font des gestes démesurés et inutiles. Un panneau indique aux visiteurs qu'il s'agit là du secteur de neurochirurgie, que ces malades sont donc des opérés récents ou futurs, et qu'il faut observer le silence. Ce mot est répété sur plusieurs autres panneaux: «Silence. Respectez le silence. Silence.»

Au fond du parc, un jardin. Il est entretenu par certains malades, ceux que l'hôpital ne relâche pas. Les fous, en quelque sorte, bien que ce mot, fou, ne veuille absolument rien dire en lui-même. A fou, il faut ajouter quelque chose. Fou de quoi? De peur, d'alcool, de drogue, d'obsession, de névrose, de solitude, de désespoir... Il existe tant d'autres épithètes qu'on pourrait ajouter, sans pour autant obtenir une définition adaptable à tous.

Sur un banc de ce jardin, un homme est assis. Un bandage assez important lui entoure le crâne et il cligne des yeux au soleil. Ses yeux sont vides, sans expression, comme les traits du visage. Il y a, sur ce visage, un voile invisible, indéfinissable, tissé de calme et d'indifférence; il ressemble à la mort.

Effectivement, sur ce banc au soleil, cet homme, dans ce jardin, est un mort vivant. Sa vie, avant ce jardin, est une longue histoire qui commença un jour d'été, en Floride.

Jusqu'à quarante ans, Rodney était un vivant comme beaucoup d'autres. Célibataire, en pleine forme, il passait le plus clair de son temps libre en parties de poker ou de gin-rummy interminables avec des copains. De longues soirées à se taper dans le dos en buvant de la bière, toujours les mêmes éternels week-ends de pêche ou de chasse... et des filles qui passaient dans sa vie comme des météores.

Mais, ce jour de soleil en Floride, Rodney est tombé amoureux. Les vacances finies, il retourne au Nevada, à Carson City où il exerce la profession de directeur d'une succursale de banque. Mais il n'y retourne pas seul: il présente rapidement, à la ronde, son épouse.

Suzan, la jeune épouse, a vingt-cinq ans. Avec sa silhouette, Hollywood pourrait en faire une star, si elle avait le moindre talent de comédienne, ce qui n'est pas le cas. Grande fille toute simple, elle trimbale un corps de mannequin et un sourire d'ange avec une étonnante tranquillité. Tout est beau chez elle, tout est vivant, d'une rare simplicité. Les cheveux épais, drus, bouclés, dorés comme la peau, les yeux bleus sans mystère, la bouche souriante. Rodney en est si amoureux qu'il ne lui lâche jamais la main, même en ville, comme s'il avait peur de la perdre. Ce coup de foudre est un exemple du genre. Ceux qui l'éprouvent un jour semblent avoir toujours peur de se quitter du regard ou du corps et que la magie s'arrête.

Au début de l'été 1952, après un an de mariage, Rodney et Suzan, toujours également amoureux, toujours avec la même intensité, toujours main dans la main, s'en vont en vacances. Ils ont loué une maison au bord d'un lac.

C'est là que va mourir leur bonheur.

Un matin, vers 10 heures, Rodney prend la voiture pour aller faire les courses. Suzan n'a pas envie de l'accompagner. C'est inhabituel, mais elle s'est blottie dans une chaise longue au soleil, avec un petit sourire mystérieux. Rodney hésite encore, il n'aime pas vivre sans elle, même une heure. Mais ce petit sourire mystérieux finit par le convaincre de faire le marché tout seul. Il n'ose pas poser la question mais, en roulant, l'idée lui trotte dans la tête. Suzan serait-elle en train de concocter un héritier? Ce doit être ça. C'est ça... Elle n'a rien dit, mais il a deviné. Sinon, pourquoi refuse-t- elle depuis quelques jours de faire du ski nautique sur le lac? Pourquoi cette folie de confiture de framboises au petit déjeuner? Et pourquoi ce regard apaisé, comblé intérieurement, riche de tant de secret, de tant de douceur, ce sourire...

Le bonheur s'est arrêté là, sur ce petit sourire mystérieux qui promettait tant.

Lorsque Rodney est revenu de la ville, la voiture pleine de pots de confiture de framboises, la maison au bord du lac avait un air d'épouvante.

Il l'a compris en claquant la portière. Il est resté debout, attendant de voir resurgir le sourire, apparaître la longue silhouette, bras tendus, tendresse offerte. Mais le silence de la maison était bien celui de l'épouvante.

Il a hurlé comme un chien à la mort.

Plus tard, lorsque la police eut achevé de relever toutes les traces de ce drame, on expliqua à Rodney ce qui s'était passé.

Deux énergumènes, dont le signalement avait été donné par des campeurs, avaient attaqué Suzan. Ils l'avaient violée et étranglée. Le monde était mort pour Rodney. Il avait lâché la main de sa femme une fois, une seule fois, et l'avait perdue dans l'horreur.

Toute la police de l'État était sur les dents. Le shérif assurait à Rodney qu'on allait retrouver les coupables et qu'ils allaient payer. Mais Rodney n'était plus un homme capable de comprendre, de se résigner, d'attendre que le piège policier se referme. Les dents serrées, il contemplait les photos d'archives qu'on lui montrait. Les têtes des deux tueurs, répertoriés, étaient devant lui, devant ses yeux. Immondes. Des récidivistes du viol et de l'agression. Relâchés Dieu sait pourquoi... par quel mystère juridique des arcanes des remises de peine. Cette fois, ils avaient emporté cent vingt dollars. Et ils avaient violé et tué pour ça. Violé d'abord, tué ensuite, disait le rapport du légiste. Et Rodney ne cessait de tourner dans sa tête le film d'horreur que représentait ce rapport. Ce médecin, à la mine de croque-mort avait dit aussi: «Votre femme était enceinte de trois mois, le saviez-vous? »

Les mois passaient et Rodney n'était que souffrance. Incapable de reprendre son travail, il parcourait la région du lac en voiture, maigre, barbu, obstiné, à la recherche des tueurs. Il ne voulait qu'une chose: Les écraser. Au shérif, il avait grondé:

— Les faire éclater sous mes talons, comme des punaises.

Et le shérif était inquiet de cette réaction. Compréhensible les premiers jours, elle aurait dû se calmer.

— Rentrez chez vous... Reprenez votre travail à Carson City... Voyez un médecin... vous avez besoin d'être aidé... Laissez faire la police, c'est notre travail, pas le vôtre...

Mais Rodney n'entendait rien, ne voyait rien, la souffrance l'aveuglait, le rendait sourd à toute logique humaine. La logique humaine... que voulait-elle dire, face à ces deux monstres inhumains. Alors, il ne dormait plus, ne mangeait plus, à l'affût en permanence, ne vivant que de cigarettes, de mauvais sandwiches, de café et de vengeance inassouvie. Il traînait sur les routes, le regard fiévreux, dévisageant les passants, se retournant sur tous les hommes. Une fois pour toutes, les deux têtes s'étaient inscrites dans sa mémoire, il espérait l'impossible, le face à face, le soulagement.

— Je les écraserai comme des punaises...

Il n'avait même pas d'arme.

La police, elle, avait évidemment de bien meilleures chances de parvenir à un résultat. L'identification certaine, les indices, la méthode, les hommes et, ainsi que l'avait dit le shérif, la bêtise des criminels. L'un fut pris et dénonça l'autre, qui dénonça l'autre à son tour. Ils étaient sous les verrous, enfin. Cette fois, la peine de mort était au bout. On allait délivrer Rodney de sa vengeance impossible. La justice prenait le relais, ainsi qu'il est normal, en pays civilisé. Mais la justice, en pays civilisé, n'est pas un instrument de vengeance immédiate, irréfléchie, œil pour œil, dent pour dent. La justice se pose des questions, prend le temps pour écouter les réponses, pose d'autres questions. La justice doit réfléchir, et les avocats discuter. Un procès dure longtemps...

Alors un jour, à bout de forces et de résistance logique à cette souffrance, à ce besoin de vengeance absolue, Rodney est arrivé en voiture devant la prison d'État. Il voulait entrer et tuer, c'était aussi simple que cela dans sa tête. Ils étaient là, derrière cette porte de fer, il n'y avait qu'à entrer et tuer pour que la souffrance cesse.

Le résultat fut que l'on enferma Rodney vingt-quatre heures dans un hôpital. C'est là qu'il prit conscience de sa maladie, une maladie sans nom répertorié, qu'il nommait, lui «Le mal des souvenirs».

Pas une minute de repos dans sa tête. Le visage, les yeux, le sourire, les cheveux, le corps de Suzan y défilaient comme un film permanent. S'il avait pu encore garder une dernière image fixe sur ce bonheur, une image de fin supportable... Mais les circonstances ne l'avaient pas permis. Il avait vu le carnage en rentrant au chalet. Il se voyait encore courir, pousser la porte, découvrir le corps, à terre, cheveux répandus, lèvres crispées sur la souffrance, jambes repliées sur l'horreur. Et ça, ce n'était pas un souvenir supportable.

Dans cet hôpital où on le soignait en 1956, Rodney suppliait le médecin:

— Faites quelque chose... Arrachez ce souvenir, arrachez-le de moi, je souffre trop, je veux vivre pour être sûr de comprendre que je serai vengé, sinon je me tuerai, c'est trop insupportable.

Arriva le jour où l'on appris à Rodney que les deux tueurs, condamnés à la peine de mort, allaient être exécutés. Son avocat vint lui-même, rendre compte de l'exécution à laquelle il avait assisté. C'était fini. Ils n'existaient plus. Ils étaient rayés du monde. La chaise électrique avait fait son office, par deux fois. Justice rendue. Paix.

Mais ce n'était pas la paix pour Rodney. Rien n'était changé. Cette vengeance n'avait rien de tangible, rien de réel. Comme si elle n'existait pas. La mort des criminels n'effaçait rien, c'est donc qu'elle ne servait à rien.

Rodney pensait au suicide, mais ne le mettait pas à exécution: la mort des autres n'ayant servi à rien, la sienne ne réglerait pas non plus l'histoire.

Alors il fit le tour des psychiatres, répétant inlassablement son obsession, suppliant sans relâche qu'on le délivre du dernier souvenir. Mais les médicaments étaient impuissants. L'image ne s'effaçait pas.

Il entendit alors parler d'une opération miraculeuse, la lobotomie... et fit le siège des chirurgiens. Mais personne ne voulait accéder à sa demande. La lobotomie, expérimentale d'ailleurs et interdite depuis, n'était réservée qu'à de très rares cas de délinquants sexuels, de violeurs... Pas à lui. Lui, Rodney, veuf inconsolable, était normal, il n'était donc pas question de le priver d'un cerveau normal. On lui conseillait la psychanalyse, les tranquillisants, les voyages, les cures de sommeil, la religion. On lui parlait du temps qui passe et qui efface.

Rien n'effaçait.

Un jour, un homme comprit que la douleur de Rodney était irréversible. Du moins, il estima qu'elle l'était et prit, de ce fait, une énorme responsabilité.

Rodney dut signer des tas de papiers, passer des tas de tests et supplier une année encore, avant d'obtenir enfin ce qu'il voulait: la délivrance.

Qu'était-ce donc que cette délivrance-là ? Pourquoi l'accordait-on si difficilement ?

Nous sommes à l'automne 1960. Rodney a accepté de répondre aux questions des étudiants en neurologie. Le professeur-chirurgien qui l'a opéré souhaitait faire profiter ses élèves de cas particuliers qui posent parfaitement, explique-t-il, le problème de l'intervention chirurgicale. Doit-on, et peut-on, pratiquer une lobotomie sur un sujet à sa demande ?

Qu'est-ce que la lobotomie ?

Exemple (volontairement simple) : prenons un homme agressif dont l'obsession est de cogner sur tout ce qui bouge, comme une mécanique déréglée. Le chirurgien ouvre son crâne, coupe une transmission électrique, referme le crâne et l'homme ne cogne plus. Il ne ressent plus le besoin ni l'envie de cogner. Il ne l'aura jamais plus. Mais que reste-t-il dans son cerveau ? En coupant cette transmission, ce fil électrique, plus ou moins bien repéré d'ailleurs, n'a-t-on pas supprimé autre chose que l'obsession ?

C'est le but de la réunion des étudiants. Il faut interroger le sujet. Ils sont une dizaine, réunis dans une salle d'examen de l'hôpital, pour un cours particulier, à l'avant-garde de la médecine expérimentale, sur un sujet vivant : Rodney.

Celui-ci entre dans la salle d'examen. Le professeur avance lui-même un fauteuil à son patient.

— Asseyez-vous, Rodney... J'aimerais que vous disiez à ces jeunes gens ce que vous pensez du résultat de l'opération pratiquée sur vous.

— Je me sens bien. Je suis libéré et reposé. Très reposé.

— Êtes-vous capable de raconter à mes étudiants l'histoire qui vous est arrivée, afin qu'ils comprennent bien pourquoi vous avez demandé cette intervention.

— Je peux la raconter. J'espère ne pas oublier de détails.
— Vous voulez dire que vous avez des pertes de mémoire ?
— Je ne crois pas, non. Mais cette histoire s'est passée il y a longtemps... Parfois j'ai l'impression qu'elle ne m'a jamais concerné.

Rodney parle d'une voix neutre, sur un ton morne, sans relief ni intonation particulière. Il explique qu il était marié, que la mort de sa femme l'a rendu malade. Il insiste sur la longue quête qu'il a dû mener auprès des médecins avant que l'un d'eux accepte de le libérer de ses souvenirs. Son récit est d'une platitude remarquable. Sans émotion ni commentaire superflu. Les étudiants écoutent en silence puis, lorsque Rodney a fini de raconter, l'un d'eux demande:

— A quoi pensez-vous maintenant?
— Je pense que votre chemise est bleue.
— Non. Je veux dire: à quoi pensez-vous en général dans la journée?
— Aux choses qui se présentent à mes yeux. En ce moment, je pense que votre chemise est bleue, que le soleil fait un rond sur cette table. Je pense que je parle avec vous, que nous parlons.
— Et vos souvenirs? Ils n'existent plus?
— Mes souvenirs existent. Je me souviens de mes parents, de mon école, de mes collègues de la banque, de mon travail, de ma femme.
— Le souvenir de votre femme est-il différent des autres souvenirs?
— Différent? Non. C'est un souvenir.
— Il ne vous gêne pas?
— Non.
— Est-ce que vous pleurez?
— Non.

Le ton est toujours morne et plat, que le sujet parle du soleil sur la table ou de sa femme. Les étudiants s'y laissent prendre, posant leurs questions presque sur le même ton, sans précipitation, sans se couper la parole.

— Je ne la vois pas. Vous avez une tête, des bras, des jambes comme moi, je ne la vois pas, elle est pourtant là. Mais je n'aime pas beaucoup réfléchir à ces choses. Cela me fatigue.
— Vous souffrez de la tête?
— Parfois très légèrement. Mais j'ai des médicaments.
— Est-ce que vous êtes heureux?
— Je suis heureux. Je suis très bien ici. Je suis soulagé. Je n'ai plus mal et je voudrais que cela continue.

Un autre étudiant se racle la gorge, puis se décide à une question plus directe, qu'il pose avec crainte:

— Êtes-vous conscient de manquer totalement d'affectivité?
— C'est ce que je voulais. Je souffrais de trop d'affectivité. Le mal est parti.

— Vous ne voulez plus aimer ou détester les gens, les autres, c'est cela?
— C'est cela.
— Mais votre état est définitif, vous le savez sûrement...
— Bien sûr. On me l'a dit.
— Et si vous vouliez recommencer votre vie avec quelqu'un? Une autre femme? Ce serait possible? Ou difficile?
— Je ne sais pas. Je n'en éprouve pas le désir.
— Vous n'éprouvez aucun désir?
— Aucun, c'est beaucoup dire. J'ai le désir de manger quand j'ai faim, de dormir quand j'ai sommeil.
— Diriez-vous que vous êtes comme un animal, avec des désirs simples, simplement contentés?
— Est-ce que vous lisez? Est-ce que vous regardez la télévision?
— Parfois, oui. Quand les images sont jolies, je regarde la télévision.
— Mais la lecture? Vous lisez des journaux? Des livres?
— Je n'y pense pas.
— Mais vous savez lire encore?
— Oui, je sais lire. Bien sûr. Je peux lire sur votre pull-over: *University of Nevada*.
— Que faites-vous dans la journée?
— Je marche dans le parc, je vais m'asseoir au jardin, je regarde et j'attends.
— Vous regardez quoi?
— Les choses, les autres...
— Et vous attendez quoi?
— De retourner dans ma chambre, à l'heure du dîner.
— Est-ce que vous vous ennuyez?
— M'ennuyer? Non. Je regarde, je ne m'ennuie pas.
— Que ferez-vous lorsque vous serez complètement rétabli?
— Je ne sais pas. Le docteur dit que je pourrai rentrer chez moi, mais je n'y tiens pas particulièrement. Je pense que je suis bien ici, avec des gens comme moi.
— Vous croyez-vous différent des autres?
— On me l'a dit, et je vois que vous êtes différent de moi.
— L'étudiant qui a posé la question se sent gêné soudain par la regard morne posé sur lui, pour énoncer cette différence.
— A quoi la voyez-vous cette différence? Pouvez-vous la définir?
— Je ne sais pas. Un animal dites-vous? Non. Mais je ne sais pas.
— Que se passerait-il si quelqu'un vous faisait du mal ?
— Je me défendrais.
— Et si l'on faisait du mal à quelqu'un devant vous ?
— Je le défendrais.
— Vous êtes sûr?
— Je crois. Mais je ne pense pas à ces choses.

— Lorsque vous repensez à votre vie passée, à votre femme, à sa mort, n'éprouvez-vous vraiment rien?

— Je trouve cela très triste, parce que vous en parlez en ce moment. Mais je n'y pense pas moi-même. Je n'y pense que lorsqu'on m'interroge, et puis j'oublie.

— Cela vous fait-il de la peine qu'on vous interroge ?

— Non.

— Avez-vous oublié votre amour pour votre femme?

— Je ne sais pas si je l'ai oublié. Je sais que je ne souffre plus. Je me sens comme quelqu'un qui avait une douleur, et qui, maintenant, ne l'a plus. Je sais que j'ai souffert, mais cela ne veut plus rien dire.

— Est-ce que quelque chose vous intéresse dans la vie ?

— J'aimerais me reposer maintenant.

Et Rodney se lève, devant les étudiants pensifs, d'un mouvement lent, mais décidé. Il s'en va, sans dire au revoir, comme si, brusquement, les autres n'existaient plus pour lui.

Et les jeunes gens regardent disparaître cet homme qui fut un célibataire bruyant et joyeux, un époux passionné et jaloux de son amour, un homme meurtri habité par la haine, un cerveau rongé par la souffrance.

Ils comprennent que cet homme ne porte en lui aucune émotion, aucune sensation excessive, aucune réflexion encombrante, que cet homme est un robot. Il n'aimera plus. Il ne jalousera plus. Il ne souffrira plus.

Parler le fatigue. Le monde ne l'intéresse pas.

Les autres humains ne le concernent que dans la mesure où il les croise, où ils lui parlent, lui donnent à manger, lui offrent un lit.

Et tous ces jeunes étudiants, pleins de vie, d'ambitions, de désirs, de passions, ont presque peur devant cette terrible réalité.

Alors le professeur dit:

— Voyez-le... Voyez comme il reste assis sur ce banc à regarder les fleurs. Seule la beauté le touche encore, peut-être... Personne n'a songé à lui poser la question. Vous avez demandé des réponses sur l'ennui, le malheur, la souffrance, les souvenirs, les passions, la mort. Vous n'avez pas songé à parler de la contemplation de la beauté ?

Un étudiant se lève aussitôt et sort de la salle. Il traverse le parc, gagne le jardin. Les autres le voient s'asseoir sur le banc, à côté du sujet, le regardant contempler les fleurs. Puis il demande:

— Est-ce que vous aimez les fleurs?

— Oui.

— Pourquoi? Parce qu'elles sont belles?

— Elles sont belles.

— Et que ressentez-vous à les contempler ainsi?

— Rien.

La lobotomie a été interdite aux États-Unis et n'a jamais été pratiquée, à notre connaissance en Europe occidentale. Sauf en Suisse dans les années cinquante. Les communications scientifiques à ce sujet sont rares. Peut-être découvrira-t-on d'autres sujets d'examen, dans les souvenirs de l'Est et les hôpitaux psychiatriques.... où les roses ne faisaient même pas partie du décor.

Le cauchemar perpétuel

L'homme qui vient de s'arrêter en haut de l'escalier de Mrs Spike ne semble pas entendre. Et pourtant, Mrs Spike a la voix la plus aiguë de toutes les concierges de Londres, son époux le lui dit souvent.

— Eh ! Monsieur Jones ! Vous m'entendez ?

— Jim Jones est un locataire poli d'habitude. Pourquoi regarde-t-il Mrs Spike avec cet air de dégoût et de terreur insupportable ?

— Monsieur Jones, je vous parle ! Qu'est-ce qu'il y a ? Vous êtes malade ?

Cette entrevue est extrêmement importante. Elle a lieu le 7 juillet 1929 à 8 heures du matin, dans un petit immeuble bourgeois du quartier ouest de Londres, au numéro 6 de la rue Chesterfields.

Mrs Spike y est concierge depuis plus de vingt ans. C'est une maigre femme au maigre chignon et à la voix acide, qui semble n'avoir pour but dans l'existence que la propreté des escaliers et des boutons de portes. Son époux, Théolonius, est agent de police, chargé des rondes de nuit. Il dort dans la journée alors que sa femme, le chiffon à la main, inspecte sans relâche la bonne tenue de l'immeuble.

Le locataire, Jim Jones, est un homme de trente-cinq ans, réservé et sympathique, marié depuis deux ans et père d'un bébé de six mois. Il est employé chez un notaire depuis son retour de l'armée en 1919.

Des locataires discrets, tranquilles, » convenables », ainsi qu'aime à le dire Mrs Spike qui, d'habitude, n'est pas tendre dans ses jugements. Or, ce 7 juillet 1929, à 8 heures du matin, Mrs Spike est furieuse contre son locataire préféré.

— Dites donc, monsieur Jones... Ce n'est pas pour dire mais vous en avez fait un raffut cette nuit ! Je n'ai que la nuit pour dormir, moi ! On n'a pas idée de déménager ses meubles à 3 heures du matin !

Jim Jones est si pâle, il a les yeux si creux, il tremble tellement, que Mrs Spike est à peine étonnée de le voir encore en pyjama, à l'heure où il s'en va travailler en costume et casquette de tweed. Il est malade cet homme, c'est visible au premier coup d'œil. D'ailleurs, il ne s'excuse pas, il reste là, planté sur les marches de l'escalier, hagard, avec toujours cet air de dégoût et d'effroi.

C'est alors que Mrs Spike remarque que son locataire a laissé ouverte la porte de son appartement au premier étage. Elle entend crier le bébé.

Avec l'esprit de décision qui la caractérise et en annonçant toujours à l'avance ses intentions, Mrs Spike déclare :

— Bon, eh bien, je vais voir ce qui se passe chez vous, monsieur Jones, et s'il est besoin d'y mettre de l'ordre, d'appeler un médecin ou quoi que ce soit d'autre, je m'en occupe !

Ce faisant, Mrs Spike pénètre de plain-pied dans une histoire qui ne la regarde pas vraiment.

L'appartement des Jones est assez petit, propret. Tout d'abord, Mrs Spike n'y découvre aucun désordre. La cuisine est rangée, la vaisselle faite de la veille, le living-room ne révèle pas même les traces d'une fête quelconque. Mais c'est en pénétrant dans la chambre à coucher, que Mrs Spike pousse des cris d'orfraie qui se répercutent à travers tout l'immeuble.

Que le bébé pleure dans son berceau, c'est normal. Il n'a pas eu son biberon du matin et personne ne s'est soucié de le changer. Mais, à dix mètres de lui, étendue en travers du lit conjugal, sa mère est morte. Morte d'une drôle de manière, comme au cours d'un combat de Titan. Ses vêtements de nuit déchirés, ses cheveux arrachés, son corps couvert d'ecchymoses en témoignent.

En l'espace de quelques minutes, Mrs Spike a toutefois récupéré son souffle, arraché le bébé à son berceau, entraîné monsieur Jones dans la loge et réveillé en sursaut son policier de mari.

Ahuri de sommeil, le brave homme se précipite à son tour pour prévenir Scotland Yard. Tandis que, sans aucun complexe, Mrs Spike prend les choses en main.

— Asseyez-vous ici, monsieur Jones et ne bougez pas. Je vais m'occuper du bébé mais vous allez me dire ce qui s'est passé chez vous !

Jim Jones semble avoir la gorge nouée. Totalement affolé, il n'arrive qu'à bredouiller des mots sans suite, en se tordant les mains.

— Bon, il faut d'abord vous calmer. Buvez ça, c'est du whisky, ça vous remontera. Pendant ce temps, je vais chercher de quoi nourrir cet enfant et le changer. Je suppose que vous êtes incapable de me dire où se trouvent les choses, le lait et le reste ? Donc je me débrouillerai sans vous. Mais surtout ne bougez pas d'ici. D'ailleurs je vous enferme à clé, hein ? Vous comprenez, je ne peux pas faire autrement, je connais la police, vous pensez, et si, par malheur, vous aviez assassiné votre femme, il faudrait qu'on vous trouve ici, en train d'attendre bien sagement.

Cinq minutes plus tard, la loge est envahie par une escouade de policiers et par Mrs Spike, chargée de couches et de biberons.

Les hommes se précipitent à l'étage et un inspecteur s'installe en face de Jim Jones, toujours frappé de stupeur.

— Je vous écoute, monsieur Jones. Que s'est-il passé?

— Je... Je ne sais pas...

— Vous avez dormi chez vous pourtant? Vous êtes en pyjama.

— Oui.

— Alors, qui a tué votre femme?

— Je ne sais pas... Je... Je me suis réveillé... Elle était... Elle était déja morte.

— Monsieur Jones! Est-ce que vous avez bu?

— Non! Oh non, monsieur! Juste un whisky que Mrs Spike vient de me donner.

— Vous êtez-vous battu avec quelqu'un?

— Je ne sais pas, peut-être... Je... Je ne sais pas...

— Vous êtes couvert de marques de griffes, vous le savez?

Jim Jones regarde ses mains, ses avant-bras, et se frotte le visage en tremblant.

— Monsieur l'inspecteur, je crois que j'ai fait un cauchemar. Il me semble que j'ai rêvé de quelque chose, quelque chose d'horrible. Je n'arrive pas à me souvenir vraiment, mais je vois des images...

— Quelles images, monsieur Jones?

— La guerre, vous savez? La guerre. J'ai rêvé de la guerre. J'étais dans une tranchée et un Allemand rampait pour me rejoindre ... Je ne le voyais pas mais je savais qu'il était là, qu'il venait pour me tuer. Je... Je crois que je me suis battu avec lui.

— Est-ce que vous êtes dans votre état normal, monsieur Jones ? Je veux dire, est-ce que vous êtes soigné pour une maladie quelconque?

— Non.

— Vous étiez seul chez vous avec votre femme?

— Oui.

— La porte était fermée?

— Oui.

— Personne d'autre que vous n'a pu entrer?

— Non.

— Alors, monsieur Jones, vous avez tué votre femme, cela ne vous paraît pas évident? Ou bien essayez-vous de vous payer ma tête?

Tout cela paraît fort simple, en effet, pour un inspecteur de police. Cet homme-là, qui porte sur son visage des marques d'ongles, dont la poitrine et les épaules saignent même par endroits, sous le pyjama, cet homme-là a tué sa femme, pour un mobile qui reste à déterminer, mais il n'est pas question qu'il prenne les policiers pour des imbéciles.

Tous les témoignages concernant Jim Jones sont excellents. Les hommes de Scotland Yard ont interrogé les voisins, les collègues de bureau, les employeurs, la famille, les supérieurs de l'armée. Pas une fausse note.

Voilà donc un homme qui a étranglé son épouse après une violente bagarre dans la nuit du 7 juillet 1929, sans que rien ne le laisse prévoir.

Sauf une chose. C'est un médecin militaire qui le dit au procès, en s'adressant aux jurés :

— Ce garçon avait vingt-cinq ans à la fin de la guerre, qu'il a faite en France, dans les tranchées. Durant quatre ans, c'est- à-dire de vingt et un à vingt-cinq ans, il n'a connu que la guerre, la peur, le bruit des armes, le sang et la mort. Un jour, on me l'a ramené sur une civière, il avait le crâne fracturé. Ses camarades l'avaient dégagé d'une tranchée où il s'était battu au corps à corps avec un soldat allemand. Les deux hommes n'avaient plus de munitions. Jim s'est défendu farouchement et a blessé mortellement son adversaire d'un coup de baïonnette. Mais, avant de mourir, l'autre l'avait assommé d'un coup de crosse. On l'a retrouvé inanimé, empêtré dans le corps de son ennemi. Il a mis plusieurs jours à reprendre connaissance. Par la suite, il s'est plaint de faire des cauchemars, ce qui est tout à fait naturel : ceux qui ont vécu ce genre de combat ne l'oublient jamais. Je suggère donc à la Cour l'explication suivante : Jim Jones a tué, au cours d'un cauchemar. Dans son rêve, il se battait avec un ennemi.

La salle pousse un «Oh» d'étonnement et de doute, mais le juge ramène le calme :

— Votre suggestion, docteur, ne fait-elle pas partie des élucubrations que la science tente de faire admettre à la justice, sans preuves évidentes ?

— Non, Monsieur le Juge. Un de mes confrères américains m'a communiqué le cas particulier d'un de ses patients qui a massacré sa famille l'année dernière, dans de semblables circonstances. Cet homme souffrait depuis la guerre de crises de somnambulisme au cours desquelles il revivait certains épisodes particulièrement cruels des combats qu'il avait livrés. L'examen psychiatrique de cet homme a prouvé qu'il souffrait d'un déséquilibre mental particulièrement sournois, car il ne se manifestait pas, ou peu, dans la vie quotidienne. J'ai examiné moi-même Jim Jones, je l'ai interrogé ainsi que l'a fait la police et je suis arrivé à la conclusion que cet homme était irresponsable au moment du crime. Il a tué, certes, mais ce n'est pas sa femme qu'il a tuée. Je suis prêt à affronter toutes les contre-expertises que la Cour décidera.

Ainsi fut fait. Les examens donnèrent raison à la théorie du médecin militaire.

Jim Jones adorait sa femme et son fils de six mois. Depuis qu'il était marié, il ne se souvenait pas avoir souffert de cauchemars comme après sa blessure de guerre. Et puis, une nuit, Dieu sait pourquoi, le rêve noir l'avait repris et il s'était battu comme un fauve, dans le lit conjugal, sur les oreillers de dentelle; la bataille avait duré longtemps, puisque, selon Mrs Spike, la concierge, le bruit avait duré plus d'un quart d'heure au premier étage.

Jim Jones fut donc enfermé dans une maison de santé et non pendu.

Mais les jurés se souviendront longtemps de ce qu'il a dit après avoir entendu le verdict:

— Vous auriez mieux fait de me pendre. Maintenant, ma vie ne sera qu'un cauchemar perpétuel. J'ai tué ma femme, je l'ai battue, je l'ai étranglée comme un sauvage. Avant de mourir, qu'a-t-elle pensé de moi? Qu'a-t-elle compris? Rien, sinon que je la tuais. Donc que je ne l'aimais pas... Oui, vous auriez mieux fait de me pendre.

C'est ce que Jim Jones a fait, de lui-même, quelques mois plus tard, après avoir écrit à ses juges:

«Je serai mon propre bourreau. Et que Dieu permette à mon fils de vivre une ère de paix dans le monde.»

Des robots et des hommes

Pipe au bec, lunettes sur le nez, John Howard vient de se cogner dans une porte en quittant son bureau. Maudite porte. Voilà cinq ans qu'il travaille dans ce laboratoire de recherches militaires et il oublie toujours que les portes sont blindées. Qui dit recherches militaires, dit en effet ultra-secret, donc portes blindées. Celle du bureau d'Howard est blindée comme les autres : elle s'ouvre et se referme donc avec une certaine lenteur, menaçante pour un distrait.

Howard est un distrait, un professeur Nimbus, ingénieur de quarante-deux ans, qui se frotte présentement le genou droit en cherchant sa pipe et ses lunettes, lesquelles viennent de faire les frais de sa distraction. Une grosse voix l'interrompt dans ses recherches personnelles.

— Vous jouez à quoi Howard ?

Howard redresse son grand corps maigre et cherche du regard à discerner l'interlocuteur. Il est myope. Brouillard. Il s'agit d'un officier responsable de la sécurité mais il pourrait s'agir aussi bien de la reine d'Angleterre qu'Howard aurait, de toute façon, le même comportement, qui se définit ainsi : il ne répond pas à la question posée, il suit son idée :

— Bon, je vais me chercher une secrétaire. J'ai besoin d'une secrétaire, c'est affolant ce que les secrétaires disparaissent. Elle part ! Vous vous rendez compte ? Elle part ! Il y a à peine trois mois qu'elle est ici, et hop ! elle part. Je ne sais pas pourquoi d'ailleurs... Une histoire de bébé, non ? c'est insensé, c'est fou ce que les bébés peuvent compliquer la vie. Qu'est-ce que j'ai fichu de mes lunettes, moi ? J'ai dû les laisser au labo... Dites... vous n'auriez pas vu ma pipe ?

L'officier de sécurité à l'œil partout, c'est son métier ; il a déjà ramassé les lunettes et la pipe de l'ingénieur Howard, qui le remercie distraitement. Il lui tient la porte blindée au passage. Tout le monde ici connaît ce personnage, les nuages qu'il trimbale dans sa tête et les gaffes qu'il commet en permanence. Pourtant, ce Lagaffe est un étonnant bonhomme: l'un des rouages les plus importants de la réorganisation de la puissance militaire britannique des années cinquante.

John Howard est le spécialiste de la conception des cerveaux de missiles. Les missiles sont le fer de lance des futures guerres modernes. Et l'Angleterre d'après la Seconde Guerre mondiale ne croyant pas à la paix future, monsieur le ministre de la Défense, Duneau Sandys, gendre de Winston Churchill, a décidé de tout mettre en œuvre afin que son pays soit doté de cette redoutable force d'intervention. Le travail le plus important, donc le plus secret, a été confié à John Howard, un brillant chercheur, bien qu'il soit complètement dans la lune.

A nouveau en possession de ses lunettes et de sa pipe, John Howard fonce maintenant dans les couloirs du laboratoire, laissant l'officier perplexe. Jamais l'ingénieur n'a autant parlé à quiconque. Il ne laisse échapper en général qu'une phrase, toujours à côté de la question, et se renferme aussitôt dans son mutisme habituel. Il faut croire que cette histoire de secrétaire l'a considérablement perturbé. De même, le personnel du labo n'a pas l'habitude de le voir circuler hors des frontières de son bureau d'étude. Il y passe d'habitude le plus clair de son temps, seul, silencieux, abandonnant à sa secrétaire la charge de remettre en ordre le fouillis de ses notes. Qu'est-ce qui fait courir John Howard, ce jour d'avril 1949?

Le voilà qui ouvre la porte d'un atelier dépendant de son secteur de recherche. Le voilà qui fait le tour des cinq ateliers travaillant sur ses plans et il examine, sans un mot, chacun des visages féminins. Puis, il retourne à son bureau. La secrétaire en titre, affectée à son service personnel, doit le quitter le jour même; elle semble très ennuyée.

— Monsieur Howard, je suis vraiment désolée... mais je vous ai averti de mon départ il y a plus d'un mois...

Howard avait oublié. Il oublie volontiers les détails. Et tout ce qui n'est pas recherche pure est un détail pour lui. Il fait un geste signifiant que la chose est sans importance alors que, bizarrement, elle semblait tout à l'heure revêtir au contraire une extrême importance.

— Faites venir la jeune fille de l'atelier 3.

— La jeune fille? Mais quelle jeune fille, Monsieur? Il y a cinq jeunes filles à l'atelier 3.

— Blonde, frisée, petite, l'air d'une poupée.

— Ah... Kathleen? Celle qui travaille à la soudure? Que dois-je lui dire, Monsieur?

— Je lui parlerai moi-même. Elle va vous remplacer, Maggy.

Maggy est sidérée. La remplacer, elle? secrétaire confirmée, testée par les services de sécurité, douée de toutes les qualités mondaines et professionnelles que son service auprès d'Howard exigeait? Il rêve?

— Excusez-moi, Monsieur, mais cette jeune fille n'est pas... enfin vous savez bien qu'il faudrait passer par la direction du personnel pour cette affectation, Monsieur ?

— Pas le temps. Tous des imbéciles. Compliquent tout. Savent pas ce qu'il me faut.

Maggy fait la grimace car ce commentaire pourrait aussi bien s'adresser à ses propres capacités. Mais Howard ne le remarque même pas. Il est déjà plongé dans une équation et Maggy sait parfaitement qu'un mur de béton l'entoure dans ces moments-là. Qu'elle continue à parler et il ne répondra plus, car il ne l'entendra plus. Il est immergé dans ses calculs, comme un plongeur sous la mer. Coupé de la surface et des êtres humains qui y circulent. Alors, elle se rend à l'atelier 3 et ramène, en silence, la jeune Kathleen. Jeune, car elle n'a que dix-sept ans, des cheveux blonds frisés, une bouche encore enfantine, des fossettes, et deux yeux bleus naïfs. Un bonbon anglais.

Le bonbon n'est pas rassuré :

— Vous savez ce qu'il me veut, mademoiselle Maggy ? J'ai fait une erreur ? Oh, mon Dieu ! si j'ai fait une erreur...

— Mais non... mais non.. Vous verrez bien.

Le ton de Maggy est plutôt sec. Vexée de se voir remplacée par une simple ouvrière à peine sortie de l'adolescence, sans éducation ni culture, sans métier. Howard est décidément fou. Maggy pousse la jeune fille dans le bureau du patron, referme la porte blindée et disparaît.

De l'autre côté, dans l'antre du chercheur, Kathleen se tient sur un pied, tout en lissant sa jupe d'un air gêné. Elle a le trac. Ce grand bonhomme à lunettes, au nez en bec d'aigle, ne lève même pas la tête, comme s'il ne l'avait pas entendu entrer. Le silence est long, insoutenable. Finalement, Kathleen se racle la gorge, et se décide :

— Je suis là, Monsieur...

La petite voix n'a pas franchi le mur de béton. Silence, toujours.

— Euh... Monsieur ? Je suis là... Vous vouliez me voir ?

Cette fois Kathleen a pris le risque de s'avancer dans le dos d'Howard qui sursaute.

— Ah ? Ah oui ! C'est vous. Votre nom, déjà ?

— Kathleen, Monsieur...

— Asseyez-vous là. Vous êtes ma secrétaire, à partir de maintenant.

— Pardon, Monsieur ? Moi ? Mais je ne suis pas secrétaire du tout, Monsieur.

— Sans importance. Vous le devenez.

— Monsieur, pardonnez-moi... J'insiste, je n'ai pas vraiment la qualification, le service du personnel...

— Oh... au diable toutes ces sornettes ! J'ai besoin de quelqu'un comme vous. J'ai besoin de quelqu'un près de moi en permanence, un point c'est tout. Mettez-vous là.

«Alors là..., se dit Kathleen intérieurement, ma fille... tu es dans de drôles de draps. Ce type t'a tout simplement repérée. Il te propose d'être sa secrétaire et, dans pas longtemps, il va te proposer son lit. Pas question. Mais comment le lui dire?»

— Monsieur, je suis ouvrière, rien de plus. Et je préfère le rester.

La jeune fille prend alors son courage à deux mains pour regarder Howard bien en face, bien dans les yeux, derrière ses lunettes. Il faut qu'il comprenne ce qu'elle sous-entend.

— Ouvrière, hein? Et pourquoi?

Démontée, Kathleen bafouille.

— Ben, euh.. c'est que... enfin, je ne suis pas de votre monde moi... je suis d'une famille d'ouvriers...

— Et alors?

— Ben... un jour, j'épouserai un type comme moi, un ouvrier... voilà. Je ne cherche rien de plus.

— Pourquoi?

— Mais enfin... parce que je sais ce que je vaux...

— Mais non, bien sûr que non, vous ne savez pas, comment pourriez-vous savoir? Assez discuté... j'ai besoin de vous, n'en parlons plus, j'ai autre chose à faire.

Sur ce, John Howard, s'enferme à nouveau dans ses équations et le silence retombe dans le bureau. Au bout de quelques minutes d'angoisse, Kathleen ne sait plus ni quoi dire, ni quoi faire. Elle n'ose pas sortir, ni s'asseoir à la place de Maggy. Elle ose juste demander:

— Qu'est-ce que je dois faire, Monsieur?

Pas de réponse. Elle n'existe pas pour Howard. C'est une situation vraiment très ennuyeuse. Il est le patron, elle ne peut tout de même pas se mettre à hurler pour savoir. Se moucher, tousser, gratter sur une feuille de bloc, triturer un stylo... rien n'y fait. Alors, Kathleen ouvre la porte sans bruit, la referme doucement et s'éloigne sous le regard ironique et glacé de Maggy, l'ex-secrétaire.

Dix années passent. Dans la petite ville de Moston, banlieue de Manchester où se trouve le laboratoire dirigé par John Howard, le coroner Fladbury vient d'ouvrir une enquête. Le jury est réuni, les témoins sont présents. L'affaire est délicate. La veille encore, le coroner a reçu un coup de téléphone du service de sécurité militaire. On lui a donné quelques précisions importantes:

— A priori, il peut s'agir d'espionnage. Mais nous n'avons pas de piste. On a vérifié son dossier. Le compte en banque est normal. Aucun indice ne vient contredire la thèse du suicide volontaire. Mais nous comptons sur vous pour nous signaler toute contradiction dans les témoignages. La prudence s'impose tout de même. Howard était un cerveau exceptionnel.

Le cerveau exceptionnel n'est plus. Il y a deux jours, le 4 février 1959, John Howard ne s'est pas rendu à son bureau comme d'habi tude. Son père, âgé de quatre-vingt-quatre ans, ne l'ayant pas vu au petit déjeuner, a d'abord pensé à une distraction. Mais en montant dans sa chambre, il a découvert son fils, allongé sur son lit, mort.

Le médecin légiste n'a eu aucune peine à déterminer les causes de cette mort. Cyanure. De plus, sur sa table encombrée de livres et de revues scientifiques, John Howard avait laissé un petit mot, de son écriture pointue et minuscule, presque illisible, et qui disait, après décryptage :

« J'ai égaré un produit dangereux. Il risque de provoquer la mort d'innocents. Je ne me pardonne pas cette négligence. Adieu. »

Peu de mots. Efficacité, comme d'habitude. Et cyanure. Alors que, la veille, John Howard était dans son état normal, apparemment, c'est-à-dire distrait. Cette distraction l'aurait-elle amené à la plus tragique des imprudences ?

Le petit mot est sur le bureau du coroner qui interroge un pharmacien de la ville, dans le cadre de l'enquête.

— Vous dites avoir reçu la visite de John Howard, quelques jours avant sa mort. Que voulait-il ?

— Il est venu chez moi, c'est exact. Mais j'ai su qu'il avait rendu visite à tous mes collègues dans la même journée, et pour le même problème. Il avait égaré, disait-il, une plaquette de somnifères. Il paraissait très inquiet. Il avait peur que des enfants la trouvent et avalent le produit.

— Ce produit était-il si dangereux ?

— Absolument pas. Je le lui ai affirmé, ainsi que tous mes confrères. Une souris aurait pu avaler la totalité des vingt cachets qu'elle n'en serait pas morte pour autant. Il ne s'agissait que d'un soporifique léger, très faiblement dosé. Nous n'avions aucune inquiétude. La sienne était démesurée.

— Vous a-t-il paru rassuré lorsqu'il vous a quitté ?

— Absolument pas. Il était nerveux, agité. Je le connais, cette attitude ne lui ressemblait pas.

Le coroner remercie le pharmacien et appelle le père de John Howard. Le vieillard a été terriblement secoué, il est anéanti par le chagrin. Péniblement, il répond à la première question du coroner :

— Je n'ai pas d'explication à ce suicide. J'avais deux fils. John, ingénieur, et Ronald, qui est instituteur. Tous deux s'adoraient. Notre famille était très unie. Je sais qu'ils m'aimaient beaucoup tous les deux. Si John avait eu un problème grave, il m'en aurait parlé, je crois.

Le frère de John, Ronald, fait à peu près la même déposition, mais en ajoutant une précision :

— Mon frère m'a paru très affecté par le départ de sa secrétaire. J'ai remarqué que cette histoire de cachets perdus a eu lieu deux jours après le départ de la jeune femme.

— Précisez votre témoignage. Votre frère était-il amoureux de sa secrétaire ?

— Je ne le pense pas. Il n'en a jamais parlé, mais, depuis ce départ, il m'a donné l'impression, comment dire... l'impression qu'il lui manquait la moitié de son cerveau...

— Expliquez-vous...

— C'est difficile. De plus, il ne s'agit que d'une impression personnelle. Je ne suis pas psychologue, j'ai beau connaître mon frère, une partie de sa personnalité m'a toujours échappé. C'était un garçon brillant, surdoué même. Depuis des années , il s'acharnait à la mise au point de systèmes de plus en plus sophistiqués. Plus perfectionnés que le cerveau lui-même, disait-il. Je n'en connais pas les détails, bien sûr. Il n'en parlait pas clairement, toutes ses recherches faisaient partie du secret militaire, mais je crains qu'il se soit mis à vivre peu à peu dans un autre monde, un monde de robots. Par exemple, il ne manifestait jamais ses sentiments, même avec moi. Il était toujours très difficile de comprendre ce qu'il pensait, ou ce qu'il voulait. Il agissait, il cherchait, trouvait ou ne trouvait pas, mais sans commentaires personnels. Par moments, je me demandais s'il lui restait une once de sensibilité humaine.

— Pouvez-vous nous dire s'il entretenait des rapports autres que professionnels avec sa secrétaire?

— Non. Je ne crois pas. Mais cette jeune femme pourrait le confirmer mieux que moi, évidemment.

Alors, tous les regards du jury se tournent en direction de Kathleen. Secrétaire particulière de John Howard depuis dix ans, elle vient de quitter son emploi. Le coroner l'interroge minutieusement et Kathleen raconte son premier contact professionnel avec Howard qui a fait de la petite ouvrière sans ambition la secrétaire, au salaire confortable, qu'elle est devenue.

— Un moment, j'ai même cru qu'il avait une autre idée sur moi, vous comprenez? Mais, très vite, je me suis aperçue que j'avais tort. Monsieur Howard ne m'a jamais adressé la parole autrement que pour le travail. Il s'est toujours montré indifférent. Je n'ai jamais eu à me plaindre de la moindre insinuation, ou d'une attitude équivoque. Jamais. Nos rapports étaient complètement différents.

— Qu'appelez-vous différents?

— Avec moi, il se montrait différent d'avec les autres. Il était humain.

— Je ne comprends pas. Ne venez-vous de dire à l'instant qu'il se montrait indifférent à votre endroit?

— Je voulais dire indifférent à... mon physique. Je suis une femme, j'ai l'habitude. Mon physique lui était indifférent, voilà. Ce qui l'intéressait en moi, c'était la vie.

— La vie? Vous représentiez la vie pour lui?

— C'est cela. J'ai mis du temps à le comprendre, surtout au début.

J'étais très jeune, presque une gamine encore, et je n'avais réellement aucune capacité pour ce travail. Et puis John Howard me faisait même un peu peur. Peu à peu, j'ai réalisé que je représentais autre chose qu'une secrétaire. J'étais le seul être vivant de son environnement. Il passait près de dix heures par jour dans son bureau, plongé dans les robots, environné de robots. Il devenait robot lui-même. Tout le monde au laboratoire le savait d'une distraction invraisemblable; c'était dû à cela. Il n'avait plus de contact avec les choses de la vie courante. Il avalait un sandwich sans y penser, avec le papier parfois. Et moi... j'étais une sorte de robot vivant à ses côtés, je lui rappelais que la vie était toujours là. La vraie vie humaine. Mais au bout de quelques années, j'ai senti comme une emprise. Il me dominait, m'absorbait complètement. Il me donnait l'impression de se nourrir de moi, de manger ma propre vie.

— Êtes-vous certaine qu'il n'était pas amoureux de vous? Après tout, il le cachait peut-être, puisque vous dites même, comme son frère, qu'il était incapable d'exprimer des sentiments.

— Sincèrement non, Monsieur. Il n'était pas amoureux. L'amour n'existait pas pour lui. Mais j'étais à lui, sa chose. Cela, je l'ai parfaitement ressenti. Surtout les derniers temps.

— Pourquoi avez-vous quitté votre poste? A cause de cela?

— Quand je lui ai annoncé mon mariage, il a été de mauvaise humeur pendant plusieurs jours. Je suis certaine que ça lui déplaisait.

— Nous parlons donc de jalousie?

— Non, pas réellement. Enfin, je ne sais pas. Ça lui déplaisait. De toute façon, il a très vite oublié et nous n'en avons jamais parlé en détail. C'est moi, en fait, qui ne pouvait plus supporter d'être avec lui. Je voulais m'évader de cette ambiance étouffante, je voulais vivre avec mon mari, entièrement. Or, avec monsieur Howard, j'étais comme prisonnière. J'avais compris que, si je ne réagissais pas, il réussirait à m'assimiler complètement.

— Vous assimiler? Quelle expression étrange. Comment pouvait-il? Comment procédait-il? Expliquez-vous.

— Par exemple, il fallait que je lui parle de tout. De tout ce qui se passait au-dehors, dans le bureau, à l'extérieur, dans le monde. Il voulait aussi que je lui raconte ce que je faisais, comment je vivais en dehors du bureau. Qui je rencontrais, quelles étaient mes distractions, ce que j'entendais dire autour de moi. Il vivait à travers moi en somme. Comme un handicapé, un aveugle à qui il faudrait raconter la vie. C'était épuisant.

— Lui avez-vous connu des relations féminines?

— Jamais. Il ne recevait personne, ne téléphonait à personne et ne parlait à personne, c'est simple. Il quittait son bureau bien après tout le monde, et je sais qu'il continuait à travailler chez lui. Le lendemain, il rapportait des notes que je devais recopier et mettre en ordre. Malgré cela, mon travail de secrétariat était réduit à très peu de chose. Il me disait où ranger les documents. Parfois je tapais un rapport mais, la plupart du temps, je n'étais là que pour être là, pour être à ses côtés. Quelqu'un de vivant, c'était le principal.

— Quelles explications pouvez-vous nous donner à ce suicide. Vous sentez-vous responsable, par exemple?

— Un peu, oui. Cela me tracasse. J'ai le sentiment que le fait de l'avoir quitté, abandonné en quelque sorte, a provoqué un drame affreux.

— Et pourtant, vous persistez à dire qu'il n'était pas amoureux de vous?

— En effet. Mais, moi partie, tout redevenait mort autour de lui. Les cerveaux électroniques ne parlent pas, ils ne respirent pas, ils n'ont pas d'odeur. Et si vous voulez mon avis, ils finissent par rendre fous ceux qui les inventent. Je sais pourquoi il m'avait choisie, il y a dix ans. J'étais une gamine, une adolescente facile à modeler. Il avait besoin de faire d'un être humain, une sorte de robot à sa disposition, qui le nourrirait de sa propre vie.

Le coroner observe pensivement cette jeune femme qui parle si étrangement. Elle est devenue belle, la poupée anglaise, toujours blonde, frisée, regard pur et bleu, corps parfait aux lignes rondes. Rien d'un robot. Tout le contraire, même. Tout à coup, il lui apparaît que ce suicide est un vrai suicide. Au diable toutes ces histoires d'espionnage. John Howard, à cinquante-deux ans, avait besoin de cette présence charnelle, humaine, savoureuse dans son univers glacé de chercheur et de savant fou. John Howard pouvait ignorer l'amour en apparence, parce qu'il n'avait pas le temps d'y penser, tout bêtement pas le temps. Mais au fond, cette sorte de fringale dévorante qu'il avait de sa secrétaire, ce besoin qu'elle lui raconte sa vie, qu'elle ne le quitte pas, toutes ces choses si compliquées que le témoin a du mal à exprimer, c'était tout simplement de l'amour. Un amour différent des autres. Un amour déformé, mais un amour tout de même.

«Il avait perdu la moitié de son cerveau», disait son frère... Et la moitié de son corps aussi. Cette moitié-là, c'était Kathleen. La précieuse partie de lui-même, qui vivait encore en lui, qui cherchait à exister humainement, à bousculer les robots.

Alors le coroner déclare au jury:

— Ma conclusion officielle est que John Howard s'est suicidé. Il s'agit d'un acte de désespoir passionnel.

Et Kathleen baisse la tête, en larmes. Cette conclusion la rend responsable pour toujours de la mort d'un homme.

Du côté de la sécurité militaire, on restera sceptique. Un maître en matière de recherche sur les missiles à têtes nucléaires n'a pas le droit de se suicider; c'est suspect. Et si cette Kathleen?...

Mais le coroner est formel.

— Ma décision est: suicide. Je n'ai pas découvert de contradictions dans les témoignages de son entourage. Vous pouvez rendre le corps à sa famille. Vous pouvez informer la presse : suicide passionnel.

Ainsi disparut sous la terre, John Howard, maître de recherches, patron d'un laboratoire ultra-secret chargé des têtes de missiles, des robots à tuer, qui prolifèrent toujours, sans lui mais avec d'autres, s'améliorent et reprennent du service...

Car un robot ne se suicide jamais.

Exorcisme

Un village au fond de la vallée. Une femme, grande, sèche et maigre, vêtue de noir, marche dans la rue principale, une petite valise à la main. Lorsqu'elle est descendue du car, le chauffeur a grommelé:

— Tu parles d'un cadeau.

Elle est laide, cette femme: un front étroit, une bouche mince, la peau sèche, le menton pointu. Irrémédiablement laide. Même laideur dans la démarche saccadée, le pied plat se soulevant à peine du sol, le dos raidi de la nuque aux talons. Ceux du village qui la regardent passer derrière leurs fenêtres font le même genre de commentaire que le chauffeur du car.

— Voilà la grande Germaine. Toujours aussi mauvaise...

— Elle s'arrange pas en vieillissant...

— Quand elle était gosse, c'était déjà le diable...

La grande Germaine traverse le village, sans jeter un regard d'un côté ou de l'autre et sans saluer quiconque. Elle se dirige vers l'église, y pénètre, s'agenouille un instant devant l'autel désert, puis frappe à la porte de la cure.

Le prêtre qui l'accueille est bien vieux. Il a baptisé jadis cette femme et il lui sourit gentiment.

— Ma pauvre Germaine... Quelle drame...

Il s'attendait, ce pauvre monsieur le curé, à une réponse, quelques larmes peut-être, mais le visage figé de la grande Germaine ne laisse paraître aucune émotion.

— Où est-il?

— Noël?

— Parce qu'il s'appelle Noël, en plus?

— C'est un enfant très émotif, il vient de supporter un choc beaucoup trop grand pour lui... je ne saurais trop vous recommander de...

— Où est-il?

Cette femme est un automate. Le vieux curé ne peut s'empêcher de faire mentalement une petite prière, comme s'il se trouvait devant une émanation du diable en personne.

— Il est avec ma gouvernante, elle a essayé de le faire dormir... ce pauvre gosse est complètement retourné depuis...

— Allons-y.

Ce rictus de dégoût... c'est insensé.

— Vous savez Germaine... je peux le garder quelque temps encore...

— Allons-y. Je n'ai pas de temps à perdre.

Résigné, le brave curé accompagne Germaine jusqu'à la grande maison qui fut la sienne, où elle est née et dont elle ne s'est jamais préoccupée.

C'est lui qui ouvre la porte, lui qui lui montre l'escalier de la chambre et qui s'apprête à la suivre:

— Je veux le voir seule.

Dans la grande maison silencieuse, les pas de Germaine résonnent comme une menace. Elle ouvre une porte, la referme. Le curé s'assied dans le vestibule, inquiet et malheureux. Il a beau se raisonner, faire appel à la charité chrétienne, cette vieille fille raide de méchanceté lui donne envie de... il ne sait quoi. La jeter hors de cette maison, lui interdire d'approcher ce gosse. Mais il ne peut rien... Rien.

Là-haut, dans la chambre, la femme et l'enfant s'observent. Germaine, ses deux mains osseuses croisées sur son estomac en un geste de prière constante, parle d'un ton sec:

— Quel âge as-tu?

— Neuf ans.

— Ta mère t'a parlé de moi?

— Non, madame.

— Tu mens. Ta mère était ma sœur, Dieu m'en préserve mais c'est ainsi. Elle t'a forcément parlé de moi. Que t'a-t-elle dit ?

— Je ne me rappelle pas, madame. Je ne sais pas...

— Tu ne sais pas que je suis ta tante? En voilà des manières ! Ta mère était une fille perdue. Tu es un enfant sans père, un enfant illégal, tu n'aurais pas dû naître! Tu le sais, ça? Elle ne te l'a pas dit? Réponds!

L'enfant baisse la tête sans comprendre. Il n'a pas assez de son chagrin, il faut encore que cette vieille fille épouvantable de bigoterie et de méchanceté vienne lui parler comme s'il représentait, à lui tout seul, tous les péchés du monde...

Sa mère est morte, il a vu partir le cercueil, il l'a suivi, il a vu le trou noir et la pluie qui tombait sur la boue dans la pelle du fossoyeur. Il avait de gros sanglots dans la gorge, trop gros pour éclater en larmes, mal à la tête. Un peu de fièvre aussi. Le monde était devenu terrible tout à coup. Incompréhensible. Comment une mère aussi tendre, aussi jolie, peut-elle mourir en quelques jours d'une maladie inconnue...

Comment un petit garçon de neuf ans peut-il se retrouver seul au monde, à suivre l'enterrement avec, pour unique soutien, le vieux prêtre de la paroisse. Et voilà que cette femme longue et maigre, terrifiante, est arrivée pour le punir encore?

La tête de Noël a du mal à tenir sur ses épaules. Elle tourne, il a le vertige devant cette sorcière habillée de noir, qui sort de son sac un crucifix et l'agite devant lui en marmonnant:

— Tu seras exorcisé, il le faut! Tu es le péché vivant, tu es l'enfant du démon...

Alors, il éclate en sanglots. Et, depuis le vestibule, le vieux prêtre l'entend. Il hésite encore un instant, peut-être pleurent-ils ensemble, la tante et le neveu? Mais il en doute. Il attendait de cette visite autre chose tout de même. Que cette vieille fille ait du chagrin d'abord, qu'elle le remercie d'avoir pris soin de son neveu, en ces jours difficiles... Or, elle n'a dit qu'une chose: où est-il, je n'ai pas de temps à perdre...

Voici qu'il entend maintenant l'enfant crier:

— Laissez-moi! Allez-vous en!

Alors, il s'élance dans l'escalier et il entre dans la chambre.

— Mademoiselle Billon, permettez-moi de garder Noël avec moi, le temps qu'il se remette... Il ne vous connaît pas, tout cela est trop dur pour lui et...

— Merci. Inutile de vous mêler de ça. Moi, je le connais. Il m'est confié par la force des choses et, avec l'aide de Dieu, j'en viendrai à bout! «Venir à bout» de ce gosse? le prêtre est suffoqué. Autant qu'il ait pu le constater depuis quelques jours, cet enfant n'a rien d'un monstre à dompter, au contraire.

— Mademoiselle Billon, Germaine... je ne comprends pas... Ce pauvre gosse est un peu sauvage mais quoi de plus normal? Il ne connaissait presque personne au village. Il vient de perdre sa mère...

— Sa mère, comme vous dites monsieur le curé, sa mère aurait pu en faire dix comme lui! Ou même vingt! Vous ignorez quel était son métier? Vous ne le savez pas? Elle ne s'est pas confessée, évidemment! C'était une prostituée, monsieur le curé... voilà ce qu'elle était! Une mère incapable de dire à qui elle devait celui-là... Et elle est venue mourir ici, dans la maison familiale... probablement d'une maladie honteuse que je ne veux pas connaître... Elle l'a fait exprès, pour me faire subir cet affront! Elle me laisse cet enfant, comme si j'étais, moi, responsable de son péché! Moi qui ai consacré ma vie à la prière et à la chasteté! Pendant qu'elle se traînait dans la fange...

— Je vous en prie, ne parlez pas ainsi devant cet enfant! Ce n'est pas charitable. Calmez-vous... il n'est pas responsable, quoi qu'il en soit.

— Vous ne comprenez rien. Ne vous mêlez pas de nos affaires. Je vous paierai pour le dérangement et le prix de la messe. Maintenant, laissez-nous.

Le vieux prêtre a cédé. Parce qu'il était vieux peut-être... Parce qu'il n'osait pas affronter cette femme, devenue une inconnue... mais qui avait tous les droits sur l'enfant. Peut être aussi parce qu'il ne connaissait pas vraiment cette curieuse famille et qu'il se disait: «Je reviendrai.»

Dans le village, on a murmuré pendant quelques jours. L'histoire était si simple et si choquante qu'on la racontait à ceux qui ne savaient pas, au coin d'une rue, en sortant de la boulangerie, à une table du café:

— Comment, vous ne savez pas? La maison des Billon était fermée. Les vieux sont morts depuis longtemps, les deux filles vivaient à Paris... C'est la cadette qui est revenue, il y a un mois, avec un enfant sans père et un drôle de genre... Paraît qu'elle était malade. En tout cas, la voilà qui meurt... et voilà l'autre, l'aînée, qui rapplique à son tour... Vous savez la grande Germaine, celle qui était si laide et qui voulait devenir bonne sœur... Quand on pense qu'elle n'a même pas assisté à l'enterrement! Une vraie honte! Elle a fermé les volets, même pas salué les voisins, ni remercié personne... Une drôle de femme. Aussi laide que sa sœur était belle... Et ce pauvre gosse, vous avez vu comme il est beau? Un ange...

La suite s'est déroulée loin du village, à Lyon, la grande ville, dans un appartement entouré de voisins, là où quelqu'un aurait pu s'inquiéter davantage de la vie bizarre que menait cette femme et cet enfant.

Bizarre... vu de l'extérieur, ce n'était que bizarre.

Le quartier est bourgeois, l'immeuble sérieux, en pierre de taille, l'escalier ciré, au tapis silencieux, mène à des appartements feutrés, où vivent des gens qui se parlent à peine. Chacun chez soi. On ne se lie pas comme ça. On ne se mêle pas des affaires privées.

Mademoiselle Billon, en rentrant chez elle, a dit au gérant, de son ton sec habituel:

— Mon neveu doit vivre avec moi. Il est orphelin. C'est une lourde charge que Dieu m'envoie mais c'est ainsi. De plus, cet enfant est malade et je ne peux pas l'envoyer à l'école. Que voulez-vous, la charité fait partie des devoirs d'une chrétienne.

Le gérant a donc vu passer un enfant blond, au visage pâle et aux yeux agrandis de peur et de désespoir. Il a pris ça pour une maladie et n'a pas posé de questions. Il n'allait pas ennuyer mademoiselle Germaine Billon, avec des questions indiscrètes. Il s'est dit simplement: «Dommage, un si beau petit garçon...» Image fugitive dont il n'a conservé le souvenir que quelques jours... Ensuite il était admis une fois pour toute dans son esprit que mademoiselle Billon, la vieille demoiselle du troisième, vivait avec son neveu anormal. Il n'en parla plus. Chacun sa croix. On évite de parler de ces choses-là, n'est-ce pas... c'est déjà assez dur pour la famille.

Les voisins l'ont su, par lui, mais personne n'est allé rendre visite à Germaine Billon. C'est une femme à qui on ne rend pas visite, une femme qui mène une vie sans intérêt pour les autres, que l'on devine bigote, aigrie, sévère, d'âge indéfinissable mais qui ne fait pas de bruit et paie son loyer régulièrement. D'ailleurs, elle ne parle à personne, n'ennuie personne.

Mademoiselle Billon a quitté son travail de comptable; on suppose qu'elle a pris une retraite anticipée pour s'occuper de son neveu malade. Tout est en ordre apparemment.

Une porte s'est refermée au troisième étage. Chacun s'est contenté d'un bref salut de la tête. Et du silence. C'est confortable le silence. Ça ne pose pas de questions.

Un an a passé, pendant lequel personne n'a entendu de cri, personne ne s'est demandé pourquoi cet enfant ne sortait jamais, pourquoi il n'allait pas à l'école, pourquoi, s'il était malade, aucun médecin ne venait en visite. Et puis un jour, tout à coup, le gérant, en déjeunant avec sa femme, dans son appartement du rez-de-chaussée, dit en dépliant sa serviette:

— Tiens... mademoiselle Billon n'est pas descendue payer son loyer ce matin. J'espère qu'elle n'est pas malade.

— Pourquoi malade? a demandé son épouse en servant les quenelles de brochet.

— Tu ne l'as pas vue l'autre jour, sur le trottoir? Elle n'a jamais été aussi maigre... C'est une drôle de femme tout de même...

— Oh... drôle, c'est vite dit. Elle n'est pas très sympathique... Mais, avec ce gosse en plus, la vie ne doit pas être rose tous les jours.

Trois jours plus tard, au petit déjeuner, le gérant dit à sa femme:

— Je vais quand même monter voir au troisième. On ne l'a pas vue descendre ces jours-ci, ce n'est pas normal. D'habitude elle paie son loyer le 31 du mois... réglée comme du papier à musique... on est le 10...

Le gérant monte donc au troisième et sonne à la porte de Germaine Billon. Pas de réponse. Il frappe, refrappe. Toujours pas de réponse. Il colle son oreille à la porte et n'entend rien.

Alors il se dit: «C'est trop fort, ma femme a raison, elle a dû partir. Elle a peut-être déménagé à la cloche de bois.. Si ça se trouve, elle n'a plus un sou, avec sa petite retraite et ce gosse qui doit coûter cher à entretenir...»

C'est donc pour cela que la police est prévenue. Pour rien d'autre, à part le fait que Germaine Billon n'a pas payé son loyer et qu'elle s'est envolée en douce...

La police arrive donc dans l'immeuble bourgeois, où jamais pareil scandale ne s'est produit. Le gérant en est tout rouge d'excitation. Faire venir la police et un huissier pour forcer une porte, c'est vraiment ennuyeux... Pourvu qu'elle ait laissé des meubles à saisir, cette voleuse... Il risque sa place, le gérant... il veut les constatations d'usage...

Mais elles ne sont pas d'usage, les constatations. Pas d'usage courant.

Germaine Billon était morte. «Depuis trois jours», déclara le médecin légiste.

Affalée en travers d'un fauteuil, elle tenait un objet curieux dans sa main crispée, une sorte de fouet fait de cordes tressées et nouées aux deux extrémités.

Dans un placard, il y avait d'autres cordes, d'autres fouets mais, le plus étrange, c'était le décor de l'appartement. Une véritable chapelle, un lieu de culte. Des christs, des images saintes, de l'encens sur des autels de prières. La table du salon, la commode, le buffet: tous ces meubles recouverts de nappes blanches faisaient office d'autels.

C'est en arrivant dans la chambre à coucher que le policier a entendu un léger bruit, comme un bruit de souris et puis un cri très faible...

L'enfant était dans un coin de la pièce, enveloppé dans un rideau arraché à la fenêtre close, aux volets fermés.

Il était complètement dissimulé, recroquevillé. Le policier a eu du mal à le sortir de là. Il était si maigre, si squelettique, qu'il faisait peur. Les yeux fous, agrandis, dans un visage sans chair, sans joues, comme ces enfants que l'on voit dans les films ramenés des camps de concentration.

Autour de lui, des débris de nourriture, essentiellement du pain moisi, desséché. Une gamelle d'eau renversée avait fait une tache sur le parquet ciré.

Le policier est resté un moment saisi d'effroi, sans pouvoir prononcer une parole. Derrière lui, l'huissier se tordait le cou pour voir le spectacle. Le gérant demandait: «Qu'est-ce qu'il y a? Qu'est-ce que c'est?»

Enfin le policier a retiré son képi, s'est agenouillé devant l'enfant et lui a demandé:

— Comment tu t'appelles...

L'enfant n'avait plus de voix pour répondre. Il ne sortait de sa bouche qu'un filet de plaintes continues, arrachées à sa gorge tuméfiée. Le corps était couvert de traces de coups, de déchirures faites par les cordes et les fouets de cuir.

Ses yeux bleus enfoncés dans les orbites regardaient cet être humain en uniforme, comme s'il n'avait pas vu d'être humain de sa vie, d'être sans férocité à la bouche, sans torture à la main.

Il s'est laissé prendre, poser sur une civière. On l'a descendu du troisième étage au rez-de-chaussée, replié comme un fœtus martyr. Les voisins ont regardé passer le cortège, effarés, murmurants. L'horreur les atteignait enfin, elle passait sous leur nez, devant leurs yeux. Elle empruntait leur escalier, elle venait d'un appartement comme le leur, de derrière une même porte discrète.

A l'hôpital, toujours muet, l'enfant s'est laissé faire, petit animal sans griffes, sans forces, sans plaintes, sans cris, sans larmes.

Le premier médecin qui l'a reçu dans son service était fou de rage. Rien n'est plus révoltant au monde qu'un enfant torturé. Il s'est acharné à le sauver, toute son équipe s'y est mise. Durant de longues semaines, Noël est resté dans une sorte de coma, les yeux ouverts. Il fallut le nourrir par perfusion, soigner les blessures infectées creusées dans la chair avec un acharnement sadique par son bourreau. Il fallut lui réapprendre l'usage de ses membres, l'usage de sa voix, lui faire comprendre lentement, avec précaution, qu'il était vivant malgré tout. Et enfin, un jour, le regard est redevenu presque normal. La terreur en est sortie. Fini la fixité, les yeux bleus ont enfin pu pleurer.

Alors, il a pu raconter par bribes ce qu'il avait pu comprendre de son existence durant un an.

Cette femme l'avait persuadé qu'il était l'enfant du démon, un enfant sale, né de l'enfer. Elle lui avait raconté le démon, elle lui avait expliqué que l'amour dont il était né était une infamie. Avec des mots et des images sortis tout droit de son cerveau malade de vieille fille frustrée.

En un an, ce petit garçon de neuf ans avait entendu les pires atrocités sur lui-même et l'humanité en général. Elle avait fait basculer le monde. L'extérieur n'existait plus. Ce gosse était né pour être battu, flagellé, exorcisé. C'était cela qu'elle voulait : exorciser. Parce qu'il était l'enfant d'une sœur belle et inconstante qui ne comptait pas ses amants, qui vivait des amours diaboliques alors qu'elle, Germaine, la pure, la fille de Dieu en personne, l'Élue, s'abîmait en prières, en flagellations et en humiliations de toutes sortes.

Sa folie maniaque avait trouvé un être de chair et de sang pour s'exercer. Alors elle exorcisait, par tous les moyens. Tortures physiques, privations et aussi martyre psychologique.

Elle lui racontait des histoires effrayantes qu'il avait soi- disant vécues avec sa mère et dont il devait être puni, des histoires de vices, de copulations infernales auxquelles l'enfant ne pouvait évidemment rien comprendre. Assez rapidement, elle avait réalisé un véritable lavage de cerveau, menant ce gosse aux limites de la folie, au plus profond de l'horreur.

Jusque-là, Noël avait vécu dans la tendresse et dans la légèreté joyeuse de sa mère. Il se savait aimé, la vie était ainsi, sans complications, sans drames. Les hommes qui traversaient cette vie n'étaient jamais méchants, ils riaient. Sa mère était simplement une femme libre, belle, coquette, gaie... Sa mort avait brutalement jeté l'enfant dans un enfer.

Au bout de plusieurs mois de douceur et de soins, de blancheur et d'air frais, de tendresse retrouvée, Noël a pu répondre à quelques questions logiques :

— Tu n'as pas essayé de t'échapper ?

— Elle disait que, dehors, tout le monde savait qui j'étais, l'enfant du démon, et qu'on allait me tuer. Il fallait me purifier avant de sortir.

— Tu n'as pas mangé pendant combien de temps ?

— Je ne sais pas. Au début, elle me donnait du pain et des légumes tout crus. Alors, j'ai pris des choses à manger dans un placard et je les ai cachées. Mais elle les a trouvées et elle me battait encore plus fort. J'ai eu peur de retourner au placard et de voler à manger. Quand elle sortait, elle m'attachait. Elle ramenait du pain, elle le trempait dans de l'eau et on mangeait ça. On mangeait aussi des pommes de terre crues, ça me rendait malade. Je ne pouvais pas mâcher, j'avais mal aux dents. Des fois elle me battait parce que je ne mangeais pas, d'autres fois elle n'apportait même pas le pain et l'eau. J'avais soif, tout le temps. Je buvais par terre dans la gamelle. Parfois elle oubliait l'eau. Si j'allais en chercher au robinet, elle me mettait la tête dessous et me punissait encore. Elle disait tout le temps la même chose : « Je dois te punir. Tu ne dois pas te montrer avant que je t'aie puni. Tous les petits garçons comme toi sont punis. C'est Dieu qui le veut. Il m'a chargée de faire sortir le démon. »

— Tu t'es rendu compte qu'elle était morte ?

— Non. Elle est tombée sur le fauteuil. Elle ne remuait plus. J'étais content qu'elle ne fasse plus rien. Je suis allé voir une fois pourquoi elle ne bougeait plus. Mais j'ai eu peur, elle me regardait par en-dessous, alors je me suis caché dans le rideau pour qu'elle ne me voit pas. Comme ça, elle ne me battait plus.

Germaine Billon, selon le médecin légiste, était morte tout bêtement d'un arrêt cardiaque. Elle ne se nourrissait plus elle-même depuis longtemps.

Le jour où, à quarante-sept ans, elle s'est effondrée, un fouet à la main, sur le fauteuil hérité de son père, elle pesait à peine 35 kilogrammes. On l'avait élevée comme une future religieuse, elle avait fréquenté un pensionnat, appris les prières de l'aube et la messe matinale, tandis que sa jeune sœur jouait au cerceau dans la rue et à chat perché avec les petits garçons. Dix ans les séparaient. Et la laideur en plus. Elle avait voulu prononcer ses vœux, devenir religieuse, son confesseur l'en avait écarté, jugeant cette âme bien trop malade dans sa folie religieuse pour servir Dieu. Mais personne n'avait jamais dit : « Cette fille a besoin d'être soignée. » Encore moins : « Elle est folle à enfermer. » Alors, la mère morte, le père mort, elle était restée seule avec ses propres démons. Jusqu'au jour où l'administration vint lui dire : « Vous êtes le seul soutien de famille d'un petit garçon, votre sœur est décédée... »

Pas d'enquête sur le soutien de famille. Lorsqu'on veut adopter un orphelin, l'administration vous passe au crible, pèse et soupèse vos capacités à élever un enfant. Il faut montrer patte blanche, états de services, feuilles de paie, répondre à de multiples questionnaires, à un psychiatre de service, être surveillés et étudiés comme des suspects.

Germaine Billon n'était suspecte à personne. Une femme qui va à la messe, n'a pas d'homme dans sa vie, paie son loyer, n'est jamais en retard à son travail, ne prend pas de vacances, choses trop futiles, ne sourit à personne, se couche avec les poules, une telle femme n'est suspectée de rien. Et c'est à elle que l'on confia administrativement, légalement, un petit garçon de neuf ans.

Une fois, Noël a demandé au médecin:

— C'était vraiment la sœur de maman?

— Malheureusement, oui.

— Moi, je crois que ce n'est pas vrai.

— Pourquoi?

— Ma maman était belle. On mangeait ensemble tous les deux, elle disait qu'un jour, on aurait une petite sœur et un petit frère, qu'on serait encore plus heureux. Celle-là, elle ressemblait pas à maman. Ce n'était pas quelqu'un.

Germaine Billon, en effet, n'était pas quelqu'un. Elle ne ressemblait à rien d'humain, ni même d'animal.

Il est midi, docteur Jarrow

Le tiroir vient de se refermer avec un roulement profond et les deux infirmiers, bras ballants, attendent dans le silence de la morgue. Le pas du commissaire Annunzio résonne sur les dalles. Un pas, deux pas, trois pas, puis sa voix, étonnamment douce :

— Elle était votre cliente depuis longtemps, docteur Jarrow ?

L'homme à qui cette question s'adresse a cinquante ans, des cheveux gris, le teint gris, les yeux cernés. Son visage aux traits un peu mous donne une impression curieuse, un mélange de répugnance et de sympathie. Répugnance pour le regard fuyant et les profondes cicatrices de variole : sympathie pour la fatigue visible des traits et leur laideur.

Le docteur Jarrow ne répond pas immédiatement et le commissaire s'étonne :

— Vous ne vous souvenez pas ?

— Si... Bien sûr... Bien sûr. Mais je n'ai pas sa fiche en tête.

— Quand est-elle venue vous voir pour la dernière fois ?

— Il y a une semaine ou deux, je pense.

Le commissaire Annunzio remercie les infirmiers et entraîne le docteur le long du couloir sinistre. La morgue de Rio de Janeiro est, comme toutes les morgues, un endroit où personne ne s'attarde volontiers, même pas un policier chevronné comme lui. Après plus de 20 ans de carrière, il en a vu des cadavres pourtant. Mais celui-là est particulièrement impressionnant. La jeune femme était si belle que les traces de la mort sont encore plus insupportables à regarder.

Anna Maria Marques, trente-deux ans, secrétaire, a été retrouvé la veille, pendue au pilier d'une balustrade qui borde une promenade touristique dans les environs de la ville. Vêtue d'un pantalon léger et d'un chemisier, chaussée d'espadrilles, elle ne portait aucun papier d'identité sur elle. Seul indice : une ordonnance pliée dans la poche de son pantalon, émanant d'un certain docteur Jarrow, qui vient de l'identifier.

A priori, le commissaire Annunzio n'a aucune raison de se méfier du médecin. Pourtant il n'a pas aimé sa réticence à se rendre à la convocation, comme il n'aime pas cette hésitation à répondre. Un médecin est physionomiste et il lui est facile de dire s'il s'agit ou non d'une cliente régulière de son cabinet.

— Alors docteur ? Elle venait vous voir souvent ?

— Non. Enfin, je ne crois pas. J'ai dû la recevoir une fois, je pense, en un an.

— De quoi souffrait-elle ?

— Si ce n'est pas indispensable, je préfèrerai ne pas divulguer le secret médical.

— C'est indispensable et je vous rappelle que le secret de l'enquête existe, lui aussi. Alors ?

— Dépression. Mais je ne pensais pas qu'elle en arriverait au suicide.

— Qu'est-ce qui vous fait croire qu'elle s'est suicidée ?

Le docteur Jarrow lève son regard las sur le policier et une légère inquiétude transparaît dans sa réponse.

— Vous ne m'avez pas dit qu'elle s'était pendue ? D'ailleurs, un simple coup d'œil sur le corps...

— Je vous l'ai dit en effet, pour simplifier les choses, mais le médecin légiste n'est pas d'accord. Il pense qu'elle *a été* pendue.

— Sur quoi se fonde-t-il ?

Le commissaire Annunzio observe calmement le visage du médecin, immobile en pleine lumière sur les marches de la morgue, avant de répondre :

— Comme ce n'est pas indispensable pour vous de le savoir, je garderai le secret de l'enquête...

Le policier serre la main du médecin et ajoute :

— Nous aurons sûrement l'occasion d'en reparler. Un de mes inspecteurs va vous accompagner. Soyez aimable de lui communiquer un maximum de détails. Je vous rappelle qu'il s'agit d'un meurtre a priori et, jusqu'à présent, personne ne l'a identifiée, à part vous.

— Commissaire... Je crains de ne pas avoir conservé de fiche en ce qui la concerne, du moins c'est possible. Vous comprenez, je reçois énormément et je suis souvent débordé. Il m'arrive de prendre des notes rapidement pendant la consultation et d'oublier ensuite de les mettre à jour.

Le policier hoche la tête mais sa compréhension est feinte. Sa voix douce se fait insistante :

— J'espère que vous pourrez rassembler vos souvenirs. L'ordonnance date du 27 juillet 1965, c'est-à-dire de dix jours. Vous avez prescrit un tranquillisant assez puissant, qu'elle a acheté dans une pharmacie proche de votre cabinet, le tampon est parfaitement lisible. Je vous reverrai sûrement, docteur.

Ainsi se termine l'histoire du docteur Jarrow, sur les marches de la morgue de Rio, au Brésil, en juillet 1965. Elle se terminc car le docteur Jarrow ne s'en va pas, il ne serre pas la main tendue, son regard fuyant se perd un instant dans celui du policier et il articule péniblement:

— J'en ai assez... Je ne tiendrai pas le coup, c'est moi qui l'ai tuée, je préfère qu'on en parle tout de suite.

Dans le bureau du commissaire, en haut d'un immense building, le soleil entre à flots. Il est midi, c'est ce que le policier constate en baissant les stores.

— Il est midi, docteur Jarrow. Vous ne voulez rien prendre ?

Cet assassin laid, fatigué et larmoyant, lui fait pitié. Et, tout au long de l'interrogatoire qui va suivre, le commissaire passera de la pitié au dégoût. C'était déjà son impression première, en accueillant le médecin tout à l'heure sur les marches de la morgue. Pourquoi a-t-il cédé si vite?

— Je vous l'ai dit commissaire, je n'en peux plus. Je n'aurais pas supporté très longtemps les finasseries d'une enquête. En la tuant, je le savais déjà.

— Vous voulez prévenir votre avocat?

— Je n'en ai pas, je n'en connais pas.

— Vous ne voulez rien prendre? Un café?

Le commissaire retarde un peu le moment de la première question, qu'un inspecteur s'apprête à consigner. Tout a été si vite, il sait si peu de choses sur la victime qu'il est un peu dérouté d'avoir déjà l'assassin devant lui.

Enfin l'interrogatoire commence. Nom et prénoms, adresse, qualité, lieu de naissance, c'est la routine.

— Vous connaissiez la victime?

— Oui, depuis presque un an. Elle était venue me voir pour un avortement.

— Vous l'avez pratiqué.

— Oui.

— C'était illégal, bien entendu?

— Je sais. Autant vous dire tout de suite que ce n'était pas la première fois. Je suis considéré comme le spécialiste des opérations tardives. Quand une clinique refuse une cliente, c'est chez moi qu'elle vient la plupart du temps. J'ai gagné beaucoup d'argent comme ça.

— Est-ce que l'opération a un rapport quelconque avec le meurtre?

— Non... Enfin si, indirectement. La première fois que j'ai vu cette jeune femme, elle m'était envoyée par une ancienne cliente. Au début je n'ai pas posé de questions, elle était enceinte de plus de quatre mois, il fallait faire vitc. Elle a payé et je pensais ne plus la revoir, comme les autres, sauf un nouvel «accident» comme elles disent. Mais elle est revenue quelques semaines plus tard. Elle était profondément déprimée, elle voulait que je la soigne. Elle disait qu'elle n'avait, moralement, pas supporté l'opération, qu'elle ne dormait plus, qu'elle était hantée par ce bébé, elle voulait que ce soit moi qui l'aide à s'en sortir. J'ai eu beau lui dire que je n'étais pas très qualifié pour cela, elle n'a pas voulu en démordre. J'ai même tenté de l'adresser à un spécialiste, mais elle est revenue me voir. J'étais son complice d'infanticide. C'est ce qu'elle disait.

Le commissaire interrompt le monologue du médecin pour demander:

— Est-ce que vous voulez dire qu'elle était suffisamment dépressive pour vouloir se suicider?

— Je l'ai pensé mais, au fil des mois, j'ai changé d'avis. Je ne suis pas psychiatre mais je crois qu'elle se torturait volontairement.

— Pourquoi l'avez-vous tuée, docteur Jarrow?

Le commissaire s'attend à une réponse ferme: «Je l'aimais, elle ne voulait pas de moi.» Il a imaginé en quelques minutes un scénario compliqué qui mettrait en scène le médecin laid et sa belle cliente déprimée. Une sorte de drame passionnel et psychologique dont les experts se débrouilleraient au procès.

Or, il prend la réponse en pleine figure, comme un coup de poing:

— Je l'ai tuée parce qu'on m'a demandé de la tuer.

L'inspecteur qui assiste à l'interrogatoire et le sténo qui note les questions et les réponses se sont immobilisés, stupéfaits eux aussi.

Le docteur Jarrow regarde le vide et ajoute:

— Je me dégoûte. Pour ça et pour tout le reste. Je me dégoûte, vous comprenez?

— Qui? Qui vous a demandé de tuer cette femme?

— Son amant. Oh! il va nier, bien entendu. Il est riche, puissant, mais il m'a payé pour cela. Ce sera sa parole contre la mienne. Il dira peut-être que je suis fou ou jaloux, ou n'importe quoi, je lui fais confiance. Si vous essayez de l'interroger, vous aurez immédiatement sur le dos une armée d'avocats. Il s'en tirera peut-être, sûrement même, car je n'ai pas de preuves, il m'a payé en espèces.

— Mais qui, docteur Jarrow? Qui est-ce?

— Roland S... l'industriel.

Le commissaire jette un regard interrogateur sur les deux hommes qui l'assistent mais eux non plus ne connaissent pas. Le docteur continue:

— Je suis sûr qu'il n'a jamais eu la moindre contravention de sa vie et que ses affaires sont parfaitement légales. Ce n'est pas un escroc lui, ce n'est pas un médecin marron, un pauvre type, c'est un salaud honorable.

— Comment vous a-t-il demandé ça?

— Il m'a téléphoné pour me parler d'elle, au début il tâtonnait un peu mais il avait dû prendre des renseignements sur moi. Ensuite il m'a donné rendez-vous, sous le prétexte de discuter de l'état de santé de la jeune femme. Je l'ai rencontré un soir, tard, après les consultations de la journée. Mon infirmière était partie, il avait pris ses précautions pour qu'on ne le voit pas chez moi.

— Comment a-t-il abordé le sujet ?

— Pas tout de suite. Il m'a d'abord fait des confidences. Il était marié, il ne voulait pas de scandale. Anna Maria devenait encombrante, pénible. C'était sa secrétaire avant de devenir sa maîtresse et, depuis cette histoire d'avortement, elle se comportait comme une folle. Je lui ai dit que je ne pouvais pas grand-chose, qu'elle avait refusé d'aller consulter un spécialiste. Je lui ai proposé de la faire hospitaliser si elle était d'accord. C'est là qu'il m'a aiguillé petit à petit sur son véritable but. Il m'a posé des questions sur les médicaments qu'elle prenait, il m'a demandé s'il y avait un risque de suicide. Bien entendu je n'ai pas pu répondre. Personne ne peut dire, même un médecin, si un déprimé sautera le pas ou non. Ensuite il m'a parlé d'argent.

— Comment ça ? Brutalement ?

— Oh non ! Il m'a dit ce qu'il savait de moi. C'était une enquête par le Conseil de l'Ordre, ou de l'argent.

— Combien ?

— 20 millions, tout de suite, et 30 de plus si j'étais compréhensif !

— Et vous ne l'avez pas flanqué à la porte ?

— Non.

Le docteur Jarrow est devenu plus gris encore. Son visage creusé de dizaines de petits trous à fleur de peau s'est crispé.

— Je suis un salaud, commissaire, il y a longtemps que je le pensais. L'humanité me dégoûte moins que moi-même. J'ai déjà fait pour de l'argent ce qu'un boucher ne ferait pas. Alors je l'ai écouté, je voulais savoir ce qu'il entendait pas « être compréhensif ». Il a suggéré : « Vous pourriez conseiller des doses plus importantes. Au fond, si elle veut se suicider, ça la regarde. » Je lui ai fait remarquer que la chose était difficile. Alors, il a été plus direct.

— Qu'est-ce qu'il a dit exactement ?

— Je n'ai pas enregistré mot à mot, c'était quelque chose comme : « Faites le nécessaire, rendez-lui visite à domicile un de ces jours. »

— Vous avez accepté ?

— J'ai accepté l'argent, commissaire. Le lendemain, j'ai trouvé une grosse enveloppe dans ma boîte aux lettres personnelle. L'argent est dans mon coffre. Je croyais pouvoir le faire. Je croyais pouvoir supporter ça, empocher le reste et disparaître, changer de ville, de pays peut-être, aller soigner de vrais malades, ou prendre ma retraite, oublier toutes ces ordures. Mais je ne peux pas, j'ai toujours été lâche au fond.

— Qu'est-ce que vous avez fait ?

— J'ai attendu la prochaine visite d'Anna Maria et j'ai inventé des rendez-vous, pour lui proposer d'aller chez elle, le soir même. C'était avant-hier. Je ne savais pas très bien ce que j'allais faire... L'endormir d'abord... et simuler un suicide ensuite. Mais je n'ai réussi qu'à lui faire avaler une double dose de tranquillisants, avec de l'alcool.

— Elle ne s'est pas méfiée?

— C'était une malade, commissaire, et elle se raccrochait à moi, aussi curieux que ça paraisse. Nous avons encore parlé de l'enfant qu'elle n'avait pas voulu. En fait c'était lui, son amant, qui n'en voulait pas, bien entendu. Je me souviens qu'elle a dit encore, comme à chaque fois: «Vous êtes mon complice, je vous ai permis de tuer une partie de moi-même»... Je l'ai laissée parler, parler, jusqu'à ce qu'elle s'endorme. Puis j'ai cherché quelque chose pour la pendre, mais il n'y avait rien chez elle. C'est un appartement moderne, sans meubles ou presque, avec des éclairages indirects. Alors j'ai décidé de l'emmener ailleurs, je l'ai réveillée à moitié comme j'ai pu. Nous avons pris l'ascenseur, je l'ai installée dans ma voiture et, en arrivant sur la corniche, je l'ai pendue avec une corde. Elle dormait à nouveau, elle ne s'est rendu compte de rien, du moins je suppose. Voilà.

Le docteur Jarrow a mis la tête dans ses mains, il se tait, il a tout dit et son immense fatigue gagne le commissaire Annunzio. Cet homme devant lui, qui paraît si résigné d'être un assassin, si profondément dégoûté de lui-même, le déroute totalement.

A présent il reste à vérifier ses dires, à enquêter sur l'instigateur du crime, avec un scandale probable à la clé. Tout commence pour la police, après ces aveux rapides. Sans eux, le commissaire aurait piétiné longtemps peut-être. Qu'avait-il comme indice? Une ordonnance pliée dans la poche du pantalon d'Anna Maria, et que l'assassin n'avait pas soupçonnée. Et puis l'avis du médecin légiste, qui avait simplement dit au commissaire:

— A première vue, il semble que quelqu'un l'ait tenue fortement par le cou, il y a deux marques sous les maxillaires, comme si on l'avait soutenue dans le vide avant de la lâcher... Mais je ne peux rien affirmer avec certitude.

Autrement dit, l'affaire aurait pu être classée si le docteur Jarrow avait tenu le coup, comme il dit. Anna Maria n'était qu'une cliente déprimée, elle aurait très bien pu se suicider avec une ordonnance dans sa poche. Pourquoi le docteur n'avait-il pas supporté l'idée de ce crime parfait? Pourquoi n'avait-il pas achevé sa carrière sur les 50 millions offerts?

Au procès, il ne dira qu'une chose, déjà dite au cours de l'enquête:

— Le dégoût. Je n'en pouvais plus de dégoût, je débordais de dégoût.

Quant à l'instigateur du crime, point n'est permis d'en parler. Il s’est constitué partie civile, et rien n’a été prouvé contre lui, absolument rien. 20 millions en espèces dans le coffre d’un médecin, avorteur de notoriété publique, ce n’est pas une preuve.

— Anna Maria Marques était jolie, jeune et de caractère instable. C’est tout ce que l’on sait d’elle, tant il est vrai parfois que, dans les affaires criminelles, la victime est plus inconnue que l’assassin.

La déesse Kétamine

Dans le dernier salon où l'on cause à Seattle, Marcia M. vient d'obtenir le silence.

Elle raconte :

— Au bout de trois minutes, j'entends le bruit des criquets. C'est comme un après-midi d'été. Alors, j'attends deux minutes encore, et j'abandonne mon corps derrière moi... Je n'ai plus de corps, je vais vers une autre planète, je ne suis nulle part dans l'Univers, je traverse des soleils, je glisse le long des galaxies, je suis transparente, invisible... Je suis Suprême...

Quelqu'un demande :

— Vous n'avez pas peur ?

— Peur ? J'ignore ce qu'est la peur. La peur est pour ceux qui restent. Moi je vole !

— Tout de même, c'est une drogue !

Alors Marcia M. redresse sa petite taille et secoue la frange de ses cheveux noirs à la Cléopâtre revue et corrigée par Elisabeth Taylor. L'intervention a dû l'agacer. A quoi bon faire des conférences, répandre la bonne parole, diffuser la nouvelle culture philosophique, si ces petites bourgeoises pimbêches et ridicules en sont encore là !

— La Kétamine ? Mais, ma chère, la Kétamine est une drogue comme votre cigarette en est une, comme le verre de gin que vous avalez à l'heure du cocktail ou le Martini-dry que vous offre votre mari pour améliorer une soirée conjugale !

Marcia M. est américaine. Elle a cinquante ans, deux mariages, deux divorces, pratique le yoga et l'astrologie, ne mange que du germe de blé, des légumes et des fruits biologiques. Moyennant quoi, elle promène dans les salons de la ville une silhouette au ventre plat et aux clavicules saillantes, avec des yeux toujours effarés. N'importe quel bon médecin lui conseillerait de manger normalement, d'éviter les carences et de s'occuper du tiers monde ou des orphelins, voire des chiens abandonnés, plutôt que de s'extasier devant le vide de son existence. Mais Marcia s'est instituée son propre médecin. Quant à sa famille, originaire de Boston, c'est ce que l'on appelle aux États-Unis une «grande famille» père milliardaire, chaîne d'hôtels internationaux, frère scénariste à Hollywood, et non des moindres. Marcia M. pourrait mener une existence dorée et tranquille: bronzer en Californie, s'embourgeoiser à Boston, s'intellectualiser à New York... appartenir, en somme, à cette tranche de la société féminine américaine, privilégiée, vivant de pensions alimentaires et des revenus de papa. Au lieu de cela, elle fait des conférences à travers le pays, écrit des livres sur la réincarnation et s'amuse à de petits jeux bizarres, réservés en principe aux fakirs hindous, ou aux animateurs de cirque. Devant ses amis et relations ébaubis, elle fait volontiers la démonstration de ses talents: contrôle du rythme cardiaque, contrôle de la respiration, contrôle de la tension...

Mais contrôle-t-elle son cerveau, cette drôle de petite bonne femme, mince, maigre même, fragile, presque aérienne, dotée cependant d'une volonté extraordinaire et d'un besoin d'aventure permanent?

C'est en 1977 qu'elle tente la suprême aventure, grâce à un homme et à une drogue. Et, qui plus est, avec la bénédiction d'un centre de recherche sur l'utilisation des drogues en psychothérapie, avec subvention de l'État.

La chose a toutes les apparences du sérieux. Et Marcia M., femme mystérieuse, peut déclarer ce jour-là, dans le dernier salon où l'on cause à Seattle:

— J'ai trouvé le *nirvàna*. Je vais entrer en communication avec le monde invisible...

Accessoirement, elle ajoute: Je me marie pour la troisième et dernière fois.

Or, cette dernière affirmation est une double prédiction, mais elle l'ignore, toute à son voyage fabuleux, sur un chemin douteux, mortel...

Le troisième futur époux de Marcia M. est médecin anesthésiste. Divorcé lui aussi. Il a quarante ans, dix ans de moins qu'elle. Détail. Lorsqu'ils se sont rencontrés pour la première fois, Marcia revenait des Indes et de Chang-hai, en instance de départ pour le Canada. Son livre sur les bienfaits du yoga et l'invisible se vendait bien dans les librairies de Seattle; elle y faisait un arrêt-conférence. Sa photo figurait en couverture de ce livre, une photo de ses trente-cinq ans. Le docteur tomba amoureux de cette photo. Il disait:

— Comme si un fluide magnétique m'avait traversé.

C'est dire que leur première conversation ne pouvait ressembler à aucune autre:

Elle:

— «Que pensez-vous, docteur, du LSD dans la recherche médiumnique?

Lui:
— Vous ressemblez à Cléopâtre, c'est fascinant.
Elle:
— J'ai essayé beaucoup de drogues pour tenter d'entrer en contact avec mes vies précédentes. Aucune n'a donné de résultat.
Lui:
— J'ai une maison dans la forêt, elle vous attend depuis toujours. Moi aussi. Je savais que vous viendriez un jour.
Qui est donc cet homme de quarante ans, passionnément fou de cette femme de cinquante, au travers d'une photographie vieille de quinze ans?
Médecin, raisonnable, chef d'un service hospitalier depuis dix ans mais réfugié lui aussi dans les sciences parallèles. Ses collègues disent de lui que son premier mariage raté est à l'origine de ce besoin soudain de contourner la logique et la rigueur de la médecine officielle. C'est pourquoi il écoute Marcia avec ravissement. C'est pourquoi, aussi, la réalité de ses cinquante ans ne l'a pas déçu. Elle n'a pas changé, du moins il ne perçoit pas de changement entre la photo du livre qui l'a fasciné et la femme qui se trouve devant lui. L'amour est aveugle... mais, dans ce cas, très honnêtement, Marcia ne fait pas son âge. Marcia ne semble pas avoir d'âge, d'ailleurs.
Elle tombe amoureuse de son docteur en quelques mois. Et les voilà parlant maintenant le même langage, sur la même longueur d'onde:
Lui:
— Tu connais la Kétamine?
Elle:
— Tu sais ce que c'est que la Kétamine?
Lui:
— Bien sûr, c'est une drogue peu connue mais je l'ai déjà utilisée dans mon service, sur des enfants. J'ai fait des recherches sur les animaux avant cela. En psychothérapie, c'est excellent.
Elle:
— Je suis sûre que ça marcherait pour moi... j'ai déjà essayé bien sûr, mais sans contrôle.
Lui:
— A quoi veux-tu arriver?
Elle:
— A la transcendance totale.
Lui:
— Qui sait... Ça peut réussir. Il faut que je travaille le sujet... Donne-moi du temps.
Et le médecin démissionne de son hôpital pour entamer, sérieusement et à plein temps, des recherches sur l'hydrochlorure de kétamine. Pour ce faire, il reçoit des subsides d'un laboratoire. Son premier sujet d'expérience est Marcia.

Le protocole des travaux prévoit une première injection de 50 milligrammes, que Marcia reçoit sans peur, tout excitée par l'aventure. Ils ont décidé tous les deux, afin que rien ne se perde, d'écrire un livre sur la Kétamine, drogue miracle en psychothérapie, selon le docteur. Durant six mois, Maria va donc soigneusement noter ses réactions. Et le docteur aussi. Car ils ont tenté l'expérience ensemble, aux mêmes doses quotidiennes.

Mais le docteur abandonne soudain. Il ne ressent pas les mêmes choses que Marcia, devenue son épouse légitime. « Marcia est douée, dit-il, elle a des possibilités spirituelles que je n'ai pas. »

L'expérience continue donc sur Marcia comme sujet unique et doué, durant quatorze mois complets. Ce curieux traitement expérimental semble lui convenir parfaitement. Il met toute sa personnalité en valeur. Elle est brillante, en pleine forme, travaille avec facilité et, en 1978, le couple publie un livre intitulé : *Voyage dans le monde de la brillance.*

Ce livre se veut un ouvrage de référence sur la Kétamine, avec la caution d'un médecin. Marcia est alors considérée comme le seul être humain vivant ayant pris aussi longtemps et avec la même régularité une telle drogue : quatorze mois de Kétamine, à raison de deux injections de 50 milligrammes par jour.

Le résultat, c'est ce livre. Et la certitude pour Marcia d'avoir laissé son corps derrière elle, de pouvoir s'intégrer à l'invisible, d'aller à la rencontre de ses vies antérieures, d'avoir trouvé l'éternité... Mais l'éternité de Marcia a une fin.

Durant toute cette expérience, et après la sortie du livre, Marcia M. devenue madame A. avait coutume de dire dans les salons, les conférences, à qui voulait l'entendre, que la Kétamine, utilisée pour sa recherche spirituelle, était absolument sans danger.

Affirmation discutable. Elle n'en savait rien, bien entendu. Et son mari lui-même ne pouvait se targuer que d'en connaître les effets immédiats. Il faut du recul pour apprécier les retombées d'une substance quelle qu'elle soit. Les effets-retards, ainsi qu'on les nomme. La drogue est-elle éliminée par l'organisme dans sa totalité ou en partie ? Y a-t-il installation d'une accoutumance ? Y aura-t-il un manque ?

Marcia ne prenait plus de Kétamine, officiellement en tout cas, depuis la fin de l'expérience et la sortie du livre. Elle se portait bien, écrivait avec entrain un autre bouquin.

Puis vint le 14 janvier 1979, un dimanche soir. La télévision parlait de l'exil du shah d'Iran, du retour de l'Ayatollah. L'Amérique s'émouvait de la destruction annoncée de l'Empire perse, et le docteur s'ennuyait.

— Marcia ? Je vais au cinéma, tu viens avec moi ?

— Oh non... Pas ce soir. Je dois me lever tôt, demain matin. J'ai un travail fou sur ce livre.

— Tu es sûre ?

— Certaine... Je vais aller dormir. Vas-y sans moi...

Le docteur éteint la télévision, embrasse sa femme et se rend au cinéma, à la dernière séance.

Il rentre à 1 heure du matin. L'appartement est silencieux, le salon désert, la chambre à coucher vide. Pas de Marcia...

Le commun des maris s'inquiéterait sérieusement. Lui n'est que perplexe. Marcia est assez imprévisible. Il se dit qu'elle a dû, par exemple, aller faire un tour du côté du cimetière.

En effet, Marcia aime particulièrement se promener au cimetière voisin, le Flora Hill. Elle s'y rend souvent. Le docteur pense donc à cette hypothèse et s'inquiète car il fait un froid glacial. À 1 heure du matin, dans le vent du cimetière, c'est une congestion pulmonaire que risque sa femme... Il se rend donc au Flora Hill, fait le tour... et n'y trouve pas Marcia. Il rentre de plus en plus perplexe. Qu'a-t-elle inventé? Elle n'a pas laissé de mot, elle n'a pas pris la voiture, ses affaires sont là, son sac, ses clés, sa machine à écrire, son manuscrit... Bizarre.

Mais le docteur se couche tout de même. Il se dit: « Elle va revenir et me raconter une expérience nouvelle... »

Mais Marcia ne rentre pas. Et à 8 heures du matin, son mari prévient la police.

Une patrouille vient l'interroger, les hommes font le tour de l'appartement à la recherche d'un indice d'agression, d'une trace de violence. Mais aucune effraction n'a été faite. Portes et fenêtres sont intactes. L'appartement est en ordre. Marcia semble être sortie, comme elle était habillée, sans prendre ses clés, simplement en claquant la porte derrière elle. Étrange comportement.

Le papa milliardaire, le frère scénariste, refusent de croire à une fugue. En admettant que Marcia ait décidé tout à coup, sur un coup de tête, de partir aux Indes, ou au Yémen, ou Dieu sait où... elle aurait expliqué pourquoi. Marcia aime bien expliquer le pourquoi des choses, c'est sa méthode habituelle. De plus, elle aurait au moins pris une valise ou son sac.

Suicide? Il faudrait une raison. Or chacun s'accorde à dire qu'elle était heureuse, heureuse en tout. Elle avait trouvé l'homme de sa vie, et le *nirvàna* en plus. Elle le disait et cela se voyait. D'ailleurs, son époux déclare:

— On ne se suicide pas quand on croit, comme elle, à la réincarnation... Le suicide est pire que la mort. Tous les réincarnés le savent, c'est la fin de leurs vies successives.

Dans la logique du personnage de Marcia, c'est un argument et la police le prend comme tel, puis se tourne plus volontiers vers l'hypothèse d'un kidnapping. Femme riche, célèbre, avec un père milliardaire, Marcia a suffisamment fait parler d'elle pour susciter la chose. Mais les jours et les semaines passent sans qu'une demande de rançon ne parvienne au mari ou à la famille.

Au fil du temps, le mari retrouve sa logique médicale et suggère à la police que Marcia a pu être victime des effets-retards de la Kétamine.

— Elle a pu devenir folle brusquement. Elle est peut-être quelque part, amnésique, en train de marcher, de chercher sans se souvenir de quoi que ce soit. Sans savoir d'où elle vient, ni où elle va. Elle croit peut-être marcher vers une autre planète.

Le lieutenant Bemis, chargé de l'enquête, considère cette déclaration avec intérêt. Il se met à lire les livres de Marcia, à la recherche d'une indication, d'une piste... Et soudain, un étrange détail vient conforter son idée.

Le téléphone sonne chez un ami du couple, et c'est la petite fille qui décroche. Elle est seule à la maison. Elle entend une voix féminine lui demander :

— Ta mère est là ?

— Non, madame.

— Je rappellerai demain.

La fillette de douze ans n'a guère prêté attention à ce coup de fil. Ses parents non plus, jusqu'à ce que le lieutenant Bemis, à force de questionner les uns et les autres, en entende parler. Or, il se trouve que l'enfant a fait part du coup de téléphone à ses parents, le lendemain ou le surlendemain de la disparition de Marcia, c'est-à-dire le 15 ou le 16 janvier.

— Pensez-vous, madame, qu'il puisse s'agir d'elle ?

— C'est très possible. Chaque fois que Marcia avait un problème, elle s'adressait à moi.

La petite fille dit que la voix féminine ressemblait à la voix de Marcia.

Mais ce n'est que le témoignage d'une enfant. Faible indice.

De son côté, le docteur décide d'interroger des médiums. Chacun mène son enquête. Chacun y va de sa vision, laquelle est le reflet d'une hypothèse plausible, pour qui connaît la réputation de Marcia, qui demeure cependant introuvable.

Disparue. Volatilisée, sans bruit, ni trace.

Le lieutenant Bemis, face à cette disparition, ne dispose que du seul témoignage du mari, le dernier à l'avoir vue vivante.

— Elle était souriante. Je lui ai dit « bonsoir », je suis allé au cinéma, elle allait dormir.

— Vous avez bien une petite idée, quelque part, d'un endroit... Je ne sais pas moi... Elle pourrait s'y cacher...

— Si je vous disais que ma femme est allée rejoindre Cléopâtre...

Pardon ?

— Elle avait beaucoup d'affinités avec elle. Sa ressemblance était étonnante.

— Docteur, je suis peut-être inculte, mais les images que nous avons de Cléopâtre, ce ne sont pas des photos anthropométriques. Vous savez quelle tête avait Cléopâtre, vous ?

— Les descriptions, lieutenant... Ma femme préparait un livre sur elle. Vous avez vu la documentation dans son bureau. Elle pensait être elle-même une réincarnation de Cléopâtre. Elle aura voulu le vérifier.

— Dites-moi docteur, où va-t-on pour rencontrer Cléopâtre? Cinquième avenue? Beverley Hills? Ou les Pyramides?

— C'est un monde invisible, lieutenant...

Le lieutenant Bemis ne croit ni à la réincarnation ni au monde invisible, ni même à Cléopâtre. Il poursuit son enquête en supposant que, en fait de monde invisible, la disparue a dû rejoindre une communauté quelconque. Il en existe des centaines dans l'État, des milliers dans le pays...

Lors d'une conférence de presse où il a dû supporter la présence du mari amoureux de Cléopâtre, le lieutenant parvient difficilement à garder son calme devant les journalistes:

— Messieurs, amnésie, drogue, ou ce que vous voudrez, il disparaît aux États-Unis, chaque année, des milliers de personnes. Et croyez-moi, il y a toujours une raison logique.

Tandis que le mari, lui, déclarait:

— J'ai choisi personnellement de pratiquer le yoga transcendantal, comme Marcia. La nuit, je me fais une injection de Kétamine. C'est, à mon sens, le seul moyen de rejoindre ma femme. Nous étions en relation télépathique, voyez-vous. Et la Kétamine est le seul moyen à ma disposition pour sortir de mon corps, comme elle le faisait. L'autre jour, j'ai rejoint Marcia. Elle était dans la position du lotus. Belle mais silencieuse.

— Vous lui avez parlé? Vous avez essayé de savoir où elle était?

— Messieurs les journalistes, je vous l'ai dit, elle était silencieuse. Elle est amnésique. Et je sais maintenant pourquoi. L'amnésie, messieurs, est la seule possibilité, la seule qui ait un sens dans ce monde ou dans un autre.

Pauvre lieutenant Bemis, harcelé par la famille et par ses chefs! Qu'avait-il comme preuve, comme indice, pour ramener tout ce galimatias à la logique de son métier.

— Alors lieutenant, demandait le chef, il a tué sa femme, oui ou non? Elle a disparu, oui ou non?

— Je ne sais pas si le mariage allait si bien que ça... Tous ces gens, tous les témoins ont fait tellement de vent autour de leur histoire, les livres, les conférences, cette saloperie de Kétamine, le bonheur, le *nirvàna*... et le reste. Je me dis que, si elle avait l'intention de divorcer une troisième fois, sa fortune échapperait au mari...

— Mobile valable, mais hypothétique pour l'instant...

Eh oui!

Quant à la famille, elle refusait de croire à la mort.

Et le lieutenant de s'époumoner à leur faire comprendre qu'on ne disparaît pas sans raison. Qu'il y en a toujours une et qu'il la trouverait bien un jour...

Si le mari... l'argent... Si le divorce... Si la drogue...

Mais non. Interdit de faire des suppositions aussi terre à terre, en l'absence de preuve, qui plus est.

— Avec des si... lieutenant, où va-t-on ?

C'est pourquoi, dix ans après l'aventure de Marcia et de la déesse Kétamine, l'anonymat est encore de rigueur, pour l'époux, pour la disparue et pour sa riche famille.

La Kétamine est une drogue dont on connaît maintenant les effets-retards. Trop tard.

Question d'horreur

Un jeune homme traverse une rue. Il fait attention aux voitures. L'idée ne lui viendrait pas de se jeter sous les roues d'un autobus.

Un jeune homme monte un escalier. Il fait attention aux marches. L'idée ne lui viendrait pas de sauter par-dessus la rampe.

Un jeune homme regarde par une fenêtre. Il fait attention au vide. L'idée ne lui viendrait pas de sauter par-dessus le balcon.

Prenez un jeune homme et examinez toutes les circonstances de sa vie quotidienne. Vous verrez qu'il a des centaines de fois l'occasion de faire attention à sa vie. Par simple réflexe, par instinct de conservation.

Alors, qu'est-ce qui fait que ce même jeune homme, celui qui fait attention aux voitures, aux marches et au vide, qu'est-ce qui fait que ce jeune homme cherche la mort ? C'est une question qui a des milliers de réponses. Pas une, malheureusement n'est la bonne. Ce serait trop simple.

Il va s'agir maintenant d'horreur. Mais que cette horreur fasse réfléchir, ne serait-ce qu'un jeune homme quelque part, et elle ne sera pas inutile.

Dans la lueur ronde de la lampe électrique, une petite merveille. Quelque chose qui fait battre le cœur plus vite, qui rend les mains froides, les joues brûlantes, qui coupe le souffle.

— Tu l'as ?

Voix chuchotantes d'une ombre à l'autre...

— Eh... ? Tu l'as ?...

L'ombre interpellée murmure une réponse affirmative. Dans le petit rond de lumière, sa main approche lentement de la petite merveille, les doigts tremblent de désir.

— Dépêche-toi... bon sang... ça y est ?

Ça y est. Le trésor a quitté son nid bien mal gardé. Il brinquebale au fond d'une poche sale. Les ombres franchissent une fenêtre, sautent dans une arrière-cour, rejoignent une autre ombre qui faisait le guet.

— Ça va?
— Ça va.
— Tu l'as?
— Je l'ai.

Ce sont des voleurs, d'étranges voleurs aux visages fantomatiques et aux mains décharnées dans lesquelles le trésor fabuleux passe et repasse, cent fois contemplé, cent fois pesé, avant de regagner le fond de la même poche sale.

Les trois fantômes se séparent pour cause de sécurité. Un seul emporte le trésor et les deux autres, avant de le rejoindre, vont connaître le doute et l'angoisse.

— Pourvu qu'il n'en profite pas tout seul, pourvu qu'il partage... S'il ne partage pas, je le tue!

Mais il partagera. Il partagera tout. L'ombre qui s'appelle Frédéric a décidé de partager son trésor avec l'ombre qui s'appelle Charles ainsi qu'avec l'ombre qui s'appelle Hubert.

Il se sent généreux et puissant. C'est lui qui a eu l'idée, c'est lui qui a fracturé, qui a volé; c'est donc lui qui va distribuer.

Les trois ombres ont gagné leur caverne d'Ali Baba, une maison sordide et inhabitée depuis des siècles. Tous les volets gémissent, tous les planchers craquent. Les souris, les cafards, les araignées, la poussière, en font un lieu d'épouvante. Une sorte de château fort, d'île déserte ou de planète inconnue, au choix.

Posé sur une caisse de bois, éclairé par une bougie, le trésor se laisse enfin contempler.

Couleur d'or brun, triangulaire. Ça, c'est pour le coffret. A l'intérieur, 10 grammes de morphine, 10 grammes d'horreur.

Ils ont dix-huit ans, vingt ans et vingt-deux ans. Ils viennent de voler le petit flacon dans une pharmacie de la rue du Prater, à Vienne, et ils se préparent à la cérémonie.

C'est la première fois qu'ils ne payent pas. La première fois que, poussés par l'angoisse et le manque, ils volent. Plus d'argent depuis trois jours. Chômeurs depuis des mois, Frédéric, Charles et Hubert, les trois ombres, grelottent de convoitise devant 10 grammes d'horreur.

Frédéric ouvre le flacon. Avec des précautions tremblantes, il fait tomber quelques cristaux blancs dans une petite cuillère remplie d'eau...

Frédéric, vingt ans, a le teint jaune et les joues creuses. De longs cheveux filasse lui mangent le peu de visage qui lui reste. On devine pourtant les yeux, noirs et très beaux, le menton carré... Il a l'air d'un prince trop maigre, dans un blue-jean trop sale.

Charles, vingt-deux ans, allume un petit tas d'allumettes sur un couvercle de fer — il faut chauffer le contenu de la petite cuillère pour que les cristaux fondent. Il ressemble à Frédéric, en plus petit et en aussi maigre. Il a l'air peureux. Sa poitrine est couverte d'amulettes et de médailles, un bandeau noir lui enserre le front. La bouche est triste et molle.

Hubert, dix-huit ans, bouclé comme un bébé, une tête de petit garçon tout pâle, transpire. Il est continuellement affligé d'un hoquet nerveux qui ne cède, dit-il, qu'en état de «flash». C'est lui qui dépiaute la seringue en plastique de son emballage. Il passe l'aiguille à la flamme de la bougie. Il fait ça par «sécurité», pour éviter l'infection.

Protection dérisoire, petit reste de l'instinct de conservation chez un être qui n'a pas peur, pourtant, du poison qui grésille sous ses yeux.

Ce n'est pas la première fois. S'ils font équipe depuis peu, chacun des trois garçons pratique, depuis longtemps déjà, ce que l'on appelle les drogues dures.

Depuis longtemps! Un an, deux peut-être, ou quelques mois. Ils ne savent plus. Peu à peu, leur univers a basculé. La police les connaît. Ils sont fichés, surveillés, on espère peut-être, par eux, remonter une filière. Mais c'est trop tard, ils ne serviront plus à rien. Ils ont atteint le point de non-retour. Celui où on ne travaille plus, où on n'a plus de famille, plus d'amis, plus d'argent, plus d'amarre.

Ils ont volé 10 grammes de morphine. Si tout va bien, ils ne recommenceront que dans trois jours. Si tout va mal, demain.

La littérature, le cinéma et même la télévision parlent d'eux par vagues régulières, à l'occasion d'un fait divers douloureux. L'image du jeune drogué, bras tendu devant la seringue, est devenue une épouvantable image d'Épinal.

Par trois fois la seringue change de main, jusqu'à épuisement du petit flacon brun doré, jusqu'au dernier grésillement des ultimes petits cristaux blancs. Cela se passe dans les débris poussiéreux d'une vieille maison de Vienne, la nuit du 31 décembre 1970.

Pendant ce temps, leurs fiches et leurs photos dorment dans les classeurs de la police. Leurs parents dorment dans leurs lits. Et la conscience collective dort sur ses deux oreilles.

Que voulez-vous? On ne peut pas vivre sa vie et, en même temps, nourrir les petits hindous, sauver les bébés phoques, éteindre les bombes, purifier la mer, assagir les fous, planter des arbres dans le désert, etc.

Ce que les trois garçons appellent le flash, c'est-à-dire littéralement «un éclat de lumière», est à peine descriptible. Même par eux-mêmes. Vu de l'extérieur, ce sont des corps sans muscles et des yeux sans vie, plongés dans une sorte d'hébétude. Vu de l'intérieur, ce n'est pas très gai non plus. Hallucinations mi-euphoriques, mi-terrifiantes selon les individus et la dose, coma total parfois.

Cette nuit du 31 décembre 1970, Charles reprend conscience — si l'on peut dire — le premier. Frédéric, à ses côtés, est lancé dans un long discours cotonneux. La tête levée, il parle au plafond. Hubert ne se réveille pas. Il râle, les yeux révulsés, la bouche tordue. Péniblement, Charles se traîne à l'extérieur et rapporte un sceau d'eau. Mais l'eau froide ne ranime pas Hubert, dont les râles deviennent terrifiants.

A son tour, Frédéric ressent le drame. Ils sont deux, maintenant, à frictionner avec des gestes désordonnés, le corps maigre de l'adolescent. Claques, eau froide, exhortations, rien n'y fait. Raidi une dernière fois, Hubert, dix-huit ans, vient de mourir.

Et le cauchemar commence. Charles se souvient qu'il a fait du bouche à bouche, Frédéric se rappelle qu'il a massé le cœur. Ils ne savent pas combien de temps ils se sont acharnés sur leur maigre camarade.

Nuit? Jour? Veille ou lendemain? Les voilà qui traînent le corps dans l'escalier branlant, marche par marche. La bougie s'éteint régulièrement. Frédéric a des sueurs froides, des vagues d'angoisse le prennent aux jambes, au creux du ventre et le font vaciller. Charles s'effondre en arrivant dans la cave. Il ne pleure pas, il hurle à la mort comme un loup dans un bois. Pour le faire taire, Frédéric est obligé de se battre avec lui. Ils roulent ensemble au milieu des décombres, grelottant de froid, de peur et de drogue. C'est un combat horrible, sans fin, sans victoire.

A bout de souffle et de résistance, les voilà qui remontent l'escalier. A quatre pattes, l'un tirant l'autre.

Et la veille commence.

Dans l'incapacité physique et mentale de décider quoi que ce soit, les deux garçons se recroquevillent autour de leur bougie, et la peur danse autour d'eux une sarabande infernale.

Dans un coin d'ombre, face à Frédéric, un visage grimaçant s'est installé. C'est celui d'Hubert, comme s'il était guillotiné, et que sa tête se promenait seule le long du mur sale.

Charles ne semble pas le voir. Il a entamé un dialogue absurde avec le plafond. Il lui raconte son angoisse, sa peur que le corps d'Hubert veuille entrer dans le sien, de force. Il prend le plafond à témoin que c'est impossible et que sa peau va éclater.

Frédéric n'arrive pas à le faire taire. C'est maintenant lui le plus lucide des deux, lui qui tremble le plus. Ce visage qui grimace devant lui, ce visage aux yeux morts, à la bouche tordue, le fascine.

Celui qui va maintenant les rejoindre sait que la nuit du 31 décembre a passé et que le dernier jour de l'année s'est éteint. Charles et Frédéric ne s'en sont même pas aperçu.

Le dénommé Blacky vient à son tour profiter du refuge. Il amène ses provisions : cigarettes, alcool et drogue. Mais il comptait sur un arrivage qui n'est pas venu, et il doit se contenter de pilules de toutes les couleurs, volées sans discernement par un acolyte, spécialiste du hold-up dans les pharmacies.

Frédéric se jette sur lui comme un forcené. Il le supplie de partager avec lui ce nouveau trésor. Tout, plutôt que cette peur immonde et visqueuse qui l'étouffe. Il veut l'inconscience.

Il ne l'aura pas. Les pilules vertes, ou rouges, ou bleues, l'alcool, rien n'y fait. Le masque grimaçant le suit partout. Alors il raconte à Blacky.

Dans les nouvelles vapeurs des drogues et de l'alcool, la mort d'Hubert redevient un gémissement parlé. Il faut faire quelque chose.

Comme Charles qui rêve à voix haute, comme Frédéric qui raconte sa peur, Blacky n'ira pas chercher de l'aide à l'extérieur. Tout ce qui est autour de cette vieille maison en ruine, la rue, les lumières, les gens, les parents, la police, ne les concerne pas.

Que minuit sonne dans Vienne! Que l'an 1971 naisse à grands renforts de bals et de confettis, peu importe. Il faut redescendre l'escalier à la lueur d'une bougie. Il faut creuser la terre de la cave et faire disparaître le jeune mort.

Charles s'est remis à pleurer. Il regarde les autres. Il ne se souviendra de presque rien, sauf de cette lutte épouvantable qu'il a soutenu pendant des heures pour que le corps de son camarade ne s'installe pas dans le sien.

Blacky a découvert une vieille pioche et des morceaux de ferraille. Il dirige le travail. Le sol est dur, la terre gelée, tassée par les années, le charbon et la crasse. Frédéric a les mains en sang. Il creuse des centimètres qui lui paraissent des montagnes et l'horrible peur ne le lâche pas.

Maintenant, il voit et il entend un policier qui crie sans arrêt:

— Freddy, que fais-tu? Freddy, que fais-tu?

Et il répond à ce fantôme qui le menace. Il explique ce qu'il est en train de faire. Blacky doit le rouer de coups pour qu'il continue à creuser. Blacky n'a pas d'hallucinations. Sa folie à lui, c'est de se croire soudain devenu le plus fort. Il est le roi, le maître, rien ne lui résiste.

C'était peut-être l'aube du 1er janvier 1971 quand ils ont fait glisser le corps du petit Hubert dans son dernier trou d'ombre. Cela aussi, Frédéric se le rappelle. Il se souvient de la terre noire qui a recouvert peu à peu le blue-jean informe et les bottes. Puis le blouson de lainage à carreaux et le visage. Il se souvient aussi de ce qu'il a «vu» quand la terre s'est tassée sous leurs pieds.

Il a vu une main qui sortait de la terre, puis un bras, et le fantôme translucide, lumineux, de son ami qui ressortait de terre, sous leurs pieds, qui le poursuivait, lui, Frédéric, jusque dans le placard où il se réfugia pour lui échapper. Où il a fini par s'endormir d'un mauvais sommeil.

Et puis Blacky est reparti traîner son ennui, Charles s'est arrêté de pleurer, Frédéric est sorti de son placard.

C'était le 2 janvier 1971. A Vienne.

Pendant deux mois, les trois fossoyeurs ont erré sans problèmes de cafés en cachettes, vivant de sandwiches et de drogues diverses. L'argent? Charles l'empruntait à son père, Frédéric à sa vieille tante, Blacky volait le reste. Ils n'ont rien dit à personne, figés dans leur angoisse, incapables de communiquer avec qui que ce soit.

Les parents ne se sont aperçus de rien. Même la disparition d'Hubert fut à peine remarquée: sa mère «savait» que, depuis quelque temps, «ce gosse» n'en faisait qu'à sa tête.

Un jour, les indicateurs ont parlé. Qui a cambriolé la pharmacie de la rue du Prater? Peut-être bien ceux-là: Frédéric, Charles, Blacky, Hubert... Tiens! mais c'est vrai ça! Hubert justement, qu'on n'a pas vu depuis longtemps!

Quand les policiers ont appréhendé Frédéric, puis Charles, puis Blacky, ils ont raconté sans beaucoup se faire prier. On est allé déterrer le petit Hubert, on a reconstitué dans les moindres détails l'affreuse nuit de la Saint-Sylvestre. La foule voulait lyncher ces énergumènes hébétés. Elle les a traités de lâches, et de bien d'autres choses.

Quand on a emporté, littéralement emporté, Frédéric après la reconstitution, il hurlait dans le car de police:

— Il a de la terre dans les yeux... Je le vois... la terre... dans les yeux... dans les yeux... la terre...

Rappelez-vous, jeunes hommes: Hubert, dix-huit ans, a de la terre dans les yeux.

Ne fermez pas les vôtres.

A propos de la mort d'un gueux

Le petit policier grec transpire sous son chapeau blanc, en traversant la rue Aristoteles. Athènes éclate de blancheur sous le soleil de ce printemps 1929 et les touristes anglais s'attardent aux terrasses des cafés.

A l'entrée d'un luxueux hôtel particulier de la rue, le petit policier grec rectifie le col de sa chemise, essuie ses mains moites et sonne à la porte du célèbre avocat Youri Velessiri, ancien haut fonctionnaire de l'État et avocat-conseil de la plus grande banque de la ville. Un valet de chambre compassé et lugubre l'examine avec méfiance:

— Vous désirez?

— Je suis Paximos, commissaire de police. Je dois parler à maître Velessiri.

— La famille est en deuil, commissaire, je ne crois pas que maître Velessiri...

— Oui, je sais, c'est justement à cause de cela. Voulez-vous dire à votre maître que...

Le commissaire Paximos hésite. Il n'aime pas du tout ce qu'il vient faire là et, à vrai dire, il était partisan d'envoyer un sergent à sa place. Mais, en haut lieu, on en a décidé autrement. Maître Velessiri n'est pas n'importe qui! Il mérite un commissaire.

— ... Dites-lui que c'est à propos du caveau! Du caveau de sa fille.

Le valet de chambre a l'air surpris, tout à fait surpris de voir un commissaire de police s'inquiéter du travail des pompes funèbres. Mais il s'incline.

— Voulez-vous patienter, je vais prévenir Monsieur...

Le petit policier pénètre avec reconnaissance dans le hall immense de la riche demeure des Velessiri, où règne une fraîcheur reposante. Tout ce luxe l'écrase et il contemple ses chaussures poussiéreuses durant plusieurs minutes avant d'entendre enfin la voix du célèbre avocat.

— Que se passe-t-il, commissaire?

L'homme est grand, hautain, impressionnant. Vêtu de noir, il porte sur le visage les marques du deuil terrible qui vient de le frapper. Le commissaire présente des condoléances embarrassées, puis se racle la gorge.

— Nous avons découvert un homme mort devant le caveau de votre fille Minica.

L'avocat sursaute nerveusement:

— Qu'est-ce que ça veut dire? Qui est-ce? Qu'est-ce qu'il a fait?

— Nous l'ignorons, Maître. Peut-être a-t-il voulu seulement ouvrir la grille.

— Elle était ouverte?

— Oui, mais le caveau lui-même est intact, rassurez-vous. Il n'y a pas eu de profanation. Du moins nous l'espérons.

L'avocat paraît immédiatement soulagé, puis inquiet tout aussitôt.

— Vous avez vérifié?

— Non, Maître, pas sans vous prévenir.

Cette fois, il est soulagé. Vraiment soulagé. Et il ne demande même pas ce que faisait là cet homme mort, comment il est mort ni pourquoi, devant le tombeau de sa fille. Il dit simplement:

— Merci.

Puis il plante là le commissaire et s'en va.

Le commissaire Paximos est stupéfait car il n'a pas encore exposé le véritable objet de sa visite. Il reste un moment figé dans le hall, regardant la haute silhouette de l'avocat s'éloigner sur les dalles de marbre. Enfin, il crie:

— Maître!

Mais l'autre ne se retourne même pas et le petit policier est obligé de courir pour le rattraper à l'entrée du salon.

— Excusez-moi, Maître... Mais il est nécessaire que nous procédions à une vérification du tombeau.

— Pourquoi?

— Eh bien... mais... parce que... Enfin, tout le monde a pu assister aux obsèques de votre fille, hier après-midi, et n'importe qui, une bande de voleurs par exemple, a pu être tenté par les bijoux.

L'avocat reste silencieux, visage fermé, il a l'air vraiment bizarre. La mort de sa fille l'a durement frappé. Une jeune fille de dix-huit ans, si belle, si gâtée, à laquelle il réservait un avenir brillant. Elle était tout pour lui, elle le menait par le bout du nez. Toute la haute société d'Athènes le savait. Minica pouvait faire les quatre cents coups, son père approuvait, payait, pardonnait. Il serait mort à sa place s'il avait pu.

Pendant la cérémonie à l'église, chacun avait pu remarquer les bijoux magnifiques que portait la jeune morte. Une parure de diamants au cou, des bracelets, or, perles et pierres précieuses, un diadème sur les longs cheveux noirs étalés et deux petites icônes en or massif ornées de diamants posées sur les mains en croix. Une coutume chez les riches. De la folie, certes. Mais le père estimait sans doute que sa précieuse enfant devait être enterrée dans la splendeur.

Comme il se tait toujours, le commissaire Paximos ajoute :

— L'homme n'était peut-être pas seul, il devait avoir un complice et ce complice a pu s'emparer des bijoux. Ce que nous ne comprenons pas, par contre, c'est qu'il est mort de mort naturelle...

— De mort naturelle ?

— Oui, un arrêt du cœur. Aucune trace de coups, ni de blessure.

— Alors, il n'avait pas de complice et ce n'était pas un voleur. Cette histoire ne me regarde pas, commissaire.

— Mais... enfin, il est mort devant le tombeau de votre fille, ou presque, à un mètre à peine ! Et la grille était entrouverte !

— Commissaire, personne n'empêche un homme de mourir d'une crise cardiaque en plein cimetière. Quant à la grille, elle a pu être mal refermée, tout simplement !

— Vous ne voulez pas de vérification ?

— Non.

— Mais...

— J'interdis que l'on touche au tombeau de ma fille, commissaire. C'est clair ?

— Et les bijoux ? Vous ne voulez pas que...

— Les bijoux n'y sont plus, je les ai retirés moi-même ! Au revoir, commissaire !

Ah bon ! Eh bien, au revoir. Le petit commissaire s'en va, en marmonnant dans son for intérieur que l'avocat est sûrement devenu fou. Qu'il ait enlevé les bijoux, d'accord, c'était plus prudent. Les témoins de l'enterrement avaient pourtant assuré le contraire ainsi que les journalistes dans la presse du matin. Mais qu'il envoie promener un policier, alors que ce dernier vient lui annoncer qu'un inconnu s'est peut-être rendu coupable de violation de sépulture, ça, c'est anormal. Surtout pour un père aussi amoureux de sa fille.

Mais le commissaire Paximos doit se laver les mains de cette affaire. Après tout, il n'y a pas eu crime et l'homme était un miséreux, d'une trentaine d'années, vêtu de haillons et sans papiers d'identité. Alors, bien que la mort l'ait frappé bizarrement devant le plus fastueux tombeau de marbre blanc du cimetière d'Athènes, il s'en ira à la fosse commune avec son mystère. Et le commissaire Paximos va classer l'affaire, ainsi qu'on le lui suggère en haut lieu.

— Pas de scandale, ni de journalistes ! Maître Velessiri a raison. Il était de votre devoir de le prévenir. C'est fait. Oubliez ça, Paximos.

Paximos oublie. Quatre années vont passer.

Minica Velessiri est donc morte à l'âge de dix-huit ans, d'une tuberculose foudroyante, le dimanche 3 mai 1929 à 11 heures 45 très exactement. Après son enterrement, le corps d'un inconnu était découvert dans la nuit, à proximité du caveau de la jeune fille, mort d'un arrêt du cœur. Mais à l'intérieur du caveau, le cercueil d'érable aux poignées de bronze, recouvert d'une simple dalle de marbre noir, n'a pas reçu d'autre visite. Pas une fleur, pas une couronne.

Le père s'est enfermé chez lui. Il ne travaille plus, on le dit malade ou fou. La rumeur d'Athènes court de salon en salon. On dit qu'il pratique des messes noires, qu'il fait tourner les tables, qu'il est en relation avec les esprits.

Sa femme et son fils ne le voient presque plus, les domestiques également. La porte de ses appartements est close. Et aucun journaliste, aucun ami, intrigué par cette retraite morbide, ne saura la vérité.

Jusqu'au jour où, quatre années exactement après la mort de sa fille, un dimanche 3 mai aussi, à 11 heures 45 aussi, maître Velessiri meurt, d'une mort bizarre. Outre la coïncidence des dates, les circonstances de ce décès intriguent le médecin de famille.

Il a été appelé le dimanche matin, vers 9 heures, par le fils de l'avocat. Ce dernier venait de découvrir son père étendu sur le divan de son bureau et suffoquant terriblement.

A 11 heures 45, l'avocat mourait dans les bras du médecin, impuissant à deviner les causes de ce décès et soupçonnant un empoisonnement.

L'avocat s'était-il suicidé? A priori la chose paraissait possible et expliquerait le fait qu'il ait choisi le jour anniversaire de la mort de sa fille pour le faire. Cela n'expliquerait pas, toutefois, l'heure fatidique de 11 heures 45. Mais le médecin n'en est pas à examiner les coïncidences. Pour l'heure, ce 3 mai 1933, il est obligé de prévenir la police et de demander une autopsie. En cas d'empoisonnement, c'est la première des précautions à prendre.

C'est ainsi que, pour la seconde fois, sous le soleil d'Athènes au mois de mai, le commissaire Paximos se présente à l'hôtel particulier des Velessiri.

Cette fois, le valet de chambre le conduit immédiatement auprès du nouveau maître de maison, Alex, vingt-deux ans, aussi grand que son père mais guère impressionnant. Le jeune homme est fort pâle et semble très agité.

— Ma mère a fait une crise nerveuse, vous voudrez bien l'excuser. Le médecin lui a donné des calmants.

Le petit commissaire comprend. Il règne, dans cette demeure pourtant luxueuse, une atmosphère étouffante. Les domestiques semblent terrorisés et le médecin lui-même paraît avoir hâte de s'en aller.

— Je vous ferai parvenir mes conclusions, commissaire. Cette mort me désole. Depuis quatre ans, je n'avais pas revu maître Velessiri, c'est un vieillard que j'ai retrouvé. Un vieillard de cinquante ans, dont le délabrement physique est impressionnant. Je pense qu'il s'agit d'un suicide, sans pouvoir vous préciser, de quelle sorte de poison il s'agit. Les symptômes m'ont dérouté, nous en saurons davantage après l'autopsie. Au revoir, commissaire.

Après avoir posé quelques questions anodines, le commissaire demande à visiter les appartements du défunt. Alex Velessiri secoue la tête avec gêne:

— Je préfère éviter, commissaire, mon père n'aurait pas aimé cela.

— Je comprends, mais il est important de rechercher la trace du poison. C'est même indispensable, monsieur... Je suis là pour ça...

— Vous pouvez fouiller la maison mais, je vous en prie, pas les appartements de mon père.

— C'est justement le plus important! Vous n'ignorez pas, je pense, les rumeurs qui couraient ces derniers temps à propos de votre père. Votre intérêt est de me laisser éclaircir ce suicide le plus rapidement possible.

— Mais qu'allez-vous faire?

— D'abord, faire transporter le corps à l'hôpital pour une autopsie, ensuite découvrir, si possible, ce qu'il a avalé.

— C'est impossible! Mon père doit rester ici, il ne doit pas quitter la maison! Ce sont ses dernières volontés!

— Nous vous rendrons le corps, monsieur. Et, de toute façon, il faudra bien que vous procédiez à l'enterrement!

Alex Velessiri est un jeune homme bien trop fragile et bien trop nerveux. Mais il y a de bonnes raisons à cela. C'est pourquoi il éclate tout à coup en sanglots nerveux. Au bord de la crise de nerfs, il s'écrie enfin:

— Mon père m'a fait promettre de le laisser ici avec sa fille !

— Sa fille! Minica n'aurait donc pas été enterrée il y a quatre ans?

Le commissaire Paximos doit tout d'abord s'employer à calmer le jeune homme, puis il l'oblige à le conduire dans les appartements de son père.

Ce qu'il découvre alors dépasse l'imagination. Une pièce transformée en véritable laboratoire de chimie: des flacons, des cornues, des poudres, des onguents de toutes sortes sur une immense table de travail. Au mur, le portrait d'une jeune fille ravissante, grandeur nature.

A côté, posé sur des tréteaux de bois, un cercueil au couvercle de verre et, à l'intérieur, la fille de l'avocat, morte il y a quatre ans. Le spectacle est digne d'épouvante. La pièce exhale une forte odeur d'amande amère.

Alex, le frère de la jeune morte, ne peut pas regarder. Il détourne la tête et la cache dans ses mains comme un enfant apeuré. Puis il raconte :

— Ma mère et moi, nous étions au courant. Mais mon père ne nous laissait pas entrer. D'ailleurs je ne l'aurais pas supporté. Il a voulu embaumer le corps de ma sœur, il y passait tout son temps, nuit et jour, sans relâche. Il lisait tous les livres sur le sujet, il faisait des mélanges, il croyait avoir découvert une solution chimique capable de conserver le corps éternellement. Mais il avait beau faire, ça ne marchait pas, il était obligé de recommencer sans arrêt. Mon Dieu, il était devenu fou et il nous interdisait d'en parler. Nous ne pouvions rien faire... rien... c'était sa volonté... Je l'ai trouvé là, dans cette pièce, effondré par terre. J'ai dû le transporter ailleurs pour appeler le médecin et il m'a fait jurer de le laisser auprès d'elle après sa mort... Vous comprenez ? Il m'a fait jurer cela !

Le pauvre garçon est intarissable à présent qu'il a craqué. Il raconte encore comment son père faisait marcher un phonographe tous les soirs, avec les valses que sa sœur aimait danser. Il déversait sur elle les parfums les plus chers, la parait de bijoux somptueux...

C'était d'une véritable folie macabre dont le père était mort. Ainsi que le montra l'autopsie, il s'était intoxiqué sans le vouloir, à force de manipuler des produits chimiques, à base d'amandes amères notamment. Le poison pénétrait quotidiennement dans son sang par l'intermédiaire des pores de la peau.

Mort accidentelle donc. Quatre ans, jour pour jour, à la même heure que sa fille. Ceci pour les amateurs de coïncidences troublantes. Il restait au commissaire Paximos à résoudre la dernière énigme de cette étrange Histoire et, là encore, c'est Alex Velessiri qui lui en donna la clé.

Comment et pourquoi un inconnu était venu mourir près du caveau désert de la jeune fille ?

— Après les funérailles à l'église, dans la nuit, mon père s'est rendu au cimetière en voiture. Il est allé lui-même reprendre le corps de ma sœur pour le ramener à la maison. En ressortant du caveau, il a entendu un bruit bizarre et aperçu la silhouette d'un homme puis il n'a plus rien vu. Il ne s'est pas attardé car il ne voulait pas que l'on sache ce qu'il faisait. Le lendemain, il avait peur d'avoir été surpris mais c'est vous qui l'avez rassuré, commissaire, en lui disant que l'homme était mort.

Un gueux, venu peut-être pour voler les merveilleux bijoux aperçus à l'église, qui voit soudain dans la nuit noire surgir d'un caveau blanc un fantôme !

Il y a de quoi mourir de peur !

La course folle

C'est l'histoire d'une longue préparation au crime, et de son aboutissement. Elle est assez insupportable, et il convient d'en rapporter les faits avec toutes les précautions nécessaires.

Alfred B., jeune Allemand de vingt et un ans fait peur, car c'est un exemple de ce qu'il y a de pire, chez l'homme. Mais qui, ou quoi, est responsable du pire chez un homme? Lui? Lui tout seul?

Bien malin celui qui pourrait répondre à une question pareille, sans faire appel aux grands classiques: parents, société, etc.

Société? Qui peut savoir. Il n'est pas d'exemple connu d'une société sans criminel. Parents? On les accuse à tout bout de champ, soit de trop aimer, soit de ne pas aimer du tout.

Et pourtant, voici l'histoire épouvantable d'Alfred. De sa naissance, en 1946, à sa majorité en 1967, vingt et un ans d'une existence qui n'a pas encore fini sa course folle.

— Allô! j'écoute...

— C'est le journal?

— Qui parle?

— Bonjour monsieur. Vous êtes journaliste?

— C'est ça, je suis journaliste.

— La fille au standard m'a dit qu'elle me passait un journaliste, mais je me méfiais... C'est le genre de fille qui vous promet, et crac... elle raccroche, parce que ça l'embête.

— Qui parle?

— Moi, Alfred B. J'ai quelque chose à vous dire.

— Eh bien! allez-y... c'est tout de même pas une affaire d'État!...

— Vous avez tort de rire. Écoutez-moi, c'est important. J'ai tué mon amie, Maria. Maria Davidenko.

— Maria Davidenko... et quand ça?

— Hier.
— Comment?
— Je ne sais pas. Il s'est passé quelque chose d'étrange et je l'ai tuée.
— Où est-elle?
— Dans un bois.
— Où?
— Près d'une ville.
— Mais où, près d'une ville?
— Près du Danube....Je ne peux rien dire de plus.
— Mais qu'est-ce que vous voulez, alors?

C'est une bonne question, car elle est suivie d'un silence stupéfait. A l'autre bout de la ligne, Alfred reste muet, tout bête dans sa cabine téléphonique. Qu'est-ce que veut Alfred? Il cherche. Il cherche désespérément ce qu'il veut...

— Je voulais vous le dire, c'est tout.
— Eh bien! vous me l'avez dit... et après?

Le journaliste paye de culot. Ou c'est une blague et, si le type raccroche, ça n'a pas d'importance; ou c'est sérieux, et il faut le faire parler. Or, il n'y a pas de meilleur moyen de faire parler que de prendre l'air indifférent. Ça marche.

— Je ne veux pas qu'on croie que je me sauve. Je l'ai tuée mais ce n'est pas ma faute.
— Allez voir la police.
— Ils ne me croiront pas. Il faut d'abord que j'explique ce qui s'est passé. Il faut que vous l'écriviez dans le journal. Comme ça ils seront bien obligés de me laisser parler.
— Venez me voir au journal.
— Vous ferez quelque chose?
— On verra. Il faudra d'abord me prouver que vous l'avez tuée, sinon je ne peux rien faire.
— Vous voulez la voir?
— Oui.
— D'accord. J'arrive.

Le journaliste n'a pas prévenu la police, pas encore. Il a d'abord attendu l'arrivée d'Alfred. Une bien pauvre chose, Alfred. Pas laid. Pire que ça, malsain. Une silhouette à la fois maigre et molle. Un teint graisseux, jaunâtre, des yeux sans vie. Lui serrer la main doit demander un effort. La voix nasillait désagréablement dans le téléphone. Elle continue:

— Prenez une voiture, c'est un peu loin, je vais vous montrer où elle est.. Je l'ai tuée hier, à peu près à cette heure-ci... 10 heures du matin.

Cette fois le journalise n'a plus de doute. Cette chiffe maigre pue l'assassin à des kilomètres, il ne se sent pas le courage d'aller plus loin.

— Écoutez mon vieux, si ce que vous dites est vrai, je dois prévenir la police. Je ne peux pas aller là-bas avec vous, je n'ai pas le droit.

— Je sais. Je m'en doutais. Tant pis, ça ne fait rien, je me débrouillerai tout seul.

— Attendez... Racontez-moi d'abord, vous me devez bien ça? Je suis journaliste... c'est mon travail. Qu'est-ce que vous m'avez dit tout à l'heure? Il s'est passé quelque chose de bizarre?

— Oui. L'éther.

— Quoi, l'éther?

— Elle en a respiré, elle veut tout le temps respirer de l'éther... Je la connais bien, vous savez. Elle est amoureuse de moi. Seulement, pour être heureuse, elle a besoin de respirer de l'éther. Elle dit que ça la fait flotter...

Alfred parle d'une morte, et pourtant il vient d'en parler au présent.

— Ce matin, quand je l'ai rencontrée vers 7 heures, au lieu d'aller à son cours, elle m'a entraîné dans un bistrot. Elle a versé de l'éther sur un rond en carton, vous savez les ronds qu'on met sous les verres de bière, ça a commencé comme ça. Après, on est allés chez elle; elle a recommencé. Elle dit toujours qu'elle a besoin de ça pour se mettre au lit, moi non. On est restés couchés une bonne heure, et puis on est allés dans le bois. Avant, elle m'a fait acheter encore deux flacons à la pharmacie. On s'est couchés dans l'herbe sous un arbre, elle m'a dit de verser l'éther dans son foulard. Tout un flacon, mais ça ne lui faisait plus d'effet. J'ai renversé le deuxième, j'en avais partout. J'ai respiré moi aussi sans le vouloir. Cette fois-ci elle était heureuse. Et moi, j'étais bizarre... bizarre. Il m'est venu l'envie de l'étrangler, je ne sais pas comment. Une envie comme ça. Je l'ai étranglée avec son pull-over. J'étais content, et elle aussi.

— Qu'est-ce que vous avez fait après?

— J'étais content, je vous dis. Je sifflai, je chantai... je l'ai attachée à l'arbre avec le pull-over, et puis je suis rentré chez moi. J'ai dit à ma mère: «Maman, j'ai étranglé Maria ce matin!» Elle a eu drôlement peur! Ça m'a fait rire. Après, je lui ai dit: «Mais non, je te fais marcher»...

— Elle vous a cru?

— Bien sûr. Je lui ai même demandé de me conduire chez Maria, parce que j'avais rendez-vous avec elle. Elle m'a conduit en voiture. J'étais encore tout content. J'avais envie de rire tout le temps!

— Et après?

— Maria n'était pas là. Mais ça ne fait rien. J'ai rapporté sa serviette de classe à ses parents. J'ai dit que j'attendrai. Maman est repartie, et moi, je suis rentré à pied jusqu'en ville. Après, je vous ai téléphoné.

— Pourquoi à moi?

— Pour que vous expliquiez dans votre journal que c'est à cause de l'éther que j'étais tout drôle, que ce n'est pas ma faute.

— Je peux prévenir la police maintenant?

— Si vous voulez!

Le lendemain, dans le journal, il y a la photo d'Alfred, vingt et un ans. Et celle de l'arbre où l'on a retrouvé Maria, dix-sept ans. Un pull-over rouge autour du cou, bien serré, et deux flacons vides à ses côtés. Le titre: «Crime sous l'emprise des vapeurs d'éther.»

Le journaliste y raconte sur quatre colonnes l'étrange confession d'Alfred et leur conversation. Pendant plusieurs jours, le public allemand se passionne pour cette histoire d'éther. Et les débats vont bon train: «Peut-on, oui ou non, devenir un assassin sous l'empire d'une drogue? Est-il possible que l'éther, par exemple, éveille chez certains individus, des tendances cachées, insoupçonnables?» Voyons d'abord, raisonnablement, de quel individu il s'agit. De la patience et de la méthode. Nous allons étudier vingt et un ans de la vie d'Alfred.

1946. L'après-guerre, naissance d'Alfred B. au domicile maternel. La mère est seule avec une sage-femme. C'est un fils et tous ses vœux sont comblés: Alfred est le moyen de mettre enfin le grappin sur le père et de l'obliger au mariage.

On va le chouchouter, Alfred. C'est un petit amour à sa maman, Alfred. Il est tout gringalet, mais regardez comme il fait de beaux sourires à son papa! Regardez comme il se met en colère quand son papa s'en va. Qu'est-ce qu'il veut, Alfred? Il veut son papa!

Le père résistera cinq ans, puis s'avouera vaincu. Il épousera en 1951.

Alfred lui, ne résiste pas. Il se laisse aller à la douce quiétude d'être indispensable. Il peut trépigner sans crainte et faire les pires bêtises: en tant qu'hameçon, on lui pardonne tout.

1950. Alfred est à l'école maternelle. Il y gagne haut la main son premier dossier de mauvaises notes. Voilà maman convoquée chez la directrice.

— Madame, il est de mon devoir de vous signaler que votre petit garçon se conduit extrêmement mal. Il a des tendances... exhibitionnistes.

— Mon fils? Exhibitionniste? C'est une plaisanterie.

— Madame, il l'a prouvé à plusieurs petites filles, et même à une institutrice! A son âge, c'est inquiétant!

— Je ne vous permets pas d'inventer des choses pareilles! Mon fils ne viendra plus chez vous, c'est un scandale!

Alfred change de maternelle. En 1959, il a treize ans. Le mari qu'il avait obtenu à sa mère vient de divorcer. Rechouchoutage pour Alfred, et deuxième dossier. Cette fois, l'assistante sociale convoque le fils et la mère.

Motif: *A tenté d'abuser une petite camarade de dix ans, en profitant d'un cours de gymnastique*. Depuis que le scandale a éclaté, d'ailleurs, les plaintes de plusieurs gamines ont été enregistrées. Alfred est le sadique de la classe du certificat d'études.

— Vous accusez mon fils d'une horreur pareille? Alfred, dis la vérité!

— On n'a rien fait de mal, on jouait à la course. Elle a perdu, elle raconte ça pour se venger!

— Ah! Vous voyez, mademoiselle! Cette gamine est une odieuse petite garce.

— Mais madame, il y a les autres...

— Toutes des petites garces! Mon fils est pur, il ne ment jamais à sa mère.

Etc. A quoi bon essayer de convaincre la mère que son rejeton à l'œil sournois et vicieux? L'assistante sociale abandonne. Après tout, que la mère se débrouille. L'essentiel, est qu'Alfred quitte l'école, qu'il aille porter ses problèmes ailleurs.

1960. Alfred a quatorze ans et pas beaucoup de chance: la vie vient de lui octroyer un beau-père, sans qu'il ait eu besoin de trépigner pour l'avoir. Un beau-père qui a pris l'exclusivité maternelle. Un beau-père qui a décidé: «Alfred n'est pas doué pour les études, il ira en apprentissage.»

«Pas doué pour les études» est un euphémisme. On peut lire sur son carnet scolaire: *Paresseux, bavard, menteur, prétentieux, et tient des propos vicieux.* Alfred est donc apprenti-boulanger, peintre, maçon, mécanicien... et ne dépasse jamais le stade du pré-apprentissage. Quand un patron le garde plus de deux semaines, c'est un record.

1961. Alfred a quinze ans. Par décision du centre d'apprentissage, il est retiré à ses parents et entre dans une maison d'éducation surveillée. Maman ou pas. Innocent ou pas. Un innocent qui, non content d'étaler ses vices, s'est mis à voler et à se bagarrer avec tout le monde. La trique, les murs de dix mètres et les dortoirs fermés à clé! Même s'il est trop tard, c'est la seule solution. Quoi faire d'autre?

Deux ans de ce régime dit «de réadaptation sociale» et voilà notre Alfred un peu plus jaune, un peu plus mou, un peu plus sournois. La seule adaptation qu'il ait acquise, c'est l'habitude de courber le dos. Sous les coups, aussi bien que sous les insultes.

1963. Dix-sept ans. Alfred est en liberté et doit retourner chez sa mère. Le pauvre chéri s'y fait dorloter, il l'a bien mérité. Il ne travaillera pas, maman lui donnera de l'argent. D'ailleurs, il est devenu raisonnable, Alfred. Il a des camarades, il regrette l'école, car il tourne autour sans arrêt. Autour de l'école des filles surtout: dix mois de prison pour exhibitionnisme.

— Mais, Monsieur le Juge, c'était une plaisanterie, j'en suis sûre! Mon fils n'avait pas de mauvaises intentions.

Vous savez ce qu'on apprend en dix mois de prison, quand on a dix-sept ans? Une foule de choses. Et je ne parle pas des dessus de chaises en paille tressée...

1964. Dix-huit ans. Alfred court la campagne. On le surprend un peu trop près d'une ferme qui vient de brûler. On l'arrête à nouveau, mais il a appris à mentir avec logique. Sans preuves, il est relâché — il avouera plus tard.

1966. Vingt ans, le bel âge. Mais Alfred ne peut pas se regarder dans une glace, il ne pourra jamais se trouver beau. Il n'y a jamais eu que sa mère pour le trouver beau et intelligent. A ce stade, c'est plus que de l'aveuglement, c'est une obstination. Cet enfant était un prétexte au départ. On ne se débarrasse pas facilement d'un prétexte comme celui-là, un prétexte ne peut être que bon. Il faut tenir jusqu'au bout.

Maman tient bon. Même quand on lui annonce que son fiston adoré a fracturé un tiroir-caisse et assommé un commerçant. A nouveau en prison. Dans la prison des grands, cette fois. Alfred reçoit les visites de maman qui le considère maintenant comme le martyr de l'injustice. Alfred joue le repentir, maman pleure, jure que son fils ne le fera plus. Sceptique, le juge demande un examen psychiatrique. Du fils, bien entendu. Pas de la mère. Alfred est un psychopathe. Voilà. Enfin!

Qu'est-ce qu'on fait d'un psychopathe? On ne peut tout de même pas le laisser en prison? D'un autre côté, il n'est pas fou à lier. Maman s'en charge. Maman débarrasse l'Administration d'un problème insoluble.

— Rendez-le moi, je veillerai sur lui, je ferai tout ce qu'il faudra.

En réalité, maman n'admet pas non plus que son fils soit un psychopathe. Elle n'admet rien du tout.

Alfred rentre chez lui pour le jour de Noël 1966, en probation.

Janvier 1967: il viole une jeune fille arriérée, sourde et muette, dans la cour d'un immeuble. D'après maman, c'est la gamine qui est vicieuse. Pas Alfred. On s'arrange en famille.

Juillet 1967. Alfred s'engage comme apprenti-forain. La fille de son patron, une adolescente de quatorze ans, se plaint d'une étrange aventure. Alfred lui aurait demandé de le suivre au bord de l'eau. Et il lui aurait demandé d'entrer dans l'eau jusqu'au cou, pour lui expliquer comment s'y prendre pour se noyer. La gamine a résisté jusqu'à la limite de ses forces. C'est Alfred qui, finalement, a lâché sa tête, qu'il maintenait sous l'eau. Quelques secondes de plus...

Là encore, on ne fait que botter le derrière d'Alfred, pour le renvoyer chez sa mère... Personne n'est mort. Difficile de déterminer où a fini le jeu, où a commencé le sadisme.

Alfred est maintenant à bout de souffle. Il cherche son aboutissement. Il le trouve au pied d'un arbre, entre deux flacons d'éther. Mais pas comme il l'a dit au journaliste.

L'expertise va prouver que Maria n'a pas respiré suffisamment d'éther pour être en transe, comme le prétend Alfred. Ou même simplement ivre. Elle était tout au plus un peu étourdie, avec 0,1 pour mille d'éther dans le sang. Pour une légère anesthésie, il en faut au moins 0,7 et, pour une narcose totale, au moins 1,5. Donc, Maria n'a pas passé la matinée à se droguer à l'éther comme le prétend Alfred.

Quant à lui, qui prétend en avoir respiré par inadvertance, il ne pouvait en avoir plus dans le sang au moment du crime. Sinon, où aurait-il trouvé la force de serrer le pull-over, comme il l'a fait ? Au point qu'il fallut couper les deux manches, pour dégager le corps de la pauvre fille.

De toute façon, les médecins affirment que, *même dans l'ivresse procurée par l'éther, un individu ne peut faire que ce qu'il ferait de toute façon dans son état normal*.

Si on peut appeler l'état d'Alfred un état normal. Le voilà qualifié par l'expert de *psychopathe inné* :

— Si vous le condamnez à une peine de prison, il faudra de toute façon le mettre dans une maison spécialisée dès qu'il l'aura purgée. Ce crime peut être le dernier, comme il peut être le premier.

Quant à maman, elle pleure. Il faut la retenir pour l'empêcher de se précipiter dans le box et consoler son malheureux rejeton.

— C'est un accident ! Il ne savait pas ! Cette fille l'a drogué ! Mon fils est innocent ! Alfred, n'aie pas peur, maman est là...

Si seulement maman n'avait jamais été là, justement. Car on condamne Alfred à dix ans de travaux forcés. Et à l'internement quand il aura fini. Mais quand il sortira seulement. Pas avant.

On considère probablement que dix ans de travaux forcés feront d'Alfred un homme tout neuf, et plus facile à soigner.

Nous voilà en 1990. Alfred a quarante-quatre ans maintenant.

Pourvu que maman ne soit pas venue le chercher à sa sortie. Pourvu qu'on le garde quelque part. Pourvu que, dans ce quelque part, s'arrête enfin la course folle.

Dans ce cas-là, on espère le miracle.

Le petit homme silencieux

Une cuisine impeccablement propre. Des casseroles alignées, des meubles au vernis reluisant. Un buffet ciré, un coucou qui met le nez dehors toutes les heures, inlassablement, dans le silence. Un bouquet de fleurs sur la table donne une note de gaieté incongrue dans ce désert de netteté. Le bouquet de fleurs est rouge, aussi rouge que le sang sur le carrelage rutilant.

La mort est un désordre affreux.

Ici vivait, jusqu'à présent, Mrs veuve Brewster, femme aussi irréprochable que sa cuisine. Aujourd'hui, elle est étendue sur le carrelage. Deux balles de fusil en pleine face. Elle n'a plus de visage.

L'inspecteur Coogan des affaires criminelles de la police d'Édimbourg, contemple le spectacle, une légère grimace sous la moustache rousse. L'odeur du sang, particulière, fade, écœurante, le prend à la gorge, mêlée au parfum d'encaustique.

D'un pas lent, il fait le tour de la maison. Par la fenêtre, on aperçoit le jardin, net et sans mauvaises herbes. La chambre de la veuve Brewster est un modèle du goût anglais des années trente. Coussins de dentelle sur le lit en faux acajou, poupée de porcelaine trônant sur le couvre-lit de satin mauve, festonné sur les bords. Au mur, la photographie de l'époux défunt, en uniforme de la Grande Guerre. Le cadre est orné d'un ruban noir. Sur la commode, au-dessous, le portrait du fils, Samuel Brewster, vingt-deux ans, cheveux blonds, visage ovale et pâle, traits flous, inconsistants.

L'inspecteur Coogan retourne à la cuisine et s'adresse au policier qui garde la porte.

— Où est le fils?

— D'après les voisins, il fréquente un club sportif. On est allé le chercher. Il paraît qu'il s'entraîne là-bas trois fois par semaine. Il part tôt le matin.

— Un athlète professionnel?

— Non, inspecteur. Il fait des études de musique et fréquente le conservatoire. Paraît qu'il veut devenir compositeur.

Un musicien qui fait de l'athlétisme? Bizarre «peu courant»... se dit l'inspecteur qui retourne examiner les trouvailles de l'équipe de la criminelle. Une douille découverte sous le placard de la cuisine, une cartouche encore intacte, jetée par l'assassin dans les toilettes. L'arme n'a pas été retrouvée mais, pour un spécialiste, l'identification est facile; et l'inspecteur Coogan est un spécialiste.

— Fusil de guerre Emfield, calibre 303. Il devait appartenir au mari.

Le médecin légiste, penché sur le cadavre qu'il manipule avec délicatesse, se redresse en hochant la tête.

— Un véritable massacre à bout portant.

A quelle heure remonte la mort?

— Plusieurs heures. Très tôt ce matin. La rigidité est déjà installée. Je vous en dirai davantage après l'autopsie.

— Il n'y a pas trace de petit déjeuner dans cette cuisine. Tout est rangé. Je me demande à quelle heure elle le prenait, d'habitude. Il faudrait le savoir. Savoir aussi si le fils était là, ce matin. La chambre du fils est en ordre, comme tout le reste. Le lit est fait, il n'a peut-être pas couché là. Ou alors, elle a fait le ménage avant l'aube.

— Possible. Difficile à dire, avec une telle maniaque de la propreté. J'ai rarement vu une maison aussi nette. Vous avez vu les torchons? Immaculés. A ce point-là, c'est de l'obsession.

Le médecin a terminé; pour lui, on peut transporter le cadavre à la morgue. Mais l'inspecteur Coogan arrête les brancardiers:

— Laissez. Je veux voir la tête du fils devant ce massacre. Un type qui disparaît pendant qu'on tue sa mère... Un type qui a une tête de fils-fils à sa maman. L'air d'une fille, pour tout dire, et qui passe son temps dans un club sportif... un type dont le père a fait la guerre, dont la mère est assassinée avec un fusil de guerre... Vous voyez ce que je veux dire? Le genre mou élevé dans la rigueur militaire et la rigidité maternelle... En attendant, amenez-moi la voisine qui a prévenu la police. Je voudrais savoir le maximum de choses sur ce garçon.

L'inspecteur Coogan a une sorte d'intuition, après avoir examiné la photographie de Samuel Brewster-fils. Les policiers ont parfois ce genre de sentiment fait d'une accumulation de détails. Cette maison trop parfaitement rangée, trop parfaitement propre, révèle une femme non seulement maniaque, mais probablement possessive. Ce fils aux traits mous, au menton fuyant, devait subir l'autorité de sa mère. L'absence du père est souvent néfaste en pareil cas. Des balles de fusil militaire... probablement un crime en cercle fermé. Absence de traces d'effraction, pas de vol, juste une porte qui n'était pas fermée à clé, et une voisine qui s'inquiète à midi de n'avoir pas vu, comme d'habitude, la veuve Brewster balayer devant sa porte, et étendre son linge à 3 heures pétantes.

Voici la voisine, un peu échevelée par les circonstances, terrorisée par la présence du cadavre, même recouvert d'un drap.

— C'est que, vous comprenez, Monsieur l'Inspecteur, je n'ai pas l'habitude de me mêler de la vie des gens, mais cette pauvre dame était réglée comme une horloge.

— Parlez-moi du fils, Samuel.

— Un garçon très bien élevé, mais plutôt timide et pas causant.

— Il travaille?

— Pas encore. Il fait des études de musique et de l'entraînement sportif. Sa mère me disait que c'était pour compenser les heures qu'il passait assis au piano, mais moi je crois que c'était pour avoir des muscles... Vous comprenez ce que je veux dire?

L'inspecteur ne comprend pas, ou fait semblant, et le manifeste d'un sourcil interrogateur.

La voisine est gênée. Il y a des mots que l'on prononce difficilement.

— Enfant, il n'était pas très costaud et, avec les filles... enfin il est timide, une question de... tempérament, vous voyez? Alors, il fait des haltères et de la musculation. Il est très fier de son allure à présent, je le vois bien quand il passe devant chez nous. Il carre les épaules, se redresse comme un jeune coq... surtout quand il rend visite à cette jeune Molly.

— Une fiancée?

— Pas encore. Je crois que madame Brewster n'était pas d'accord. Elle n'aimait pas cette Molly. L'autre jour, je crois bien qu'elle l'a mise à la porte...

— Vous croyez ou vous êtes sûre?

— Je l'ai vue sortir en pleurant et le jeune Samuel lui courait derrière... Enfin, tout cela n'a plus d'importance à présent.

— Vous étiez liée avec la victime?

— Non. On ne peut pas dire que madame Brewster était une femme liante, inspecteur. Seulement, à force d'être voisins, on remarque de petites choses.

— Dans le genre petite chose, à quelle heure est parti le fils, ce matin?

— A 7 heures sûrement, comme d'habitude. Et le mercredi, il ne rentre pas déjeuner. Comme on est mercredi, je ne me suis pas inquiétée avant cet après-midi. J'ai pensé que madame Brewster était fatiguée. Mais, quand j'ai vu que son linge n'était pas étendu — elle lave tous les jours vous savez —, je me suis dit qu'elle devait être malade. Je suis venue, la porte n'était pas fermée à clé, et j'ai vu ça...

— Savez-vous s'il y avait une arme ici?

— Non.

— Avez-vous entendu du bruit dans la nuit, ou tôt ce matin, quelque chose qui ressemblerait à des coups de feu?

— Rien du tout, inspecteur, mais je dois vous dire que je dors avec des boules dans les oreilles, et ma chambre est de l'autre côté du jardin...

— Que pensez-vous très franchement de Samuel Brewster?

— Très franchement, pour moi, il a quelque chose de dérangé. Ce n'est pas normal un garçon de son âge qui n'a pas d'amis, qui ne va pas dans les bals, ni aux matches et jamais au pub. Ce n'est pas sain, vous voyez? Les garçons de cet âge font les fous d'habitude. Et puis il y a ses yeux... Je le disais encore à une amie l'autre jour, il a des yeux qui font froid dans le dos.

— Expliquez-moi cela.

— Parfois, il passe devant la maison en courant, ou presque, sans même saluer. D'autres fois, il vous observe en coin, mine de rien et, tout à coup, le voilà qui se précipite pour dire bonjour et se sauve en courant comme si vous étiez contagieux. Il est dérangé, moi je le dis. Et je ne le voyais pas marié, ça non! Sauf avec la petite Molly, la pauvre.

— Pourquoi «la pauvre»?

— Une pauvre fille, Monsieur l'Inspecteur, qui travaille dans la couture. Pas bien jolie avec ça. Pour elle, c'est un mariage inespéré, si ça se fait, parce que, vous savez, les Brewster ont plus d'argent qu'elle n'en gagnera jamais dans sa vie, et la maison est à eux. Enfin, était à la mère...

— Vous croyez que ce garçon a pu tuer sa mère?

— Si vous me le disiez, Monsieur l'Inspecteur, ça ne m'étonnerait pas... Je ne veux pas l'accuser, non, mais je ne serais pas surprise!

«Des yeux à faire froid dans le dos» dit la voisine qui s'en va, presque à regret... c'est tellement intéressant, un crime. Ça fait peur, mais c'est passionnant.

L'inspecteur Coogan en est là. Il a déjà appris beaucoup, il devine beaucoup, mais il attend de voir arriver ce jeune Samuel, le mou aux yeux qui font froid dans le dos à la voisine de sa mère. Le mou qui se fabrique des muscles, pour rouler des mécaniques dans le quartier.

Le voici qui arrive dans une voiture de police. Il est encore en tenue de sport, l'air contracté, méfiant, le visage fermé. L'inspecteur le regarde traverser le jardin. Et il se dit que ce garçon fait vraiment tout ce qu'il peut pour avoir une apparence contraire à la sienne. Ce visage qui se veut hermétique, est-ce le visage d'un fils qui vient d'apprendre la mort brutale de sa mère, dans des circonstances tragiques? Ou celui d'un assassin qui se prépare à nier?

Il approche dans l'allée de buis taillés au millimètre, sur le gravier que l'on dirait rangé grain par grain. Le regard est faux. La nervosité contenue.

En silence, l'inspecteur l'accueille sur le pas de la porte et le conduit dans la cuisine. Il fait un geste pour que les hommes découvrent le corps. Mise en scène un peu théâtrale, il le sait, mais souvent efficace.

Le spectacle n'est pas beau. Et Samuel détourne les yeux. Il les protège même de sa main. Aussitôt, sans prendre de gants, l'inspecteur dit d'une voix calme:

— C'est vous qui avez fait cela, n'est-ce pas?

Il s'attendait à tout, sauf à une réaction aussi brutale, méchante, et totalement inconsciente:

— Prouvez-le que c'est moi!

Un gamin accusé d'avoir trempé son doigt dans un pot de confiture.

— Où est l'arme?

Cette fois, mutisme. L'inspecteur répète, toujours froid et calme.

— Je vous demande où est l'arme? C'est le fusil de votre père?

— Il n'y a pas d'arme ici. De quoi parlez-vous?

L'inspecteur a, cette fois, la conviction absolue qu'il a raison. Son intuition était la bonne: ce garçon a tué sa mère. Le seul problème est qu'il n'avouera pas, jamais peut-être, qu'il a dû se débarrasser du fusil. Et, sans cette pièce à conviction, il sera difficile de le confondre. Il a dû préparer un alibi, le test de la paraffine ne donnera sûrement rien. Les mains, les ongles, ont dû passer sous la douche. S'il a tiré — et il a tiré, c'est sûr — les spécialistes ne pourront pas le prouver. Il ne reste qu'à utiliser la garde à vue, en espérant qu'un autre indice permettra d'avancer.

— Emmenez-le!

Toujours théâtral, l'inspecteur Coogan. Volontairement. Et aussi par répulsion pour le personnage. Il le giflerait bien, ce sale gamin, car il a vu dans ses yeux la provocation imbécile. Mais il se contient. La police britannique a des règles. On ne tombe pas à bras raccourcis sur un criminel. Pas d'émotion personnelle. De la rigueur. Utiliser la loi, rien que la loi.

Il n'empêche qu'en le faisant monter dans sa voiture, l'inspecteur Coogan grogne à «son» assassin, les dents serrées:

— Je t'aurai, toi. Tu peux me croire, je t'aurai!

Le regard fuit à nouveau, le menton lâche s'étire un peu plus. Mais les épaules tentent de se redresser. Ce garçon est une contradiction physique permanente.

L'idée de l'inspecteur Coogan pour avoir «son» assassin n'a rien à voir avec les méthodes traditionnelles de la police. Il a découvert récemment, dans une revue spécialisée, un article sur un certain docteur Sheffield. Cet homme prétend lire dans la pensée des criminels. L'article mentionnait un cas récent où il avait aidé la police canadienne dans une affaire de meurtre.

Alors l'inspecteur Coogan décroche son téléphone et appelle le docteur Sheffield. Après lui avoir expliqué l'histoire, il lui demande de venir le plus rapidement possible. Et la voix tranquille du docteur Sheffield répond:

— Entendu. Je serai là dans deux heures. S'il vous plaît, inspecteur, trouvez-moi une pièce vide, calme, mettez-y deux chaises, face à face. Faites en sorte que votre homme ne puisse poser son regard ailleurs que sur moi. Le vide et moi, vous comprenez? Pas même un clou sur un mur. C'est possible?

— Je vous arrange ça. Ce sera long?

— On trouve toujours le temps long dans ces cas-là. Mais si votre assassin est tel que vous le décrivez, j'y arriverai. Ce n'est qu'une question de patience, vous savez. De vide et de patience.

Deux heures plus tard, l'inspecteur Coogan voit arriver dans son bureau un petit homme au visage rond et aux yeux étranges, pâles, presque sans couleur, un peu jaune tout de même, mais si peu. Sans perdre de temps, le docteur Sheffield demande à voir l'installation qu'il a réclamée. On le conduit dans une petite pièce, vidée de son mobilier, aux murs nus et gris sale, une ampoule lugubre au plafond, deux chaises.

— C'est très bien, mais ôtez cette ampoule. Je ne veux pas que son regard accroche quelque chose. La lumière est suffisante. Vous lui laisserez les menottes et vous attacherez sa chaise ici, au radiateur. Ainsi, il ne le verra pas et nous aurons l'avantage qu'elle soit immobilisée. A ce sujet, fixez-la bien, qu'il ne puisse pas se balancer. L'immobilité du siège est importante, elle conditionne la sienne. Ensuite, vous l'installez, et vous me laissez seul avec lui. Je ne veux voir personne.

L'inspecteur Coogan sursaute à cette demande. La loi veut qu'il assiste à l'entretien.

— Je comprends, inspecteur. Je vois aussi que je suis votre seule chance et que vous ne croyez guère à mes talents. Une expérience comme une autre, c'est ce que vous vous êtes dit. C'est sans importance, débrouillez-vous pour rester derrière cette porte. Il y a une vitre, vous pourrez observer sans qu'il vous voie. Vous ne verrez que son dos, certes, mais légalement vous aurez assisté à l'entretien.

— Mais je n'entendrai rien...

— Il n'y aura rien à entendre, inspecteur. De ma part en tout cas. Je ne pratique pas l'interrogatoire, mais le silence. Si quelqu'un parle, ce sera lui. Moi, je ne prononce jamais une parole, c'est le principe de ma méthode. De même, vous pouvez constater que je ne porte rien sur moi, ni arme, ni seringue... aucun artifice. Ne craignez rien. J'ai déjà aidé quelques-uns de vos collègues, surtout à l'étranger, et nous n'avons eu aucune contestation juridique. Car je dois vous prévenir d'une chose essentielle: je n'obtiens pas d'aveux. A l'issue de ce travail, je pourrai simplement vous dire ce qu'il a fait de l'arme du crime, où il l'a cachée, s'il l'a détruite ou enterrée, ou jetée à l'eau. Après quoi, ce sera à vous de jouer...

— Mais comment obtiendrez-vous ce résultat? Il parlera? Sans que vous le questionniez?

— Cela n'a aucune importance, ni pour moi, ni pour votre enquête. Je vous le répète, il n'y aura rien à voir et rien à entendre. Vous vous ennuierez ferme derrière cette porte vitrée, mais ça ne me gêne pas, du moment que notre homme ne peut vous voir. Maintenant allons-y, installez-le.

L'inspecteur Coogan est à présent derrière sa porte, le nez collé à la vitre. Il ne voit Samuel Brewster que de dos: ses cheveux blonds fadasses, légèrement collés de transpiration sur la nuque mince, les épaules maigres et larges, le dos raide, et les deux mains retenues dans le dos par des menottes attachées au montant de la chaise.

Face à lui est assis le petit docteur. Il a gardé son imperméable, croisé les bras et il regarde l'assassin. Il le regarde sans un geste, sans un mot, sans expression sur le visage, à l'exception d'une concentration profonde et calme. Les minutes passent. L'inspecteur Coogan donnerait cher pour voir la réaction de l'autre. Il ne doit pas comprendre ce qui se passe et ce que lui veut ce petit homme silencieux qui est venu s'asseoir en face de lui. Il s'agite un peu, il doit poser des questions du genre: «Qu'est-ce que je fais là? Qu'est-ce que vous voulez? Qui êtes-vous?»

Puis, il se tait. L'inspecteur le devine à l'immobilité de la nuque et des mâchoires dont il ne voit que les contours latéraux. Peut-être se rend-il compte qu'il a eu tort de refuser l'assistance d'un avocat. Il est trop tard pour l'instant. Officiellement la garde à vue a commencé et l'interrogatoire aussi. Rien dans la loi ne précise qu'un interrogatoire doit être parlant, en fait. Et ce docteur Sheffield est officiellement engagé comme auxiliaire de police. L'inspecteur Coogan est présent. Tout est en règle, quoiqu'un peu en marge de la règle. Et l'assassin doit se tenir de plus en plus mal à l'aise. Quoi de plus désagréable, en effet, que d'être fixé en silence durant des minutes qui deviennent des heures? Car cela dure des heures, et le petit homme silencieux est toujours impassible. Comment fait-il pour ne pas avoir de crampes? D'où lui vient cette faculté de concentration extraordinaire?

Samuel Brewster s'agite comme il peut, car il ne peut agiter grand-chose. Le cou, le torse, à peine les jambes qu'il croise et décroise. Il s'énerve de plus en plus. Il insulte, cherche à menacer, à provoquer, sans y parvenir. Puis c'est à nouveau le silence, un silence effrayant avec, toujours inlassablement fixés sur lui les yeux pâles du petit homme immobile.

Voilà six heures que dure cette bizarre confrontation. Coogan se demande comment il réagirait à la place de l'assassin. Dormir ou faire semblant pour échapper au regard et au silence? Ce doit être impossible. Bondir sur le petit homme? Pas moyen, la chaise est fixée.

Soudain il remarque que l'assassin s'agite à nouveau, il semble furieux et les insultes doivent pleuvoir à l'adresse du docteur Sheffield, qui se lève enfin, tranquillement, ôte son imperméable et son chapeau, les dispose soigneusement sur sa chaise et sort sans se préoccuper de Samuel Brewster qui hurle:

— Vous ne m'impressionnez pas! Je n'ai rien dit! Rien, vous entendez! Vous ne savez rien! Vous êtes un imbécile qui ne sait rien du tout!

L'imbécile qui ne saurait rien du tout, la porte refermée sur les hurlements, pousse un soupir de détente et de soulagement. Il sourit à l'inspecteur Coogan et dit:

— Bien. Je sais où il a mis le fusil. Voulez-vous me donner un crayon et du papier?

Sur le papier, le petit docteur dessine une rue, puis une maison avec une grille, un jardin et des allées bien nettes, rectilignes.

— Ça vous dit quelque chose, inspecteur?

— Ça ressemble à des tas de maisons, mais ce pourrait être la sienne.

— Ici il y a un mur recouvert de feuillage et, derrière ce mur, un autre jardin. Ici nous avons un arbre, et là un buisson de fleurs colorées, des roses peut-être, je ne sais pas, mais colorées... L'arbre est petit.

L'inspecteur Coogan réfléchit sur le croquis, le tourne, l'oriente:

— On dirait le jardin voisin.

— Je ne peux pas vous le dire, mais le fusil est là, sous le buisson de fleurs, très exactement. Je regrette de ne pas pouvoir vous préciser les fleurs. Je suppose que ce garçon ne s'y intéresse pas assez. Sinon, j'aurais pu lire une couleur, une association d'idées. Je suis désolé, un buisson de fleurs colorées, c'est tout.

— Mais comment avez-vous fait?

— Je l'ai lu dans sa tête. Certains se défendent plus que d'autres, et il y a des cas où je ne peux rien lire. Mais, lorsqu'il s'agit d'objets, de dessins de lieux, ou même de corps, il m'arrive d'obtenir certains résultats. Avec lui, ce n'était pas très difficile, je pensais «fusil», je lui imposais cette image dans la tête et, au bout d'un moment, il ne pouvait plus s'empêcher de penser à l'endroit où il l'avait caché. C'est logique. Disons que j'articule la logique. Il pense maison, jardin, mur, arbre, buisson, couleurs, fusil... je remets le tout en ordre, j'essaie du moins. J'impose la chose à plusieurs reprises jusqu'à ce que je puisse deviner quelque chose de cohérent. Cela dit, il faut un sujet impressionnable, et c'est le cas bien plus souvent qu'on ne le croit. Les voleurs, les assassins sont des personnalités fragiles. Je n'ai rien d'un détecteur de mensonges; un autre sujet, assez fort pour m'imposer son mensonge pourrait me mentir. Celui-là est facile. D'une part, il ignore tout de ma méthode, c'est un avantage; d'autre part, il est faible.

L'inspecteur Coogan et le petit docteur Sheffield se sont donc rendus dans la maison voisine. La voisine, celle qui craignait tant le regard de Samuel Brewster, fut bien étonnée de voir des policiers armés de pelles et de pioches investir son jardin, lequel n'avait pas été fouillé, comme celui des Brewster par l'équipe de la criminelle.

Et le fusil était là. Sous un massif de fleurs colorées. Un joli massif, qui constituait une cachette invisible. Il avait suffi à Samuel Brewster, son crime accompli dans la nuit, de sortir proprement la motte, de glisser le fusil sous les racines, et de remettre le massif en place. La terre ratissée, cerclée de gazon, ne montrait aucune faille.

L'autopsie du corps de madame veuve Brewster indiquait que le crime avait eu lieu aux environs de minuit, et que la victime avait dîné d'une soupe de poissons. Par ailleurs, le crime était parfaitement prémédité : le fusil étant bien celui du père et, stupidité fondamentale de la part de l'assassin, deux belles empreintes ornaient encore l'intérieur de la gâchette. On retrouva également, sous ses chaussures de sport, une quantité infime de la terre du jardin voisin. Celle du massif de fleurs. Avec son engrais.

Vint alors le temps du véritable interrogatoire, par l'inspecteur Coogan lui-même, qui ne pratiquait pas le silence, lui.

— J'avais dit que je t'aurai, voilà qui est fait. Maintenant, j'écoute.

— Je n'ai rien à dire.

— Comme tu veux. Nous allons rappeler en consultation ce bon docteur Sheffield...

— Non !

— Alors j'écoute.

— C'est moi, mais c'est de sa faute. Elle ne voulait pas que je fréquente Molly.

— Pour quelle raison ?

— Maman disait que je lui ferais du mal. Elle ne voulait pas de fille à la maison. Elle disait qu'il y aurait du désordre et que, de toute façon, je ne serais jamais un mari convenable. Elle disait que je devais rester comme ça. Et moi, j'avais peur de rester comme ça.

— Comment « comme ça » ?

— Pas marié. Les gens racontaient des choses...

— Quelles choses ?

— Vous savez bien...

— Et tu as fait ce genre de choses ?

— Jamais ! jamais ! Même au collège... Maman disait que, si je fréquentais un garçon, mon père se retournerait dans sa tombe...

Samuel Brewster fut pendu. Quant au docteur Sheffield, qui assista au procès, il nota sur un petit carnet que les fleurs colorées étaient des tulipes, et qu'il n'avait pas pu les identifier dans la tête de Samuel Brewster. Première hypothèse: les tulipes étaient un peu avancées, en ce mois de juillet, et il ne restait plus beaucoup de fleurs épanouies. Deuxième hypothèse: il vieillissait et perdait de son pouvoir de concentration...

L'inspecteur Coogan lui fit remarquer que ce détail n'était guère important.

— Tsstt... Tsstt... La tulipe est une fleur particulièrement facile à visualiser, de par sa forme particulière. Et chaque détail est important dans ce genre d'expérience. Vous savez les gens qui me consultent sont rares, et terriblement méfiants, voire méprisants. Quelque chose me console tout de même: je me demande si Brewster savait qu'il s'agissait de tulipes. Il y a des gens que les fleurs indiffèrent, ils ne les voient pas, elles leur semblent inutiles. Ce doit être ça: il ne devait pas aimer les fleurs. Et un homme qui n'aime pas les fleurs, inspecteur, est un homme suspect. Vous savez, je pourrais parler des fleurs pendant des heures...

Et le petit homme silencieux se mit à parler des fleurs.

Le monstre de Hongrie

L'auberge sent la fumée, le mouton et la graisse fondue. Le sol dallé de carreaux rouges résonne sous les sabots des paysans qui s'ébrouent en entrant, comme des mulets, pour se débarrasser de la poussière de neige qui les recouvre.

C'est jour de marché. Les colporteurs ont déposé leurs sacs à leurs pieds et discutent en buvant l'alcool de blé.

Tous les paysans de la province de Szeged en Hongrie ont quitté leurs fermes. Ils portent autour du cou des chapelets de saucisses, des jambons sur leur dos, ou traînent des sacs de blé sur des charrettes à deux roues.

Sur la route qui mène au village, quatre gendarmes autrichiens à cheval marchent au pas derrière un officier moustachu, rutilant sous son casque à plumes.

Le comte Hosvak est en mission spéciale. Il vient se rendre compte sur place d'un étrange phénomène que les statistiques ont mis en évidence : depuis deux ans, une épidémie de suicide a frappé la région. Quatre paysans ont été retrouvés pendus dans leurs granges, la nuit. Cela fait un pendu tous les six mois. C'est beaucoup trop pour passer inaperçu.

Le comte Hosvak, lui-même propriétaire dans la région, connaît bien les paysans. Certes, ils ont comme tous les autres hommes du vague à l'âme. Certes, le moyen de suicide le plus répandu dans les campagnes est la corde. Mais tout de même !

En partant pour cette mission, au printemps 1933, il a déclaré à ses amis :

— Messieurs, je parierai mes bottes qu'il y a là-dessous une histoire de sorcellerie, ou un règlement de compte entre voisins pour un lopin de terre. Ces gens sont incultes et brutaux.

Le comte Hosvak est quelque peu méprisant dans son jugement, mais il faut reconnaître qu'il n'a pas tout à fait tort. Cependant, lorsqu'il met pied à terre devant l'auberge du village, il ne s'attend certes pas à ce qu'il va découvrir. Comment pourrait-il imaginer une organisation du crime dans ce village perdu de l'est de l'Europe et un chef digne d'Al Capone? Et surtout, comment pourrait-il imaginer les raisons de cette organisation et la nature de son chef? C'est une histoire unique dans les annales et, ce jour-là, sur la place du marché plusieurs paires d'yeux, qui observent les gendarmes, en détiennent le secret.

Le comte Hosvak s'est installé à l'auberge dont la salle s'est quasiment vidée dès qu'il est entré. Les colporteurs, les marchands, les paysans, ont décroché leurs manteaux de laine odorant de la graisse des moutons et se sont rassemblés sur la place de l'église pour discuter de l'événement.

Le comte Hosvak a fait appeler le maire, un petit homme si rond et si rouge qu'il semble prêt d'éclater.

— Faites amener ici les veuves, je désire les interroger

— Les veuves? Quelles veuves, Monsieur l'Officier? Toutes les veuves?

— Non pas. Les veuves des pendus, monsieur, uniquement les veuves des pendus et leurs enfants. Vous les ferez installer ici, dans cette salle en attendant que l'aubergiste s'occupe des chevaux et serve à mes hommes une collation! Quant à moi, je désire prendre un bain chaud dans une chambre sans punaises!

L'aubergiste s'incline mais n'en pense pas moins. Voilà bien une manie autrichienne que de se tremper dans l'eau par tous les temps!

Quelques heures plus tard, rafraîchi, reposé, la moustache fleurant bon la lavande, le comte Hosvak siège à une table de l'auberge qu'il a fait recouvrir d'un tapis de coton. Une lampe à pétrole éclaire un registre, celui de la mairie, où sont consignés les noms des suicidés. A ses côtés, le médecin du canton, vêtu de noir, obséquieux et maigre, se tient droit sur une chaise. Les gendarmes montent la garde devant l'auberge.

Assises le long du mur, vêtues de noir, les quatre veuves jettent des regards sournois ou effrayés en direction du comte dont la voix, le ton et l'allure, les impressionnent.

— Approche, femme Doback.

La veuve s'approche en dissimulant son visage derrière un châle de laine.

— Montre-toi et réponds sans crainte. Pourquoi ton mari s'est-il pendu?

— Je ne sais pas, Excellence.

— Il était malade?

— S'il était malade, c'est de boire trop, Excellence.

— Dis-moi, femme, ne l'as-tu pas aidé à se pendre?

— Moi, Excellence? L'aider à se pendre? Et comment faire, mon époux Doback pesait plus lourd que trois cochons... J'ai dû appeler à l'aide pour le dépendre.

— Selon toi, femme, pourquoi a-t-il fait cela?

— Je ne sais pas, Excellence. Il était bizarre, il buvait et me battait souvent.

— N'y a-t-il pas quelque histoire de sorcellerie par là-dessous? Réponds! Ne lui as-tu pas mis une poudre dans son vin ou sa soupe?

— Jamais je n'aurais fait cela, Excellence! Et un homme manque à la maison, il m'a laissée veuve avec deux petits en bas âge.

— Si tu mens, femme, le tribunal te jugera! Jure devant Dieu!

— Je jure, Excellence!

Après la femme Doback, la femme Vecserjès, la femme Gayap. L'officier n'a rien appris de plus, et pourtant il a le sentiment que ces femmes lui cachent quelque chose.

Arrive la femme Borcsok, plutôt jolie, l'œil malin, la bouche prometteuse. Une veuve de quarante ans à peine que les cotillons noirs n'arrivent pas à enlaidir. Mais le regard est dur, la voix autoritaire. En se levant pour gagner la chaise de l'interrogatoire, elle a frappé sèchement sur la main de son fils qui voulait se lever en même temps qu'elle.

L'adolescent est donc resté à sa place. Tête basse, il contemple ses mains croisées sur ses genoux. Le comte est intéressé. Cet enfant doit avoir quinze ans, il n'est pas en bas âge comme les autres, il sait peut-être, lui.

— Approche, gamin.

La mère a un regard inquiet. C'est donc qu'il est sur la bonne voie.

— Sais-tu quelque chose sur la mort de ton père?

— Il s'est pendu, Excellence.

— Tu l'as vu?

— Oui. Oui... Excellence...

— S'est-il pendu tout seul?

L'adolescent sursaute, regarde avec effroi sa mère qui, aussitôt, vole à son secours.

— Le fils a eu très peur, Excellence. Il n'avait jamais vu de mort. Il a couru se cacher dans les prés et il n'est rentré qu'au soir. C'est pour ça que l'on a découvert le corps de mon époux à la nuit tombée du lendemain.

— Dis-moi garçon, c'est toi qui as vu ton père le premier?

L'adolescent fait un signe affirmatif.

— Et tu n'as pas essayé de couper la corde? Tu aurais pu le sauver, peut-être. Eh bien, réponds! Tu as dit au maire que tu cherchais ton père dans la grange et que tu l'as vu pendu à la grosse poutre. Alors, tu as eu peur et tu t'es sauvé avec la lampe. Il était 5 heures du matin. Pourquoi t'es-tu caché toute la journée?

L'adolescent paraît muet de peur, le comte s'adresse alors à la mère :

— Et toi, femme, tu n'as pas cherché ton époux de toute la journée ? Alors qu'il avait quitté ton lit à l'aube ? Tu n'es pas allée dans la grange une seule fois ? Pourquoi ?

— On s'était fâché, Excellence. Il m'avait battue et je l'avais envoyé dormir avec les bêtes. Je n'allais pas retourner le chercher.

— Et tu ne t'es pas inquiétée de ton fils, non plus ?

— Je me suis dit qu'ils étaient partis tous les deux aux champs et qu'ils rentreraient le soir.

— Donc c'est toi, garçon, qui as vu ton père le premier. Qu'allais-tu faire dans la grange à cette heure de la nuit ?

L'adolescent est affolé. Soudain, il arrache son bonnet de fourrure, le jette aux pieds de sa mère en pleurant, tente de dire quelque chose, mais s'étrangle et, avant même que les gendarmes aient pu réagir, il bondit au-dehors comme un lièvre, et détale dans les rues du village en bousculant les marchands. En quelques minutes, il a disparu de la vue de ses poursuivants.

Le comte Hosvak demande alors qu'on lui selle son cheval et part lui-même à la poursuite de l'enfant, accompagné de deux gendarmes. Aux autres, il a ordonné :

— Gardez ces femmes ici. Et que personne ne sorte ! Toi l'aubergiste, pas un mot.

Loin dans la plaine, Jean Borcsok, fils unique du quatrième pendu du village, le dernier en date, court comme une bête affolée. Le cœur lui bat dans la gorge, il ne sait pas où il va, il court, il obéit enfin à la peur terrible qui le ronge depuis des mois. La clé du mystère, c'est lui bien sûr.

Les chevaux des gendarmes galopent sur le chemin boueux et mal empierré. Le comte Hosvak mène cette poursuite comme une chasse à courre. Il est bon chasseur, il connaît les réflexes du gibier. Là-bas, au loin, au bout de la plaine se dessine l'ombre d'une forêt. Il faut l'atteindre avant que le garçon aille y chercher refuge.

Une heure de chasse et le comte a gagné. Voici l'enfant cerné dans la rivière, grelottant, couvert de boue, et pâle comme la neige alentour. Les gendarmes le ramènent ficelé tel un cochon sauvage et les villageois disparaissent dans leurs maisons comme des poules effrayées.

A l'auberge, le comte Hosvak pousse devant lui le gamin effrayé, écarte la mère qui veut se précipiter vers lui et annonce :

— Je vais interroger ce petit criminel dans ma chambre !

Jean Borcsok s'effondre sur le plancher où vient de le bousculer le comte. A genoux, il se met à pleurer, répétant qu'il n'a rien fait, que ce n'est pas lui, qu'on l'a obligé. Il fait une crise de nerfs. Enfin calmé d'une gifle et reniflant dans ses vêtements trempés, il parle.

— C'est Étienne la pipe.

— Qui est Étienne la pipe?

— Elle habite en dehors du village, c'est elle qui fait les exécutions.

— Comment, elle? C'est une femme? Tu te moques de moi?

— Non, Excellence, non, je vous jure que c'est vrai. Étienne la pipe est une femme déguisée en homme. Elle fume la pipe toute la journée, comme un homme. Un jour, elle est arrivée au village, elle avait une jupe et un caraco à pois rouges, un fichu sur la tête. Quatre jours plus tard, elle a coupé ses cheveux et s'est habillée en homme. Elle fait peur à tout le monde. Elle dit qu'elle sait des choses sur tout le monde... Et on a peur d'elle.

— Tu veux me faire croire que c'est une femme qui a pendu ton père?

— Et les autres aussi. C'est le bourreau du village. Elle peut tuer qui on veut, pourvu qu'on la paye.

— Et ta mère l'a payée?

— Elle a payé quatre jambons, une longue saucisse, un quintal de blé et 30 pengos de nos économies.

— Comment le sais-tu?

— Ma mère me l'a dit. Elle m'a obligé.

— Obligé à quoi?

— A être l'aide du bourreau. Elle ne voulait pas le faire et elle disait que j'étais assez grand.

— Raconte-moi, garçon. Calme-toi et raconte-moi comment ça s'est passé.

— Je devais attirer mon père dans la grange, pendant la nuit. Nous sommes allés voir ensemble si un renard ou une bête n'y était pas entré. Au moment où il est passé sous la grande poutre, Étienne a laissé tomber la corde autour de son cou et elle a tiré. C'est comme ça qu'elle a fait pour les autres.

— Tu veux dire qu'elle arrive à pendre un homme toute seule.

— Elle est très forte! Bien plus qu'un homme. Elle se cache dans le foin de la grange, elle prépare la corde et, quand l'homme est pris le cou dedans, elle n'a plus qu'à tirer et à faire un nœud coulissant.

— Comment sais-tu qu'elle a tué les autres hommes aussi?

— Toutes les femmes le savent au village. Si leur mari ne leur plaît plus, ou s'il les bat, les trompe, ou les vole, elles savent qu'elles peuvent aller voir Étienne. On la paye et elle exécute. Tout le monde a peur, elle est devenue le chef. Elle va me faire mourir quand elle saura que j'ai parlé.

Insensé! Son Excellence le comte Hosvak n'a jamais entendu de telles horreurs. Une femme! Un monstre a pris possession de tout un village et elle tue sur commande! Pourquoi?

Il faisait nuit lorsque les quatre gendarmes et l'officier se présentèrent à la porte de la ferme où Étienne le bourreau avait élu domicile depuis plus d'un an. Et les quatre gendarmes eurent bien du mal à maîtriser cette force de la nature en pantalon, gilet et casquette. 1,90 mètre, 95 kilos de muscles. Un visage aux traits épais, buriné comme ceux d'un homme, des mains de forgeron, des yeux de sorcière...

Personne ne savait d'où elle venait. Elle n'avait pas de nom, aucun papier d'identité et se faisait appeler Étienne. Il fallut l'obliger à s'habiller en femme pour comparaître devant le tribunal. Comment avait-elle pu prendre autant d'influence sur les autres ? En leur faisant croire qu'elle connaissait tout sur eux, qu'elle possédait des dons mystérieux de voyance et qu'elle avait droit de vie ou de mort sur les hommes.

Sur les hommes seulement, qu'elle haïssait, en voulant pourtant se targuer d'en être un. Il suffisait qu'une femme vienne se plaindre à elle de son époux pour qu'aussitôt elle propose ses services. On la payait en bétail, vivres ou argent, selon ses possibilités. Et, ultime horreur, elle avait projeté d'épouser la fille d'un fermier, une gamine de seize ans que la mère était prête à lui céder en échange de l'exécution du père.

Ce monstre fut condamné à mort et le village se mit en fête le jour de son exécution par un bourreau, officiel celui-là. Les quatre veuves s'en allèrent en prison à perpétuité et ceux qui les avaient aidées à attirer leurs maris dans les granges — ils étaient deux — eurent droit à quinze ans de prison chacun.

C'était en 1933, dans la province de Szeged en Hongrie. Il resta un mystère quant à l'identité du monstre. Les médecins ayant déclaré qu'il s'agissait à leur avis autant d'une femme que d'un homme puisqu'elle possédait, selon eux, les caractères des deux sexes. Mais l'acte d'accusation, lui, ne pouvait indiquer qu'un prénom masculin : Étienne. Pas de nom de famille, pas de lieu de naissance, aucune identité contrôlable.

C'est donc un être du troisième type, venu d'ailleurs, à qui le bourreau serra le cou un jour d'hiver 1933.

Le sorcier de Gérone

José Tuilez vient d'assassiner sa femme. C'est indubitable. Les cris et les appels au secours ont alerté la moitié des voisins et la totalité des domestiques.

Hélas! Le temps pour les domestiques de traverser l'immense demeure bourgeoise, et le temps pour les voisins d'escalader les grilles et de tambouriner aux portes de bois... Graziella était morte.

Sous le regard effaré d'une bonne douzaine de témoins, José Tuilez serre encore le cou fragile de son épouse. A présent, il lâche lentement sa victime. Ses deux mains soignées et puissantes retombent doucement et il regarde le corps de sa femme glisser sur le parquet de chêne, avec une dernière grâce involontaire.

Un témoin, encore sous le choc, dit tout à coup:

— Don José... Vous avez tué votre femme?

Cette réflexion, faite avec stupeur et modération, ne trouble pas l'assassin pour autant. Il a l'air bizarre. Il tourne vers les témoins de la scène un regard vide:

— Qu'est-ce que vous dites?

C'est une femme qui crie à présent:

— Vous avez tué Graziella!

— Qui moi? Vous êtes fous, je n'ai tué personne. De quoi parlez-vous?

Cette réponse incroyable fait enfin réagir les domestiques qui osent avancer et se pencher sur leur maîtresse. De leur côté, les voisins cernent le criminel, l'obligent à reculer, le coincent entre un mur de son salon et brusquement se jettent sur lui pour l'immobiliser. Mais José Tuilez ne se débat pas vraiment. Il proteste d'un ton fatigué:

— Laissez-moi, qu'est-ce que vous voulez?

Plusieurs voix excitées lui répondent:

— Mais vous avez tué votre femme! Vous êtes fou!

Indubitablement, José Tuilez a tué sa femme. Une douzaine de témoins l'ont vu. Il serrait comme un forcené, la malheureuse a crié. Elle est morte sur le parquet et l'assassin se contente de répondre :

— Tué ma femme ? C'est ridicule.

Ce riche marchand de Gérone, âgé de cinquante ans, a toujours été un époux attentif. Graziella, sa femme, était une beauté rondelette et séduisante, d'une vingtaine d'années sa cadette. Leur fortune est solide, leur entente jusque-là sans faille. Quelle crise de folie subite s'est emparée de José Tuilez, notable de Gérone ?

Le 14 octobre 1905, Carlos Oliveira, jeune inspecteur de la brigade criminelle de Barcelone, arrive à Gérone, cette petite ville au nord- est de l'Espagne, non loin de la frontière française.

Le crime a eu lieu, il y a deux jours. Et, depuis deux jours qu'il est en prison, José Tuilez ne cesse de répéter qu'il n'a pas tué sa femme. Un médecin, venu l'examiner, l'a trouvé parfaitement normal, quoique un peu excité.

Oliveira, le policier, se fait expliquer la situation par le chef carabinier.

— Il n'est pas fou, mais il en a l'air ! On l'a attrapé les mains autour du cou de sa femme, et il ne veut pas en démordre : « Je ne l'ai pas tuée », c'est tout ce qu'il sait dire. On lui a envoyé le curé, le maire, on est allé prévenir sa famille. Tout le monde a essayé de le raisonner, rien à faire ! Et j'ai douze témoins !

— Il n'y a pas de quoi s'affoler puisqu'il est coupable ! Je suppose qu'il a fait une crise de folie passagère ?

— Le médecin dit qu'il est tout à fait normal et, si on vous a demandé de venir, c'est qu'il a l'air sincère quand il dit qu'il ne l'a pas tuée !

— Mon cher, les meurtriers sincères, il y en a des milliers en prison...

— Oui mais, c'est José Tuilez ! Le plus gros négociant de la province !

Il y a autre chose. Une amie de sa femme prétend que, depuis quelques semaines, il fréquentait un étranger, un Français, une espèce de sorcier, et elle dit qu'il l'a envoûté !

— Envoûté ? Allons bon. Nous ne sommes plus au Moyen Âge !

— Le curé aussi dit qu'il est innocent, et que le diable a guidé ses mains !

Le jeune policier hoche la tête avec commisération. Décidément, dans ces petites villes de province, on croit aussi facilement à Dieu qu'au diable. Il se rend tout d'abord dans la cellule de José Tuilez et a la surprise de constater qu'il est, pour le moins, bien traité. Assassin sûrement, mais notable avant tout ; on lui a fait un lit confortable et sa table est chargée de nourriture, à laquelle il n'a guère touché, d'ailleurs.

Don José est un homme assez grand, encore séduisant. Son visage pâle, barré d'une moustache mince, se tourne vers le policier avec lassitude :

— Que voulez-vous encore ?

Carlos Oliveira se présente puis demande à brûle-pourpoint :

— Pourquoi refusez-vous la vérité ? Vous avez peur de quelque chose ou de quelqu'un ?

— Peur, moi ? C'est ridicule ! Toute cette histoire est ridicule, je n'ai pas tué ma femme, je l'aimais trop pour ça...

— Alors, que pensez-vous de la situation ?

— Mais je ne sais pas. C'est à devenir fou !

— L'êtes-vous ?

— Bien sûr que non !

— Alors, expliquez-moi pourquoi douze témoins vous ont vu en train d'étrangler votre femme ? Croyez-vous que ces douze personnes aient décidé de vous nuire ?

— Je ne crois pas, mais je ne comprends pas, puisque je vous dis que je ne l'ai pas tuée !

— Vous vous souvenez précisément de ce que vous avez fait cette nuit-là ?

— Bien sûr ! Je suis allé chez un ami. Nous avons passé la soirée ensemble à discuter, puis je suis rentré chez moi.

— Où était votre femme lorsque vous êtes rentré ?

— Au lit je suppose ! Je ne l'ai pas vue.

— Vous l'avez pourtant vue morte ?

— Oui. Je l'ai vue en effet, mais j'avais l'impression de vivre un cauchemar.

— Elle a crié, paraît-il, c'est ce qui a alerté les témoins. Vous vous souvenez de ses cris ?

— Des cris ? Pourquoi me parlez-vous de cris ?

— Une femme qu'on étrangle essaie de crier. Votre femme l'a fait, on l'a entendue. Vous auriez dû l'entendre aussi, vous ne croyez pas ?

— C'est absurde ce que vous dites là.

— Si vous n'avez rien entendu, c'est effectivement absurde !

— Des cris, j'en entends sans arrêt dans ma tête depuis ces derniers jours. Je ne sais plus d'où ils viennent.

Le policier vient de remarquer que don José a porté la main à son front, comme s'il cherchait à se souvenir de quelque chose, sans y parvenir. Cet homme est-il fou, malgré l'avis du médecin ?

— Ditez-moi qui est cet ami étranger dont on m'a parlé ? Celui avec lequel vous avez passé la soirée ?

— Je vous en supplie, n'allez pas lui créer d'ennuis à cause de moi. C'est un homme éminent, un philosophe Français et un chercheur de premier ordre.

— Ce n'est pas l'avis d'un témoin qui le traite de sorcier.

— C'est stupide. Paul est un savant. J'imagine que c'est une amie de ma femme qui vous a raconté ça ? Graziella ne comprenait pas non plus l'intérêt que je portais à cet homme. La pauvre. Les femmes n'entendent rien à la science. Quelques jours avant... avant sa mort, elle me tenait un discours enfantin. Elle s'était mise dans la tête que cet homme était un sorcier, et qu'il allait me ruiner. J'aime Graziella, je suis vraiment très amoureux d'elle, vous savez, mais elle n'est pas très intelligente. Et je ne l'ai pas tuée, je vous jure que je ne l'ai pas tuée. Je me suis vu debout devant elle, allongée par terre, j'ai vu qu'elle était morte et je n'ai pas compris ce qui s'était passé, sinon que je suis certain de ne pas l'avoir tuée.

Le policier Oliveira quitte la cellule de don José, pris d'un curieux malaise. Voilà que lui aussi a tendance à croire le prisonnier. La sincérité chez un être est parfois évidente, et c'est le cas chez cet homme. Négociant habile, issu d'une famille bourgeoise sans fortune, honnête, peu cultivé mais avide de l'être, don José avait réussi une brillante ascension sociale. Que lui est-il arrivé ?

Le policier Oliveira décide de se renseigner sur l'ami étranger de don José. Il télégraphie tout d'abord à Barcelone. L'identité du personnage, recueillie par la police locale : Paul M., Français, quarante-sept ans, domicilié à Perpignan, profession : écrivain.

Et, en attendant, il va lui-même interroger le témoin principal, l'amie de Graziella, celle qui a décrit l'étranger comme un sorcier. Teresa ne se fait pas prier pour raconter ce qu'elle sait au policier Oliveira. Elle est encore bouleversée par la mort de sa meilleure amie et ne cache rien sur les confidences qu'elle a reçues.

— Graziella avait peur de ce Français. Il s'est installé dans une maison hors de la ville et, quelques jours après, il était l'ami de don José, au point de ne plus le quitter. Je sais tout sur lui, je me suis renseignée, il est franc-maçon, il s'est fait recommander à la Grande Loge de Catalogne. C'est là qu'il a connu don José.

Le policier a un léger sourire. A cette époque, la franc-maçonnerie n'est pas officiellement condamnée en Espagne, mais presque. A Madrid on n'aime guère ce genre d'association. Toutefois, pour un policier habile, les tiroirs du grand maître n'ont aucun secret, et il suffira d'un télégramme supplémentaire pour en apprendre davantage à propos du Français. En 1905, la police espagnole ne s'embarrasse guère de scrupules en pareil cas.

Mais la jeune femme poursuit ses révélations :

— Graziella m'a raconté que cet étranger avait proposé à son mari de faire des expériences occultes. Il se dit capable de fabriquer de l'or un jour. Don José lui a prêté énormément d'argent et, lorsque Graziella a voulu lui faire remarquer que cet homme était sûrement un escroc, il s'est fâché et l'a priée d'être aimable avec son ami. A partir de là, le

Français s'est beaucoup intéressé à Graziella. Il lui a fait la cour à un tel point qu'elle a été obligée d'en parler au prêtre et de lui demander d'intervenir. La veille de sa mort, elle m'a assurée que le *padre* allait intervenir auprès de cet homme.

Le policier est soudain intéressé :

— L'a-t-il fait ?

— Non. Graziella me l'aurait dit, et j'ai passé la journée avec elle. Elle était très inquiète et avait peur de cet homme. Il la regardait bizarrement parfois, et elle m'a dit, je m'en souviens très bien : « J'ai besoin de toute ma volonté pour échapper à son regard. » Pour moi, c'est un sorcier, il a envoûté don José.

Sorcier, franc-maçon, faiseur d'or, et Français par-dessus le marché, cela mérite une visite. Mais Carlos Oliveira est un policier sage. Il préfère attendre des nouvelles de Barcelone, lesquelles lui parviennent une semaine plus tard.

Ce sont des nouvelles édifiantes. Paul M. a quitté Perpignan à la suite d'une affaire de mœurs : il attirait chez lui des fillettes d'une quinzaine d'années... L'affaire a tourné court, car les jeunes filles ne se sont pas présentées à la police et les parents ont refusé de porter plainte pour éviter le scandale. Une seule gamine a eu le courage de raconter. Elle affirme que cet homme l'a hypnotisée et emmenée chez lui. Elle affirme qu'il a pratiqué sur ses camarades des expériences bizarres, dont certaines se rapprochent carrément de l'attentat aux mœurs et au détournement de mineures.

Le deuxième renseignement a été obtenu secrètement par la police de Barcelone, en visitant nuitamment le fichier de la Grande Maçonnerie. Le certificat de recommandation présenté par Paul M. pour se faire admettre par la Loge de Catalogne est un faux.

Le policier Oliveira fait le point : cet homme a voulu s'introduire dans la société de Gérone pour y choisir un pigeon quelconque. José Tuilez par exemple. S'il pratique réellement l'hypnotisme, cela doit servir ses projets. Mais quels projets avait-il en tête ? Ruiner don José ? Séduire sa femme ? Les deux peut-être. Mais que vient faire le crime dans tout ça ? Don José aurait tué par jalousie, ayant découvert quelque chose entre le Français et Graziella ? Possible, mais cela n'explique pas pourquoi il nie l'avoir fait avec autant d'obstination et d'apparente sincérité.

Alors, faudrait-il admettre que le Français a hypnotisé le mari pour lui faire tuer sa femme ? Le policier n'aime guère ce genre de théorie. Pour lui, les hypnotiseurs ne sont que des escrocs de foire. D'autre part, où serait l'intérêt du Français ? S'il tenait à la confiance de don José, c'était la dernière chose à faire, sauf si Graziella contrariait ses projets. Elle savait qu'il était un escroc, elle représentait un danger qu'il fallait supprimer.

Oliveira imagine que Paul M. a tué lui-même Graziella et laissé croire que son mari était coupable.

Ridicule. Douze témoins ont assisté à la scène. De plus, Graziella a passé la journée chez elle, sans sortir et son mari était avec le Français. Comment aurait-il pu étrangler la femme et monter une mise en scène pareille?

Le policier cherche une manière d'aborder son entretien avec cet homme. S'il se place en policier, il risque de ne jamais rien avoir. L'idéal serait de faire la connaissance du Français par un autre moyen, de capter sa confiance, et d'enquêter discrètement sur les expériences auxquelles il est sensé se livrer.

Quelques jours plus tard, ayant bien réfléchi et préparé son piège astucieusement, le policier se présente à la villa de Paul M. construite à l'écart de la ville et très isolée. Il est accompagné d'une jeune fille de dix-sept ans.

Maria Pia, la jeune fille, sera la première auxiliaire féminine de la police espagnole. En réalité, il s'agit de la propre nièce du policier, et il a eu bien du mal à convaincre le père de la lui prêter pour l'enquête. Maria Pia, elle, est ravie. Un peu peureuse, mais fière et excitée à l'idée de rencontrer un hypnotiseur. Elle connaît son rôle par cœur.

Entre-temps, son oncle de policier s'est fait passer pour un écrivain de Madrid en voyage dans la région, et a réussi à se faire présenter Paul M. Au cours de deux conversations précédentes, il a négligemment mis l'accent sur les pouvoirs occultes du Français et lui a demandé une faveur.

— Je connais une jeune fille qui est un médium extraordinaire... Sa famille n'aime pas beaucoup cela, mais j'aimerais vous la présenter. Ce genre d'expérience me passionne intellectuellement. L'ennui c'est qu'elle est riche et de la bonne société, il ne faudrait pas que la famille se doute de quelque chose. Si je vous l'amenais discrètement un soir?

L'homme étrange, un athlète de cinquante ans, au regard gris extraordinaire, a à peine hésité.

— Ce genre d'expérience n'est pas le centre de mes recherches, je vous l'avoue. Je pratique plutôt l'alchimie et la recherche philosophique mais, si vous y tenez...

— Oh! ça m'amuserait énormément! Mais surtout n'en parlez à personne!

Le rendez-vous a été pris dans la villa de Paul M. pour un soir, vers 10 heures. Et Maria Pia, frémissante au bras de son oncle, pénètre enfin dans l'antre du sorcier.

La villa est de modeste apparence, mais l'intérieur est surprenant. Paul M., en robe de chambre de soie noire, fait entrer ses visiteurs dans un salon tendu de tapisseries luxueuses et au sol recouvert de tapis somptueux. Il y trône un bureau surchargé de livres et de papiers, où dort un chat énorme et noir lui aussi. Un feu brûle dans la cheminée et il s'en dégage une odeur d'encens, douceâtre mais agréable.

Maria Pia lève sur le maître des lieux un regard clair et innocent.

— Vous allez m'hypnotiser?

— Mon dieu! Mademoiselle, mes talents sont faibles. Je ne suis qu'un hypnotiseur d'occasion.

Le policier-écrivain, qui se tient légèrement en retrait, note que les yeux du Français ont pris soudain une étrange fixité. De gris pâle, ils sont devenus presque verts, un peu phosphorescents. Puis ils reprennent une expression normale lorsque Paul M. se tourne vers lui:

— Cette jeune fille est tout à fait charmante. Quelle séduction! Ah, mon cher! Les enfants de cet âge ont une fraîcheur!

L'hypnotiseur retourne auprès de Maria Pia et l'examine avec un intérêt évident.

— Vous avez déjà été endormie?

— Oui, monsieur, six fois. De l'avis de mes amis, je suis un médium parfait. J'ai obtenu des communications avec l'au-delà. J'ai fait, paraît-il, des choses extraordinaires, mais je ne m'en souviens pas, vous savez, on me les raconte après...

Maria Pia secoue ses cheveux noirs, sourit de ses dents blanches et offre son joli visage au regard du sorcier, avec un naturel qui sidère un peu son oncle tout de même. Cette gamine entre dans la peau de son personnage avec une extraordinaire facilité. «Pourvu qu'elle tienne, se dit-il, pourvu qu'elle résiste. Si jamais cet homme a des pouvoirs illimités, s'il l'endort vraiment, je suis cuit, tout mon plan est par terre».

Maria Pia, en effet, détourne son regard de celui du sorcier. Aurait-elle du mal à résister alors qu'il n'a pas commencé?

Mais non. C'est simplement pour faire un clin d'œil à son oncle. La petite folle! Si son père la voyait, lui qui la couve comme un trésor et la surveille de la maison à l'église lorsqu'elle se rend à la messe! Lui qui a hurlé avant de se laisser convaincre, pour la bonne cause. Il connaît mal sa fille, comme tous les pères.

Maria Pia, est prête. Le sorcier s'avance et commence les incantations.

— Vous dormez, vos yeux se ferment, ils se ferment, vous dormez, vous vous sentez bien, très bien. Je vais vous poser des questions. Que voyez-vous?

Dort-elle ou non? Le policier est sur le qui-vive. Quelle expérience stupide a-t-il voulu tenter là!

Maria Pia les yeux clos, vacille un peu. Le sorcier l'allonge avec précaution sur un divan. Il a l'air tout à fait pris par l'expérience, mais pas au point d'oublier d'admirer le corps étendu devant lui. Oliveira serre les dents pour ne pas intervenir, ce serait trop bête. Après tout, il est lucide, lui, et capable de réagir si besoin est.

— Que voyez-vous mon enfant?

La petite voix de Maria Pia semble venir des anges. Elle en rajoute avec bonheur? Ou elle est sous le charme?

— Je vois des fleurs, des oiseaux, j'entends de la musique. Je vois des ombres qui passent et flottent autour de moi.

— Qui sont ces ombres, les connaissez-vous?

— Non. Si. Je connais l'une d'elles, c'est une femme, elle est morte, elle est effrayante, j'ai peur. C'est Graziella, elle dit qu'elle a été tuée, c'est son mari qui l'a tuée. Elle dit que c'est sur l'ordre d'un sorcier.

Paul M., le sorcier en question, se redresse violemment et s'apprête à réveiller la jeune fille, mais le bras du policier le retient:

— Laissez-la, c'est intéressant!

Et Maria Pia continue!

— Le sorcier, c'est l'étranger, c'est lui qui a commandé la mort, il a hypnotisé son mari.

Perdant le contrôle de lui-même, Paul M. secoue la jeune fille avec force. Le policier intervient:

— Voyons... Je croyais qu'il ne fallait pas brusquer les médiums!

Paul M. plante son regard gris acier dans celui d'Oliveira et demande:

— Qui êtes-vous? Qui est cette jeune fille?

Et tout à coup, Oliveira se sent bizarre... Bizarre! Il n'a que le temps de se ressaisir pour crier:

— Police. Laissez cette jeune fille, je la réveillerai moi-même!

Et l'oncle se penche sur la nièce avec inquiétude bien qu'elle ait fidèlement répété ce qu'on lui avait appris le matin même et joué la comédie à la perfection... A présent, elle s'assoit sur le canapé, son regard clair et innocent va de l'un à l'autre, et elle demande:

— Qu'est-ce que j'ai dit? Qu'est-ce que j'ai fait?

Sous le coup de l'émotion et pris à son propre piège, Paul M. ne résistera pas longtemps au policier Oliveira qui ne lui révèlera la supercherie que bien plus tard.

Maria Pia reconnut qu'il lui avait fallu toute son énergie pour ne pas s'endormir.

— Je n'arrêtais pas de me dire: «Si tu dors, il te tue, si tu dors, il te tue. Ça m'a beaucoup aidée.»

Les aveux de Paul M. l'hypnotiseur sont consignés dans le rapport de police établi par Oliveira, le 30 octobre 1905. Le voici:

Je pratiquais des expériences alchimiques auxquelles s'intéressait José Tuilez, il me faisait confiance pour fabriquer de l'or et m'a aidé financièrement. Sa femme avait menacé de me dénoncer au prêtre et à la police. J'ai donc hypnotisé don José le soir où il est venu me voir, et je lui ai ordonné de tuer sa femme. Elle gênait nos projets. Sans elle, nous serions devenus riches.

Mais Carlos Oliveira, qui ne croyait pas au meurtre sous hypnose, conclut son rapport un peu différemment :

Un témoin a confirmé qu'il a vu, ce soir-là, Paul M. et don José sur la route de Gérone. Je soutiens donc que cet homme a réellement hypnotisé le mari, mais qu'il a lui-même étranglé la victime. En tout cas, il l'a étouffée et ensuite, il a installé sa mise en scène. Sous l'effet de l'hypnose, don José a, soit terminé l'étranglement, ce que je ne crois pas, soit tenu dans ses mains le cou de sa femme déjà morte, ce que je crois. Car il était incapable de la tuer même sous hypnose. Il l'aimait trop et ce n'est pas un assassin.

Paul M. a dû lui-même crier pour alerter les domestiques, avant de s'enfuir par une fenêtre, ainsi que le prouveraient les traces de pas, découvertes par moi, dans le jardin.

Quoi qu'il en soit, Paul M. fut mis en prison et l'instruction de son procès commença. Il promettait d'être passionnant.

Hélas ! en décembre 1905, l'hypnotiseur disparaissait de sa cellule, après avoir, dit-on, endormi un gardien, et l'Espagne ne le revit jamais.

Escroc, sûrement... Hypnotiseur de génie, on ne sait pas. Mais le policier Oliveira conclut :

— Il a failli m'avoir, moi. Alors endormir un gardien, c'était facile, même pour un charlatan de fête foraine si c'en était un.

Riche, morte et vivante

Clarendon House est un véritable palais recouvert de lierre, dans l'un des plus beaux quartiers de Newport à Rhode Island. C'est dans cette maison luxueuse que Hollywood tourna, dans les années 50, un film célèbre, qui avait pour vedettes Grace Kelly et Frank Sinatra: *High Society* la haute société.

Nous y sommes, dans la haute société de Newport. Et précisément dans cette maison, ce palais recouvert de lierre. Ce soir, il y a une soixantaine d'invités et quelques domestiques supplémentaires. On danse sur la terrasse près des piscines et des fontaines illuminées. C'est l'anniversaire du fils de la maison, le jeune prince Alexander. Tous les invités sont habillés de blanc.

Alexander a vingt ans. Il est le fils d'un premier mariage de la maîtresse de maison: Martha von B., surnommée Sunny. Une femme ravissante, élégante, distinguée, blonde, au regard clair. Le type même de Grace Kelly.

A quarante-cinq ans, elle est l'une des femmes les plus riches des États-Unis. Incroyablement riche, divorcée d'un prince autrichien qui, lui, ne l'était plus, elle est remariée à un juriste, ex-bras droit du roi du pétrole Paul Getty.

Ce deuxième mari est près d'elle au bord de la piscine. Il s'appelle Claus von B.; d'origine danoise, il a cinquante-quatre ans. Front dégarni, intelligent, regard clair, il se consacre entièrement à sa femme qui, de loin la plus riche des deux, a préféré le garder auprès d'elle.

Outre le prince Alexander, Sunny a également une fille aînée de ce premier mariage et, du second, est né un troisième enfant, une petite fille de treize ans qui étrenne, ce soir-là, sa première robe de jeune fille.

Voilà, la photo classique de l'une des familles les plus riches d'Amérique vient d'être faite.

Sunny en robe blanche pailletée d'or, avec ses cheveux impeccablement mis en plis et son maquillage parfait, sourit au premier plan.

Légèrement penché vers elle, Claus son second mari, en smoking blanc, fait une grimace mi-gênée, mi-comique. D'un côté: l'aînée des filles, Laurie, vingt-trois ans, en pantalon et blouse blanche. Elle regarde en souriant son frère, le prince Alexander, lui aussi en blanc. De l'autre côté, l'air figé par son premier bal, la petite dernière, Cosima, environnée de volants immaculés.

Tout ce blanc devant la piscine bleue, sur fond de lierre vert tendre, c'est l'image même du bonheur américain de bon goût, de haut luxe et de grand mystère. Car, derrière tout cela, rien ne va plus et, si les invités le savent, ils n'en parleront qu'à une autre soirée, de la *High Society* de Newport.

Le 27 décembre, Martha von B. ne se sent pas bien. Elle n'a pas quitté sa chambre. La gouvernante, qui la sert depuis vingt-cinq ans, s'en inquiète auprès du mari.

— Madame ne descend pas déjeuner?

— Elle dort, laissez-la tranquille.

— Faut-il appeler le médecin, Monsieur?

— C'est inutile. Elle a tout ce qu'il lui faut, voyons! Ne la dérangez pas, c'est tout.

La gouvernante obéit mais, dans l'après-midi, passant outre les recommandations du mari, elle entre dans la chambre de sa maîtresse et l'aperçoit étendue sur le lit, immobile. Claus est également allongé à côté d'elle.

— Excusez-moi Monsieur, je venais voir si Madame n'avait besoin de rien.

— Elle dort...

Penchée sur Martha, la gouvernante secoue la tête:

— Elle ne dort pas Monsieur, elle est inconsciente. Il faut appeler un médecin.

— Mais non, elle dort.

Étonné, la gouvernante prend la main de sa maîtresse et la secoue:

— Madame? Madame? Réveillez-vous...

N'obtenant aucune réaction, elle insiste:

— Je vous assure, Monsieur, qu'elle est inconsciente.

— Et moi je vous dis qu'elle dort! Elle n'a pas dormi les deux nuits précédentes, elle est épuisée. Ne vous faites pas de souci.

La gouvernante s'en va, referme la porte en soupirant.

Si quelqu'un sait que rien ne va plus dans cette maison, c'est bien elle. Depuis la naissance de Cosima, leur petite fille, Claus et Martha n'ont plus aucun rapport. Lui ne se prive pas de le dire à ses amis, et il a trouvé une solution de remplacement, une ancienne actrice dont il est tombé amoureux. Il pourrait divorcer mais il affirme que sa femme se suiciderait s'il le faisait. Les amis, eux, pensent, comme la gouvernante, qu'un divorce réduirait considérablement son train de vie.

La gouvernante laisse passer une bonne heure et, à nouveau, s'inquiète de la santé de Martha. Elle la trouve toujours dans le même état.

— Monsieur, pardonnez-moi d'insister, mais il faudrait appeler le médecin et prévenir la mère de Madame.

— Cessez donc de vous faire du souci ! Je suis là tout de même !

Difficile d'insister quand on est simple gouvernante chez des milliardaires habitués à faire leurs quatre volontés ! Mais si la gouvernante se fait un tel souci, c'est qu'elle a des raisons pour cela.

Déjà, après son premier mariage avec le prince autrichien, Martha s'était mise à boire. Le prince lui préférait les chasses au Kenya et elle noyait cette humiliation dans le gin. Son second mariage l'avait remise sur pied mais pour peu de temps... Alcool, somnifères, régime amaigrissant, Martha allait de plus en plus mal sans que les apparences en souffrent. Et pourtant, de malaise en malaise, la gouvernante voit filer les cachets d'aspirine. Martha en prend dix à vingt par jour, une vraie drogue qui s'ajoute aux diurétiques qu'elle avale par dizaines également. Comment peut-elle résister ?

Martha n'est qu'une apparence. Belle et lisse, blonde et distinguée à l'extérieur, elle se délabre physiquement de l'intérieur.

Il y a cette femme qui se lève à 11 heures, déjeune au lit, se fait conduire en voiture avec chauffeur à son cour de gymnastique, puis chez le coiffeur, fait du shopping l'après-midi et la sieste jusqu'au dîner du soir. Et puis, il y a l'autre. Cette femme fragile qui avale des cocktails, se bourre de médicaments et de vitamines, qui déclare à son professeur de gym :

— Vous savez qu'une injection de vitamine B, d'insuline et de valium, ça peut aider à perdre du poids ? On m'a montré comment faire.

La gouvernante attend dans le hall de l'immense villa, au milieu des plantes vertes. Elle attend le retour du fils, le prince Alexander dont l'activité, aujourd'hui, s'est bornée à une partie de tennis.

— Alexander, votre mère dort toujours, mais quelque chose ne va pas.

Alexander monte jusqu'à la chambre de sa mère, la secoue, tente de la soulever, de la gifler pour la réveiller, mais n'y parvient pas. Claus est dans la salle de bains. Il en sort d'un air inquiet et demande à son beau-fils :

— Que faut-il faire ?

— Appeler un médecin !

Claus se penche alors sur le téléphone. Enfin.

Le souffle de Martha est si faible que la gouvernante a peur qu'il soit trop tard. A 19 heures, la malade est à l'hôpital. Le taux de sucre dans le sang est si bas qu'il faut lui faire plusieurs intraveineuses. Malgré cela, une chose étrange se produit: le taux baisse encore. Martha est aux portes de la mort lorsque, brutalement, elle revient à elle.

Son médecin personnel est persuadé qu'elle a abusé de l'alcool ou de barbituriques mais les analyses ne prouvent rien dans ce sens.

Claus est attentif au réveil de sa femme:

— Vous allez mieux, ma chérie?

Deux jours plus tard, Martha von B. se précipite à nouveau chez le coiffeur, le professeur de gym et sa table de maquillage. Son beau visage refait surface, mais sa santé se détériore. La gouvernante se dit:

— Je ne la quitterai plus des yeux.

Martha von B. a donc été victime d'un premier coma diabétique qui a duré une journée entière, alors qu'elle était allongée dans sa chambre, auprès de son second mari. Étrange. Est-il possible de confondre sommeil et coma diabétique? Surtout lorsque quelqu'un d'autre vous alerte, ce qu'a fait la gouvernante à deux reprises? Ceci se passait en décembre 1979. Mais, dans la haute société de Newport, ce genre de détail ne franchit pas le mur de la vie privée.

Martha von B. subit des examens à l'hôpital de New York le 21 avril 1980. On craint une tumeur au pancréas. Elle n'existe pas. Le diagnostic définitif est donc: hypoglycémie réactive, interdiction d'absorber de l'alcool et du sucre.

Sept mois plus tard, Claus découvre sa femme inconsciente sur le sol de leur chambre, dans l'appartement de New York. Elle s'est blessée à la tête en tombant. Il s'agit cette fois d'une overdose d'aspirine.

Le 19 décembre 1980, un an environ après son premier coma, Martha et son mari ont regagné leur magnifique demeure de Newport. Martha a une brève conversation avec son fils. Elle paraît bizarre, son élocution est difficile.

— Vous vous sentez mal, maman? Vous avez pris un somnifère?

— Pas du tout, Alexander... Je vais... je vais bien...

Mais ses paroles sont de plus en plus incohérentes. Alexander est obligé de la porter jusqu'à sa chambre. Il prévient son beau-père. Martha s'endort et la nuit passe. Le lendemain matin, vers 10 heures et demie, Claus revient d'une promenade dans le parc, avec les chiens. Il monte voir sa femme et, cette fois, prévient Alexander immédiatement:

— Ta mère est dans le coma! Elle est tombée dans la salle de bains.

A l'hôpital, c'est le grand silence dans la salle de réanimation. Claus fait les cent pas dans le couloir. Au bout de quelques minutes, on l'appelle. C'est l'un des médecins.

— Le cœur a flanché. On l'a remis en route, mais c'est le cas le plus grave que j'aie jamais connu. Le coma est très profond. La température est extrêmement basse, il n'y a plus de pression sanguine mesurable. Nous sommes obligés de la réchauffer... Comment était-elle hier soir?

— Normale.

— Elle a bu de l'alcool?
— Non.
A ce moment, une infirmière rappelle le médecin:
— Docteur, elle a cessé de respirer!
Le mari et le médecin se précipitent ensemble auprès de Martha. Quelques secondes plus tard, la respiration revient très faiblement.
A nouveau, le médecin interroge le mari.
— C'est anormal. Les analyses de sang et d'urine ont montré des traces de barbituriques, mais bien trop faibles pour provoquer un coma aussi profond. Que se passe-t-il, monsieur von B.?
— Je ne sais pas, docteur. Hier, elle était normale.
— L'avez-vous vue pratiquer sur elle-même des injections d'insuline?
— Pas que je sache. Pourquoi, il y a des traces?
— Les seringues actuelles sont bien trop fines, elles peuvent ne laisser aucune trace...
— Alors?
— J'aimerais que vous passiez dans mon bureau avec les enfants de votre épouse. C'est important.
Le bureau du médecin donne sur un jardin. Il y règne un calme et un ordre impressionnants. La voix du praticien est aussi calme et impressionnante.
— Le coma est irréversible. Elle ne reprendra jamais connaissance. Le cerveau est mort à 60 %. J'ai le regret de vous dire qu'il a été provoqué par une forte injection d'insuline. L'alcool ou le sucre ne pouvaient pas, même conjugués, la mettre dans cet état. Je ne peux plus rien. Nous ne pouvons plus rien.
Le fils demande:
— Elle va mourir?
— Peut-être. Peut-être pas. Pour l'instant, nous la maintenons artificiellement. Cela peut durer des années ou un jour. Mais c'est irréversible. Vous devez la considérer comme une morte vivante.
Claus von B. regarde par la fenêtre. Il ne dit rien. Il entend sortir Alexander, son beau-fils, et Laurie sa belle-fille. Le frère et la sœur ne le saluent même pas.
Dès le lendemain, Claus est accusé par eux d'avoir provoqué la mort de leur mère. Et le scandale éclate à Newport. Scandale dans la *High Society*.
La maîtresse de Claus révèle lui avoir donné un ultimatum deux mois auparavant: «Divorcer et l'épouser.» Elle n'attendrait pas plus longtemps.
La gouvernante précise les accusations: Claus a menti devant elle au premier médecin, en affirmant que sa femme s'était levée la veille et qu'elle allait bien. Elle ajoute:

— J'ai trouvé de l'insuline et deux seringues dans un petit sac qui appartient à Monsieur... C'était deux jours avant son dernier coma. D'autre part, Monsieur prétend que Madame était d'accord pour qu'il fréquente une maîtresse, car elle ne voulait plus de lui. Je dis que c'est faux. Madame n'était pas d'accord. Je la connais depuis vingt-cinq ans, je peux l'affirmer. Monsieur fréquentait en plus une prostituée à qui il rendait visite régulièrement... Je ne suis pas d'accord non plus sur le fait que Madame ait été alcoolique. C'est Monsieur qui prétend cela. Madame buvait un verre de temps en temps, il n'y a pas de mal à cela. Enfin je précise que Madame parlait de divorce ces derniers temps.

L'enquête tourne mal pour Claus von B. Le procureur fait le point pour le jury qui doit décider ou non de son inculpation.

— Nous savons donc qu'il était question de divorce. Claus von B. devait hériter, après la mort de sa femme, de 14 millions de dollars. Un quart de l'héritage. Cela lui permettait évidemment de vivre avec sa maîtresse, sans problèmes financiers, jusqu'à la fin de ses jours... Nous savons qu'il possédait une trousse noire, dans laquelle un témoin a trouvé de l'insuline et des seringues, deux jours avant le dernier coma. Nous savons qu'il était question de divorce, la famille confirme, et nous savons que la maîtresse de cet homme lui avait posé un ultimatum pour le divorce. Nous savons par ailleurs qu'en cas de divorce, madame Martha von B. n'aurait attribué à son ex-mari qu'une pension très relative, alors qu'il hérite selon le testament d'un quart de sa fortune. Enfin, nous savons que son attitude auprès de sa femme malade, n'a pas été normale, et que la cause du coma, selon les médecins, est une injection d'insuline à haute dose. Ainsi le jury va délibérer. Pour ma part, j'estime que monsieur Claus von B. a tenté par deux fois de faire mourir sa femme en lui injectant lui-même de l'insuline et en attendant auprès d'elle qu'elle meure dans son lit.

Le jury est immédiatement d'accord. Claus von B. est donc accusé de deux tentatives de meurtre, avec préméditation. Il risque 20 ans pour chacun des chefs d'accusation. Et il vient de faire appel, en disant :

— J'accepte la sentence dignement mais je ne reconnais pas les faits. Je ne suis pas responsable de la mort de ma femme. Ses enfants ont intérêt à me déshonorer, c'est une question d'argent. Ils n'acceptent pas que j'hérite d'une part des 75 millions que constitue actuellement la fortune de ma femme.

Luxe et sordide se mêlent désormais dans la haute société de Newport. Tandis qu'une femme blonde, aux traits fins, qui fut très belle et peut-être un peu folle, très entourée et peut-être trop malheureuse, dort avec son secret dans une salle de réanimation à l'hôpital de Newport. Elle est morte pour tous ceux qui se disputent son héritage. Vivante pour les innombrables appareils qui tracent inlassablement les courbes de la respiration, du cœur et du cerveau, sur des écrans d'ordinateurs qui fonctionnent à sa place, pour des milliers de dollars.

Et l'affreuse réflexion qui vient à l'esprit est la suivante: si Claus von B. et sa femme n'étaient pas si riches, elle serait morte et il aurait commis le crime parfait.

Si tant est qu'il ait voulu le commettre car l'affaire n'est toujours pas close.

L'attaque

Messieurs,

Je m'appelle Walter Seifert. Je suis né à Cologne, le 19 juin 1921. Mon père était polisseur de glaces.

J'ai toujours été bon élève. J'ai quitté l'école professionnelle avec un certificat portant la mention très bien.

Pendant la guerre, je me suis spécialisé dans une école technique de l'aviation. J'ai été prisonnier de guerre. Je suis entré dans la police en 1945, avec une note au-dessus de la moyenne.

En 1946, j'ai dû quitter la police. J'étais devenu tuberculeux. On ne m'a jamais donné de pension. Les médecins ont estimé que je n'y avais pas droit. Ils ont prétendu au bout d'un an que j'étais guéri.

En octobre 1955, je me suis marié.

En 1961, ma femme est morte, à la suite d'un accouchement prématuré. Les médecins ne l'ont pas soignée. Ils l'ont laissée mourir. Les médecins sont des incapables qui croient tout savoir et ne savent rien.

Pour expliquer cela, j'ai écrit un mémoire de 120 pages intitulé Matricide, Destin solitaire et Analyse d'un système. *Je l'ai adressé aux administrations, à tous les médecins de Cologne et aux laboratoires pharmaceutiques. J'y démontrais que l'embolie dont ma femme est morte a été mal soignée, que les médecins sont des assassins. Les plus grands meurtriers de l'histoire de l'humanité.*

Que faire pour en sortir ? Faire appel à la conscience humaine ? Inutile. Ceux qui agissent aussi mal n'ont pas de conscience.

J'ai fait l'analyse du système. Politique sociale, Médecine sociale, Assassinat social. *Alors, puisqu'il n'y a pas de justice, il faut faire justice soi-même. La terreur règne parmi les médecins. On ne peut réagir que par la terreur. Ceux qui m'ont refusé protection par la loi m'ont mis une massue dans la main.*

11 juin 1964. 9 heures. Une petite école communale à Cologne, avec une grande porte par laquelle entrent ou s'échappent, à heure fixe, les centaines d'enfants qui la fréquentent. Cette porte est toujours fermée

dans la journée. A côté, il y a un petit portillon, réservé aux visiteurs. La serrure en est cassée depuis longtemps et personne n'a jamais songé à la réparer.

Il y a comme cela des failles dans l'organisation des choses. Une serrure cassée d'un petit portillon d'école communale, quelle importance? Au contraire, cela évite au facteur de déranger le concierge. Et au professeur en retard de se faire remarquer.

9 heures 5. Les classes de troisième et de quatrième sortent en file indienne dans la cour de récréation, en tenue de gymnastique. L'institutrice commande le groupe:

— En petite foulée jusqu'aux portiques. Respirez à fond, dégagez les épaules...

Deux élèves des grandes classes traversent la cour d'un pas plus tranquille. Ils sont de service pour la distribution du goûter des plus petits à 10 heures.

Karl est chargé du chocolat, Peter des petits pains. Ils discutent en marchant vers la grille. Le goûter est prêt, ils ont largement le temps de flâner avant 10 heures, en regardant les passants. Ils n'ont cours que l'après-midi.

9 heures 10. Un inconnu en bleu de travail pousse le petit portillon. Karl l'observe, adossé contre la grille. L'homme a l'air d'un ouvrier. Il referme soigneusement le portillon et s'accroupit pour le bloquer à l'aide d'un coin de bois. Après deux ou trois essais, il réussit à le fermer complètement et tire dessus pour éprouver sa résistance.

Karl s'approche de quelques mètres.

— Qu'est-ce que vous faites?

Sans répondre, l'homme se redresse. Il porte sur son dos un matériel compliqué mais reconnaissable, destiné à pulvériser de l'insecticide: une bouteille à air comprimé et un tuyau terminé par une lance.

— Hé, monsieur? Vous allez réparer la serrure? Ce n'est pas trop tôt!

Toujours sans répondre, l'homme secoue la tête et se dirige vers le terrain de gymnastique.

Karl le regarde s'éloigner tout droit vers l'institutrice qui commande les exercices à une quarantaine de gosses.

— Les mains sur les hanches... le dos plat... le buste à droite... devant... à gauche...

9 heures 15. L'homme s'arrête à trois mètres de l'institutrice qui ne s'en préoccupe pas. Elle ne l'a pas vu arriver, elle lui tourne le dos.

L'homme dirige l'appareil dans sa direction et, tout à coup, une flamme en jaillit, une petite flamme de cinq à six centimètres, bleue et orange, qui grandit... devient rouge... grandit encore, 1 mètre, 2. Elle devient jaune, se met à siffler, grandit encore.

Les enfants se sont figés. Quarante statues en short regardent soudain la flamme gigantesque atteindre l'institutrice qui hurle et s'enfuit, courbée en deux par la douleur, avant de s'effondrer dans les buissons, le long du mur.

D'un seul élan, les quarante statues bondissent. A droite, à gauche... piaillant, hurlant, comme une volée de moineaux terrorisés.

Surpris par l'événement incroyable qui se déroule sous ses yeux, Karl n'a pas bougé. A voix haute et à l'adresse de son camarade aussi stupéfait que lui, il bredouille :

— Mais... mais c'est une blague ?

L'homme se dirige vers le bâtiment de droite. Son bras droit fait des moulinets, comme avec une fronde et, presque aussitôt, la vitre de la classe au rez-de-chaussée, vole en éclats.

C'est une classe de petites filles. La flamme immense pénètre à l'intérieur en ronflant, balaie les murs, les robes, les bureaux, s'attaque au tableau noir, chasse les enfants d'un mur à l'autre, brûlant les jambes, les bras, les cheveux. Les cris s'entendent jusque dans la rue. Le toit de l'école commence à prendre feu.

Karl dans son coin, près de la grille, s'acharne à débloquer le portillon. Sa bicyclette est restée à l'extérieur et il a compris. Cet homme est un fou, il faut prévenir la police.

Mais le morceau de bois a été parfaitement taillé pour son usage. Il résiste aux secousses désespérées du gamin.

Pendant ce temps, l'homme a atteint l'autre bâtiment. A nouveau son bras fait des moulinets, une seconde vitre éclate, et la flamme grondante balaie l'intérieur de la classe des garçons.

En se retournant, Karl voit son copain Herbert sauter par la fenêtre, comme un chat, et atterrir au pied de l'homme. Agrippé aux barreaux qu'il escalade, Karl se met à hurler.

— Sauve-toi Herbert... Sauve-toi...

Mais l'homme l'a vu. Il dirige son lance-flammes sur le gamin à terre. En quelques secondes, l'enfant est une torche hurlante.

Karl saute de l'autre côté du portillon et cherche de l'aide. Mais la rue est déserte et son vélo n'est pas là. Il s'est trompé. Il l'a laissé dans la cour près d'un arbre.

A grands coups rageurs de pied, aidé par Peter resté de l'autre côté, Karl réussit à débloquer le portillon, fonce vers son vélo. Le poste de police est loin, c'est la seule façon de s'y rendre le plus vite possible.

La panique est générale à l'intérieur des classes, mais la cour est vide. Les enfants qui faisaient de la gymnastique se sont réfugiés derrière les buissons qui bordent le stade. Personne ne bouge. Il n'y a que Karl qui court en direction de son vélo, et l'homme au lance-flammes. Son appareil s'est éteint brusquement et il le jette avec colère, loin de lui. Dans sa main droite, il tient maintenant une lance courte et pointue qui brille au soleil. Il avance vers une porte l'arme pointée devant lui.

Une institutrice qui sort en courant juste en face de lui est sa première cible. La lance l'atteint en pleine poitrine.

Le geste a été si rapide que Karl, son vélo à la main, ne peut s'empêcher de rester là, planté, au lieu de courir. Il voit l'homme retirer son arme et courir à l'assaut d'un pavillon. Celui des plus petits. Il attaque la porte qui résiste. La jeune femme qui tentait de la fermer n'a pas été assez vite. L'homme la tire en arrière et elle dégringole les marches pour atterrir dans le sable de la cour.

Deux coups de lance au hasard sur les jambes et un dans le dos. Mortel. Elle ne bouge plus. Fichée en terre comme un gibier.

Karl saute sur son vélo et fonce à travers la cour en direction du portillon ouvert. De l'autre côté, l'homme court comme un dératé jusqu'au mur de clôture, puis il se ravise, Karl le voit revenir en arrière, arracher la lance, reprendre sa course, escalader le mur et disparaître.

9 heures 20. Pendant que Karl, essoufflé, jette son vélo devant le commissariat de police, une vingtaine de personnes s'élancent à la poursuite du fou. La directrice a appelé les pompiers, les voitures rouges sont déjà sur place.

L'homme court sur la ligne du chemin de fer qui longe l'école. Derrière lui, la meute des professeurs et des institutrices se rapproche. On tombe, on se relève, on crie, on gagne du terrain.

Bientôt l'homme est rejoint. Il fait face, comme un sanglier furieux. Sa lance fait le vide autour de lui. Les poursuivants n'ont que leurs mains nues. On s'observe. Chaque fois que les chasseurs avancent, le sanglier recule en grognant, sa lance battant l'air autour de lui.

9 heures 30. Karl s'est évanoui de peur au commissariat. Mais, avant cela, une voiture de police est partie sur ses indications, sirène hurlante. Elle s'arrête à dix mètres de l'homme et de ses poursuivants. Deux policiers en jaillissent, l'arme au point.

9 heures 38. Sur la voie de chemin de fer, planté au milieu des rails, l'homme hésite. Devant lui, le groupe de l'école, en demi- cercle, qui lui barre la route. Derrière lui, les deux policiers. Un coup de feu d'avertissement.

— Lâche ça!...

D'un bond, le forcené se jette sur le policier qui vient de tirer. L'homme esquive, roule à terre, pendant que son équipier, calmement, vise et tire à son tour.

9 heures 40. Atteint à la cuisse, l'homme s'écroule en travers des rails. Et il se fait un grand silence autour de lui. Un silence essoufflé, stupéfait. C'est fini. Le fou est à terre.

Alors, les hommes et les femmes s'approchent pour regarder le monstre, la bête inconnue et sauvage qui vient de faire autant de dégâts en vingt-cinq minutes. Stéphane, Dorothée, Clara, Renée, Rosel, Ruth, Karine et Ingrid, de huit à douze ans, mortes brûlées par le lance-flammes. Deux institutrices, Ursula et Gertrude, trente-six et quarante-quatre ans, mortes à coups de lance.

Une vingtaine d'enfants brûlés. Une école dévastée.

L'homme qui a fait ça en vingt-cinq minutes est à terre, une balle dans la cuisse, la tête sur un rail de chemin de fer. On attend l'ambulance, on regarde et on écoute. Un policier se penche sur le blessé.

— Vous m'entendez?

— Oui.

— Comment vous appelez-vous?

— Walter Seifert.

— Quel âge avez-vous?

Réponse étonnante. L'homme ne donne pas son âge mais sa date de naissance. Comme s'il remplissait un formulaire. Mais sa voix se brouille:

— 19 juin 1921.

— Quel est votre métier?

L'homme marmonne quelque chose d'incompréhensible.

— Pourquoi avez-vous fait ça?

— On... a... on a voulu me tuer.

— Qui? Qui voulait vous tuer?

— Le chef de la santé.

— Vous connaissiez les institutrices de l'école?

— Non. Je ne les connais pas. Non, aucune.

— Vous avez eu des ennuis à l'école? Vous la connaissiez?

— Non.

— Et les enfants? Vous en connaissiez un?

— Non.

— Alors, pourquoi avez-vous fait ça?

— C'est compliqué. C'est une affaire compliquée, très compliquée.

9 heures 50. L'ambulance est là. Un médecin se penche sur le blessé. La balle a traversé la cuisse mais la blessure n'est pas grave. Pourtant, l'homme a l'air plus gravement atteint. Les traits tirés, le teint blanc presque vert. Et il est agité de convulsions bizarres, comme s'il souffrait de l'intérieur.

A l'hôpital, le médecin avance un diagnostic surprenant:

— Il va mourir.

— De sa blessure?

— Non. D'empoisonnement.

— Vous êtes sûr?

— Certain, mais je ne sais pas ce qu'il a pris.

— Il peut encore parler?

— Il peut. Mais ça ne durera pas longtemps.

Les policiers font vite. Le temps de vérifier l'identité de Walter Seifert, tout juste le temps de faire prévenir sa famille s'il en a une. Il en a une: un père, une mère, un frère.

C'est un ancien prisonnier de guerre. Il est veuf, il se prétend malade et réclame une pension depuis des années. Il réclame justice aussi pour la mort de sa jeune femme. Des psychiatres ont examiné son état mental et l'ont jugé, en 1954, dix ans plus tôt: *schizophrène à évolution paranoïaque, mais inoffensif.* Son idée fixe est résumée en une longue dissertation écrite de sa main, et qu'il distribue autour de lui. Il l'a intitulée: *Politique sociale. Médecine sociale. Assassinat social.* Il y exprime son refus de tous les diagnostics des médecins sur son état tuberculeux. Bien que guéri d'après eux, il est sûr du contraire. Sûr aussi qu'on a tué sa femme, que les médecins ont tué sa femme. Depuis des années, il traîne un curieux sourire figé sur son visage maigre. Mais, d'après son entourage, il a toujours été calme.

Son plus jeune frère raconte cependant aux policiers une drôle d'histoire.

Il y a quelques années, après la mort de sa femme, Walter est venu le trouver chez lui, un soir. Son éternel sourire coincé dans la mâchoire.

— Je voudrais que tu t'associes avec moi.

— Pourquoi faire?

— J'ai fait un croquis de la maison des parents. Tu vois, là, c'est la cave. Et là, il y a une porte... Si on creuse dans la cave, on peut faire une pièce souterraine de 3 mètres sur 2, et un escalier qui va jusqu'à la porte.

— Et alors? Qu'est-ce que tu veux faire d'un trou dans une cave?

— On pourrait y mettre des filles.

— Des filles? Mais pour quoi faire?

— Pour les garder. Elles seraient là, à notre disposition, à toi et à moi... J'irais les attraper dehors, avec un mouchoir et de l'éther. Elles seraient évanouies, elles ne verraient pas où je les emmène.

— Tu es fou Walter? Ou tu plaisantes?

— Je ne plaisante pas...

Trois fois, Walter était revenu à la charge avec son projet insensé. Finalement son frère s'était fâché et l'avait fichu à la porte. Mais sans rien dire à personne. C'est déjà dur d'admettre que son propre frère est un fou. Encore plus dur de réfléchir à son cas et de le faire enfermer.

Walter était reparti à son nouveau métier de fraiseur sur métaux. Il n'avait plus parlé de trou dans la cave et s'était mis à écrire *l'Analyse du système.* A le faire polycopier et à l'expédier inlassablement partout, à toutes les adresses ayant un rapport avec la médecine, la santé, les laboratoires.

La veille de son équipée sauvage à l'école, Walter a regardé la télévision en famille et s'est mis en colère contre un plombier qui avait mal réparé un tuyau de la salle de bains. Personne ne se doutait qu'il avait caché dans une cabane, en face de l'école, tout un petit matériel conçu par lui.

Le bloc de bois, taillé, pour bloquer le portillon. Un vieil appareil à insecticide qu'il avait transformé en lance-flammes, comme pour la guerre. Une lance, fondue et aiguisée de ses mains, à partir d'une barre de fer. Une fronde, en fil d'acier et cuir, pour lancer des pierres.

On a retrouvé tout ça, éparpillé dans la cour de l'école et sur les rails du chemin de fer.

— Il y a longtemps que vous prépariez votre plan?

— Longtemps.

— Pourquoi? A cause des docteurs?

— A cause d'eux.

— Lesquels?

Walter prononce deux noms, distinctement. Il est en train de mourir mais son idée fixe est toujours là.

— Vous savez ce que vous avez fait?

— Je sais.

— Qu'est-ce que vous avez fait?

— J'ai fabriqué un lance-flammes pour attaquer les gens.

— Pour les tuer?

— Oui. J'en ai tué. Au moins trois.

— Quand avez-vous fabriqué la lance?

— Il y a huit mois.

— Et le lance-flammes?

— Pas longtemps.

— Vous regrettez?

— Je ne sais pas. Il faut prendre ses responsabilités.

— Pourquoi avez-vous tué les institutrices?

— Elles sont venues vers moi.

— Et les enfants? Pourquoi? Vous n'aimez pas les enfants?

— Si.

— Alors pourquoi?

— C'est trop long à expliquer.

— Vous me le direz demain?

— Oui. Demain.

11 juin 1964. 20 heures 30. Walter est mort. L'autopsie révèle la présence d'un poison bien connu, le E 605, en quantité largement mortelle.

Dans la cour de l'école, on a retrouvé un petit tube de verre contenant le reste de ce poison. Près de l'endroit où, le matin même, les enfants du cours de gymnastique subissaient la première attaque.

Walter Seifert l'avait brisé d'une main contre un poteau, pour en avaler le contenu. Avant d'allumer son engin de mort. Déjà mort lui-même.

D'avance.

La petite fille aux yeux de dragon noir

Cheveux noirs coupés sur le front au ras des sourcils, yeux noirs étirés au ras des tempes, petit nez et bouche carmin, la petite fille traverse la salle de bal d'un pas pressé. Le grand paquebot de luxe, le *Belgeland*, tangue sur les vagues du Pacifique, en direction de New York. La nuit est belle et, dans les grands salons, on danse. Smokings et robes du soir, champagne et cotillons, grand orchestre. Il y a là, rassemblés pour une longue croisière du Pacifique à l'Atlantique, de San Francisco à New York, quelques milliardaires internationaux... Tout un monde de luxe, de calme et de volupté. Américains, Anglais, Hollandais, Brésiliens, Japonais... La *gentry* internationale des années 30.

La petite fille qui traverse le grand salon au parquet ciré, dans sa robe de mousseline blanche et rose, n'a que sept ans. Elle s'appelle Toshika Fujimura. Son père revient avec elle d'un voyage d'affaires en Polynésie et sur la côte coréenne. Toshika ne supportait pas le climat de New York. Elle a largement profité de ses vacances de convalescence au soleil des îles. Sa peau est dorée et elle parle un anglais aussi remarquable que celui de son père. D'une petite voix précieuse et nette, elle interpelle le commandant :

— S'il vous plaît ? Voulez-vous faire chercher mon père ? Je suis inquiète, il n'est pas dans sa cabine.

Le commandant penche un sourire ravi sur le délicieux visage de poupée, qui lui arrive au coude. Cette enfant surdouée parle comme une adulte.

— Ton père doit prendre l'air sur le pont, il va revenir.

— Je suis désolée, commandant, mon père devrait être dans sa cabine, et il n'y est pas. J'ai peur.

— Allons, allons ! Il n'y a pas de quoi avoir peur. Raconte-moi ça. Que t'a dit ton père ? Qu'il allait se coucher ?

— Non, commandant, il a dit qu'il était fatigué et qu'il souhaitait se reposer. Il m'a dit aussi que je pouvais rester un moment dans la salle de bal, et qu'ensuite je vienne lui dire bonsoir dans sa cabine.

Toshika, qui n'a que sept ans, fait partie, semble-t-il, des enfants raisonnables dont on dit qu'ils sont bien trop intelligents pour leur âge. Elle fait un peu peur, à vrai dire. Les surdoués font toujours un peu peur aux autres. Ce petit air de supériorité tranquille, cette aisance du comportement, comme si elle savait déjà tout sur le monde où elle est née.

— Je suis restée un moment ici à regarder danser les dames, c'est très agréable. Puis j'ai décidé d'aller dire bonsoir à mon père et de me coucher. Ma nurse dormait déjà. Elle dort beaucoup, et souvent bien avant moi. Alors, j'ai frappé à la porte de papa, je suis entré, mais il n'était pas là.

Le commandant est bien ennuyé. Il y a tout de même des suppositions difficiles à émettre, même devant une petite surdouée de sept ans. L'homme d'affaires japonais, riche à millions, plutôt séduisant, célibataire provisoire, se trouve peut-être dans une autre cabine en galante compagnie. Mais les yeux noirs de la petite fille ne quittent pas ceux du commandant. Elle pose une main de porcelaine sur la manche de l'officier et répète calmement, bien qu'avec un léger tremblement dans la voix :

— Commandant, il n'est pas dans sa cabine. J'ai un pressentiment. Rien n'est normal.

Le commandant se résigne et donne quelques ordres discrets aux marins de service. Il leur enjoint de repérer le plus vite possible ce monsieur Isashi Fujimura, le Japonais. Puis il emboîte le pas à la petite fille.

— Allons voir ensemble dans la cabine? Il est sûrement revenu entre-temps. Comment t'appelles-tu?

— Toshika, commandant. Mais à New York, on m'appelle Œil de dragon noir.

— Mais c'est un drôle de nom pour une petite fille!

— Vous vous appelez bien Jimmy Randolph Prescott! Est-ce que ce n'est pas un drôle de nom pour un homme?

Sidéré par les répliques de la gamine, le commandant demande :

— Où as-tu vu que je m'appelais ainsi?

— C'est marqué sur la porte de votre bureau. Moi je vous aurais appelé Grand Chien de mer, par exemple, c'est plus logique. Mon père, lui, porte le nom de Isashi et aussi celui de Chasseur de perles des profondeurs. Tous les marchands l'appellent ainsi. Vous savez pourquoi? Parce qu'il leur achète les plus belles perles du monde, les plus rares et les plus chères. Parfois, il y en a des noires. C'est un métier dangereux, commandant, et c'est pour cela que je suis inquiète.

Le commandant ouvre la porte de la cabine : elle est vide. Or, il est 2 heures du matin. La petite fille le regarde, l'air anxieux :

— Vous voyez bien? Cela n'est pas normal, commandant.

De retour dans le grand salon, le commandant fait le point avec les marins, mais personne n'a vu le Japonais dans les salons. Il n'est pas sur le pont des premières, ni sur les autres. Il ne reste donc qu'une explication: il doit se trouver dans une cabine quelconque, ou en galante compagnie, ou en affaires. Que pourrait-il arriver d'autre à un Japonais milliardaire de quarante-deux ans, sur un paquebot de luxe, en plein Pacifique, durant l'été 1931. Quel que soit le motif, il est difficile de cogner à toutes les portes des cabines de première classe.

— Écoute, mon petit... Puisque tu es si raisonnable, nous allons parler un peu. Ton papa n'a-t-il pas rencontré quelqu'un tout à l'heure? Une dame ou... un monsieur.

— Il a salué quelques personnes, mais il ne m'a dit qu'il devait parler d'affaires ce soir. Il a dit qu'il se sentait un peu fatigué et qu'il allait se reposer...

— Peut-être pour te rassurer, et demeurer un peu seul. Tu sais, les grandes personnes, même les papas, ont besoin d'être seules parfois...

— En ce cas, mon père l'aurait dit, commandant. Lorsqu'il a besoin de discuter de ses affaires avec quelqu'un, il le dit. Mais il n'a pas dit cela. D'ailleurs, il ne s'occupe pas de ses affaires ici. Nous sommes en vacances.

— Mais ton père ne te dit pas tout ce qu'il fait tout de même?

— Si, commandant. Lorsque nous sommes seuls tous les deux, sans ma mère, il dit toujours ce qu'il fait pour que je ne m'inquiète pas, et moi aussi. De cette façon, quand une chose est dite, elle est sûre. Vous comprenez? C'est un principe que papa m'enseigne.

Cette gosse a réponse à tout. Une heure plus tard, son père n'ayant toujours pas reparu, et la nurse inquiète à son tour, réclamant des recherches, le commandant fait fouiller plus précisément le navire. Mais à l'aube, toujours pas de milliardaire Japonais, aucun signe de vie, aucune trace d'une rencontre particulière. Le détective du bord a interrogé, sans succès, la nurse, les occupants des cabines voisines, tous les marins et officiers. Rien. Tout ce qu'il sait, il ne l'a appris que de la bouche de Toshika, la petite fille aux yeux de dragon noir. Elle a décortiqué les indices avec une précision et un sens de l'observation hors du commun.

— Quand je suis entrée dans la cabine de mon père, elle était vide, mais j'ai vu qu'il s'était allongé. Il y avait la marque de son corps sur la couchette. Sa veste de smoking était dans la penderie, mais il avait gardé son pantalon et mis sa robe de chambre en velours qui n'était plus pendue dans la cabine de toilette. Sur la table, il y avait le portrait que monsieur Ribas, le Hongrois, a fait de lui pendant le dîner. Et par terre, il y avait cette fleur rouge, un gardénia.

— Celui que ton père portait à la boutonnière?

— Mon père ne portait pas de fleur à la boutonnière.

— Tu es sûre?

— Regardez, il n'est pas sur le dessin de monsieur Ribas. Cette fleur est à quelqu'un d'autre. Celui qui a tué mon père.

Le détective du bord a un sursaut. Cette gamine l'agace prodigieusement. En fait, elle le déconcerte et il se sent minable. Plutôt mou, porté sur l'alcool, son travail habituel consiste essentiellement à repérer les kelptomanes ou les tricheurs aux tables de jeu. Dieu sait depuis combien d'années ce grand niais d'Américain, nommé Charlie Woodman, n'a eu à débrouiller d'affaires criminelles! D'ailleurs, qui parle de crime à part cette gamine énervante? Personne. Par contre, le Japonais a pu passer par-dessus bord. Ce sont des choses rares, mais qui arrivent. Un passager malade qui se penche dangereusement, un coup de roulis, et hop!... à la mer en pleine nuit.

Toshika ne pleure pas, mais la peur est dans ses yeux noirs. Elle n'a pas dormi, a refusé de quitter la cabine de son père, et c'est elle qui s'est chargée de montrer au commandant le fabuleux trésor que transporte son père. Elle a sorti d'une valise un coffret de jade qu'elle a ouvert sans hésitation avec la combinaison chiffrée.

— Vous voyez... mon père avait dix perles, les plus belles de toutes. Il y en avait dix et il n'en reste que trois. On a volé les autres.

— Ton père savait que tu pouvais ouvrir cette boîte?

Une idée traverse l'esprit du commandant à cette minute: cette gosse surdouée a pu vouloir jouer avec les perles... après tout, ce n'est qu'une enfant et bien étrange.

— Mon père m'a montré lui-même. Il n'avait confiance qu'en moi. Cette «boîte», comme vous dites, commandant, ce n'est pas une boîte, c'est un coffre de jade qui appartenait à nos ancêtres. Elle a beaucoup de prix. Regardez le mécanisme, il est très ancien, papa le considère comme une œuvre d'art. Je ne comprends pas pourquoi le voleur n'a pas tout pris.

Si une enfant surdouée de sept ans ne comprend déjà pas, alors le détective...

— Vous voyez bien que rien n'est normal, commandant... Un voleur normal aurait pris les dix perles. Il faut que je vous dise autre chose. Hier soir, dans le couloir, j'ai croisé un homme en habit noir, qui marchait lentement. Il venait peut-être de la cabine de mon père. Il s'est dirigé vers un autre couloir à droite, et j'ai entendu une porte se refermer.

— Connais-tu cet homme?

— Non, commandant. Je l'ai vu passer, c'est tout.

Or, dans ce couloir à droite, il n'y a que trois cabines occupées. La quatrième est vide. Le détective va donc vérifier si cet homme en habit noir est l'occupant de l'une d'elles, et fouiller les cabines. Puisque cette fichue gamine a remarqué ce que l'on peut appeler un suspect.

Un navire est un territoire particulier dont le chef est le commandant qui a droit de police et même de justice sur le petit peuple qu'il transporte. Mais le petit peuple en question est, en l'occurrence celui des cabines de luxe, et il ne se laisse pas facilement impressionner.

Tout d'abord, une Américaine richissime de soixante-cinq ans, que le grand krach de Wall Street, il y a deux ans à peine, ne semble pas avoir réduite à la misère. Elle voyage avec un singe et lui parle comme à un humain. Ensuite, un couple de jeunes mariés, de bonne famille, dont la fortune ne permet pas non plus d'envisager sérieusement un vol. Leur domestique, une grosse femme noire d'âge respectable, considère le détective comme un vulgaire représentant indiscret.

Ces voisins du Japonais disparu ne ressemblent pas au suspect aperçu par l'enfant. Un homme en habit noir et aux cheveux gris.

Les quelques messieurs à cheveux gris, occupant d'autres cabines, plus éloignées, ont fait hocher la tête de l'enfant:

— Non, ce n'est pas lui. Lui non plus. Il était plus grand. Sa tête touchait presque le plafond du couloir.

Alors, le mystère s'épaissit. Personne sur ce bateau, absolument personne ne mesure plus de 1 mètre 90, ou un peu moins. Il faut cela pour que la tête atteigne presque le plafond du couloir. Mais, que veut dire «presque» dans la bouche d'une môme de sept ans. Le détective affirme au commandant:

— La gosse a pu se tromper. Elle n'a tout de même pas un appareil photo dans l'œil. Il faisait sombre, les couloirs sont à peine éclairés la nuit. Elle a vu un géant. A sept ans, c'est normal.

— Normal... pour quelqu'un de normal à sept ans, mais elle est anormale... je veux dire que, vous l'avez constaté comme moi, elle est très précise dans tout ce qu'elle dit. Et la cabine vide, Charlie?

— On l'a fouillée comme les autres, commandant. Rien. Ce qu'on appelle rien. C'est à devenir dingue. Ce type a dû passer par-dessus bord. Si son cadavre était quelque part sur le navire, on aurait trouvé quelque chose... on a fouillé partout, des soutes aux ponts supérieurs, les machines... tout.

Donc, monsieur Fujimura, l'un des plus riches parmi les riches négociants de perles fines sur le marché de New York, a disparu sans laisser de traces. Sauf un gardénia rouge qui ne lui appartenait pas sur le tapis de sa cabine. Mais beaucoup d'hommes, cette nuit-là, portait un gardénia rouge à la boutonnière, pour la simple raison que le commissaire de bord avait installé une corbeille de ces fleurs, à la disposition des messieurs, à l'entrée de la salle de bal.

Mais la petite fille, du haut de ses sept ans, fait remarquer au détective:

— Cette fleur n'a pas de queue. On ne pouvait pas la mettre à une boutonnière.

Ce à quoi le détective, agacé, rétorque :
— Si la fleur n'a pas de queue, c'est que la queue s'est cassée et qu'elle est restée dans la boutonnière.
— C'est exact. Il faut donc revérifier le veston du smoking de mon père. Je n'ai rien vu, mais il faut vérifier plutôt deux fois qu'une.
La boutonnière est impeccable, le fil n'a pas été écarté, preuve qu'aucun gardénia n'y a été glissé ou épinglé.
Assise, sagement, sur le lit de son père, Toshika parle d'une voix grave. Ses yeux de dragon noir s'emplissent de larmes. Elle ne peut plus les retenir. Des perles énormes et translucides coulent sur ses joues dorées.
Charly, le détective, qui ne sait plus par quel bout prendre cette affaire, décide de se fixer sur le vol des perles. Point besoin de l'en féliciter, c'est le seul indice. Sept perles rares, dont la description se trouve dans les papiers du disparu. Il y est consigné leurs poids, l'orient, leurs tailles, leurs formes et leurs origines.
Charly s'en prend au peintre-dessinateur, qui gagne sa vie à bord en faisant des portraits des passagers. Yann Ribas est hongrois, habitué des croisières de luxe. Grand front, cheveux en arrière, légèrement grisonnants, barbiche en pointe et cravate à pois.
— Vous êtes le dernier à l'avoir vu vivant... Vous faisiez son portrait dans le salon.
— Le dernier, en même temps que des dizaines de personnes...
— D'accord, mais imaginons... Vous l'accompagnez jusqu'à sa cabine pour vous faire payer...
— Eh... Il m'avait payé d'avance, en dollars...
— Vous avez un témoin ?
— Sa fille...
— Oui, bon... Alors, disons que vous n'aviez pas fini le portrait, et que vous vous êtes pointé vers minuit dans sa cabine, pour le lui remettre en mains propres. Vous entrez, il sait que vous allez venir, la porte n'est pas fermée... vous ouvrez, vous refermez, vous le jetez par-dessus bord, vous volez les perles, pas toutes, afin de compliquer l'enquête, et le tour est joué.
— Vous avez déjà fouillé ma cabine de fond en comble.
— Oui, mais pas vous. Des perles, ça se cache partout, ça peut même s'avaler, on peut les mettre dans une fausse dent, dans une doublure, dans un tube de peinture, hein ?
— Je n'ai pas sept fausses dents à votre disposition...
Quoi qu'il en soit, le peintre fit l'objet d'une surveillance constante dans les dernières vingt-quatre heures de la traversée. Perquisition minutieuse, éclatement des tubes de peintures. Plus rien de ce qui lui appartenait n'a échappé au détective. Vêtements décousus, lunettes démontées, chaussures déclouées. Le malheureux n'a même plus le

droit de s'isoler pour des besoins naturels. Toutes les polices du monde le savent, nombre de voleurs de pierres précieuses ou de perles ont choisi leur estomac pour cachette. Astuce trop connue. On avale, on restitue. Il suffit de recommencer l'opération, chaque fois que nécessaire et le butin demeure invisible à l'œil nu.

Mais Yann Ribas subit tous les contrôles outrageants avec dignité, affirmant qu'il n'est pas le voleur, et mettant le détective en garde:

— Mon vieux, vous êtes en train de foutre en l'air mon job à bord des paquebots. Je gagnais très bien ma vie jusqu'ici en faisant des portraits de riches. C'est un endroit idéal, ils ont le temps de poser, et ça les distrait. Le résultat de toutes vos manœuvres contre moi, c'est que je suis grillé. On va me suspecter dans tous les ports. Pourquoi moi? Vous avez dix témoins qui confirment que j'étais au bar entre minuit et 1 heure du matin. J'ai donné son portrait à monsieur Fujimura dans le salon, il m'a payé 300 dollars d'avance, il a même souri en me disant qu'il se trouvait très ressemblant. Il est parti, et je suis resté au bar. Je négociais un croquis rapide au fusain avec le fils d'un Hollandais...

Tout ceci est vrai. Tout ceci est confirmé par l'enquête. Et, à l'arrivée à New York, ni la police, ni la douane, ne découvriront d'éléments nouveaux.

Après une longue patience à bord, les passagers sont libérés, et madame Fujimura, venue de Floride pour récupérer sa petite fille, se voit remettre les affaires de son mari disparu, dont les trois perles fines, dans leur coffret de jade.

Petite, mince, tout habillée de noir, elle ressemble physiquement à sa fille, mais sans la beauté de l'enfant. C'est une épouse sans éclat. Une épouse à qui son mari ne révélait rien de ses activités, alors qu'il entretenait avec sa fille de sept ans des rapports bien plus proches. Cet homme achetait et revendait des perles, parfois des pierres précieuses ou des objets rares. Il avait un réseau de fournisseurs un peu partout dans le Pacifique, jusqu'en Chine. Au cours de son voyage, il n'avait écrit à sa femme que deux fois, pour lui donner des nouvelles de l'enfant. Et une fois à l'un de ses confrères négociant, pour lui dire: «J'ai un lot de perles exceptionnelles, les dix merveilles du monde. Elles pourraient payer une rançon royale.»

«Une rançon royale»... le confrère, un négociant chinois de New York, rond et jaune, tapi dans ses bureaux d'import-export, tel un gros matou précautionneux, déclare à la police:

— Il ne s'agit que d'une formule, sans signification particulière... sauf d'indiquer la valeur du lot. D'ailleurs les trois perles que vous avez bien voulu soumettre à mon expertise sont exceptionnelles, c'est certain. Et dix du même genre, c'est une fortune inestimable, messieurs, inestimables. Bien des diamants ne la valent pas. On a tué pour bien moins que cela. Je me demande d'ailleurs, comment il a payé sur place un pareil trésor... et où? Si l'on savait d'où viennent ces perles.. qui les a vendues, qui les a pêchées...

La réponse ne fut pas trouvée. L'importateur japonais n'avait pas tiré de chèque ou de traite correspondant à une telle valeur. Son argent liquide était dans son portefeuille, lequel était dans la poche de son veston de smoking. Le reste, la plus grosse partie, était dans le coffre du commandant durant la traversée.

La seule petite lumière vient de la petite fille aux yeux de dragon noir. Toujours elle. Interrogée par la police de New York, elle répétait sa description de l'homme si grand, vêtu d'un habit noir et aux cheveux gris.

— Papa disait qu'il avait une tête d'espion.

— Pourquoi d'espion? Tu sais ce que c'est, un espion? Ton père te parlait d'espions?

— Quelque fois.

— Et que disait-il sur les espions?

— Qu'un jour il m'apprendrait à les reconnaître.

— Pourquoi ça?

— Parce que mon père m'apprenait tout. Nous parlions de tout. Il m'apprenait les insectes et les fleurs, les climats, les océans. Il m'apprenait les perles, bien sûr.

— Oui, mais pourquoi les espions?

— Parce que les espions sont des gens que l'on ne voit pas en face. Ils font toujours les choses vite et en silence. Il faut savoir les reconnaître avant.

— Avant quoi?

— Avant qu'ils disparaissent.

— Ton père avait peur des espions?

— Je ne sais pas, mais je ne crois pas. Il me l'aurait dit.

— Et s'il n'a pas dit qu'il craignait les espions, c'est qu'il ne les craignait pas?

— C'est logique. Mon père était logique. C'est important, aussi, la logique.

— Ton père était peut-être un espion, qu'en penses-tu?

— Peut-être.

— Mais il te l'aurait dit?

— Pas forcément. Puisqu'il avait promis de m'apprendre à les reconnaître un jour, c'est qu'il pensait que j'étais encore trop petite pour apprendre, et trop petite pour savoir.

— Trop petite, parce que tu l'aurais dit à d'autres gens?

— Vous vous trompez. Lorsqu'il est nécessaire de ne rien dire, j'ai appris le silence.

— Ton père est un espion japonais?

— Je ne sais pas, monsieur, nous sommes Américains.

Était-ce là le silence appris ? La petite fille aux yeux de dragon noir devait tenir de son père...

Deux petits garçons sages

— Oliver? Bonjour Oliver... Qu'il est mignon!
— Oliver! Dis bonjour à la dame!
— Bonjour madame.
— Quel âge as-tu, Oliver? Tu es un grand garçon maintenant!
— Eh bien, réponds Oliver! Tu sais dire ton âge quand même!
— Oui maman. Douze ans.
— Oh! mais c'est bien, ça. Douze ans. Il est presque aussi grand que son frère! Et toi Correy? Quel âge as-tu maintenant?
— Correy! La dame te parle! Réponds! Dis ton âge à la dame!
— Treize ans, madame.
— Qu'ils sont gentils! Vous en avez de la chance, madame Wills! Deux beaux petits garçons comme ça. Qu'est-ce qu'ils vont faire plus tard? Ils seront marins? comme leur papa? Hein? C'est bien, ça...

Pendant que maman et la dame bêtifient sur leur bonne mine, leur sagesse, leurs centimètres et leur avenir, Correy et Oliver Wills patientent gravement.

L'école est finie et l'apprentissage les attend. Au début du siècle, on ne badine pas avec la rentabilité de deux petits garçons. Comme dit papa: «A votre âge, on est un homme. Et un homme, ça ne coûte pas, ça rapporte!»

Il est marin, papa. Enfin, pas tout à fait. Il est cuisinier sur un bateau. On ne le voit pas souvent.

Pour l'instant, Correy et Oliver, tout beaux tout propres, vont se présenter chez le boutiquier Criggs. Monsieur Criggs vend du thé, des épices, du riz, des haricots, des noix, de l'huile, des tas de choses qui sentent bon. Il a besoin d'apprentis. Un pour grimper sur l'échelle qui glisse le long des rayons, un autre pour surveiller l'étalage. Oliver, le plus petit, grimpera sur l'échelle. Correy, le plus grand, surveillera l'étalage. Et s'ils ne font pas bien leur travail, Rufus, le grand commis, se chargera de leur botter les fesses avec sagacité.

La scène précédente est, bien entendu, authentique. La dame qui bavardait avec la maman de Correy et Oliver est venue la raconter au juge d'instruction de Canning-Town, à Londres, en 1895, un jour de juillet.

Pourquoi consigner dans un dossier une rencontre aussi futile? Des propos aussi plats.

Parce que la dame anglaise, Miss Petykord, était le dernier témoin, la dernière personne à avoir vu la victime vivante. Parce que ce dossier, maigre, mince, si horrible et si simple, rendait malade le juge d'instruction. Et qu'il allait rendre malade aussi le président du tribunal.

L'histoire est courte. Tout s'est passé en quatre jours. Et en un seul lieu. Les personnages, nous les connaissons déjà. Nous n'y ajouterons qu'une vieille tante Esther. A titre de témoin.

4 juillet 1895, 6 heures du soir. Le père, le «marin», cuisinier sur un bateau a fait son sac le matin même à l'aube. Il a embrassé sa femme et ébouriffé les cheveux de ses deux fils comme d'habitude. Il a passé deux semaines en famille et disparaît pour six mois, peut-être un an. Manifestement, sa vie est ailleurs.

Correy et Oliver, à 7 heures tapantes, ont rejoint la boutique de monsieur Criggs. Ils ont compté les sacs de noisettes, pesé les sachets de thé, déménagé des rayons entiers de boîtes de toutes les couleurs. Rien à dire sur cette journée: Correy et Oliver par rapport aux autres apprentis du même âge sont plutôt privilégiés. Si on leur botte les fesses, on ne les bat pas jusqu'au sang. Et si on les paye une misère, ils sont nourris correctement. Ceci est loin d'être le cas pour les milliers d'enfants qui, en cette fin de XIXe siècle en Europe, représentent un tiers de la main d'œuvre la plus mal considérée qui soit.

A 6 heures, Correy et Oliver, bien habillés, propres, convenablement nourris et bien élevés, dit-on, rentrent chez eux.

Ni l'un, ni l'autre ne sont de mauvais garnements. Ils ne volent pas, ils ne se battent pas, ils ne font de misère à personne, ils ne prononcent jamais de gros mots, bien au contraire. Ce sont des enfants qui s'expriment remarquablement bien pour leur âge, étant donné l'éducation qu'ils ont reçue — éducation assez succincte administrée à coups de baguette et de formules religieuses par un pasteur bienveillant mais relativement borné.

La seule inquiétude qu'une mère attentive pourrait avoir à leur sujet, c'est justement qu'ils parlent trop bien, bien que très peu. Lorsqu'ils se trouvent en société, il faut littéralement leur arracher les réponses les plus simples et les obliger à respecter une politesse conformiste dont l'intérêt, semble-t-il, leur échappe totalement.

Correy et Oliver vivent apparemment dans une excellente harmonie. Correy n'a aucun ascendant sur Oliver, et Oliver aucune autorité sur Correy. Ils se considèrent d'égal à égal, sans prétention d'âge, de taille, de favoritisme ou d'un droit d'aînesse quelconque. Autrement dit, ils ne s'imposent rien l'un à l'autre.

Physiquement, d'ailleurs, ils se ressemblent assez curieusement. Il faut, pour les distinguer, faire attention à des nuances délicates. La même silhouette plutôt maigre, les mêmes épaules un peu étroites, les deux mêmes petites têtes d'oiseau aux traits aigus. C'est à peine si les yeux de Correy sont un peu plus noirs et un peu plus plissés que ceux de son frère. C'est à peine si le teint d'Oliver est un peu moins mat que celui de son frère. Ces petites nuances sont noyées dans la même expression du visage, une expression difficile à rendre avec des mots. Les deux enfants ont l'air à la fois attentifs, ironiques, muets, gênants, sages et intimidants.

Rentrés chez eux, Correy et Oliver, sur l'injonction de leur mère, vont se laver les mains, changer de vêtements et aider à la cuisine.

La maison dans laquelle ils vivent est des plus simples : une grande pièce qui sert à la fois de cuisine, de salon et de salle à manger, deux chambres à coucher minuscules, une pour la mère, une pour les enfants. Là encore, pour l'époque, ces enfants qui disposent d'une chambre à eux sont favorisés. Car, dans le milieu pauvre où ils évoluent, les familles s'entassent — parents, frères, sœurs et grand-mère s'il y en a une — dans un même périmètre.

Correy met la table et Oliver, grimpé sur une chaise, se prépare à soulever la marmite de potage qui fume sur la vieille cuisinière en fonte.

La petite scène qui va suivre peut paraître extrêmement anodine, elle est pourtant le point de départ, le point de non-retour de cette horrible histoire.

Correy dispose des assiettes sur une table de cuisine ; Oliver debout en équilibre sur une chaise, saisit à bras-le-corps une soupière. La mère est assise sur une chaise, elle coupe du pain.

Au moment où Oliver dépose avec précaution la soupière sur la table, le couvercle se déplace légèrement et une légère buée s'échappe du liquide brûlant. Intéressé par ce petit événement, Oliver se met à jouer avec le couvercle de la soupière. Il le soulève, le rabaisse. Disons qu'il joue à la cheminée.

— Oliver, arrête de faire ça !

Oliver ne répond pas et continue son petit jeu.

— Oliver, tu m'entends ? Arrête ! Réponds.

— Oui maman.

Et Oliver continue. Son frère s'intéresse à la chose et, voulant jouer à son tour, fait basculer définitivement le couvercle de la soupière. La faïence s'écrase sur le sol. La mère se lève et une gifle s'abat presque aussitôt sur la joue de Correy.

Correy et Oliver ne pleurent pas. Ils ramassent les débris, balayent sous le regard réprobateur de leur mère, mangent leur soupe, leur pain, leur fromage, et vont se coucher. Une heure après, la mère fait de même. C'est une petite femme irréprochable, dont tout le monde a toujours dit du bien, et qui élève très bien ses enfants. Malgré les absences prolongées de son mari, elle n'a jamais commis d'écart de conduite et se consacre exclusivement à son travail de blanchisseuse et à son intérieur.

Le lendemain matin, 5 juillet 1895, Correy et Oliver ne se lèvent pas à 6 heures du matin, ils dorment tard et, à 10 heures, surgit inopinément la tante Esther.

— Vous êtes tout seuls? Où est maman?

— Elle est allée à Liverpool. Notre oncle est mort, maman est partie pour l'héritage.

— Qu'est-ce que vous faites tout seuls?

— On joue aux cartes.

— Vous n'allez pas travailler?

— Maman préfère qu'on reste à la maison pendant qu'elle n'est pas là.

6 juillet. Rien. Correy et Oliver ne sortent pas de la maison.

7 juillet. Rien. Rien, sauf une petite sortie. Correy est allé rendre visite à un petit voisin qui passe pour l'idiot du quartier et l'a invité à venir jouer avec eux à la maison. De son côté, Oliver est allé faire quelques courses.

8 juillet, vers midi, nouvelle visite de la tante Esther.

— Maman n'est pas revenue?

— Non, pas encore, et elle n'a pas écrit.

La tante Esther est, pour le moins, inquiète. Il n'y a jamais eu d'oncle à Liverpool. Il est possible que les enfants ne le sachent pas et que leur mère ait inventé ce prétexte, mais la situation est si inhabituelle que la tante Esther décide de faire le tour de la maison, histoire de vérifier. Première surprise : la chambre des enfants ressemble plus à une salle de cabaret qu'à une nurserie. Atmosphère enfumée, whisky sur la table, un tapis, des cartes, des jetons.

Complètement sidérée et furieuse, la tante Esther jaillit dans la pièce principale avec la ferme intention de régler la question *manu militari*.

Tout en se répandant en imprécations diverses et en courant derrière Correy et Oliver qui se dérobent, la tante Esther ouvre la porte de la chambre maternelle. Elle n'a que l'intention de vérifier s'il y règne le même désordre que dans l'autre pièce. Correy et Oliver se précipitent sur elle, referment la porte et s'y adossent, menaçants.

— Fous le camp, tu n'as pas le droit d'entrer ici.

Une courte lutte s'engage, au cours de laquelle la vieille tante n'a guère le dessus et, à bout d'arguments, elle jette en l'air une phrase stupide dans l'intention de leur faire peur :

— Arrêtez tout de suite ou je vais chercher la police.

La tante Esther n'avait bien évidemment pas l'intention d'aller chercher la police mais, à ce mot, les deux enfants abandonnent la lutte et s'enfuient au-dehors en courant comme des lapins.

Et là, tout va très vite. La tante ouvre la porte, hurle et se précipite à la poursuite de ses petits neveux, qu'elle va d'ailleurs ramener sans peine, car ils se sont tout bonnement installés à califourchon sur le mur voisin.

Leur mère est morte, depuis plusieurs jours, exactement dans la nuit du 4 au 5 juillet à 4 heures du matin. On lui a percé le cœur d'un coup de couteau, d'un seul et unique coup de couteau. La lame a traversé le thorax et a pénétré jusqu'à l'épine dorsale.

Monsieur le Juge d'instruction en est malade. Mettez-vous à sa place : voilà qu'on traîne devant lui deux petits criminels de 1 mètre 50, bien polis, bien propres, bien habillés, qui racontent calmement comment ils ont décidé la mise à mort de leur mère.

Car ils l'ont décidée après mûre réflexion. Prenant la parole à tour de rôle, Correy et Oliver racontent. Oliver d'abord :

— Le jour du départ de papa, pendant le dîner, maman a giflé Correy pour une peccadille : il avait cassé le couvercle de la soupière. Nous sommes allés nous coucher mais, au lieu de dormir, nous avons tenu conseil. Il s'agissait de juger notre mère et la discussion a été longue. Enfin, nous nous sommes mis d'accord sur une condamnation à mort.

A Correy maintenant :

— Nous n'avions pas beaucoup de moyens à notre disposition pour l'exécution. Nous avons pensé que le plus simple était d'aller prendre un couteau dans la cuisine, le plus grand possible. Ensuite, nous avons attendu jusqu'à 4 heures du matin pour être sûr que maman dorme profondément. Comme nous n'avons pas beaucoup de force, nous avons fait la chose suivante : nous sommes entrés dans la chambre de maman sur la pointe des pieds, nous avons déboutonné très doucement sa chemise de nuit de façon à dégager l'endroit du cœur. Nous avons pris tous les deux ensemble le couteau avec nos quatre mains pour pouvoir peser de toutes nos forces. Nous avons enfoncé la lame tout entière. Maman n'a fait qu'un petit mouvement et elle est morte tout de suite, sans même se réveiller.

Correy et Oliver racontent ensuite comment ils se sont recouchés et ont dormi. Le lendemain, ils n'ont rien fait de spécial, sinon joué aux cartes et reçu la visite de la tante Esther. Comment, le surlendemain, ils ont pris les bijoux et l'argent qu'Oliver s'est chargé d'aller engager chez un prêteur. Jusqu'à la nouvelle visite de la tante Esther, ils ont passé leur temps à jouer aux cartes, à boire du whisky, et ils ont même invité le petit voisin idiot, pour leur tenir compagnie.

Ce qui a frappé toutes les personnes qui les ont interrogés, c'est le calme et l'indifférence de ces deux enfants, leur détachement incroyable devant la monstruosité de leur geste. Comment deux gamins de douze et treize ans ont-ils pu accomplir ce crime effarant, d'une part tuer leur mère, et d'autre part réussir à tuer leur mère, car la précision de l'unique coup qu'ils lui ont porté est exceptionnelle.

Oui, comment ont-ils pu faire cela, s'ils ne sont pas fous, débiles ou arriérés?

Car ils ne le sont pourtant pas, le président du tribunal s'en rendra compte. Il se posera même le problème de leur trouver un avocat. A cette époque, entreprendre la défense de deux assassins de cet âge n'était pas chose simple.

Question:

— Pourquoi avez-vous fait ça?

Réponse:

— Parce que maman a giflé Correy pour une peccadille.

Que faire avec ça? Quoi penser? Comment défendre, comment juger?

La justice de l'époque s'est heurtée là à un problème qui la dépassait totalement et qui la dépasse toujours, peut-être. Son seul refuge a consisté à demander l'examen médical des deux jeunes criminels. Lequel examen a posé au psychiatre de l'époque un problème insoluble. Qu'a-t-il dit? Il a dit «responsables», il a dit «intelligents», il a dit «démoniaques», un dernier mot qui ne veut pas dire grand-chose.

A l'âge de treize et douze ans, deux petits garçons anglais ont été condamnés à la détention à vie. Personne ne sait ce qu'ils sont devenus.

La nuit des hurlements

Aux environs de 10 heures du soir, samedi 24 mars 1935, Miss Riggs, gouvernante à la villa Madeira, longe le corridor qui mène de la salle de bains à la chambre. Elle sursaute, en se cognant presque au jeune Stoner, en pyjama, et à peine décent. Il ne porte qu'une moitié de pyjama. Celle du bas.

— Qu'est-ce qui vous arrive, Stoner?

— Rien.

Le garçon se redresse. Il a dit «rien», courbé en deux, l'oreille collée à la porte de la chambre à coucher des maîtres.

— Rien? Vraiment?

— Rien. Je vérifiais que les lampes soient éteintes. Bonne nuit, Miss Riggs...

Miss Riggs, reprend son petit chemin et entre dans sa chambre. Elle sursaute encore en se trouvant nez à nez avec madame Rattenbury.

Quelque chose ne va pas, Madame.

— Rien.

La jeune femme a l'air excité. Son déshabillé de nuit choque énormément la prude Miss Riggs qui, par ailleurs, n'a guère de conversation.

— Rien, vraiment?

— Rien... J'avais envie de bavarder un peu, mais il est tard. Bonne nuit, Miss Riggs...

Miss Riggs gagne son lit et pose sa vieille tête sur l'oreiller. Puisque deux personnes lui ont souhaité une bonne nuit ce soir, exceptionnellement, le mieux est de suivre leur conseil.

Le silence de la grande maison est tout à fait réconfortant. Il dure un quart d'heure.

Le diable a juré ce soir de faire sursauter la pauvre Miss Riggs. C'est un hurlement épouvantable...

— Qu'est-ce qu'il y a? Qu'est-ce qui se passe?...

Ah!... cette fois-ci, difficile de répondre rien, Miss Riggs!

La villa Madeira, à Bournemouth, va connaître une nuit d'épouvante. L'explosion d'un feu qui couve depuis longtemps.

Avant que Miss Riggs ne sursaute une troisième fois dans son lit, voyons qui habite cette charmante maison, au bord de la mer.

Le maître, Francis Rattenbury, soixante-huit ans. Un bon visage de grand-père, un air doux, un peu triste. Il a été très riche, il ne l'est plus énormément. Il a même pas mal d'ennuis d'argent qu'il essaye de noyer dans l'alcool. L'efficacité de ce procédé n'étant pas évident, il lui arrive de parler suicide.

La femme du maître. Alma Rattenbury, trente-huit ans. Extrêmement jolie, intelligente, et pianiste tout à fait remarquable. Une perle. Une perle de trente ans plus jeune que son mari. Son troisième mari. Le premier est mort en 1918, à la guerre, Alma avait un fils et tout juste vingt et un ans. Le second a divorcé. Le troisième boit, dort et ronfle. L'âge et les soucis!

C'est un problème pour Alma. Officiellement non, bien sûr! Le couple s'entend bien. Mais, comment dire... Alma a un teint de nacre, mais des yeux de braise... Une façon comme une autre de préciser qu'elle est un peu nymphomane...

Ensuite, Miss Riggs. C'est la gouvernante. Par définition, une gouvernante anglaise, inodore et sans saveur, facilement impressionnable et obéissante. Miss Riggs, en conséquence, ne jouera dans cette affaire que le rôle de témoin horrifié.

Voyons maintenant le dernier arrivé dans la maison, Georges Stoner. Dix-huit ans. A peine sorti des limbes de l'enfance et du garage paternel où il lavait les voitures.

Beau? Pas vraiment. En tout cas, il est trop tôt pour le dire. On ne peut dire d'un premier communiant qu'il est beau, et Georges a encore l'air d'un premier communiant. Sauf quand il est en pyjama, ou plutôt en moitié de pyjama, comme l'a surpris la pauvre Miss Riggs. Tout frais émoulu du lit accueillant de madame Rattenbury.

— Miss Riggs, que pensez-vous du dernier amant de Madame?

— C'est honteux. Un gamin de cet âge. Il est soi-disant chauffeur! Dieu me pardonne, c'est un drôle de métier!

— Monsieur Rattenbury est-il au courant?

— Qui peut savoir? Certainement oui. Il a toujours fermé les yeux sur les folies de sa femme, il lui donne même de l'argent pour les faire!

La dernière folie d'Alma, c'est un voyage à Londres, avec Georges Stoner. Tous les deux à l'hôtel. Elle lui a offert un pyjama de soie, une montre en or. Elle a poussé la délicatesse jusqu'à acheter, elle-même, un bijou que Georges lui a offert. Ils viennent de rentrer.

Et avec leur retour, la villa Madeira s'est chargée d'électricité. Monsieur Rattenbury traîne un cafard qui refuse de se noyer dans le whisky. Alma, ce soir, a tenté de le réconforter.

— Nous partirons demain, tous les deux. Nous irons à Bridport pour quelques jours. Georges nous conduira.

Et redevenue très grande dame, Alma a sonné le chauffeur.

— Georges ? Nous partons demain, Monsieur et moi. Vous préparerez la voiture. Vous nous conduirez à Bridport et vous rentrerez ici. Je téléphonerai pour notre retour !

De séducteur en crêpe de Chine à Londres, voilà Georges redevenu domestique à la villa Madeira. C'est dur.

Juste avant de se faire surprendre par Miss Riggs en train d'écouter à la porte du maître, Georges a donc piqué une colère et joué la grande scène du II.

Vers 8 heures du soir, il a agité un pistolet à air comprimé sous le nez de sa maîtresse en menaçant :

« Si tu pars avec lui, je te tue... Je sais ce qui se trame ici. Cet après-midi, il est venu dans ta chambre et tu as fermé la porte ! Là-bas, vous coucherez dans le même lit, n'est-ce pas ? »

— Miss Riggs ? Comment pouvez-vous nous rapporter ces propos ? Vous écoutez aux portes, vous aussi ?

— Je n'ai vraiment pas fait exprès, je passais dans le couloir et la porte de la chambre de Madame était entrouverte !

Ensuite, toujours dans le couloir, Miss Riggs a rencontré Georges à moitié nu, penché, l'oreille collée sur la porte de monsieur Rattenbury.

— Qu'a-t-il entendu, Miss Riggs ?

— Des ronflements. On les entendait de loin, d'ailleurs. Monsieur avait bu plus que de raison. Une bouteille entière, je crois.

Ensuite, madame Rattenbury en déshabillé, qui passe, à 10 heures du soir, dans la chambre de Miss Riggs pour bavarder !

— Votre maîtresse venait souvent bavarder avec vous, Miss Riggs ?

— Tous les soirs. C'était un prétexte. Elle venait « avant » et « après » en attendant monsieur Georges, pour justifier sa présence à l'étage des domestiques. On ne sait jamais.

— Alors, pourquoi avez-vous sursauté en la voyant, Miss Riggs ?

— Ce n'était pas l'heure ! Je l'avais déjà vu pour « avant ». Pour « après » c'est en général vers minuit.

Pauvre Miss Riggs ! Elle en a supporté, des horreurs. Un maître alcoolique, une maîtresse plus que libertine, et maintenant, ce cri d'horreur. Ce cri de femme qui enfle et s'amplifie, envahit toute la maison. Qu'est-ce que c'est, Miss Riggs ?

Miss Riggs dévale les escaliers jusqu'à l'étage des maîtres. La porte a été ouverte si brutalement qu'un guéridon s'est effondré dans le corridor. Alma est debout, dans l'ombre, à peine éclairée par une lampe à pétrole. Elle est comme paralysée, raide d'effroi. Le bras tendu, elle bégaie :

— Regardez... Oh ! regardez... regardez...

C'est un affreux spectacle.

Francis Rattenbury est assis dans son fauteuil, sa tête est une chose étrange, uniforme, d'où s'échappent des flots rouges qui tombent sur ses vêtements et s'étalent sur le parquet.

Miss Riggs est la première à se ressaisir. Plantant là sa maîtresse, comme une statue, elle se précipite sur le téléphone et appelle le docteur. Pour être sûr qu'il vienne le plus vite possible, elle court réveiller Georges et l'expédie en voiture pour le ramener.

Un quart d'heure plus tard, le docteur O'Donnel jette un œil exercé sur la victime. Il appelle un chirurgien de ses amis à la rescousse.

Le vieil homme est encore en vie. A l'intérieur de ce crâne défoncé, il se passe encore quelque chose. De justesse. Ensuite, le docteur s'occupe d'Alma.

— Secouez-vous!... Vous avez vu quelque chose? Il a été attaqué... Allons, secouez-vous!

Alma se met à trembler, sa voix prend des accents hystériques. Elle bafouille...

— Il... il parlait tout le temps de suicide... On devait partir... demain... Cet après-midi, il lisait un livre, il me l'a lu, il disait qu'il admirerait un homme capable de faire ça... de prendre sa propre vie... et de l'éteindre... Il disait que les gens sont obligés de vivre trop longtemps... C'est ça qu'il disait... Regardez... le voilà,le livre... Regardez, il l'a posé, là... *Comment les hommes se suicident*... C'est écrit là, quelque part... il a vécu trop longtemps...

Le livre est là, ouvert au bon endroit, le docteur le constate. Difficile tout de même d'imaginer un homme se suicidant à coups de marteau, ce qui semble être le cas...

Tandis que l'ambulance fonce vers l'hôpital, Alma se met à gesticuler et à hurler comme une folle, puis s'effondre à nouveau sur une chaise, les yeux fixes. Elle se saisit d'une bouteille d'alcool, en avale une large rasade, puis recommence à s'agiter, à boire, à s'agiter, jusqu'à ce que le médecin lui fasse avaler de force un comprimé de calmants sans aucun résultat d'ailleurs.

2 heures du matin, la police arrive. Le spectacle est effarant.

En chemise de nuit, Alma danse une espèce de gigue dans le salon illuminé. Le pick-up marche à plein rendement, on se croirait dans l'antre d'une fille de joie.

Le premier policier qui se présente en fait l'expérience. Alma se jette littéralement à son cou, l'embrasse à pleine bouche. Il a bien du mal à se débarrasser de deux bras envahissants et lascifs.

Quand l'inspecteur tente de protester, c'est son tour. Alma annonce clairement son intention de l'inviter dans sa chambre, beaucoup plus par gestes d'ailleurs, car son langage est assez incompréhensible.

Que faire?

Une paire de claques. C'est le docteur O'Donnel qui en prend la responsabilité. L'effet est pour le moins surprenant, car la jeune femme se met à rire à gorge déployée.

L'interrogatoire s'annonce difficile. L'inspecteur le tente bravement.

— S'il vous plaît, madame, que s'est-il passé?

— J'ai entendu une cloche! Une cloche! Dans ma tête!

— Madame!

— Il grogne... il grogne... quelqu'un grogne... quelqu'un descend l'escalier... il est dans le fauteuil...

— Madame! du calme. Qui descend l'escalier? Qui?

— Vous dansez?

Et Alma se précipite à nouveau sur le pick-up, en hurlant de rire. C'est un spectacle désolant que cette jeune femme en chemise de nuit, dansant et riant sur un tapis ensanglanté. Miss Riggs parviendra tout de même à l'entraîner sur le divan, et, moyennant un verre d'alcool, ramènera le calme, patiemment.

Les policiers, totalement dépassés, se mettent alors à fureter dans la pièce, vaquant à leurs occupations, gênés et maladroits. Soudain, Alma ne bouge plus. Sagement assise, les mains croisées sur ses genoux, elle regarde les hommes fouiller la pièce, examiner les fenêtres, les portes, les meubles.

Une demi-heure passe. Alors que personne ne s'occupe plus d'elle, d'une voix tout à coup précise et haute, Alma s'écrie:

— C'est moi! Je l'ai fait avec un maillet, il avait vécu trop longtemps... C'est affreux, mon amour l'a fait!

Stupeur parmi les policiers. Grand silence. Alma se tait regardant autour d'elle avec sérénité. Personne n'ose la questionner.

— Je l'ai fait! Il m'a donné le livre, il m'a dit: «Chérie s'il te plaît... chérie... fais-le...»

Nouveau et grand silence.

— Je vous dirai demain où est le maillet. Avez-vous appelé le procureur? La prochaine fois, je ferai du meilleur travail.

Un policier s'avance, puis un autre... apparemment résolus tous deux à une arrestation immédiate et dans les règles... lorsque le médecin furieux s'interpose:

— Vous n'allez pas l'arrêter! Regardez-la! Elle est pleine de whisky et de drogue! Elle n'est pas en état de vous parler, à vous ou à n'importe qui d'autre! Aidez-moi plutôt à la coucher!

Les policiers ont bordé la jolie dame dans son lit, l'un d'eux a bouclé la porte à double tour et s'est installé sur une chaise, pour attendre le matin. Il était 3 heures 30.

A 8 heures — l'aube pour Alma, à peine remise de ses excès de la veille — les mêmes policiers l'ont tirée de son lit et l'ont entraînée jusque chez le juge. C'était bien la première fois de sa vie que le brave homme inculpait officiellement de tentative de meurtre un fantôme à moitié endormi.

— Voulez-vous renouveler vos aveux, madame.

— Hm!...Je jouais aux cartes, il m'a demandé de le tuer. J'ai pris un maillet, il a dit que je n'aurai pas la force. J'ai frappé. Si j'avais eu un fusil, j'aurais préféré tirer.

Elle avoua d'une voix venue des profondeurs. Alma s'est assoupie sur sa chaise devant le juge et s'est réveillée en prison vingt-quatre heures plus tard, c'est-à-dire le 26 mars 1935.

A l'hôpital, monsieur Rattenbury est toujours vivant, mais silencieux. Dans la villa Madeira, Miss Riggs sursaute à chaque courant d'air, et Georges tourne en rond.

27 mars. Monsieur Rattenbury est toujours vivant. Alma reçoit son avocat en prison, renouvelle ses aveux sans difficultés, mais succinctement. Elle semble épuisée, son esprit a nettement souffert du choc.

28 mars. Monsieur Rattenbury meurt, sans avoir repris connaissance. Alma est inculpée de meurtre avec préméditation. A la villa Madeira, Georges et Miss Riggs prennent le thé.

— Miss Riggs? C'est de ma faute si elle est en prison, c'est moi qui l'y ai mise. J'irai demain, ils la feront sortir et ils me mettront à sa place. Le criminel, c'est moi.

La voix de Miss Riggs n'est pas tellement rassurée quand elle demande:

— Pour... pourquoi ne pas y aller maintenant?

— Je veux dormir. Je n'ai pas dormi depuis quatre jours. Réveillez-moi à 6 heures...

Une nuit entière, seule dans cette horrible maison, avec cet homme, c'est trop pour Miss Riggs. Elle téléphone en sourdine, et Georges Stoner est arrêté au lit. C'est une manie.

Ainsi l'assassin, c'est Georges. La police doit en convenir, le maillet vient de chez ses parents. Il l'a emprunté le jour même de l'attaque, en racontant qu'il voulait faire du camping et monter une tente. Il l'a caché ensuite dans le garage.

Georges s'efforce d'innocenter sa maîtresse. Après avoir frappé, il serait monté dans sa chambre, l'aurait réveillée pour lui annoncer son geste, et c'est là qu'elle se serait précipitée dans l'escalier en hurlant.

Il faut employer le conditionnel, car il est difficile de savoir si, oui ou non, Alma était complice.

D'abord, elle s'obstinera longtemps dans sa prison à affirmer sa culpabilité. Il est innocent, c'est elle qui a tué. Ensuite, lorsqu'elle aura compris l'inutilité de ce sacrifice, ce sera le silence. Le silence total.

Mais ce n'est pas fini. Après délibérations, Alma et Georges sont envoyés devant les assises, pour y être jugés ensemble. La Cour a décidé de ne pas séparer les procès.

Les deux accusés plaident la non-culpabilité. C'est étonnant. En effet, Georges Stoner prétend avoir tué sous l'effet de la drogue dont il serait un habitué. Alma se contente d'une amnésie totale. Elle ne se souvient absolument de rien. Elle a oublié même la journée qui a précédé le crime. A fortiori la séance effrénée avec les policiers, ses aveux, tout. Elle ne sait plus ce qui s'est passé.

Démontrer que Stoner n'est pas un drogué et qu'il a agi sciemment est une affaire vivement réglée. Coupable, il sera pendu.

Démontrer la complicité d'Alma n'est pas si simple. Une seule chose restera claire dans l'esprit du jury, clamée d'ailleurs par une bonne poignée de témoins, médecins et psychiatres: Alma Rattenbury est une nymphomane. Douze paires d'yeux avides de scandale la contemplent, imaginent toutes les indécences possibles et l'acquittent.

Georges disparaît en cellule, Alma sort du tribunal, tête basse, visage fermé. Nous sommes le 31 mai 1935.

Trois jours après, le 3 juin, Alma prend le train pour New Milton dans le Hampshire. Il fait beau. Elle se promène, puis va s'asseoir sur un banc, au bord d'une rivière. Elle fume une cigarette.

De l'autre côté de la rive, un pêcheur l'observe machinalement. Il s'en rappellera longtemps.

Elle a enlevé son manteau et l'a posé avec son sac sur l'herbe derrière elle. Elle a joué un moment avec les reflets du soleil en se penchant sur l'eau. Puis, tout à coup, elle a levé le bras très haut, sa main tenait un couteau. Sous les yeux du pêcheur impuissant de l'autre côté, elle a plongé six fois le couteau dans sa poitrine. Six fois. Elle a basculé dans l'eau. Elle était morte quand le pauvre homme l'a repêchée. Trois coups sur les six avaient atteint le cœur.

Dans son sac, une lettre:

« Puisque Georges, mon amour, sera pendu il faut que tout finisse. Je trouverai l'endroit et le lieu pour le faire. »

Pauvre Alma. Quelques semaines plus tard, Georges Stoner obtenait sa grâce! On ne l'a pas pendu, mais condamné à vie.

La mort a de ces injustices.

Un fou au-dessus de tout soupçon

L'homme qui ouvre la porte de ce commissariat du Bronx pourrait sortir d'un film de Hollywood. Cette année-là, un film muet, car nous sommes en 1929. Il est beau, d'une beauté pâle et lisse, ses yeux cernés de longs cils lui donnent l'air d'être maquillé outrageusement. Le visage a des traits si fins, si purs, l'ensemble du personnage est tellement surprenant que le premier policier qui l'aperçoit reste un moment interdit. Puis, poliment, il demande à l'homme toujours muet dans l'ouverture de la porte:

— Vous désirez, Monsieur?

James Hollygton fait un pas en avant, retire sa casquette et dit:

— Je suis James Hollygton...

— Oui? Et alors?

— J'habite dans le quartier, pas loin d'ici, à l'*Hôtel du Carré d'As*...

Cette fois, le policier fronce la moustache. L'*Hôtel du Carré d'As* tient la vedette au commissariat depuis la veille au soir. Une jeune fille, presque une adolescente, qui habitait l'hôtel avec sa mère, y a été retrouvée morte dans une arrière-cour. Alors le policier regarde l'homme un peu plus attentivement. Il lui trouve l'air bizarre.

— Vous avez des renseignements à fournir?

— Oui. Enfin..., c'est moi qui ai renversé la jeune fille.

— Renversée? Qu'est-ce que ça veut dire renversée?

— Elle est morte, c'est de ma faute. Je roulais à bicyclette et elle a traversé brusquement devant moi. Je l'ai heurtée avec la roue avant, elle est tombée sur le trottoir.

— Attendez, ne bougez pas! Je vais chercher le sergent. Vous allez lui raconter tout ça, d'accord?

— Très bien, monsieur.

Le policier de service hésite un instant à laisser seul dans le petit bureau de réception cet homme étrange, au visage fantomatique. Il y a une demi-heure à peine, le médecin légiste a remis son rapport à propos de la jeune morte: il ne s'agit pas d'un accident mais d'un assassinat. Le corps de Maureen Hellis, seize ans, porte les marques d'une tentative de viol. Elle a été étranglée, et non renversée par une bicyclette comme le dit cet homme.

Puis le policier se dit: «Il doit s'agir d'une erreur, ce type ne parle pas de la même jeune fille. Mais quand même, il habite l'hôtel»...

James Hollygton s'assoit sur la chaise de bois, retire son cache-col, aligne ses pieds et les contemple avec résignation, tandis que le policier ouvre une porte et disparaît. Il entend des bruits de voix. Une minute passe sans qu'il bouge. Puis le sergent fait son entrée, en coup de vent.

James Hollygton se lève poliment:

— Bonjour monsieur...

La voix du sergent lui coupe la parole, le ton est bref, presque rude.

— Vous parlez d'une jeune fille morte? Qui est-elle? Comment s'appelle-t-elle? Où est-ce que ça s'est passé? Quand?

— Je l'ai renversée avec ma bicyclette.

— Vous l'avez déjà dit! C'était où? Comment s'appelle-t-elle?

— C'était hier. Elle s'appelle Maureen, je crois.

— Vous croyez ou vous êtes sûr?

— Je crois. Il me semble que sa mère l'appelait Maureen.

— Elle est morte?

— Oui.

— Comment est-elle morte?

— En tombant sur le trottoir.

— Et vous avez attendu tout ce temps pour venir nous prévenir?

— J'avais oublié.

— Pardon?

C'est à peu près ainsi que James Hollygton a fait son entrée dans l'histoire criminelle. Et le plus curieux, c'est qu'il n'en était toujours pas sorti, plus de cinquante ans après.

«J'avais oublié» a dit James Hollygton. Et le sergent en a conclut «Ce type est fou, ou il se moque de moi.»

Ni l'un ni l'autre.

De l'interrogatoire d'identité, il ressort que James Hollygton est anglais, qu'il a vingt-sept ans, qu'il est marié et qu'il a un enfant. Sa femme est employée dans une blanchisserie, sa fille va à l'école. Et lui travaille dans une usine de cartonnage. Ils habitent tous les trois l'*Hôtel du Carré d'As*, une sorte de meublé où les chambres se payent à la semaine et d'avance. James Hollygton n'a pas de dettes, il ne boit pas et il n'est pas malade. Immigré aux États-Unis en 1921, à l'âge de dix-neuf ans, il s'est marié à l'église, et sa vie n'offre pas le moindre recoin d'ombre, jusqu'à ce jour de juillet 1929, où il prétend avoir renversé une jeune fille avec sa bicyclette, alors que cette jeune fille a été étranglée.

Le sergent tape sur la table avec violence.

— Qu'est-ce que ça veut dire «j'ai oublié»? Tu l'as tuée, oui!

— Elle est morte, je sais.

— Je n'ai pas envie de rire. Si elle est morte, c'est parce que tu l'as étranglée. Pourquoi l'as-tu étranglée? Je vais te le dire, moi: parce que tu as voulu la violer! Ça c'est passé à l'hôtel, elle occupait la chambre voisine. Ensuite, tu l'as traînée dehors dans une cantine et tu as caché le tout dans la cour.

— Je n'ai pas dit ça, monsieur, j'ai dit que je l'avais renversée avec ma bicyclette.

Le policier désigne une énorme malle posée sur une table.

— Et ça, c'est à toi?

— Oui, c'est ma cantine.

— Et ce n'est pas toi qui l'as traînée dans la cour de l'hôtel?

James Hollygton regarde le policier, comme s'il avait peur de comprendre. Son visage un peu lunaire devient plus pâle encore, faisant ressortir davantage ses yeux sombres.

— Moi? C'est moi qui ai fait ça?

— Et qui d'autre? Puisque la cantine t'appartient?

James Hollygton semble chercher.

— Oui, mais j'ai emmené la jeune fille dans ma chambre pour la soigner... Pour la soigner. Et puis, elle est morte, alors j'ai eu peur, oh oui! J'ai eu peur et.... et alors...

— Hollygton! Ne joue pas les amnésiques! Ça ne marche pas! Tu l'as violée, tu t'en souviens, non? tu ne t'en souviens pas? D'accord, on va t'emmener là-bas, dans sa chambre, on va te confronter avec les parents. Où étais-tu hier après-midi?

— Chez moi.

— Je croyais que tu te promenais à bicyclette?

Quelque chose ne va pas chez James Hollygton et le policier va s'en rendre compte. Jusque-là, ce dernier était trop préoccupé par l'interrogatoire. Ce qu'il voulait, c'était amener le plus vite possible le coupable devant son supérieur, en lui disant: «Voilà chef, il a avoué.» Mais James Hollygton vient de le désarçonner. A la question: «Où étais-tu hier après-midi?», il a répondu: «Chez moi.» Et maintenant, il ne répond plus, il regarde le plafond, les murs, puis les policiers qui l'entourent, puis le sergent. Son regard étrange devient fixe en se posant sur la cantine. «*Sa*» cantine, celle dans laquelle on a trouvé le corps d'une jeune fille de seize ans. «*Sa*» voisine. Il se met à parler tout seul, il entame un dialogue avec lui-même, sans plus se préoccuper des uniformes, ni de l'endroit où il se trouve.

La scène est impressionnante. James Hollygton ressemble à un fantôme, avec ses yeux cernés de sombre et son teint pâle. Il parle d'une voix détachée.

— Dimanche... C'est dimanche, où est-elle? Ah! Elle est partie en vacances, je n'ai pas ma femme, je n'ai pas ma fille. Je suis là, tout seul. Je suis chez moi dans ma chambre. Qu'est-ce que c'est que cette histoire de bicyclette? J'ai fait de la bicyclette un dimanche? Ah non! Sûrement pas. Pourtant, j'ai un souvenir bizarre. J'ai fait du mal à quelqu'un. Ah oui! A Maureen! Ils l'ont trouvée dans ma cantine, c'est moi qui l'y ai mise, oui, c'est moi. En effet, c'est moi, ils ont raison. Qu'est-ce que je raconte avec ma bicyclette? Pourquoi est-ce que j'ai dit ça?

Et soudain, James Hollygton se redresse, effaré, comme frappé d'une peur soudaine, et il crie presque:

— Pourquoi est-ce que j'ai dit ça?

Le sergent de police n'est pas un as en matière de psychologie criminelle. Il enchaîne tout simplement:

— Parce que tu as menti! Tu l'as tuée, n'est-ce pas?

— Oui.

— Elle résistait, c'est ça?

— Oui.

— Tu étais seul, ta femme était partie en vacances avec la petite, et tu en as profité pour aller dans la chambre de Maureen?

— Oui.

— Elle était seule, ses parents étaient sortis, l'hôtel était tranquille. On ne l'a pas entendue crier, alors tu l'as cachée dans la malle et tu as traîné le tout dans l'arrière-cour?

— Oui.

— Tu avoues?

— Oui.

— Répète après moi: J'ai tué Maureen, je suis un assassin.

— J'ai tué Maureen, je suis un assassin.

Voilà, c'est fini. Le sergent a les aveux qu'il voulait. On emmène James Hollygton pour la reconstitution. Le juge est prévenu, la justice est en chemin. Et le sergent se dit: «C'est un dingue. Ou il fait le dingue. Ou alors, peut-être qu'il est dingue et qu'il n'est pour rien dans l'affaire. Il a peut-être vraiment renversé la fille avec son vélo. Mais non, impossible, le médecin est formel, il y a eu étranglement et tentative de viol. Et puis il y a sa cantine, elle est bien à lui, il y a ses initiales dessus. Tout de même, il est bizarre.»

Et le sergent signale à son supérieur que James Hollygton est bizarre. Que ses aveux sont bizarres et qu'il faudrait peut-être le faire examiner par un médecin.

Pour les enquêteurs, la culpabilité de James Hollygton ne fait aucun doute. Toutes les preuves ont été réunies contre lui sans compter ses aveux. Ce dimanche-là, il a laissé suffisamment d'empreintes dans la chambre de la jeune fille pour être accusé de meurtre au premier degré. Mais qu'espérait-il en cachant le cadavre à cinquante mètres des lieux du crime et dans sa propre cantine ? Et qu'espérait-il en venant de lui-même au commissariat raconter la fable de l'accident en bicyclette ?

D'après les témoignages recueillis, James Hollygton n'était pas fou, ni sadique et il n'avait jamais importuné la jeune fille, ni aucune autre d'ailleurs. Son comportement jusqu'ici était parfaitement normal. Tous ses voisins, ses camarades de travail, sa femme même, l'affirment.

James était incapable d'une chose pareille. Et pourtant, il avoue : « Je l'ai fait. » Lorsqu'on lui demande pourquoi, il dit : « Je ne sais pas. » Lorsqu'on lui demande s'il était conscient de ses actes, il dit : « Oui, je l'étais, je m'en souviens maintenant. » Mais il ajoute : « C'est après que je ne me souviens plus. Ma tête se brouille. J'ai dû dormir mais je n'en suis pas sûr... Et puis, j'ai pensé à cette histoire de bicyclette et je suis allé au commissariat mais je ne sais pas pourquoi j'ai raconté ça ! »

Il voulait se trouver un alibi, cela paraît évident aux enquêteurs. Évident, aussi, que cet alibi était stupide.

Durant les reconstitutions, James est incapable de préciser ses gestes et son comportement devient de plus en plus bizarre, au fur et à mesure que les jours passent. Le médecin qui l'a examiné trois jours après le crime a conclu qu'il était sûrement conscient au moment du crime mais que son esprit divaguait depuis. Or, il divague de plus en plus. A la prison, chacun peut s'en rendre compte. James paraît abattu, il marmonne tout seul des discours sans queue ni tête et, au bout d'une semaine, alors qu'il doit être présenté à la chambre d'accusation, tout dialogue est impossible. Le coroner lui-même intervient :

— Messieurs, cet homme est fou, il est injugeable !

Fou, oui. James Hollygton est fou à lier, à enfermer. Son état s'est dégradé de façon spectaculaire. Désormais, il se traîne à quatre pattes, hurle, pleure, rit, ou bien se terre dans un coin, obstinément muet. Il est transféré dans un asile, sans avoir pu expliquer son crime devant les juges.

Un expert est nommé, dont le rapport est le suivant :

James Hollygton a commis son crime en toute conscience. La preuve en est faite par son comportement, le dimanche soir. Il a dîné à l'hôtel comme d'habitude et s'est entretenu avec ses voisins tout à fait normalement. Il a même parlé avec les parents de Maureen, inquiets de la disparition de leur fille. Et lorsque le corps a été retrouvé un peu plus tard, il était là, avec les autres locataires, il a parlé, il s'est indigné, il a consolé les parents et il est allé se coucher en même temps que tout le monde, sachant très bien que la police viendrait les interroger le lendemain. Quelqu'un se souvient même de l'avoir entendu dire : « Pauvre gosse. J'espère qu'ils arrêteront le sale type qui a fait ça. C'était une enfant. »

Donc, c'est bien après le crime que James Hollygton est devenu fou. Le lendemain, son comportement au commissariat n'était plus tout à fait normal. Ensuite au premier examen médical, il semblait en état dépressif, son élocution était difficile. A présent, son cas est incurable.

L'ennui, c'est que James Hollygton est devenu fou trop tôt pour que le tribunal l'accuse légalement de ce crime. Si bien qu'il se trouve dans une situation tout à fait exceptionnelle.

Voilà un homme injugeable! Un coupable pourtant, mais injugeable. La loi est formelle. L'enquête de la police et ses aveux sont une chose, sa comparution devant le coroner pour une mise en accusation en est une autre. Cette comparution s'étant avérée impossible, James Hollygton sera gardé à l'asile jusqu'à ce qu'il ait repris ses esprits et puisse se défendre convenablement en toute légalité. Son avocat n'a rien pu tirer de lui. En une semaine, il est devenu un homme sans références sociales ou familiales, incapable de dire qui il est, où il habitait. Il ne reconnaît pas sa femme et sa fille. Les traitements qu'on lui fait subir ne servent à rien. Ils sont d'ailleurs fort réduits en 1929, et la psychiatrie n'est pas ce qu'elle est devenue.

Quelque temps après son internement, sa famille réclame son extradition en Angleterre. Son père et son frère, demeurés à Londres, voudraient le faire soigner dans son pays. Mais l'extradition est aussi impossible que le jugement. Il y a en Amérique un criminel en attente d'être jugé pour un crime commis lucidement, le 14 juillet 1929 à 16 heures, à l'*Hôtel du Carré d'As*. Et un criminel en attente d'être jugé ne peut pas être extradé, c'est la loi. Même s'il est devenu fou.

Le tout est de savoir combien de temps il sera fou.

Les années passent. 1930, 1940, la Seconde Guerre mondiale, Hiroshima. Le monde a éclaté, le monde a changé, et James Hollygton est toujours fou, enfermé dans un asile de New York. Son père est mort en 1950, son frère fait le voyage aux États-Unis pour essayer de convaincre l'administration judiciaire de le laisser repartir en Angleterre. La réponse est non. Il a juste le droit de lui rendre visite, accompagné d'un fonctionnaire de la justice et d'un avocat.

Dans le jardin de l'asile, parmi les fous et les moins fous, un homme assis par terre, aligne de petits graviers sur le gazon. Il a cinquante-sept ans. Sa femme a divorcé, sa fille a grandi sans lui et ignore même qu'il est interné. Son frère, qui ne l'a pas revu depuis son départ d'Angleterre, dans les années 20, est incapable de le reconnaître.

James Hollygton a l'air d'un vieillard. Il a perdu ses cheveux, son teint est jaune. Atteint d'une maladie de la peau, il se gratte sans arrêt et ne parle que par monosyllabes. Si on lui parle de son crime, il ne se rappelle de rien, pas même d'avoir fait des aveux. Depuis vingt ans, il a subi un nombre incroyable d'expertises médicales et, depuis vingt ans, nul n'est capable de dire s'il a simulé la folie ou s'il est vraiment devenu fou. Peut-être même a-t-il simulé au début et, pris à son propre piège, est-il devenu fou peu à peu.

James Hollygton, en tout cas, ne s'occupe pas de ces messieurs qui l'observent et, parmi ces messieurs, son frère n'est qu'un inconnu pour lui. Il aligne ses petits cailloux dans l'herbe. Il se lève pour répondre à la cloche du dîner, il avale des médicaments, il subit les électrochocs, les tests, les séances de psychodrame sans manifester le moindre rayon d'intelligence. Son regard est mort. Tout est mort en lui. Il aligne ses petits cailloux et marmonne des mots incompréhensibles dans un langage qui lui est propre.

Son frère repart désespéré. Le ministère de la Justice lui a confirmé que le seul espoir était d'attendre encore 10 ans. En 1960, si James Hollygton est toujours fou, et toujours injugeable, il bénéficiera de l'amnistie, et sera rendu à la liberté.

1955. Les psychiatres s'acharnent toujours sur lui et, en Angleterre, son frère entame un combat inégal contre eux. Il veut prouver que James a servi de cobaye pour expérimenter des traitements psychiatriques nouveaux. Mais il n'a aucune preuve.

En 1959, il revient aux États-Unis pour hâter la libération de son frère. Mais là encore, tout n'est pas si simple. L'amnistie éventuelle n'est qu'une faveur laissée à l'entière discrétion des magistrats de la Cour suprême.

Cent fois, ils ont repris le dossier. Les hommes ont changé: ceux de 1929 ne sont plus là pour la plupart, et les nouveaux s'imaginent toujours que leurs prédécesseurs ont mal mené l'affaire. Mais l'affaire, c'est James Hollygton lui-même. Un homme, pas un dossier. Et cet homme échappe à toutes les tentatives de compréhension.

En 1960, il est toujours enfermé, toujours fou, ou toujours soupçonné d'avoir joué les fous, selon les experts et les rapports qui le concernent. En tout cas, aucun interrogatoire n'a été possible. Son frère doit repartir en Angleterre où ses affaires l'attendent, il ne peut pas rester plus longtemps. D'autant que l'Administration américaine vient de lui signifier que la procédure d'amnistie prendrait plusieurs mois. Nouveaux examens, présentation du dossier, expertises définitives, etc.

Et le temps passe encore, James Hollygton a maintenant soixante-huit ans et nous sommes en 1963. L'année de l'assassinat de John Fitzgerald Kennedy à Dallas.

A Londres, le frère aîné de James, Tommy Hollygton, meurt d'une maladie osseuse, à l'âge de soixante-deux ans, sans avoir revu son frère. La famille est éteinte. Il ne reste pour la représenter qu'un fou, enfermé quelque part aux États-Unis, que plus personne ne réclamera en janvier 1965, date de l'amnistie officielle. Que plus personne ne jugera non plus.

James Hollygton a soixante-dix ans, il est amnistié et l'hôpital qui l'hébergeait depuis plus de quarante ans, sous la responsabilité du ministère de la Justice, n'en veut plus. Qui va payer les frais de son internement?

— Est-il dangereux? demande le Conseil d'administration de l'hôpital.

La réponse est non.

— Peut-il vivre d'une manière autonome?

La réponse est non.

— Alors, que l'on demande son transfert dans un asile de vieillards.

Et James Hollygton est mort un jour dans une salle commune d'un hospice de charité géré par une communauté religieuse. Et il a emporté avec lui un des plus grands mystères de l'histoire criminelle. Car personne, jamais, n'a pu jurer en toute connaissance de cause s'il était devenu vraiment fou après le crime, ou vraiment fou chez les fous. C'était irritant si l'on se rappelle qu'il était coupable, sans aucun doute. Alors asile ou prison, jugement ou psychiatrie, c'était la responsabilité et la culpabilité des autres, pas la sienne.

Le bon numéro

Imaginez que l'on vous demande de reconnaître, parmi une dizaine d'hommes numérotés de 1 à 10, celui qui vous aurait attaquée un mois plus tôt. Un homme qui aurait passé cinq heures avec vous, dans une voiture, un revolver à la main. Cinq heures! Qui vous aurait parlé, qui aurait bougé, qui aurait répondu à vos questions, avant de tuer votre compagnon et de tenter de vous tuer ensuite.

Cet homme, cet assassin, est peut-être là, devant vous, du numéro 1 au numéro 10.

Vous êtes malade. Les violences subies, les balles dans votre corps, tout cela a peut-être troublé vos souvenirs. Vous êtes sur un lit d'hôpital et vous regardez ces dix paires d'yeux, ces dix visages. On ne vous demande qu'une chose:

— Parmi ces hommes, reconnaissez-vous votre agresseur?

Votre agresseur portait une sorte de mouchoir sur le visage, un chiffon qui lui cachait la plupart du temps le nez et la bouche.

Mais, durant cinq heures, vous avez pu apercevoir au moins une fois son visage en entier. Vous l'avez aperçu quelques secondes dans l'éclat des phares d'une voiture.

— Reconnaissez-vous votre agresseur?

Tout est là. Tout ce qui fait qu'après avoir pendu un homme, on puisse se poser l'horrible question: «Pendu coupable ou pendu innocent?»

Le 22 août 1961, un homme et une femme vont vivre une aventure épouvantable.

Michael Gregstone et Valérie Storie, sa maîtresse et sa secrétaire, quittent leur bureau et vont prendre un verre dans une auberge. Ils font cela très souvent car Michael est marié. Sa liaison avec Valérie a ce côté sordide des échappées en voiture après les heures de bureau. Des haltes clandestines dans la campagne ou les terrains vagues.

Ce soir-là, Michael et Valérie passent la soirée en voiture, dans un champ isolé des environs de Londres. Un champ de blé. Il est 10 heures du soir. Une main frappe à la vitre de la petite Morris.

Michael se redresse surpris, et distingue vaguement le visage d'un homme. Il commence à baisser la glace. Avant même d'avoir terminé, un revolver surgit sous son nez.

— C'est un hold-up... Ne bougez pas, je suis désespéré, on me court après depuis 4 mois. Si vous faites ce que je dis, tout ira bien pour vous.

Valérie ne réalise pas immédiatement ce qui leur arrive. Mais la peur paralyse Michael.

— Donnez-moi la clé de contact!

Valérie proteste:

— Ne lui donne pas, ne lui donne pas!

Michael obéit pourtant. Que faire d'autre avec un revolver sous le nez?

L'homme monte à l'arrière de la voiture...

— Bon... Regardez devant vous, et ne vous retournez pas... Avec moi, ça ne traîne pas!

Il agite son arme d'un air conquérant, pendant un moment, puis restitue la clé de contact à Michael et lui ordonne de mettre en marche. Il le guide ainsi jusqu'à l'intérieur du champ, le fait stopper et reprend la clé.

Le voilà maintenant qui réclame le portefeuille et les montres. Valérie ouvre son sac, retire l'argent, le dissimule dans son corsage et tend le sac à peu près vide. L'homme ne le fouille même pas, il questionne:

— Vous êtes mariés tous les deux?

— Non.

— Comment vous appelez-vous?

— Michael Gregstone, Valérie Storie...

Ainsi commence l'extraordinaire face à face qui va durer cinq heures. Cinq heures prisonniers dans une petite voiture. Avec qui? Un fou? Un assassin? Un désespéré? Impossible de se rendre compte. L'homme discute, ne s'affole pas, mais ne semble pas vraiment savoir ce qu'il veut. Puis ses exigences se précisent. Elles sont laides. Il veut voir Michael et Valérie ensemble, comme il les a vus, tout à l'heure... Il exige. Michael et Valérie, terrorisés, sont obligés de lui obéir comme dans un cauchemar.

Ensuite l'homme veut aller manger. Il pense d'abord à enfermer Michael dans le coffre, par sécurité, et à conduire lui-même.

Valérie fait remarquer que son compagnon étoufferait à cause des gaz d'échappement. L'homme examine le coffre et se range à l'avis de Valérie. C'est donc Michael qui conduira.

L'homme remonte à l'arrière et la voiture démarre. Arrivés dans le village, Valérie constate qu'il est 23 heures 45 à l'horloge de la poste. Il y a donc près de deux heures qu'ils sont prisonniers. Le revolver ne quitte pas leur dos.

L'homme fait marcher de temps en temps le cran de sûreté. Maintenant il veut faire le plein d'essence et donne ses ordres à Michael:

— Vous allez entrer dans ce garage, avec la voiture. Vous demanderez 10 litres d'essence. Ne bougez pas. Vous pouvez baisser la glace, c'est tout. Mon revolver est pointé sur vous. Si vous essayez de dire quoi que ce soit d'autre ou de faire un signe, ou de lui faire comprendre, je vous descends.

L'homme fouille dans sa poche et donne à Michael une livre prise sur l'argent qu'il vient de leur voler.

Le pompiste remplit le réservoir, tout se passe normalement. Il rend la monnaie à Michael, mais l'homme la réclame.

— Passez-moi ça!

Il y a 10 shillings et une pièce de 3 pences. L'homme met les 10 shillings dans sa poche et tend à Valérie la pièce de 3 pences.

— Tenez! C'est mon cadeau de mariage!

Étrange individu. Pendant que la voiture roule à nouveau, il discute avec Michael de cigarettes. Michael n'en a plus qu'une et voudrait fumer. L'homme dit qu'il n'aime pas fumer, mais autorise son prisonnier à s'arrêter devant un distributeur et à prendre un paquet.

— Ne faites pas de bêtises, j'ai la fille au bout de mon revolver.

Puis le voyage reprend. On discute de voitures. L'homme déclare qu'il sait conduire toutes sortes de voitures, mais semble ne pas comprendre pourquoi Michael passe de troisième en première! Ou il ne connaît pas la Morris, ou il ne sait pas conduire du tout. Cela est important pour la suite.

Maintenant il veut dormir. Il fait arrêter la voiture et entreprend d'attacher Valérie avec ce qui lui tombe sous la main. Puis il cherche autre chose pour attacher Michael.

Avisant un sac de laine sur le plancher à l'avant, il demande à Michael de le lui passer. Michael se baisse pour prendre le sac et se retourne légèrement pour le lui donner... Il lève le bras au-dessus du siège.

L'homme tire. Deux coups de feu, dans la tête. Michael s'effondre et Valérie crie pour la première fois. Il la fait taire, avec violence.

— Arrêtez de crier!

— Vous l'avez tué, salaud! Pourquoi? Pourquoi avez-vous fait ça?

— Il m'a fait peur, il a bougé trop vite. J'ai eu peur!

— Pour l'amour de Dieu, laissez-moi conduire, laissez-moi l'emmener chez un médecin!

Restez tranquille. Je réfléchis!

Pendant plus d'un quart heure, l'homme et Valérie discutent. Michael est-il mort ou non? Faut-il aller chercher du secours ou non? Valérie détache ses liens, d'ailleurs mal fixés. Ils sont maintenant face à face tous les deux dans l'ombre de la voiture.

Tout à coup, de but en blanc, l'homme semble avoir repris ses mauvais instincts. Il veut Valérie. Pour lui, cette fois.

A ce moment-là, il a retiré le mouchoir qui couvrait le bas de son visage et une voiture les croise. Pendant deux ou trois secondes, Valérie distingue son visage dans la lumière des phares. S'en souviendra-t-elle ? L'horreur d'une telle aventure peut agir différemment selon les individus. Le visage d'un homme qui vient de tuer sous vos yeux, qui vous a obligée au pire, qui exige à nouveau le pire... Ce visage sera-t-il inoubliable à jamais ? Inscrit dans le souvenir comme une obsession ? Ou bien va-t-il disparaître et se fondre dans le cauchemar, en traits brouillés, en yeux sans couleur ?

Les phares se sont éloignées. Dans l'ombre, Valérie supplie, recule. La scène est longue, insupportable, inracontable. Des minutes, des heures. Et puis, Valérie supplie à nouveau l'homme de la laisser partir. Il la fait taire :

— Taisez-vous, j'ai besoin de réfléchir.

Il oblige Valérie à reprendre sa place à l'avant et pense tout haut :

— Je crois que je ferais bien de vous donner un coup sur la tête ou quelque chose comme ça. Sinon, vous irez chercher du secours.

— Non, je n'irai pas. Je ne bougerai pas ! Allez-vous en ! Tenez, prenez mon argent...

Et Valérie tend misérablement le billet d'une livre, qu'elle avait réussi à cacher. Elle est maintenant debout sur le bord de la route.

Après avoir pris le billet, l'homme commence à s'éloigner. Puis, à huit ou dix pas, il s'arrête, fait brusquement volte-face et tire. Deux, trois balles. Valérie s'effondre. Elle entend le déclic de l'arme qu'on recharge, puis à nouveau trois coups de feu.

Valérie ne bouge plus. Elle n'est pas morte mais a le réflexe de faire la morte, malgré ses cinq balles dans le corps.

L'homme se rapproche, la touche du pied, puis de la main. Il la regarde un moment, puis se précipite vers la voiture. Il tire le corps de Michael à l'extérieur. Les portières claquent et il démarre comme un bolide.

A l'aube du 23 août 1961, un étudiant découvre les deux corps.

Valérie est presque mourante mais elle survivra. Elle a tenté de rassembler des cailloux pour écrire sur la route une description de son agresseur, sans y réussir. Quand l'étudiant se penche sur elle, elle arrive à lui balbutier :

— Grand comme moi à peu près, de grands yeux glacés, des cheveux blonds.

L'étudiant note ces renseignements sur un bout de papier qu'il remettra à la police.

Or, au moment où l'enquête démarre, ce bout de papier a disparu. Perdu. On ne le retrouvera jamais. Ce n'est pas grave puisque Valérie est vivante. Une Valérie infirme, malgré une série d'opérations douloureuses, une Valérie à qui on pose la question un mois plus tard, sur son lit d'hôpital.

Devant elle, dix hommes numérotés de 1 à 10. Parmi eux, un suspect...

— Reconnaissez-vous votre agresseur?

Valérie ne dit rien pendant cinq minutes. Elle est très pâle mais semble calme. Lentement, elle scrute les visages. Enfin, elle chuchote quelque chose à l'oreille d'un policier...

— Numéro 4...

Et le numéro 10 pousse un soupir de soulagement.

Il s'appelle Alphon. Il est le résultat de l'enquête forcenée que vient de mener Scotland Yard pour découvrir l'horrible agresseur.

Sur les indications de deux témoins, on a d'abord recherché un homme aperçu au volant d'une Morris, le matin du 24 août. Cet homme conduisait de façon désordonnée. De plus, une recherche faite dans les hôtels et garnis de Londres a permis à la police de retrouver dans la chambre du *Vienna Hotel*, deux douilles vides correspondant à l'arme du crime. Le locataire de cette chambre n'est pas Alphon, mais Alphon a habité l'hôtel. Scotland Yard s'est donc décidé à publier son nom le 22 septembre avec la mention: *Cet homme est susceptible d'aider l'enquête.*

Alphon découvre l'information dans le *Daily Express* du soir. Il téléphone immédiatement au journal et, à minuit, se rend à Scotland Yard.

C'est un homme de trente et un ans, aux cheveux bruns, gominés, coiffés en arrière, aux yeux profondément enfoncés dans les orbites. Les sourcils sont très bas, le front large.

Il porte le numéro 10, le jour de l'identification. Et Valérie désigne le numéro 4, qui n'a rien à voir avec l'affaire. Alphon, qui a été gardé à vue pendant trente-six heures, est donc relâché. Pourtant, une autre accusation pèse sur lui. Une autre femme l'accuse en effet de tentative de viol et d'agression. Et il sera jugé pour cela. Jugé et relaxé, bien que la femme l'ait parfaitement reconnu.

Bizarre. Mais Alphon est un être bizarre.

L'enquête se poursuit et l'on découvre une contradiction totale dans les renseignements fournis par Valérie. Elle aurait dit au début: «L'homme avait les cheveux blonds et de grands yeux glacés»... Or, voilà qu'elle ne se souvient plus d'avoir dit cela. Sur ses indications récentes, l'homme aurait maintenant les cheveux bruns. En ne reconnaissant pas Alphon, elle a pourtant désigné un homme qui lui ressemble vaguement.

Que s'est-il passé? Les premiers mots confiés à l'étudiant, notés par lui sur un petit papier, disaient pourtant: « *Cheveux blonds, yeux glacés*. Ce papier a disparu, et Valérie ne se souvient de rien.

La police recherche activement pendant ce temps le locataire de la chambre où l'on a trouvé les douilles vides. Un faux nom : James Ryan. Son véritable nom : Hanratty. Un voleur, un petit voleur en fuite, que Scotland Yard traque pendant un mois.

Se sachant recherché, Hanratty téléphone à Scotland Yard. Il jure ses grands dieux qu'il n'a rien à voir avec ce crime, mais qu'il ne peut pas se rendre. Son casier judiciaire et divers avis de recherche pour hold-up lui vaudrait, de toute façon, la prison.

Ce petit jeu de coups de téléphone entre Scotland Yard et Hanratty dure quelque temps, jusqu'au jour où, le 13 octobre, deux mois après le crime, il est arrêté dans un café.

Les charges qui pèsent sur lui sont importantes : il habitait l'hôtel sous un faux nom, la veille du crime ; dans la chambre qu'il occupait, on a retrouvé des douilles vides ; deux témoins le reconnaissent comme celui qui conduisait à tombeau ouvert une Morris dans la matinée après le crime.

Et beaucoup plus grave. Beaucoup. Hanratty, le voleur, a l'habitude de cacher son butin sous le siège des autobus. Ce fait est connu de la police. Or, on vient de retrouver l'arme du crime, un calibre 38, sous le siège d'un autobus de Londres.

Nouvelle confrontation pour Valérie, toujours à l'hôpital. Cette fois, Hanratty est le suspect parmi treize hommes nouveaux que l'on présente au souvenir de la jeune femme. Valérie, à demi paralysée, se remet lentement. Elle n'a que vingt-deux ans.

Du numéro 1 au numéro 13, son regard refait le même chemin anxieux, longtemps. Puis elle demande à chacun des hommes de prononcer une phrase. Une phrase que l'assassin a dite à plusieurs reprises pendant l'horrible nuit : « Restez tranquille, je réfléchis. » Chaque homme, à son tour, prononce devant Valérie.

Un seul parmi eux prononce la phrase avec un accent cockney. Valérie demande un nouvel essai à chaque homme. Même résultat.

Cette fois, elle réfléchit plus longuement. La première séance d'identification, un mois plus tôt, a été désastreuse, elle le sait. Elle n'a pas le droit de se tromper maintenant.

Au bout de vingt minutes, son bras se lève sur le drap blanc de son lit d'hôpital et désigne, sans trembler, dans un silence absolu, la silhouette d'Hanratty, le nouveau suspect numéro 1.

Elle est sûre d'elle. Cet homme est celui qui a tué son amant, c'est le visage aperçu trois secondes dans les phares d'une automobile. C'est sa voix. Cette voix qui a entretenu sa peur durant toute une nuit. Valérie secoue la tête avec obstination à chaque précision que lui demande la police.

James Hanratty. A peine plus de vingt ans, taille 1 mètre 65, yeux bleus, regard fixe, cheveux blonds peignés en arrière. Il ressemble, assez curieusement il faut le dire, au premier signalement donné par Valérie.

Et c'est le coup de grâce pour lui.

A partir de cet instant, sa culpabilité ne fait aucun doute pour la police. Même si aucune empreinte ne vient définitivement le confondre. Il portait des gants. Les alibis qu'il donne pour la nuit du crime sont fragiles et facilement contestés.

L'un de ses complices redira au procès qu'il parlait souvent des cachettes sous les fauteuils d'autobus. Ceci pour le revolver.

Des témoins le reconnaissent. Un mouton placé dans sa cellule recueillera même ses aveux. Et pourtant, James Hanratty proteste de son innocence. Il niera jusqu'au bout. Jusqu'au refus de sa grâce. Jusqu'au jour d'avril 1962 où il refuse de se confesser au prêtre, avant de rejoindre le bourreau.

On a pendu James Hanratty, et tout commence. Voilà que le premier suspect, le dénommé Alphon, prétend qu'il est coupable. En 1962, un mois après l'exécution d'Hanratty, Alphon remet à une tierce personne des aveux complets.

Cet étrange personnage, dont le moins que l'on puisse dire est que son attitude est contradictoire, donne à présent tous les détails sur «son crime», y rajoute un scénario qui faisait de lui un tueur à gages, payé par la famille de Michael pour le supprimer, ainsi que Valérie, afin de mettre fin à leur liaison scandaleuse.

Le Parlement en discute, les journaux publient ses déclarations. La télévision organise une émission durant laquelle Alphon réitère ses aveux, avec aplomb.

Il tient une conférence de presse à Paris, en 1967.

Que cherche-t-il ? A dire la vérité ? La police et la justice anglaise ne le croient pas. On pense que cet homme est un fabulateur, qui ne risque rien, d'ailleurs, puisque le crime est jugé.

— Il veut, dit Scotland Yard, faire parler de lui, et s'attribuer d'horribles exploits. Son équilibre mental est précaire.

Il a pourtant réussi à semer le trouble dans l'esprit de beaucoup. Et cela pour une raison essentielle : les contradictions du seul témoin vivant, Valérie Storie.

A-t-elle vraiment reconnu son agresseur ? Pourquoi l'a-t-elle d'abord décrit blond puis brun ? Pourquoi a-t-elle désigné une première fois, un inconnu, alors qu'Alphon était présent et suspecté ?

Lors d'une confrontation à la B.B.C., qui fit couler beaucoup d'encre, Valérie a pourtant ignoré Alphon et maintenu que James Hanratty était le coupable. Elle l'a reconnu formellement.

Elle seule sait. Du plus profond de sa terreur et de sa vie gâchée, Valérie, seule, peut savoir si elle a désigné pour la potence le bon numéro. Tout dépendait d'elle. Tout dépendait de l'affreuse image gravée, ou non, dans son cerveau. La peur peut déformer le souvenir, l'effacer même. Elle peut aussi le rendre inoubliable.

Mais, quand le bourreau a fait son office, tous les mots, tous les livres, toutes les émissions de télévision, tous les débats du monde, n'y peuvent rien.

Cela est un autre débat.

Le voyage de Dave Joplin

Le 27 janvier 1973, les représentants des États-Unis, du Nord Viêt-nam, de Saigon et du F.N.L. signent un accord de cessez-le-feu. C'est enfin la paix. Une drôle de paix. Mais une paix quand même. Les bombardiers B.52 et les troupes américaines ont soixante jours pour quitter le Viêt-Nam.

Le cauchemar est terminé, le Viêt-Nam rendu à lui-même. On ne verra plus les horribles photos, comme celle de cette enfant brûlée, par le napalm, courant sur une route, en hurlant. Il n'y aura plus de défilés pour la paix dans les rues de New York, de Paris ou d'ailleurs. Dans quelques années, les studios de Hollywood décortiqueront cette guerre impossible, pour en tirer des scénarios. Ainsi va l'histoire du monde et celle des hommes. La vie quotidienne d'un homme jeté dans une guerre, puis jeté hors de cette même guerre, c'est bien autre chose.

Dave Joplin se tait. Il rassemble son paquetage, comme les autres, grimpe dans le ventre d'un B.52 comme les autres, et se demande le temps qu'il fait au Tennessee. Depuis cinq ans, il a oublié la couleur du ciel de là-bas.

A Memphis, où il est démobilisé quelques semaines plus tard, l'officier des relations publiques, chargé de la réinsertion morale des « petits gars du Viêt-Nam », lui tape familièrement sur l'épaule.

— Alors Joplin ? On retourne chez soi ? C'est où, votre bled ?

Dave Joplin, grand, musculeux, regarde l'imbécile. Pour lui, ce petit mec en uniforme impeccable, repassé jusqu'au coin des boutonnières, ne peut être qu'un imbécile.

— Je n'ai pas de bled.

— Allons, Joplin, vous avez bien de la famille quelque part ? Vous veniez de Jackson... un petit gars du Tennessee, hein ?

Le petit gars du Tennessee plie son 1,85 mètre pour ramasser son sac et, sur un salut dérisoire, gagne la sortie. Relations publiques... réinsertion... il a vu ce que cela donne sur les copains, ceux qui ont le regard fou, qui hurlent des cauchemars dans la nuit, se débattent encore dans des rizières imaginaires, larguent des bombes dans leur sommeil... Qu'on lui fiche la paix, c'est tout ce qu'il demande. Sa prime de démobilisation servira à une série de choses stupides. Puisque tout fut stupide et qu'il n'y a pas de limite à la bêtise. Se saouler des nuits entières, par exemple, et se réveiller dans les bras des prostituées de Memphis, noires ou blanches, shootées ou non, belles ou pas.

L'une d'elles le retiendra une semaine, le temps de le dépouiller de ses derniers dollars, avec patience et régularité. Et, lorsque, enfin dessaoulé, Dave Joplin reprend pied avec la réalité, que voit-il dans la glace de ce motel minable? Il voit une fille nue et vulgaire, occupée à se peindre les ongles des pieds en rouge sang.

Il voit sa tête à lui, Dave Joplin, dans la même glace de cette armoire bancale. Une tête de dingue aux cheveux frisés, à la barbe hirsute et piquante. Il avait oublié que ses cheveux frisaient, à force de courber la tête sous le rasoir des marines. Il avait oublié son regard noir, son nez droit, ses joues creuses. Il ne se connaissait plus dans l'enfer de là-bas.

— Où tu vas chéri?

— Je retourne dans mon bled voir si j'y suis.

Ainsi commence le dernier voyage de Dave Joplin. Un long chemin parti de la guerre et de la mort, et qui y retourne.

A la descente du car, Dave Joplin, son sac sur l'épaule, s'immobilise un moment sur la petite place familière. L'hospice est là-bas, à l'est de la ville, à la limite des plantations de tabac. Ironie du sort pour le vieux Dingo-Louis, son père, qui a tant fumé de cigares nauséabonds toute sa vie, et en crève à présent.

Dave Joplin fait la route à pied. Il a tant marché dans la boue, ces dernières années, que les rues, les avenues, bien alignées sont une véritable promenade.

Une grosse fille en blouse blanche, au visage jovial et rose, l'accueille avec un sourire.

— Fait chaud aujourd'hui hein? Vous êtes venu à pied?

Dave Joplin fait un signe de tête et marmonne:

— Je viens voir mon père, Louis Joplin. Vous pouvez me dire où il est?

La grosse fille fronce le nez:

— Joplin, vous dites? Vous êtes vraiment de la famille?

— Son fils, Dave.

— Vous n'êtes pas au courant? On vous a écrit pourtant!

— Écrit quoi? Où? Je reviens du Viêt-Nam. On m'a démobilisé il y a un mois.

— On a écrit à l'armée: votre père est mort la semaine dernière... je suis désolée.

Mort. Dingo-Louis, son vieux fou de père, est mort la semaine dernière pendant que lui, le fiston, le seul, l'unique, était en train de cuver du whisky dans le lit d'une putain de Memphis.

Dave Joplin serre les dents sur l'étrange sanglot qui lui envahit la gorge sans trouver de sortie. Il a traîné cinq ans dans l'horreur, il a rampé au milieu des tirs de raquette, et Dingo-Louis n'est plus là pour l'entendre.

L'infirmière demeure silencieuse un moment, par respect pour ce grand type brun, barbu, poussiéreux, aux yeux cernés, qui ravale sa salive avec difficulté, en cognant du poing sur le comptoir. Rythmant sa peine, lui tapant dessus, pour l'enfoncer au plus profond. Au bout d'un moment, elle dit doucement :

— Il a laissé un paquet pour vous, c'est dans le coffre du directeur, je vais vous le chercher, vous signerez une décharge.

Une heure plus tard, Dave Joplin est assis à la terrasse d'une cafétéria, devant une bière glacée. Il examine le contenu du paquet, étalé sur ses genoux : 800 dollars, des billets froissés, une épingle de cravate avec une perle, et une montre. Tout ce qui reste du vieux Dingo-Louis, son père.

Dave n'arrive toujours pas à pleurer. Il fourre le tout dans sa poche, avale sa bière et s'en va d'un pas traînant jusqu'au cimetière. Il cherche le petit rectangle de ciment. L'inscription lui fait mal au ventre et à la tête. Il reste là, assis, ses longues jambes croisées dans la poussière, à regarder le vide. C'est tout ce qui lui reste, ce vide.

Enfin, à la nuit tombante, il se redresse, fouille dans sa poche, joue un peu avec la montre avant de la passer à son poignet. Il accroche l'épingle de cravate au revers de son blouson de toile et s'en retourne à pied vers la ville.

La boutique de Dingo-Louis n'existe plus. L'appartement que louait le père, au premier étage, est occupé. Dave Joplin n'a nulle part où aller. Alors ce sera d'abord la gare des bus, où l'on peut dormir sur une banquette. Puis, au petit matin, il se rend chez un marchand de voitures d'occasion.

— Une Land Rover, vous avez ça ?

Il y en a une. Curieusement peinte en bleu par le propriétaire précédent, et ornée de fleurs orange. Le style *Peace and Love*. La guerre en dentelles hippies. Mais le moteur est bon. Dave Joplin paye cash et demande au marchand :

— Y'a un chenil dans le coin ?

— Ça dépend du chien que vous voulez.

— Un chien de garde.

L'homme lui indique un ranch à quelques kilomètres et regarde s'éloigner le grand type barbu et triste, dans la Land Rover bleue, avec, pour seul bagage, un sac à dos.

Le voyage continue pour Dave Joplin. Il a encore deux rencontres à faire avant le bout du chemin. Avec un chien, d'abord, une femme ensuite.

Des cages grillagées, des aboiements, des gémissements : une bonne trentaine de chiens est enfermée là. Dave a un drôle de regard pour le propriétaire du chenil. Une drôle de façon de dire :

— C'est un camp de prisonniers, ici ?

Alors l'homme rit d'un air gêné, scurnois.

— Je ne peux pas les lâcher. Ils sont en cours de dressage. Moi, je travaille pour les fermiers d'ici, ou pour les services de sécurité en ville. Ils font dresser leurs chiens, ensuite ils viennent travailler avec eux, s'habituer, et ils les emmènent.

Dave Joplin fait le tour des cages en expliquant ce qu'il veut. Un jeune chien, ni trop bébé, ni trop adulte.

— C'est pour un dressage ?

— Ça, je m'en charge.

L'homme lui montre un couple de chiens noirs, à poils longs, de race assez mal définie. Dave choisit le mâle, parce qu'il est venu immédiatement lui lécher la main, comme s'il l'avait reconnu. Il paie 100 dollars pour l'animal, un collier, une laisse de cuir et s'en va. Devant la Land Rover bleue, le propriétaire du chenil l'entend parler à son chien :

— Tu vois cette bagnole, elle est à toi et à moi. Personne ne doit s'en approcher. C'est tout ce qu'on possède, toi et moi. Alors, je veux que tu démolisses le moindre gars qui essaierait de la prendre, vu ?

Le chien regarde son nouveau maître et, sur un signe de lui, saute dans la Land Rover, comme s'il l'avait connue toute sa vie de chien. Et, tandis que la voiture s'éloigne, le propriétaire du chenil dit à un des soigneurs :

— Un dingue, ce type...

Dave prend la route. N'importe quelle route, celle qui se présente devant lui. Et, durant plus d'un mois, il va sillonner le Tennessee, sans but précis, dormant dans la voiture presque tout le temps, et il n'a aucun mal à dresser Marcus, son chien.

Marcus a un an. Des longues dents, pointues et blanches comme de l'ivoire, terriblement dissuasives, lorsqu'il soulève des babines roses. Il s'est attaché immédiatement à son nouveau maître. Durant ce mois de vadrouille à deux le long des routes, l'homme et la bête vont partager la même couverture pour dormir, les mêmes sandwiches, l'eau des mêmes fontaines, le bain des mêmes rivières. Il se crée entre eux une sorte d'osmose ; ils sont désormais inséparables. Nul ne peut s'approcher de la jeep sans que Marcus montre les dents et qu'il frémisse de tous ses muscles, prêt à la défense.

Un jour, Dave dit à Marcus.

— On va voir une dame. Je veux que tu lui fasses les yeux doux. Elle est belle et elle m'attend.

Marcus comprend-il? Peut-être.

Sur la route de Jackson à Memphis, Dave Joplin retrouve le décor familier de ses randonnées de week-end, du temps où il était étudiant, du temps où il emmenait Margie, la belle, se promener dans les fourrés. Du temps où il lui disait:

— Margie, on se mariera un jour... On fera plein de gosses et tu deviendras énorme à force de nourrir tout ce monde-là. Margie, tu feras plein de petit-fils à Dingo-Louis... Ça lui plaira beaucoup.

C'était le temps d'avant la guerre, il y a bien plus de cinq ans. Comme un siècle. Margie avait dix-huit ans, et lui vingt-deux. Elle tenait avec ses parents un petit motel. Elle avait de longs cheveux bruns et raides, d'étonnants yeux noisette, et un corps rond et doux comme un écureuil.

Le motel est toujours là, avec sa pancarte qui se balance au vent. La jeep s'arrête dans un petit nuage de poussière et Dave Joplin crie:

— Salut! C'est vous le père de Margie? Vous ne me remettez pas? Dave, je suis Dave Joplin... Est-ce que Margie est là?

Il saute de la jeep et s'approche de l'homme qui paraît enfin le reconnaître, mais qui ne semble pas apprécier la silhouette maigre, la barbe hirsute, le jean trop sale, et ce chien qui gronde sur le siège, immobile.

— Qu'est-ce que vous voulez?

— Voir Margie, tout simplement. Qu'est-ce qu'il y a? Elle n'est pas là?

Pour toute réponse, le père se met à hurler sans quitter le visiteur du regard:

— Margie? Viens, par là! Quelqu'un te demande!

Le regard plein d'espoir de Dave Joplin se fixe dans la direction de la maison. Il en voit sortir une jeune femme échevelée, vêtue d'une blouse rose, et portant sur la hanche un bébé, d'un ou deux ans. Elle pose le bébé dans un parc à l'ombre de la véranda et avance d'un pas traînant, en criant à son tour:

— Qu'est-ce que c'est?

Alors le père s'éloigne, l'air mécontent, sans lui répondre. Margie ne reconnaît pas immédiatement le visiteur, et lui, paralysé, regarde la taille épaissie, les cheveux courts ébouriffés, et surtout le bébé qui pleure dans son parc.

— Margie, c'est moi, Dave. Dave Joplin.

— Dave? Mais qu'est-ce que tu fais par ici?

— Ce que je fais? Je suis venu te chercher. On devait se marier, t'as oublié?

— Dave, ne dis pas de bêtises. Si c'est pour me dire des trucs comme ça, ce n'était pas la peine de venir jusqu'ici.

— Il est à qui, ce gosse?

— Il est à ma sœur... Mais je vais me marier, Dave...
— Comment, tu vas te marier? Et avec qui?
— Tu ne connais pas. T'es drôle, toi. Je n'ai pas de nouvelles depuis un an et tu débarques comme ça pour m'épouser... tu es fou, quand même.
— Si tu n'as pas de nouvelles depuis un an, c'est que les bureaux de poste sont rares du côté de Saigon. Et je suis sorti d'un putain de trou dans la jungle, il n'y a pas plus de trois mois. Avant ça, on avait ordre de limiter les nouvelles.
— Et qu'est-ce que j'y peux?
— Tu vas venir avec moi, c'est tout.
— Non, Dave. Je viens de te dire que j'allais me marier.
— Tu viens avec moi, je te dis. Tu n'as pas à épouser ce type.
Dave Joplin saisit brutalement Margie par un bras et la tire vers la jeep.
— Monte!
— Lâche-moi Dave! Lâche-moi!
Dave plaque la jeune femme contre la carrosserie de la jeep... Mais le chien grogne aussitôt. Alors, tout en retenant le corps de Margie, Dave dit au chien:
— Tais-toi, Marcus. C'est Margie, tu te souviens? Je te l'ai dit: c'est Margie.
Marcus grogne de plus belle. L'air véritablement féroce, babines retroussées, il laisse échapper comme des avertissements, par à-coups, de petits aboiements menaçants, l'air de dire: «Recule ou je te mords.»
Désorienté une seconde par l'attitude de son chien, Dave relâche sa pression, et Margie en profite pour lui échapper. Elle recule de quelques pas et observe l'affrontement du maître et de son chien. Marcus est toujours agressif et Dave, furieux, s'empare du cric et menace l'animal:
— Sale clébard! J'ai dit: «c'est Margie»! Qui c'est, le maître?
Alors, Marcus recouvre lentement ses dents féroces et se calme, tête baissée. Dave se retourne alors vers Margie:
— Tu ne m'aimes plus, c'est ça?
— Écoute, Dave. Je me marie dans quinze jours. Sois raisonnable.
— Tu ne veux pas venir avec moi?
— Non, je ne veux pas. Tu trouveras d'autres filles. Et puis, ton chien ne veut pas de moi...
Dave devient soudain pâle, très pâle, blanc de rage et son regard devient fixe. Il murmure:
— Marcus a raison, tu n'es qu'une garce!
Il bondit comme un fauve, comme on le lui a appris face aux Viets et il frappe sans prévenir, sauvagement, en pleine tête, à deux ou trois reprises. Margie n'a pas le temps de hurler, il a déjà lâché le cric, bondit

dans la jeep, tandis que le père, qui a vu la scène de loin, se met à courir et à hurler. Trop tard.

Dave fait gronder le moteur et fonce dans un nuage de poussière. Le père peut entendre le chien, excité, aboyer furieusement.

La jeep a déjà disparu lorsque le père de Margie se penche sur sa fille. Le regard noisette est embué, le sang coule dans les cheveux, sur son visage, sur son cou. Elle va mourir, il le voit bien.

Cinq minutes plus tard, l'alerte est donnée à tous les postes de police. Dave Joplin est un assassin. Sa description court sur les postes des voitures de police.

Dave roule à tombeau ouvert, le chien, agrippé de toutes ses griffes au siège de la jeep, aboie comme un diable. La première voiture de police qui aperçoit le fuyard signale aux autres :

— Je le vois. Il prend la direction de la gare de triage, c'est un cul de sac ! Je le prends en chasse, rejoignez-moi..

La jeep et la voiture de police sont à cinq cent mètres l'une de l'autre, sur un chemin défoncé. Soudain dans un crissement de pneus, Dave tente d'éviter un cycliste, sans succès. L'homme est projeté en l'air et contraint la voiture de police à stopper quelques instants pour manœuvrer.

Le policier hurle dans son micro :

— Il a fichu en l'air un cycliste, envoyez une ambulance. Je continue la chasse, dépêchez-vous !

Dave n'a qu'une minute d'avance sur son poursuivant, lorsqu'il parvient à la gare de triage. Il reste un vieux bâtiment désaffecté, des rails envahis par les mauvaises herbes, décor lugubre, où la route s'arrête.

— Descends, Marcus.

Le chien obéit, aboyant toujours. Dave Joplin fait une manœuvre rapide et se place face au mur principal du bâtiment. Depuis la voiture de police, son poursuivant a tout vu et hurle encore dans la radio :

— Il est coincé, il fait demi-tour, je vais le prendre de face... Non ! Rectification, il recule, je n'y comprends rien ! Mais qu'est-ce qu'il fait ?

Dave a reculé. Effectivement et s'est placé face au mur. Le policier croit comprendre.

Dave enclenche la première, puis la seconde, la troisième, le moteur rugit, la jeep bondit en direction du mur. Et, tandis que le policier, muet soudain, observe la scène, la jeep s'écrase dans un bruit infernal, un bruit d'un autre monde. Et le chien hurle, hurle...

Sur les ondes des voitures de police, on entend le premier poursuivant dire :

— Merde. C'est dingue !

Et trente secondes plus tard, il arrive à hauteur du bâtiment. Il ne reste plus qu'un tas de ferrailles tordues à l'avant, écrasées contre le mur de béton, et le corps de Dave Joplin disloqué, poitrine transpercée par le volant, repliée comme un pantin immobile.

Le policier descend de voiture, mais y remonte aussitôt. Devant l'épave fumante et le corps de son maître, Marcus, toutes dents dehors, l'œil fou, gronde comme un fauve, le corps prêt à bondir. Il est impossible de s'en approcher.

Le policier referme doucement sa portière, remonte les vitres, et dit sans son micro:

— Shérif, je ne peux pas approcher, le chien est fou. J'ai voulu examiner le corps, il a failli se jeter sur moi. Je ne peux pas avancer à moins d'un mètre.

— Abattez-le!

— Bien, chef!

Le policier ouvre la portière, pose un pied à terre, puis l'autre; le pistolet armé à la main, il se place brusquement face à l'animal... et n'a pas le temps de tirer. Il voit le chien bondir et vole vers l'intérieur de la voiture. Juste à temps pour claquer la portière. La gueule effrayante de Marcus bave derrière la vitre. Pattes dressées contre la carrosserie, il griffe, aboie, crache des hurlements terrifiants. Puis il recule et retourne prendre sa garde devant l'épave.

— Shérif, impossible de sortir de là. Il faut un tireur avec un fusil.

— On arrive.

Marcus a eu un grand sursaut sous l'impact de la balle. Il est tombé sur le flanc, dans la poussière, son grand corps noir et lustré courbé par le choc, gueule ouverte sur un dernier grognement.

Le rapport du shérif était d'une simplicité grandiose.

Un fou. Ce Dave Joplin était un fou dangereux. Selon les témoins, il avait frappé à mort une jeune femme sous prétexte qu'elle ne l'aurait pas reconnu. Et s'était donné la mort ensuite, par propulsion de son propre véhicule, contre le mur d'un bâtiment, avant les premières sommations de l'officier poursuivant. Son chien enragé avait dû être abattu.

Dave Joplin ne savait pas qu'il figurait dans les statistiques des anciens du Viêt-nam, que l'armée des États-Unis était chargée de réinsérer dans la vie civile. Il aurait dû se présenter dans les services hospitaliers compétents, s'il éprouvait des difficultés majeures, physiques ou mentales. Comme les copains.

Une mort difficile à croire

20 avril 1959, il est 18 heures 30 à Miami, en Floride. Une voiture se gare près d'un parc. Le professeur Jessup est au volant. Morris Jessup est professeur d'astronomie et mathématiques à l'université du Michigan. Ce n'est pas n'importe qui. Il est le constructeur et le directeur du plus grand téléscope à réfraction de l'Afrique du Sud. Cet homme a découvert de nombreuses étoiles. C'est aussi un spécialiste de la flore amazonienne et un passionné des civilisations mayas et incas.

Ce soir-là, à Miami, il a rendez-vous pour dîner avec l'un de ses amis, Manson Valentine, un astronome, spécialiste des champs magnétiques. Les deux hommes doivent discuter d'un mystère scientifique, qui les préoccupe énormément. Une chose dangereuse. Terriblement dangereuse.

Morris Jessup gare sa voiture dans un parking. Il est 18 heures 30.

Son ami Manson Valentine l'attend dans un restaurant, l'un de ces *speak easy* américains, où l'on peut parler tranquillement, sans craindre les indiscrétions.

A 19 heures, Morris Jessup n'est pas là. A 20 heures non plus. En fait, il semble bien qu'il ait posé un lapin à son confrère et ami.

Dans la nuit, un gardien du parking donne l'alerte. Un homme est mort dans une voiture, la tête inclinée sur le volant. Et les circonstances de cette mort ont quelque chose d'atroce. Quelqu'un a relié le pot d'échappement de la voiture à l'intérieur du véhicule. Le bricolage a été fait de telle sorte qu'on ne puisse pas le distinguer au premier abord. L'assassin — s'il y en a un — a bricolé ce raccord mortel et le professeur, ne s'en étant pas aperçu, a inhalé les gaz toxiques en conduisant. Pris d'un malaise dans le parking, où l'air est raréfié, il s'est évanoui et est mort, sans que personne ne lui porte secours.

En apprenant la mort de son ami, Manson Valentine, le spécialiste des champs magnétiques, prétend immédiatement qu'il s'agit d'un meurtre. Qui est l'assassin ? Il n'en sait rien, mais explique volontiers le mobile.

Secret défense. Jessup était en train d'étudier quelque chose qui ne plaisait pas à la Sécurité militaire. Il avait pris contact avec le témoin d'une expérience incroyable et préparait un ouvrage sur le sujet.

Lorsqu'il raconte les travaux du professeur Jessup, Mason Valentine se fait traiter de fabulateur. Les journalistes qui rendent compte de l'enquête sur cette mort bizarre préfèrent parler de suicide. On retrouve des amis du professeur Jessup auxquels il aurait écrit, les années précédentes, des confidences sur son amertume professionnelle. De là à parler de dépression menant au suicide, il n'y a qu'un tout petit pas.

Mais d'autres journalistes écoutent avec intérêt l'extraordinaire histoire qui aurait provoqué la mort de Jessup. Et cette histoire est si monstrueuse qu'elle donne le frisson et explique, sans la justifier, bien sûr, que les travaux du professeur Jessup touchaient à un tel secret d'État qu'il ne pouvait qu'en mourir...

En 1955, trois ans avant sa mort, Morris Jessup publie un livre passionnant sur l'espace, les fusées et la gravitation. Parmi le courrier de ses lecteurs, un jour, arrive une lettre en provenance du Texas, signée d'un inconnu : Carlos Miguel Allende.

Tout d'abord, en la lisant, Jessup se dit que l'auteur est probablement un déséquilibré dont la manie est de souligner arbitrairement certains mots et d'utiliser des lettres capitales sans aucune raison. Un illuminé en quelque sorte. Le début de la lettre fait mention brièvement du livre de Jessup, puis son auteur passe à un tout autre sujet, que Jessup lit avec un certain scepticisme.

Carlos Miguel Allende écrit, en effet :

J'ai suivi en octobre 1943, depuis un navire d'observation, le Andrew Fursten, *une expérience de la marine américaine. Notre navire était un* liberty ship *de Norfolk. Nous étions trois hommes à bord, Richard Splicey Price, Monwsely, le premier maître, et Conally.*

Cette expérience eut pour résultat de rendre totalement invisible, sur mer, un autre navire du type destroyer, ainsi que tout son équipage.

Le champ d'invisibilité fut efficace dans un sphéroïde aplati, s'étendant à une centaine de mètres environ de chaque bord du bateau. A l'intérieur de ce sphéroïde, les hommes prenaient une forme vague et percevaient les autres personnes à bord du bateau sous la même forme vague et marchant sur le vide. Toutes les personnes situées en dehors du sphéroïde, ne voyaient rien, à l'exception de la forme nette du navire sur l'eau, à condition d'être assez proche mais juste en dehors du champ d'action.

La moitié des officiers et des marins de ce bateau expérimental sont actuellement fous. Quelques-uns sont assignés à résidence, en des lieux où ils peuvent recevoir un traitement lorsqu'ils redeviennent « vides » ou bien « vides et pris ».

Devenir « vide » constitue la séquelle d'un séjour trop prolongé dans le champ. Lorsqu'on est « vide et pris », on ne peut plus se mouvoir de sa propre volonté, à moins que deux autres personnes ou plus, se tenant dans le champ, ne vous touchent rapidement, par apposition des mains. Si cet attouchement ne se produit pas, on « gèle ». Lorsqu'un homme est gelé, sa position doit être marquée soigneusement, pour couper le champ. Les autres peuvent se mouvoir mais pas lui ; les autres peuvent retrouver une solidité apparente, mais pas lui. Il faut que le membre le moins atteint de l'équipage s'approche de l'endroit où l'on a marqué la figure de l'homme « gelé », qu'il se rapproche de sa peau nue, car il n'est plus vêtu de façon habituelle à ce moment-là. Parfois, pour dégeler cet homme, il suffit d'une heure, parfois vingt-quatre heures au moins. Dans les cas extrêmes, six mois sont nécessaires. Ce gel profond n'est pas psychologique. C'est le résultat d'un hyperchamp qui a pénétré dans le champ du corps, lorsque le champ superficiel a agi trop longtemps. C'est également ce qui arrive lorsque quelqu'un y a été soumis trop souvent. Le matériel électronique nécessaire pour corriger ce gel profond coûte plus de 5 millions de dollars.

Il reste très peu de membres de l'équipage d'origine. La plupart sont devenus fous. L'un d'eux a traversé le mur de sa chambre sous les yeux de sa femme et on ne l'a jamais revu. Deux autres ont pris feu en transportant des compas magnétiques tout à fait ordinaires.

L'expérience en elle-même fut donc une réussite totale. Mais les hommes représentent un échec.

Tête du professeur Jessup devant cette missive pour le moins bizarre! Lui qui jouit d'une certaine renommée dans sa spécialité, s'intéresse aux problèmes de la gravitation ainsi qu'à la théorie des champs unifiés; lui qui épluche la théorie d'Einstein depuis des années, répond à cette lettre sans grande conviction, en demandant toutefois plus de détails sur l'expérience en question. Cela dit, il est persuadé d'avoir affaire à un esprit dérangé et il oublie complètement le sujet, trop occupé qu'il est par ses conférences, ses cours à l'université, ses propres travaux.

Or, le 13 janvier 1956, presque un an après la première, arrive une deuxième lettre de Carlos Miguel Allende, postée au Texas, mais cette fois, avec une adresse en Pennsylvanie. Même motif, même sujet. Puis une troisième lettre. Le professeur Jessup peut lire, cette fois, des détails supplémentaires concernant cette expérience incroyable dont parle son correspondant.

La Navy américaine aurait décidé, durant la Seconde Guerre mondiale, en 1943, d'entreprendre des travaux de recherche sur l'une des applications de la théorie d'Einstein. Étant donné que nous ne sommes Einstein ni les uns ni les autres, vulgarisons et disons que cette application consistait à tenter de faire disparaître un escorteur de la marine *L'Eldwige* et ce au moyen d'un champ magnétique artificiellement créé. Pourquoi le faire disparaître? Réponse simple et évidente: en temps de guerre, un navire invisible pour l'ennemi serait une arme redoutable.

En octobre 1943 donc, le navire escorteur *Eldwige* aurait effectivement disparu des eaux de Philadelphie avec tout son équipage. Une expérience réussie, sauf pour les marins, selon le mystérieux correspondant du professeur Jessup.

Et le professeur Jessup de se poser une première question, simple: pourquoi moi? Pourquoi cet homme inconnu lui écrit-il? A lui, et non à ses confrères? Il obtient assez rapidement la réponse. Jessup avait publié un livre intitulé *La question des O.V.N.I.* Or, on l'informe qu'un exemplaire de son livre est parvenu au Bureau de la recherche navale américaine, expédié par un inconnu, mais recouvert de notes manuscrites et de commentaires avec, en évidence, une allusion à cette fameuse expérience de Philadelphie.

Le professeur Jessup n'aurait jamais fait le lien, s'il n'avait pas été convoqué lui-même à la Navy, au Bureau de la recherche navale, qui semble s'intéresser beaucoup à un détail.

— Quel détail? demande le professeur Jessup.

— Votre livre et les commentaires manuscrits sur cette expérience. Il y a sûrement un lien...

— Tout ce que je sais, c'est que j'ai reçu trois lettres d'un inconnu, qui dit s'appeler Miguel Allende et que l'écriture que vous me montrez semble être la sienne, en effet. Il doit s'agir du même homme. Mais vous avez reçu cet exemplaire de mon livre juste au moment de sa parution. Les lettres me sont parvenues un an après.

— Où sont ces lettres?

— Chez moi, pourquoi?

— Voulez-vous nous les confier, professeur?

— Mais pour quoi faire? Cet homme a dû inventer cette histoire. Moi-même, je lui ai répondu par simple gentillesse, un peu par curiosité aussi, je l'avoue. Cela n'a rien à voir avec mon travail.

— Professeur, notre intention est de rééditer votre livre, avec toutes les annotations de l'exemplaire que nous avons reçu. Nous devons aussi publier les lettres, évidemment. Bien entendu, il s'agit d'un tirage limité, uniquement destiné à nos services et vous en recevrez un exemplaire.

Jessup s'étonne quelque peu qu'un officier du Bureau de la recherche navale s'intéresse à son livre et surtout à ces lettres avec autant d'insistance:

— Je vous assure, professeur, il nous faut ces lettres; elles sont importantes. A propos, confiez-nous les originaux, c'est meilleur pour la reproduction.

Jessup rentre chez lui et tourne cette histoire dans sa tête. Pourquoi rééditer son livre avec des annotations qui ne sont pas de lui? Pourquoi publier ces lettres? Et pourquoi à tirage limité, réservé à la Navy? Y aurait-il donc quelque chose de si intéressant là-dedans?

Bon citoyen, chercheur lui-même, Jessup expédie les originaux des trois lettres de son correspondant et, effectivement, il reçoit quelque temps plus tard une réédition de son livre comprenant les annotations et les lettres. On lui signale également que l'ouvrage a été édité à vingt-cinq exemplaires numérotés, dont un pour lui.

Cette histoire le tracasse tout de même. Vingt-cinq exemplaires... Pour qui ? Pour quoi ? Il contacte son correspondant à l'adresse indiquée sur sa dernière missive et reçoit une réponse qui lui conseille de pousser ses recherches, d'interroger certaines personnes, d'envisager l'expérience à la lumière des travaux d'Einstein afin d'en comprendre l'ampleur. Allende écrit même :

Einstein aurait été horrifié par les conséquences de ses découvertes et les aurait abandonnées pour empêcher l'humanité de s'en servir, s'il en avait eu la possibilité. Personne ne peut croire à cela, mais le bateau disparu en mer à Philadelphie a réapparu une minute plus tard à Norfolk. Les marins étaient devenus fous. La Navy a arrêté les expériences. Voici les noms des responsables à l'état-major, les détails que je donne sur ces personnes vous prouveront que je sais de qui il s'agit et de quoi je parle...

Le professeur Jessup est ébranlé. D'une part parce que les détails sur les personnalités en question sont exacts, d'autre part, parce qu'il ne comprend toujours pas pourquoi on a réédité son livre, donnant ainsi prise à une enquête, s'il s'agit de l'élucubration d'un farfelu ! Information ou désinformation ? Histoire de fou ou réalité ?

Et, comme il ne comprend pas bien et que ça l'énerve, Jessup décide d'essayer de comprendre. Cela lui prend du temps de replonger dans les théories d'Einstein et de travailler sur les champs magnétiques. Car ce n'est qu'en 1959 qu'il annonce à son ami Manson Valentine :

— Je suis parvenu à des conclusions définitives à propos de l'expérience de Philadelphie. J'ai retrouvé mon correspondant, Allende, alors que la marine le recherchait sans résultat. Je suis convaincu de la réalité de l'expérience. Je sais maintenant qu'il s'agit d'un nuage artificiel magnétique dangereux. Si la marine a interrompu les recherches, c'est qu'elle a découvert, par hasard, en tentant cette expérience, une chose terrible. Une force capable de modifier la structure moléculaire des individus et des objets.

Et Manson Valentine, aussitôt :

— Rencontrons-nous pour en parler, c'est fascinant.

Depuis trois ans que Jessup s'acharne sur ce travail, une rumeur s'est répandue : il serait devenu étrange. « Psychisme troublé », disent ses confrères... Il a même confié l'exemplaire de sa fameuse réédition à un ami sûr, en lui recommandant de le mettre à l'abri au cas où il lui arriverait quelque chose. La rumeur s'étend : paranoïa, idée fixe, etc. Et Jessup dit à son ami Manson Valentine :

— Je ne suis pas en train de devenir fou mais les autres le pensent déjà.

C'est donc le 20 avril 1959, à 18 heures 30, que Jessup, qui a rendez-vous avec Manson Valentine pour dîner et tout lui expliquer... meurt intoxiqué par les gaz de sa voiture, émanant du tuyau d'échappement, bricolé pour que l'empoisonnement se fasse de l'intérieur...

Suicide, donc. Officiel. Qui, quel ennemi du professeur Jessup aurait imaginé de le suicider ainsi ? Personne. Il n'y a aucune trace, aucune menace...

« Drôle de suicide », estiment certains journalistes qui se jettent sur la mort du professeur Jessup et partent à la recherche du mystérieux Allende, le témoin de l'expérience de Philadelphie dont Manson Valentine n'a pas craint de signaler la présence. Car lui ne croit pas au suicide de Jessup.

Allende, le « témoin », possède au moins cinq identités, dont la plus certaine semble être Carl Allen. Il a effectivement travaillé à bord d'un *liberty ship* entre 1943 et 1944.

L'homme est étrange, plutôt du genre nomade, spécialiste des petits boulots, sans spécialisation véritable. Entre trente-cinq et quarante ans. Maigre, visage long, le regard un peu fixe, mais pas fou apparemment, il répète avec bonne volonté ce qu'il a vu en octobre 1943, alors qu'il était tout jeune marin.

— Un brouillard vert autour du bateau, puis plus de bateau. On voyait juste la forme de sa quille et celle de la coque, comme si elles étaient photographiées sur l'eau... Le *Eldwige* a brutalement disparu. On entendait comme un bourdonnement qui accompagnait la diffusion du champ magnétique. Moi et les autres observateurs, nous avons reçu comme un courant puissant qui nous a fait perdre l'équilibre.

— Comment expliquez-vous que vous n'avez pas disparu vous aussi ? demande un journaliste.

— Mon corps était à la limite du champ magnétique ? Je me suis dis après que les bottes de caoutchouc m'avaient protégé...

— D'où tenez-vous les commentaires et annotations dont vous avez augmenté le livre du professeur Jessup ?

— De gens haut placés. Je ne peux pas révéler leurs noms.

— Que pensez-vous de sa mort ?

— On dit que c'est un suicide. Je ne sais pas.

Quant au navire *Eldwige*, il a bien existé, il existe des photographies de lui, il se trouvait effectivement à Philadelphie en octobre 1943, il est possible qu'il ait croisé sur sa route, le *liberty ship* sur lequel se trouvait Allende...

Reste la Marine des États-Unis. Quel rôle a-t-elle joué dans cette histoire ? Après les articles de certains journalistes prenant parti pour un faux suicide du professeur Jessup, elle s'est empressée de démentir «qu'une telle expérience incroyable se soit déroulée, ayant ou non pour base la théorie d'Einstein. Si tel avait été le cas, la chose n'aurait pu rester secrète aussi longtemps.»

Et de prendre soin de faire tirer de nombreuses circulaires de ce démenti officiel.

Certes. Un champ magnétique artificiellement créé, faisant disparaître un navire et son équipage... difficile à croire! Dématérialiser des hommes, des structures métalliques...

Démenti donc. D'accord. Mais pourquoi a-t-on demandé au professeur Jessup de fournir les trois lettres originales du témoin. Pourquoi ne les lui a-t-on jamais rendues? Pourquoi vingt-cinq exemplaires numérotés de son ouvrage, un pour lui, et le reste à qui? Pour l'endormir? Pour le rendre fou? Pour l'intoxiquer? Pour désinformer?

Jessup est mort à cinquante-neuf ans et, si l'on exclut le suicide, puisqu'il allait dîner avec un ami, qui l'a tué et pourquoi?

La seule chose certaine dans cette histoire, indubitable est que les travaux d'Einstein sur la théorie des champs unifiés n'ont jamais été achevés. En supposant que ce malheureux professeur Jessup soit parvenu à quelque chose, même peu, dans ce sens, «on» a peut-être préféré l'empêcher d'en faire une publication. Le faire passer pour fou, lui envoyer un faux témoin pour le mettre sur une piste ridicule et qui le ridiculiserait définitivement.

Les scientifiques sont parfois des loups entre eux.

Qui a pris l'âme de Célestin?

Écoutez, braves gens, oyez l'étonnante histoire qui se déroula il n'y a pas si longtemps, dans un pays que nous connaissons bien et mit en scène des personnes dont nous tairons les noms mais qui nous ressemblent.

En ce temps-là, la France avait un général, les jeunes gens dansaient le rock and roll et le twist, le pétrole n'était pas cher, le dollar se tenait poliment à sa place et Brigitte Bardot beaucoup moins. Comme tout n'est pas rose en ce bas-monde, il y avait cependant çà et là quelques guerres malheureuses... Bref, nous étions à peu près normaux dans ce que les nostalgiques ont baptisé les *sixties*, les années soixante.

Si l'on ne parlait pas encore de «France profonde», elle était pourtant bien là. Et depuis longtemps. Mais les médias n'avaient pas encore cette fureur qui les mènent aujourd'hui jusque dans les moindres campagnes, à l'affût de la vie privée des individus qui n'ont pas choisi, comme eux, le bruit de la ville.

Ce village est bien loin, il est vrai, du bruit et de la fureur. Il l'est encore un peu de nos jours. L'interlocuteur principal, en ces temps bénis, se trouve être le curé. Il a encore son église qui se remplit encore le dimanche et, du haut de sa chaire, sans micro, il dit encore la messe en latin à des chrétiens qui, eux, ne comprennent que le patois du coin.

Une fois passé le moment d'incompréhension recueillie, le brave homme en soutane s'adresse directement à ses fidèles. Chaque dimanche, il les sermonne sur tel ou tel point de détail dont il a eu connaissance et qui lui semble mériter la réprobation générale. La rosière a-t-elle failli à sa réputation? Voici que le curé fait un éloge sévère du mariage et de la pureté qui doit l'accompagner. Deux voisins se querellent-ils à propos d'une barrière mitoyenne? Il prêche la patience et l'amour de son prochain. Une vieille femme est-elle morte, seule, abandonnée des siens? Il prêche la charité chrétienne et tonne contre ceux qui ne l'ont pas aidée.

Tout le village en prend pour son grade et, s'il ne s'adresse jamais directement à quelqu'un ou à quelqu'une, chacun reconnaît ses péchés. Ainsi, ce dimanche-là, le brave curé a-t-il «regretté» au nom de Dieu, que la vieille Céline ait trépassé sans avoir reçu le secours de Dieu et les derniers sacrements.

— Si l'un d'entre vous vient à mourir en athée parce qu'il est abandonné par ses frères et que ses frères ont voulu le condamner à l'enfer, il en porte la responsabilité. Qu'il en demande pardon à Dieu.

La critique est sévère. Et chacun sait à qui ce discours s'adresse car personne ne veut de cette responsabilité. Tous connaissaient la vieille Céline, tous savaient qu'elle était mourante, tous auraient pu s'en inquiéter, mais... Le doigt divin et vengeur ne doit désigner qu'un seul d'entre eux! Célestin! Célestin, l'époux de la vieille Céline, celui qui l'abandonna jadis, à bout de querelles, pour aller s'installer seul à l'autre bout du village, dans la vieille bicoque de sa mère. Célestin a préféré vivre là comme un sauvage, sans femme ni lessive, sans soupe le soir et sans lit conjugal. Et pendant plus de dix ans, il a laissé sa vieille épouse, seule, le soir à la chandelle, lui préférant la lumière et le vin aigre du café de la place. C'est donc lui le coupable. Il n'a même pas suivi l'enterrement. Il n'a même pas sorti un denier de sa poche pour une couronne de fleurs.

Alors Célestin sort le premier de l'église, en rasant les murs. Il n'y remettra plus les pieds puisqu'on le bannit. Savait-il que la vieille était mourante? Non. Était-ce à lui d'aller chercher le curé et l'extrême onction? Non. Va-t-on à l'enterrement d'une épouse oubliée depuis dix ans, qui ne vous a jamais apporté ni amour, ni soutien, ni affection? Non et non.

C'est le verdict des deux fidèles amis de Célestin, Pierre et Joseph, qui lèvent leur verre avec un bel ensemble pour absoudre leur compagnon. Hélas! Dans cette communauté de la France profonde où le brave curé représente Dieu, vit aussi le diable. Et si Dieu rejette l'âme tourmentée d'un pécheur, le diable, lui, veut bien la récupérer.

Célestin boude. Le remords le tenaille quoi qu'il en dise. Ses deux compagnons ont beau lever leur verre au repos de l'âme de son épouse bannie, il n'est pas tranquille.

— Le curé m'a maudit!

— Mais non...

— Si, il m'a maudit.

— Va voir la sorcière, elle te sortira de là.

C'est si simple! Au village, on parle autant du curé que de la sorcière. Elle lui ressemble étrangement d'ailleurs. Vêtue de noir comme lui, le cheveu blanc et rare comme lui, elle tient sa chapelle dans le pré au sel où elle a hérité d'une bicoque et de quelques chèvres. Chez elle, pas de vitraux mais des herbes qui pendent en bouquets desséchés pour les tisanes et les remèdes.

Rosa est rebouteuse, pharmacienne, raconteuse d'histoires terrifiantes. Le village la craint et la respecte autant que le curé, sans toutefois l'avouer clairement.

Il n'empêche que, quiconque a mal au dos s'en remet à elle, et que toute femme en mal d'enfant lui confie ses angoisses. A-t-elle un pouvoir réel? Ils le pensent. N'a-t-elle pas rendu fertile la vache du voisin, comme la femme du garde-champêtre? N'a-t-elle pas redressé la jambe tordue du gamin du boulanger? N'a-t-elle pas guéri de ses coliques la vieille demoiselle de l'épicerie? Et tant d'autres mystères que la science et la morale réprouvent.

Célestin s'en va donc voir Rosa dans son antre qui sent bon les tisanes, les onguents, et le feu de bois.

Rosa a refusé l'électricité. Elle ne voulait pas de ce poteau de bois sur son chemin et encore moins le payer. Le pétrole de ses lampes et le suif de ses bougies lui suffisent largement pour y voir clair. Et elle voit clair dans l'âme de Célestin:

— Tu ne dors plus? Prends ça. Une poignée dans un bol, au coucher du soleil, dans du vin chaud, et tu dormiras comme un enfant!

Ah! Si elle employait d'autres mots! Si, au lieu de dire «une poignée au coucher du soleil», elle disait «un sachet après le repas du soir», comme sur les notices des médicaments, son pouvoir ne serait peut-être pas le même.

Quoi qu'il en soit, ayant délivré sa magie sans ordonnance, Rosa dit à Célestin:

— Les morts qu'on abandonne reviennent parfois, sous la forme de sorcières comme moi. Ils frappent à la fenêtre trois coups. Puis trois coups à la porte d'entrée pour prendre possession de ton âme.

Célestin en tremble dans ses bottes.

— Pourquoi me dis-tu ça?

C'est vrai, pourquoi dit-elle cela, Rosa la sorcière? Alors que le pauvre homme était venu lui demander le réconfort de sa science, réconfort que l'église lui refusait.

— Parce que le remords ne quitte jamais l'homme, et qu'il doit s'attendre à le payer un jour ou l'autre.

— Je veux que tu m'enlèves mon remords.

— Aucune tisane n'enlève le remords, Célestin. Le remords vit en toi jusqu'à ce que tu donnes ton âme à celui ou à celle qui en a besoin.

— Alors, je dois donner mon âme à Céline?

— Si elle vient la chercher, tu le devras.

— Tu n'es qu'une sorcière du diable!

— Rentre chez toi, alors, et ne crois pas ce que je dis, si ça te chante. tu me dois un poulet de l'année.

C'est ainsi qu'en échange d'un poulet de l'année, Célestin rentre chez lui, plus furieux encore qu'après la messe. Le soir, au café, devant ses deux acolytes, il raconte en ricanant la «prédiction de la sorcière».

Pierre et Joseph ricanent avec lui. Mais jaune. Cette Rosa qui guérit les foulures, la gangrène, et la stérilité des vaches a peut-être un savoir inconnu. Certes, elle a le don de se faire payer en nature les conseils qu'elle dispense. Et il est bien connu que, plus on fait peur, plus on obtient de poulets ou de lapins. De même que, plus on guérit, plus on a de nouveaux malades qui, eux aussi, payent en nature. C'est la loi de son commerce, une loi psychologiquement aussi simple que ses visiteurs.

Et Rosa a bien d'autres pouvoirs, apparemment.

Célestin a donc consulté Rosa la sorcière en lui demandant de le délivrer d'un remords devenu pesant à cause du sermon du curé du village. Jusque-là, il vivait en égoïste solitaire, débarrassé d'une épouse qu'il jugeait criarde, menteuse et empêcheuse de boire en rond.

Las ! L'épouse est décédée, seule, sans soins et sans l'aide de la religion. Et qu'a dit la sorcière ? Pire que le curé. Elle a dit :

— Le remords vivra en toi jusqu'à ce que ton épouse revienne sur terre, sous forme de sorcière. Elle frappera trois coups à la fenêtre et trois coups à la porte. Cela voudra dire qu'elle vient chercher ton âme.

Célestin a ricané. Jaune. Ses amis, Pierre et Joseph ont fait de même. Il n'empêche que, une semaine plus tard, Célestin tombe malade.

Et, bien sûr, avant de se dire qu'il a trop bu tous ces jours-ci pour oublier son remords et la prédiction de Rosa ; avant de réaliser qu'à soixante-dix ans, on ne se nourrit pas que de mauvais vin et d'alcool de noyaux sans en payer le prix, bien sûr, Célestin se dit : « C'est la punition. »

Et il essaie d'y couper, mais comment faire ? Le curé a dit : « Que celui-là en demande pardon à Dieu. »

Célestin demande pardon à Dieu et, pour se faire, se traîne à l'église où il prend froid sans entendre le moindre pardon venu d'en haut. Résultat : il est encore plus malade et, la fièvre aidant, il se prend à trembler et à surveiller nuit et jour, fenêtre et porte. Si la sorcière avait raison ? Si l'épouse défunte venait lui réclamer son âme ?

Il appelle donc à son secours ses deux amis, Pierre et Joseph, et les supplie de s'installer avec lui dans sa maison pour le protéger.

— Je vais mourir et la sorcière viendra prendre mon âme.

Pierre et Joseph s'installent donc à demeure. Ils n'ont ni femme ni famille et ont pris l'habitude de boire leur maigre pension d'ouvriers agricoles en commun. De plus, Pierre dit à Joseph :

— Si Célestin doit passer, nous ne devons pas l'abandonner. Nous devons lui faire apporter les derniers sacrements ! Rappelle-toi ce qu'a dit le curé.

Voilà donc les trois amis installés chez Célestin, buvant et mangeant le jambon et la saucisse, surveillant fenêtre et porte, avec un intérêt faiblissant au fur et à mesure que passent les jours. D'ailleurs, Célestin se sent mieux. Ragaillardi par la présence de ses amis, il oublie un peu son idée fixe, jusqu'au soir où...

Un soir pas comme les autres. Un soir d'automne glacé, un soir de lune rousse et de vent maudit. Un soir où les chiens hurlent de maison en maison pour se raconter Dieu sait quelle histoire connue d'eux seuls.

La pendule éraillée vient de sonner 10 heures. Le dernier coup résonne encore dans le silence revenu. La lampe éclaire les visages des trois compagnons, une bûche craque sinistrement dans la cheminée.

Trois coups distincts sont frappés au carreau.

Figés de terreur, Célestin, Pierre et Joseph n'osent regarder au-dehors, n'osent bouger d'un millimètre. Célestin est devenu gris. Est-ce la mort qui frappe à cette heure? Les deux autres n'en mènent pas large. La sorcière avait-elle raison? Un moment passe. Et l'on n'entend que le vent au-dehors et la girouette qui grince.

Puis trois coups sont frappés à la porte. Trois coups distincts, impératifs.

Joseph, qui a soixante-quinze ans, et une jambe raide, chuchote à Pierre, qui n'en a que soixante et onze et marche droit:

— Va ouvrir... On ne sait jamais, c'est peut-être quelqu'un...

Célestin, lui, ne dit rien, paralysé de peur. Pierre se lève, en hésitant un peu puis, courageusement se dirige vers la porte, qu'il ouvre en grand. Dans le sifflement du vent et la faible clarté lunaire apparaît alors une vieille femme, un bâton à la main, l'autre main tendue en direction de Célestin.

Avant même que les autres aient réagi, il se dresse alors comme un diable, en hurlant:

— C'est elle! C'est la sorcière! Elle vient prendre mon âme... Ne la laissez pas faire!

Qui a pris le premier bâton? Qui a trouvé la hache? Qui a frappé le premier? Les trois hommes se sont précipités en même temps sur la vieille et, cinq minutes plus tard, ils rejettent son corps inanimé dans la rue et claquent la porte de la maison, persuadés d'avoir eu raison d'un fantôme.

Les voisins accourent, certains vont chercher les gendarmes, d'autres, le médecin. Bientôt, les trois fous furieux se trouvent bouclés à la gendarmerie.

— Qu'est-ce qui vous a pris?

— Cette femme n'est pas une femme! C'est la sorcière, c'est le fantôme de Céline, son épouse!

— Oui, c'est le fantôme de Céline, elle venait pour me prendre mon âme!

— Pour lui prendre son âme, c'est vrai! Elle a frappé trois coups au carreau, et trois à la porte!

L'explication fut longue. Tandis que l'on identifiait le fantôme, mort. Une mendiante qu'ils avaient tuée les trois fous furieux. Une mendiante romanichelle qui venait proposer de rempailler les chaises, ou demandait l'aumône.

Un coup de hache à l'épaule, des coups de bâtons sur tout le corps et la tête, la pauvre vieille ne se remit pas de ses blessures. Le nombre des chiffons et des robes qu'elle portait sur elle ne l'avait malheureusement pas protégée d'une morte affreuse.

Car ils voulaient tuer, les trois fous furieux.

Vu les circonstances lamentables, leurs âges et leurs degrés d'alcoolisme, il faut bien le dire, les trois compères ne furent condamnés qu'à sept ans de prison. Le maire s'en fut chez Rosa la sorcière pour la sermonner d'importance :

— C'est votre faute, avec vos histoires à dormir debout de revenants qui viennent prendre l'âme des autres !.... Il faut que ça cesse ou je vous fait expulser !

Et qu'a répondu la sorcière ?

— Vous me cherchez des ennuis ? A moi qui n'ai dit que la vérité ?

— Quoi ? Quelle vérité ?

— Une vieille femme est bien venue chez Célestin ? Elle a bien frappé trois coups à la fenêtre et trois coups à la porte ?

— Oui ! Et alors ? Ce n'était pas une sorcière. Elle ne lui a pas pris son âme, que je sache !

— C'est que, justement, vous n'en savez rien.

Et le bruit courut dans le village qu'une vieille romanichelle pouvait bien, après tout, être une sorcière, qu'elle avait peut-être pris l'âme du pauvre Célestin, puisque le village suivit son enterrement dans l'année et puisque le curé lui-même dit en chaire, de sa voix grave des mauvais jours :

— Que Dieu lui pardonne ses erreurs, qu'il accueille en son paradis l'âme d'un pauvre pecheur.

C'était au temps où le général tapait sur la table devant le petit écran, tandis que les jeunes gens dansaient le twist et le rock and roll. Souvenez-vous, braves gens, que le Moyen Age est toujours à nos portes.

La racine de l'homme

Un soir d'été sur les bords du lac Michigan, à des kilomètres de toute civilisation et de toute lumière, à des kilomètres de la frontière canadienne. Un soir d'été comme on en rencontre peu dans la vie d'un campeur. Ce soleil rouge qui dégringole en éclatant sur l'eau du lac, ce silence tiède, font de Rodney Josplin un homme heureux, un peu grave, qui se met à penser tout à coup aux choses essentielles. Il interpelle sa compagne occupée à faire griller du poisson entre deux pierres.

— Mary, je vais t'épouser!

Mary a un petit sourire malin.

— On ne dit pas «je vais t'épouser», Rodney, c'est d'un démodé! Au minimum, tu pourrais dire «nous» allons nous épouser, mais c'est déjà fait, tu ne trouves pas?

— Non, j'ai besoin d'un symbole. Ce soir, je me sens symbolique, emphatique, voire pompeux... Je l'ai écrit dans mon livre, écoute:

Mary secoue ses longs cheveux noirs et raides qui la gênent pour attiser le feu et écoute son intellectuel, son futur écrivain, amoureux, lire un passage de son travail. Rodney écrit à plat ventre dans l'herbe ou sur les rochers, les pieds dans l'eau, le nez au vent. Il écrit sans cesse depuis un mois dans ce décor sauvage, où ils n'ont rencontré personne, vu personne, où ils sont heureux, Mary et lui.

Lui, tout maigre et tout barbu, avec un regard noir et attentif aux choses. Elle, mince et jolie, avec le même regard noir, attentif aux mêmes choses. La tête penchée pour éviter la fumée des poissons qui rôtissent sur une plaque de tôle, Mary écoute Rodney:

— Le cerveau est la racine des choses. Un arbre dont le cerveau est en terre m'a dit ce matin: «Homme, tu as les pieds sur terre! Es-tu sûr que ce soit là ta racine?» Alors, j'ai mis ma tête sur terre et l'arbre a parlé à mes pieds: «Homme, tu as trouvé ta racine, tu ne voyageras plus. Ton corps est un tronc, tes membres sont des branches, tu vas connaître le secret de toute chose en t'enfonçant dans la terre...»

Mary applaudit dans le silence du soir. Rodney fait le pitre en voulant marcher sur les mains, elle a vingt-trois ans, il en a vingt-sept. Elle est étudiante en pharmacie à Détroit, il est diplômé de langues anciennes, professeur de grec et écrivain débutant à Détroit. Ils auraient pu être heureux ensemble.

Mais une forme aplatie dans l'herbe guette ce bonheur à venir, deux yeux gris et pâles observent fixement les campeurs. Deux yeux d'assassin.

Pour l'instant, Perry Stoge n'a tué personne. Il y a encore quelques jours, il vivait chez une grand-mère un peu folle. Il travaillait dans un garage et tendait la main pour un demi-dollar de pourboire. Il était comme on dit, «en réinsertion». Six mois de prison pour vol à vingt ans, ce n'est pas, en soi, dramatique. Pour Perry Stoge, ça l'est pourtant.

Petit délinquant, petit révolté, petit voyou, qu'avait-il à son actif jusque-là ? Du mensonge, de petits larcins, de la fanfaronnade avec les copains et pas de travail, pas de parents à l'horizon, excepté la grand-mère un peu folle.

Alors, les six mois de prison sont importants. Ce n'est pas le transistor qu'il a volé dans un grand magasin, ni les bijoux qu'il a fourrés dans sa poche dans le même grand magasin, ni le pot de marmelade, dernier enfantillage de ce gangster en herbe, qui ont compté pour lui. Ce qui a compté, c'est le mépris du juge. Cet air de dédain suprême qu'il avait pour lui dire :

— Vous préférez le vol au travail et à l'effort. A votre aise ! Les gens comme vous paient toujours leur dette à la société, d'une façon ou d'une autre !

Dans l'esprit confus de Perry Stoge, c'était la première chose importante de sa vie. Enfin, il comptait suffisamment pour quelqu'un, puisqu'on le punissait.

En prison, il fallait maintenant tenir son rang, jouer les durs, mentir même, se faire plus voleur qu'il ne l'était. Pas question de remords ou de honte dans ce milieu, pas question de remise en cause. Parmi les quatre détenus de la cellule, c'était la surenchère permanente, la justification de l'emprisonnement.

Pour un garçon comme Perry, c'était aussi une famille, des garçons qui le reconnaissaient comme un des leurs.

— Qu'est-ce que tu vas faire en sortant, Perry?

— Trouver une fille et lui faire voir qui je suis !

Les plaisanteries avaient fusé, obscènes, stupides, mais Perry plaisait à ses camarades en disant cela, il le savait. Et le moment était venu. En ville, au garage, dans la rue, chez la grand-mère un peu folle, Perry faisait semblant d'oublier sa promesse. Cette promesse qu'il avait faite à ses copains de cellule, et surtout à lui-même : Trouver une fille et lui montrer qui était Perry Stoge.

Mais il y avait quelque part, dans un coin de son crâne, les questions du psychologue de la prison, des questions crues qui avaient mis ses nerfs à vif. Ce type à lunettes voulait tout savoir de sa sexualité, de son comportement avec les filles. Il insistait, devinait le malaise. Perry devenait agressif.

— Qu'est-ce que ça peut vous faire? Je vous demande moi si vous déshabillez votre femme dans le noir?

Mais Perry avait beau faire le malin, la gorge le serrait un peu. Que pouvait-il raconter sur les filles ou sur l'amour? Des misères, des tentatives, des ricanements, des rencontres furtives, sans gloire ni aboutissement.

Trouver une fille et lui montrer qui on est, voilà la solution! En le disant d'un air bravache à ses copains rigolards, il sentait bien qu'il fallait le faire vraiment. Pour être une bonne fois pour toutes comme les autres, à l'aise dans sa peau, le bras autour d'une fille, l'air malin et tranquille.

La fille est là, à cinquante mètres de lui. Elle a de longs cheveux noirs et lisses comme une indienne mais son visage est doré. La flamme du feu de camp sculpte ses traits et adoucit la bouche. Elle est jolie ainsi la tête penchée, le cou long et fragile comme un oiseau, à écouter les bêtises que lui raconte ce barbu.

Perry a soif, faim, il est fatigué au-delà de tout. En volant le contenu du tiroir-caisse du garage, il s'imaginait mener grand train et dormir dans les palaces. En une semaine, il a dépensé les 600 dollars de son hold-up minable. Il a voyagé en car, puis à pied, dormi sur le bord des routes. Il n'a rien dans le ventre depuis trois jours et il s'est perdu comme un gosse. Depuis la ville de Muskegon, il ne sait plus où il est.

Au début de sa cavale, l'idée d'être un «gangster en fuite», un repris de justice armé et dangereux, lui gonflait la poitrine. Mais l'arme qu'il traîne dans sa poche ne lui a servi à rien et n'a rien prouvé non plus. Devant une banque, il a hésité: il avait peur. Devant une boutique, il a croisé un policier et s'est enfui. Une petite voix torturante ricane dans sa tête: «Perry, t'es un minable! Juste bon à piquer le fric de ton patron et son flingue par la même occasion! Mais pour en faire quoi? 600 dollars de sandwiches et de motels minables et te voilà perdu au bord d'un lac qui n'en finit pas. Une vraie mer. Alors, c'est le moment.»

«Non. Pas encore. Je vais attendre qu'ils se couchent tous les deux. Comme ça, je tue le type par surprise, et après, la fille est à moi.»

Mary et Rodney n'ont pas senti la présence de l'intrus, dangereux comme un serpent. Ils ne se savent pas épiés par les yeux gris pâles. Ils rient, ils mangent en se brûlant les doigts, ils renversent du café en poudre, se disputent, rient à nouveau, parlent, parlent, parlent. Ce sont leurs premières vraies vacances d'amoureux. Des vacances en solitaires, bien organisées, loin de tout. Avec leur petite tente et leurs sacs à dos, la moto garée sous un arbre, ils se sentent comme sur un voilier dans le Pacifique.

Seuls comptent le vent, le soleil, la pluie, la nuit, le matin, et le silence. La lumière de la lampe-tempête éclaire un moment leurs silhouettes sous la tente. Ils se couchent en plaisantant. Mary a coincé la fermeture Éclair de son sac de couchage. Dans l'ombre noire où il est tapi, Perry Stoge l'entend glousser:

— Rodney, arrête! Tu me pinces! Laisse, ça ne fait rien, il ne fait pas froid.

Perry a froid, lui. Et pourtant, la nuit est tiède. Il a froid et il tremble, mais il ne recule pas cette fois.

Nous sommes en 1974, au bord du lac Michigan, tout au nord de l'État, presque à la frontière canadienne. L'endroit est désert, c'est l'été, la nuit. Sous la tente de toile grise, surplus de l'armée américaine, Mary et Rodney se sont endormis, chacun dans son sac de couchage. Perry se redresse, courbatu par la longue attente. Il a observé les jeunes gens plus de trois heures d'affilée. Il avance, le dos courbé, comme pour échapper aux rayons de lune et, à peine arrivé devant la tente, sort son arme.

Un coup de feu, un cri. Perry bondit sous la tente et tire le sac de couchage sur lequel il a fait feu. Rodney a la bouche légèrement entrouverte, les yeux clos, il ne bouge pas.

Mary pousse un nouveau hurlement, mais l'agresseur menace:

— Crie pas comme ça, fiche-moi la paix, je veux voir s'il est mort.

Mary recule le plus possible au fond de la tente. Cet inconnu surgi de la nuit, la terrorise momentanément. Elle est incapable de réagir. Crier, c'est tout ce qui lui vient à l'esprit. Elle voudrait crier à n'en plus finir, pour se réveiller de ce cauchemar.

Perry tire sur la fermeture à glissière et grogne:

— Je n'y vois rien!

Il prend le temps de rallumer la lampe-tempête et examine enfin le corps de sa victime. La balle est entrée en pleine poitrine. Le coup, tiré à moins d'un mètre, a été mortel. Perry en est sûr maintenant. Il y est arrivé, c'est fait. Le voilà seul avec une fille. Il ne se rend pas compte de son ton ridicule et de sa voix blanche lorsqu'il annonce:

— Je vais vous montrer qui je suis!

A la faible lueur de la lampe, il examine l'intérieur de la tente puis décide:

— On va le sortir d'ici, il prend de la place.

Mais Mary n'ose pas bouger. Elle reste là, paralysée, à la regarder empoigner le sac de couchage et le tirer au-dehors. Le visage de Rodney heurte ses genoux repliés et elle se retient de hurler à nouveau. Les yeux de son fiancé se sont ouverts un court instant, il a bougé les lèvres, sa tête ballotte un peu sur le sol et Mary, horrifiée, se dit: «Mon Dieu, il n'est pas mort! Qu'est-ce que je peux faire?»

Au-dehors, Perry ne s'est rendu compte de rien. Il continue de traîner le sac de couchage et Mary se penche une seconde sur le blessé. Sa main effleure le cou, cherche l'artère et la sent battre faiblement. Si faiblement qu'elle doute. Puis elle tente piteusement de se rassurer: Rodney doit être mort maintenant, ce n'était qu'un sursaut. Comment pourrait-il vivre avec cette balle en pleine poitrine? Le sang coule, inondant sa chemise de coton à carreaux qu'il était si fier d'avoir lavée dans le lac le matin même.

Mary voit disparaître son front et ses cheveux hirsutes. Le corps entier est à l'extérieur de la tente et l'assassin réapparaît. Ses intentions sont claires: il veut Mary. Elle ne cherche pas à lutter. Le choc a été trop grand. La surprise trop brutale. Il y a, semble-t-il, quelques minutes, elle riait avec Rodney, ils plaisantaient, la vie était simple et douce. Mary ne peut pas réaliser, elle se laisse bousculer, presque sans réagir. C'est à peine si elle est consciente de cet homme qui lui tient un discours étrange, de quoi parle-t-il d'ailleurs? Et à qui? Les minutes passent comme des siècles. Soudain une gifle fait vaciller la tête de Mary, jusque-là hébétée.

— Je te déteste!

Et une autre gifle.

Mary comprend soudain. L'inconnu qui voulait la violer, n'y est pas parvenu. Il se traîne à genoux, les yeux creux, une barbe de plusieurs jours hérisse ses joues de gamin. On dirait qu'il pleure. D'un geste maladroit, il s'empare d'une gourde d'eau et boit avidement, puis fouille dans les affaires de Rodney et s'emmitoufle dans une couverture, en marmonnant:

— J'ai froid? Je suis fatigué.

Alors, il se passe quelque chose d'étrange. Jamais Mary ne pourra expliquer son comportement à ce moment-là. Elle dit:

— Vous voulez manger?

Et, comme il la regarde en silence, surpris, elle ouvre une boîte métallique, en sort du pain, du fromage et un morceau de jambon. Il la regarde confectionner un sandwich, tend la main et mange devant elle, avec avidité.

Mary observe son visage. Le garçon n'est pas laid mais les traits sont veules, la bouche fait deux plis tristes et lâches de chaque côté du menton. Les cheveux frisés, un peu roux, collent sur le front en sueur. Il a l'air malade, à bout de force. Il tend encore la main et elle ouvre à nouveau la boîte pour lui offrir du chocolat.

Par moment, elle pense à Rodney et se dit: « Il est mort à présent, sûrement, et je n'aurai rien pu faire. » Elle ne se demande même pas si le garçon va la tuer, elle aussi. Le revolver est pourtant visible dans la poche de sa veste. L'atmosphère est étrange, la lampe vacille un peu, cela sent l'alcool à brûler, et Mary a les yeux rouges de larmes séchées.

Combien de temps? Elle ne sait pas, mais tout à coup, voilà qu'il dort. Subitement, sans transition, il est tombé dans le sommeil comme un gamin épuisé, il n'a même pas fini sa barre de chocolat. Et Mary reste là, sans bouger, pendant un long moment, anesthésiée elle aussi. Enfin, la conscience revient peu à peu. Avec précaution, elle glisse à l'extérieur de la tente.

Rodney est immobile dans son sac de couchage trempé de sang, mais ses yeux sont ouverts sur la nuit, comme s'il comptait les étoiles. Mary demeure hésitante, la peur et l'espoir se mêlent. Elle chuchote :

— Rodney?

Il semble vivre. Il semble distinguer le visage de Mary, ou plutôt discerner une présence. Ses lèvres bougent imperceptiblement :

— J'ai mal.

C'est à ce moment-là seulement que l'affolement s'empare à nouveau de Mary. Car Rodney est vivant, il faut faire quelque chose ! Tant qu'elle le croyait mort, ou quasiment mort, elle était sans force. Mais la voix de Rodney, la vie qui sort de ses lèvres pour dire : «J'ai mal», ça, c'est insupportable.

La localité la plus proche est à dix kilomètres environ. Mary le sait. C'est là qu'ils se sont ravitaillés deux fois depuis le début de leurs vacances. Mais comment faire? Sauter sur la moto pour chercher du secours? Elle a peur de laisser Rodney tout seul avec l'autre. D'ailleurs, il se réveillerait au bruit du moteur et la tuerait, elle aussi.

Mary avance, pieds nus jusqu'à la tente, et observe son assassin. Elle pourrait le tuer. Il suffirait pour cela d'attraper le revolver dans sa poche et de tirer, comme il a fait pour Rodney, presque à bout portant. Mais elle ne peut pas. Quoi qu'il ait fait, elle se sent incapable de tuer de sang-froid ce garçon à qui elle vient de donner à manger.

Mary ne sait plus. Elle se prend la tête à deux mains, son cœur bat la chamade, ses jambes tremblent. Il lui faut du temps pour se calmer. Enfin, elle respire plus lentement, se lève et va près du feu de camp éteint. Il y a là, quelques rondins de bois, durs et minces. Mary en prend un, retourne à la tente, se glisse à l'intérieur, à genoux, vise et ferme les yeux au moment de frapper.

Quand elle les rouvre, le garçon porte la main à sa tête en gémissant. Il essaye de se relever. Elle frappe encore. Sans attendre, elle commence à le ligoter avec du fil de pêche en nylon. Des kilomètres de fil de pêche, puis les cordes qui servent à arrimer le matériel sur la moto. Elle tire le corps, le retourne comme un paquet, fait des nœuds avec rage, s'écorche les mains, et voudrait se boucher les oreilles pour ne pas entendre ce paquet gémir, fermer les yeux pour ne pas voir ce regard qui vacille à la recherche d'une conscience perdue.

Elle prend le temps d'embrasser Rodney sur le front, de le recouvrir de tous les lainages possibles, et saute enfin sur la moto. Cette course folle dans la nuit, ces kilomètres avalés jusqu'aux faibles lueurs d'un bourg endormi, elle s'en souviendra longtemps.

Une heure plus tard, une ambulance avance prudemment dans le chemin qui borde le lac et les hommes grimpent jusqu'au campement. On s'active autour de Rodney. Perfusion et transfusion sur place. Le médecin répète :

— Un poumon perforé. Le cœur n'est pas atteint, c'est une chance incroyable. La balle doit être à quelques millimètres.

Quant à l'autre, l'assassin aux yeux pâles, il se laisse déficeler par les policiers, sans résistance. Il rencontre le regard de Mary, ses yeux noirs, ses cheveux lisses, sa silhouette fragile dans un T-shirt maculé du sang de Rodney et un short déchiré par lui. Elle est le symbole de son ratage et de son impuissance.

— Je te déteste.

Et il se laisse entraîner, les poignets croisés par les menottes, en trébuchant sur les rochers.

Un jour, peut-être, il mourra sur la chaise électrique. Mais Rodney vivra. Rodney qui écrivait : « Un arbre dont le cerveau est en terre m'a dit ce matin : "Homme tu as les pieds sur terre, es-tu sûr que ce soit là ta racine" ? »

Il y a un os là-dessous

Roy Daugherty fait partie des malades insupportables qui empêchent leur médecin de dormir. Chenu, maigre, le teint jaune, l'œil bileux, il vit et n'existe qu'environné de pilules, de fioles, de tisanes et de bouillottes. Prisonnier volontaire de sa chambre à coucher depuis des années, dans un appartement au premier étage d'un immeuble, il respire la pharmacie. Les rideaux, les meubles, les tapis et lui-même en sont imprégnés. Nul ne se résout plus à l'approcher, de peur d'entendre le même discours mille fois répété: «Je suis malade. Tout le monde s'en fout, les médecins sont des ânes.»

Il a soixante-treize ans, cet hypocondriaque et voilà bientôt trente années qu'il entretient avec les médecins de tous poils et de toutes catégories confondues des rapports difficiles.

— Hypocondrie... Qu'est-ce? Pour ceux qui ne seraient jamais tombé dans ce travers infernal, l'hypocondrie est *la préoccupation plus ou moins obsessionnelle de sa propre santé, s'accompagnant de sensations proprioceptives pénibles incontrôlables, et d'un sentiment d'inconfort permanent.* Le *proprioceptif* réclame peut-être une explication complémentaire que voici: *se dit des sensations issues du corps, et qui renseignent sur l'attitude, les mouvements, l'équilibre...*

Roy Daugherty éprouve en permanence ces sensations d'inconfort: tournis, maux divers et fugaces, changeants, qui vont des cheveux se dressant sur la tête à la crispation d'un doigt de pieds, d'une raideur de la nuque à un relâchement suspect de l'abdomen, d'un bouton sur le nez à une démangeaison intérieure. Il s'en découvre une par jour, au moins, de ces sensations diverses. En 1932, à Chicago, son médecin baisse les bras:

— Qu'est-ce qui ne va pas encore, monsieur Daugherty?

— Tout va mal. Je me demande à quoi vous servez! J'ai vu un guérisseur la semaine dernière. Il prétend que je suis asthmatique!

— Mais vous l'êtes, monsieur Daugherty! Je vous ai déjà dit que le climat de Chicago ne vous convenait pas!

— Balivernes ! Je ne vous parle pas de climat ! J'ai de l'oppression en haut de la poitrine.

— C'est normal !

— Normal ? Qu'est-ce qui nous a fichu une médecine pareille qui trouve normal d'être malade ? Je ne paie pas des honoraires pour m'entendre dire : « C'est normal ! »

Roy Daugherty tourne en rond dans sa chambre aux rideaux tirés, à l'atmosphère alourdie d'encens, qui étoufferait n'importe qui, il resserre autour de sa taille maigre les cordons d'une robe de chambre, surmontée d'un châle sur les épaules, emberlificotée d'une écharpe de laine et piquée d'un bonnet de coton.

— Je tourne toute la nuit dans mon lit, je ne dors pas, j'étouffe, je mange à peine et ne digère rien, j'ai mal à l'estomac, des aigreurs et, selon vous, tout ça est normal ?

— Monsieur Daugherty, je ne peux rien pour vous. Rien de plus. Je ne peux que vous conseiller le calme, le repos si possible, l'air pur. Vous me devez un dollar.

— Un dollar pour vous avoir téléphoné et vous avoir ouvert la porte ? Vous, les médecins, vous n'êtes que des charlatans ! On m'a parlé d'un radiesthésiste, un certain Jack Boehringer... Il est connu, paraît-il, qu'en pensez-vous ?

— Rien, Monsieur Daugherty. Rien.

— Évidemment ! Vous vous en lavez les mains ! Je l'ai appelé en consultation. Il ne peut pas faire plus de mal que vous...

Le médecin ne se frappe absolument pas des râleries de son patient. Il sait qu'il consulte derrière son dos tous les charlatans et tous les médecins compétents, qu'il dévore les annales de médecine et de pharmacie, pour en revenir toujours à son souffre-douleur favori, lui ! Alors, il se contente de vérifier que le cœur marche bien, que la tension est normale, délivre une ordonnance, bien qu'il sache pertinemment qu'elle sera oubliée le lendemain au profit d'une tisane ou d'une pilule magiques et, sa conscience professionnelle pour lui, il annonce d'un ton fataliste :

— Je reviendrai dans un mois, monsieur Daugherty. Portez-vous bien.

Ironie insupportable pour le vieillard qui a décidé, depuis la mort de sa femme, son premier souffre-douleur légal, qu'il ne se porterait plus jamais bien.

Il est veuf, c'est un statut de tristesse convenable : quand on est veuf, on est malheureux, considéré, personne n'a rien à dire. Veuf depuis trente ans... L'oubli aurait pu s'installer. Mais qui peut dire quelle forme étrange peut prendre l'oubli ?

Roy Daugherty adorait-il sa femme à ce point ? Le voisinage ne se souvient plus guère d'elle au fil des années. Un portrait sur une commode, montre une femme encore jeune, ronde et souriante, l'œil presque coquin, ma foi. Un bonheur de vivre apparent qui devait mal convenir à l'aigreur permanente de son époux.

Après les guérisseurs, les médecins, les voisins prêteurs de médicaments miracles, les pharmaciens las de délivrer des ordonnances à la chaîne, Jack Boehringer, radiesthésiste diplômé, on ne sait de quelle université, va donc s'occuper du vieux Daugherty. Mais s'en occuper d'une manière que le vieux grincheux n'imagine pas.

Le jour de la visite de l'homme célèbre — car il l'est à Chicago, du moins dans les milieux spécialisés — Roy Daugherty se prépare en conséquence. C'est-à-dire qu'il se sent plus malade que jamais et a sorti de tous ses tiroirs les multitudes de fioles et de pilules incapables de le soulager, mais qu'il conserve comme une preuve visible de l'incompréhension et de la nullité de la médecine.

Jack Boehringer se présente dans ce capharnaüm. L'homme est vêtu comme un paysan: pantalon large, chemise à carreaux, teint fleuri, il respire la santé, l'équilibre et la bonne humeur. Sa réputation a d'abord été celle d'un sourcier dans sa campagne natale, puis il a étendu ses activités aux soins de petits maux divers, tels rhumatismes, luxations, entorses, maux de tête récalcitrants. Il pratique son art à l'aide d'un curieux petit bâton souple, alourdi à son extrémité d'un manchon métallique. C'est en promenant l'instrument sur le corps du malade qu'il détermine les zones à traiter. Selon les cas, il traite le mal par des manipulations, des massages, ou l'imposition des mains.

Certes, il n'y a que la foi qui compte, dit-on, mais il est vrai que Jack Boehringer a guéri plus d'un bancal, redressé plus d'un tordu, ce qui l'apparente aux rebouteux traditionnels des campagnes, lesquels portent aujourd'hui le nom ronflant d'ostéopathe. Mieux encore, il prétend que le magnétisme de sa baguette est capable de guérir des douleurs internes chroniques, résistantes à la médecine traditionnelle.

Le bonhomme est doué d'un sens aigu de l'observation et de la psychologie humaine. Il connaît le corps humain aussi bien qu'un acupuncteur chinois, et il ne lui faut guère de temps pour établir le diagnostic convenant à Roy Daugherty.

À noter, tout de même, dans le cas du vieux malade obstiné, que ce diagnostic est relativement facile. L'odeur de camphre et d'eucalyptus, les tics du personnage, sont de véritables révélateurs. Le vieux Roy respire en soufflant, tousse dès qu'il s'énerve un peu, se masse l'estomac en permanence et écoute, émerveillé, le rebouteux-sourcier lui annoncer:

— Vous avez de l'asthme et un ulcère à l'estomac.

Dieu! Que cela est merveilleux... Roy Daugherty se sent déjà beaucoup mieux. Il n'a rien dit et voilà que ce grand bonhomme rassurant a tout deviné en promenant sur son maigre corps le bout de sa baguette magique. D'un air gourmand, il demande:

— Qu'est-ce que vous allez me faire ?

— Cher monsieur, pour l'ulcère, je peux vous guérir. Pour l'asthme, c'est plus difficile mais nous allons essayer. Dites-moi, vous n'avez pas d'autres chambres dans cette maison ?

— Si. Mais je ne les occupe pas.

— Pourquoi donc ? Celle-ci est très mal orientée. Il faut dormir la tête au nord. De plus, elle est mal aérée et, plus que quiconque, vous avez besoin d'air. Permettez-moi de visiter la maison, je dois vous trouver un endroit qui soit magnétique !

Roy Daugherty veut bien tout ce que veut ce magicien. Surtout un endroit magnétique : c'est beau, c'est tout nouveau, ça lui plaît, ça l'enchante même.

Jack Boehringer fait donc le tour de la maison et trouve à l'extrémité une pièce assez grande, bien aérée, claire, à condition d'en ouvrir les persiennes, fermées depuis longtemps. Il y promène sa baguette consciencieusement, lentement, d'un coin à l'autre, lui laissant accomplir une géométrie assez compliquée dans l'espace et fascinante pour le vieux Daugherty.

— C'est ici ! Je le sens.

— C'était la chambre de ma femme, la chambre conjugale, mais depuis... enfin, je m'y sens mal...

— Pas du tout. D'ailleurs, ce lit est parfait.

— Écoutez, je préfère vraiment l'autre !

— Hors de question, monsieur Daugherty. Votre lit actuel est trop petit, bien trop mou, mal orienté, comme la pièce elle-même. Il nous faut cet endroit, c'est indispensable. De plus, je supprime tous vos médicaments ! Interdits ! C'est extrêmement important. Pendant le traitement, vous n'avalerez rien d'autre que du lait à température ambiante et des légumes cuits : pas d'alcool bien évidemment, pas de viande, aucun aliment excitant ! Et je le répète : aucune drogue.

Malin, le sourcier. L'ulcère du vieux bonhomme étant probablement entretenu par l'absorption désordonnée de drogues multiples, en les supprimant, il supprime un facteur d'aggravation. Quant au lait, chacun sait qu'il adoucit les maux d'estomac.

— Allongez-vous... vous allez voir...

Avec une évidence réticente, Roy Daugherty s'approche de ce lit, jadis conjugal, s'y assoit avec prudence, comme s'il avait peur, puis s'allonge, raide, mal à l'aise, un peu pâle.

— Je ne l'ai pas touché depuis trente ans, vous comprenez... Ce sont des souvenirs d'un temps heureux.

— Monsieur Daugherty, le passé doit rester le passé. Maintenant, ne bougez plus, nous allons commencer !

Et le sourcier entame son numéro d'imposition des mains. Fascinant. De belles mains, solides, fermes, souples en même temps, aux doigts longs et affûtés. Des instruments de précision. Après quoi, il reprend sa baguette et la laisse se balancer souplement au-dessus des bronches du malade. Soudain, voilà qu'il fronce les sourcils.

Il déplace la baguette, semble chercher quelque chose, le cerner dans l'espace. Puis, le voilà qui se met à plat ventre à côté du lit, la baguette oscillant toujours, se glisse dessous et disparaît complètement à la vue de son malade.

Muet, impressionné, Roy Daugherty le laisse faire, croyant à une technique originale. Lorsque le sourcier réapparaît, couvert de poussière et l'air pensif, un peu rouge de son exercice, il réfléchit intensément, puis demande tout à coup :

— Qu'y a-t-il en-dessous de cette pièce, monsieur Daugherty ?

— La cuisine, au rez-de-chaussée.

— Et sous la cuisine ? Y a-t-il une cave ? Car s'il y a une cave, un corps humain y est enterré.

— Vous êtes fou ? Il n'y a rien dans cette cave, je ne m'en sers jamais.

— Ma baguette ne me trompe jamais. J'ai déjà fait de nombreuses expériences au-dessus de tombes, dans des cimetières ou ailleurs... Le résultat est toujours le même, voyez-vous. Ma baguette se met à trembler. Regardez... Je me place au même endroit que tout à l'heure. Poussez-vous... Tirons le lit...

— C'est ridicule...

Mais le radiesthésiste a déjà repoussé le lit et s'est placé au centre. La baguette oscille puis se met à trembler.

— Vous voyez... J'ai du mal à la retenir. Elle se redresse d'elle-même, avec une force contre laquelle je ne peux rien. Il y a quelqu'un enterré là-dessous, là, à l'aplomb de ma baguette. Ceci est tout à fait certain, monsieur Daugherty !

C'est alors que le vieil hypocondriaque se fâche tout rouge.

— Allez-vous en ! Fichez le camp, vous et votre baguette infernale ! Charlatan ! Clown de cirque ! Il n'y a rien dans cette cave ! A part un puits abandonné depuis bien longtemps et complètement à sec ! Je connais ma maison tout de même ! Je ne vous ai pas fait venir pour que vous me débitiez ces sornettes ! Vous êtes un charlatan comme les autres ! Déguerpissez d'ici !

Cette virulence est tout à fait étrange. Mais le radiesthésiste-sourcier se retrouve bel et bien à la porte de la maison de Roy Daugherty. Il a même du mal à réclamer ses honoraires. La porte lui claque au nez et il demeure quelques instants pensif devant la maison.

Quant au vieux Daugherty, il tourne en rond de rage dans sa chambre aux volets clos et aux rideaux tirés. Se frottant l'estomac de plus belle, comme si tous les acides s'y déversaient d'un seul coup. Il en tremble. A-t-il changé d'avis, comme cela lui arrive souvent ? Ou bien y a-t-il un secret dans cette cave, qui le rend plus malade que tous les médicaments du monde ?

De son côté, Jack Boehringer n'a pas aimé son expulsion d'un territoire où l'on avait appelé. Comment? Ce petit vieillard grincheux mettrait en doute ses capacités et le traiterait comme un malpropre? Un abuseur de confiance? Un bonhomme de foire? Furieux et, il faut bien le dire, avide de préserver sa publicité, le sourcier se renseigne adroitement auprès des voisins. Il apprend que Roy Daugherty est effectivement veuf depuis une trentaine d'années et que, depuis, il a vécu là, enfermé comme un rat. Une voisine, d'âge certain, lui raconte même l'histoire:

— A l'époque, on a dit que sa femme l'avait quitté pour suivre un chercheur d'or dans le Klondyke. Et qu'elle serait morte là-bas, on ne sais pas comment. En tout cas, il est veuf, et c'est un vieux grigou! Vous savez, le pharmacien me le disait encore l'autre jour, il se passerait bien de sa clientèle! Même s'il lui laisse des fortunes. Le vieux n'est jamais content, il réclame de nouvelles potions sans arrêt et non seulement il oublie volontiers de payer sa note, mais il vient faire des scandales dans l'officine! Pour moi, il est fou, ce vieux. On devrait l'enfermer!

Le sourcier apprend aussi avec une certaine jubilation que le petit immeuble dont le vieux Roy est propriétaire est mitoyen de l'épicerie voisine et que la cave appartient en copropriété à l'épicier et à Roy Daugherty.

Le sourcier va donc rencontrer l'épicier. Un brave homme, venu d'Italie, pour accomplir en ce pays le fameux rêve américain, au milieu de ses pizzas, macaronis, piments, parmesan et chianti hors de prix.

L'épicier l'écoute et lève les bras avec véhémence, dès qu'il entend prononcer le nom du vieux:

— Pas moyen d'être tranquille avec ce vieux fou! Je l'ai menacé plusieurs fois de faire un procès! J'ai droit à cette cave autant que lui et j'en ai besoin pour ma marchandise... Il change le verrou sans arrêt et oublie, soi-disant, de me donner un double de la clé. A croire qu'il y a une fortune là-dedans! Je lui ai proposé cent fois de faire une séparation, je voulais même prendre les travaux à ma charge. Rien à faire.

— Et qu'y a-t-il dans cette cave?

— Rien. Des vieilles valises, des vieux cartons, des guenilles. Ça ne lui sert à rien. Au début, je lui ai proposé de lui racheter sa propriété, il m'a jeté dehors.

— Et le puits? Il m'a parlé d'un puits...

— Il l'a fait cimenter, il y a longtemps. Avant que je m'installe, en tout cas. A ce moment-là, il pouvait faire ce qu'il voulait, il était tout seul. Si vous saviez le mal que j'ai eu à obtenir mes droits sur cette cave! L'agent immobilier qui m'a vendu la boutique ne m'avait pas prévenu. Si j'avais su, j'aurais cherché commerce ailleurs. Ce qui me met en colère, c'est que cette cave ne sert à rien, vous comprenez? Finalement, personne n'en profite!

Le sourcier a une drôle de grimace.

— Ça, c'est à voir. Voulez-vous m'autoriser à la visiter?

— Vous cherchez quelque chose?

— En effet. Je cherche un cadavre!

L'épicier italien en reste bouche ouverte. Après quoi, il devine que cet homme-là pourrait bien l'aider à résoudre son problème.

— Un cadavre, vous dites? Ce n'est pas possible, Sainte Vierge Marie... Comment ça?

— Ma baguette l'a senti. Si je pouvais essayer directement sur le terrain, de plus près que là-haut, au premier étage, j'aurais une certitude absolue. Mais il m'a jeté dehors.

Il est ravi, ce brave épicier. Ravi d'une histoire qui semble enquiquiner le vieux Daugherty. Au bout du compte, s'il avait quelques ennuis avec sa fichue cave, ce ne serait que justice. Peut-être céderait-il enfin aux propositions d'achat. Et puis, un cadavre... Quelle affaire!

— Je vous préviens, le vieux a fini par construire sans mon accord, une sorte de mur de briques en plein milieu.

Tiens, tiens.... un mur de briques... alors qu'il a refusé que l'épicier fasse les travaux... Quelle obstination à préserver ce territoire!

— Ma baguette se moque bien d'un mur de briques. Ce n'est pas un problème.

Les deux hommes sont donc dans la cave, devant ce fameux mur et l'épicier commente:

— Il n'avait pas le droit, vous savez. Il a mis le puits de son côté, alors qu'il m'appartient aussi. J'y ai droit! Si je voulais, je pourrais lui démolir tout ça. Mais, en fait, il n'y a pas d'eau, alors... J'ai abandonné.

Jack Boehringer, pendant ce temps, promène sa baguette sur le mur de briques, au ras du sol, le long du plafond, il inspecte la cloison centimètre par centimètre. Enfin, il hoche la tête avec satisfaction.

— Aucun doute. Il y a quelqu'un.... là-dessous. Probablement dans le puits.

— Il reste peut-être de l'eau là-dedans... Vous êtes sûr que ce n'est pas ça qui ferait bouger votre truc... là?

D'un ton docte, le sourcier précise:

— Cher monsieur! Ici nous avons des os. Je suis en mesure de l'affirmer. Et, étant donné l'attitude de votre voisin, il faudrait prévenir la police...

— La police? Elle vous croira?

— J'ai un ami dans la police. Il a déjà fait appel à mes services. Et si vous êtes avec moi, si vous demandez officiellement que l'on fouille ce puits, nous trouverons. Nous ferons venir un journaliste, il prendra des photos, l'affaire sera connue du public... Il suffit que vous demandiez une perquisition de cette cave.

Cette proposition enchante l'épicier. Les grands moyens, voilà qui lui convient. Faire démolir ce mur, sonder le puits, ne serait-ce que pour ennuyer le vieux et l'obliger à céder une fois pour toute.

— D'accord.

Dans la semaine, l'opération est déclenchée. Les ouvriers font tomber les briques et s'attaquent au ciment du puits. L'épicier réclamant le droit de vérifier s'il y a une source ou non. Source à laquelle il aurait droit d'accès, bien entendu. La méthode est imparable. Le vieux Daugherty peut toujours passer du jaune au vert et se tordre l'estomac, étouffer de colère asthmatique, cette fois, la loi est contre lui. C'est d'une voix quasi mourante qu'il s'enferre dans une obstination incompréhensible:

— Vous vous attaquez à un grand malade... Je vis là depuis toujours, je sais bien qu'il n'y a pas d'eau dans ce puits...

L'officier de police, chargé de constater la légalité des travaux, se moque bien du grand malade.

— Il y a plainte, monsieur Daugherty. Chaque citoyen américain a des droits, je suis garant de ces droits.

— C'est une machination!

— Nous verrons bien. Je vous rappelle qu'il y a suspicion de cadavre! La perquisition est officielle, vous ne pouvez pas vous y opposer. D'ailleurs, vous ne craignez rien: s'il s'est trompé, il paiera les frais de justice. Il aura même l'obligation de reconstruire le mur, selon les plans de la copropriété.. alors?

— Je vais mourir... C'est inhumain.

Il pourrait effectivement en mourir d'apoplexie, le vieux Daugherty, en regardant les ouvriers défoncer la dalle de ciment à coups de masse. Alors, il veut partir. Mais cela lui est refusé. Il doit assister aux fouilles. Il en a l'obligation. Sans cela, rien ne serait légal. A moins qu'il reconnaisse tout de suite la présence effective d'un cadavre dans ce puits... N'a-t-il pas utilisé cette cave à son seul profit de 1905 à 1927? date de l'installation de l'épicier?

Le vieux Daugherty est coincé. Il s'assied sur une caisse en tremblant, enveloppé de toutes ses robes de chambre, de tous ses cache-col... respirant péniblement. Il attend comme tout le monde le verdict des pioches qui creusent à présent dans un terreau de sable et de cailloux. Peut-être espère-t-il encore... avec le temps, qui sait...

La voix caverneuse d'un ouvrier, venant des profondeurs du puits, annonce:

— Il y a des ossements... Je dégage un crâne... des morceaux de vêtements... Faut-il remonter tout ça?

— Il le faut. Avec photographes et journalistes et Jack Boehringer triomphant, posant devant le puits au cadavre, sa baguette à la main. Une publicité fantastique pour son commerce, et, il faut bien le reconnaître, méritée.

Le vieux Daugherty s'est couché. Sur un lit de douleurs anciennes, il en invente de nouvelles. Le voilà cardiaque, le voilà paralysé, appelant toute la médecine à son chevet, et un avocat d'urgence. Pour lui, ce cadavre est une machination. Ou pire, il ne lui appartient pas. Il n'en sait rien. Il l'ignorait, on ne le lui a jamais présenté. D'ailleurs, s'il avait su qu'il dormait au-dessus d'une tombe maléfique, il aurait fui depuis longtemps. Tous ces maux viennent de là ! Il délire, le vieux...

Et il espère encore que personne ne pourra identifier le cadavre en question.

— C'était une femme, déclare le médecin légiste de la police municipale de Chicago. Age : trentaine, brune, pesant environ 60 kilos, n'ayant jamais eu d'enfant et vêtue le jour de sa mort d'une robe de cotonnade bleue.

L'une des voisines, la plus ancienne, est prête à jurer que l'ex-madame Daugherty était brune, pesait 60 kilos, n'avait pas eu d'enfant. Ce à quoi le vieux répond, la larme à l'œil :

— Maud, mon épouse, m'a quitté pour suivre un aventurier, c'était en 1905 et j'ai appris sa mort par une lettre de son amant, quelques mois après. J'ignore où elle est enterrée... Vous torturez un malade. Je ne connais pas cette femme en robe bleue ? J'ai fait boucher le puits parce qu'il était dangereux, à fleur de terre. J'ignorais tout de sa présence. Il s'agit peut-être d'une ancienne locataire, elle y serait tombée par accident... Tout est possible. Mais ce n'est pas ma femme, ce ne peut pas être ma femme...

Le légiste précise encore :

— Il y a eu rupture des cervicales. Cette femme a été étranglée. C'est un meurtre.

Mais que faire avec un cadavre réduit en squelette, qui a toutes ses dents, aucune marque particulière ? D'ailleurs, la disparition de madame Daugherty date de 1905. Nous sommes en 1932... il y a prescription.

Le vieux Roy a vendu sa maison, son bout de cave, il a changé de quartier, emportant avec lui une odeur de camphre et de Goménol, plus inguérissable que jamais. Le remords peut-il rendre hypocondriaque ?

« Certes », répond la faculté.

Et les hommes mûrs parlent aux fruits verts

Un vieux quartier, une petite impasse charmante, toute bosselée de vieux pavés, une vieille maison, un vieil appartement où habite une très vieille dame.

Où habitait une très vieille dame... Elle est morte, au milieu d'un bric-à-brac incroyable, accumulé en quatre-vingt années d'existence au même endroit.

Trois perruches en liberté volent autour d'elle en piaillant? Un poisson rouge tourne en rond dans un bocal.

Le médecin se penche sur le corps de la vieille dame, perplexe. Il ne la connaît pas, il ne l'a jamais soignée. Il semble bien que la vieille dame soit morte de mort naturelle. Toutefois, l'examen montre une petite plaie derrière la tête et une autre à la mâchoire.

De son côté, le commissaire de quartier note des détails curieux. Peut-être...

On a découvert le corps grâce aux voisins. Depuis la veille, un petit paquet était resté devant la porte: son repas du jour que lui livrait une association communale. Or, la vieille dame ne laissait jamais rien se gâter. Elle était réputée au contraire pour son économie, bien compréhensible vu ses faibles ressources.

Ensuite, une nièce, venue reconnaître le corps, affirme que sa tante possédait un carnet d'épargne, une montre et 420 francs d'économies en pièces. Elle cachait le tout sous son oreiller. Il n'y rien sous l'oreiller, ni ailleurs. Et la maison n'a pas l'air d'avoir été fouillée. La clé était toujours sur la boîte aux lettres.

Donc, s'il y a eu vol, il a été commis par quelqu'un qui savait tout cela. Mais y a-t-il eu assassinat? Rien n'est moins sûr. Elle a pu tomber, victime d'un malaise, et se cogner à un meuble, ce qui expliquerait les légères blessures.

Le médecin délivre un certificat de décès prudent: *Cause de la mort non éclaircie.*

Cela suffit pour demander une autopsie, dont les conclusions sont formelles: *Grave affection du cœur ayant provoqué la mort.*

La police ne recherche donc plus qu'un voleur pour un tout petit vol: 420 francs, une montre et un carnet d'épargne avec 100 francs de capital. Une misère, puisque cette histoire se situe en 1969, à Düsseldorf.

Une misère noire.

En 1969, Adeline a treize ans. Elle est jolie, pas tout à fait finie, bien sûr, mais elle promet. Elle va à l'école, traverse en courant les rues de son quartier, en bringuebalant son cartable.

Qui est Adeline? Cinquante centimètres de jupe à carreaux, deux genoux écorchés, une frange en bataille... Mais le reste?

Le reste. Une bonne paire de gifles qui claquent à toute volée sur ses joues rondes. Une bonne paire de gifles de la main d'un père hors de lui, dépassé... un père qui se cogne la tête de rage et d'incompréhension totale:

— Mais enfin, bon sang de bon sang... Qu'est-ce que tu foutais là-bas?

— On s'amusait...

— Ah oui! On s'amusait! T'appelles ça un amusement? Une surprise-partie à ton âge! Avec des gamins vicieux!... Mais tu te fous de moi, dis? Et ce n'est pas la première fois, en plus! Tu as manqué la classe trois fois! Trois fois t'as raconté des histoires au professeur... T'as fabriqué des mots d'excuse bidon, pour aller galoper dans des surprises-parties... Avec qui? Hein? Je veux savoir où ça se passait et avec qui?

— On allait chez une vieille.

— Comment ça, une vieille?

— Une vieille. Elle ne disait rien. Les garçons la connaissaient...

— Et vous faisiez des surprises-parties chez elle?

— Ça l'amusait, je te dis... Elle ne disait rien si on fumait... C'est les garçons qui fumaient.... Pas moi... et ils buvaient de l'alcool aussi.

— Et elle ne disait rien?

— Elle ne s'en rendait même pas compte... elle voyait qu'on s'amusait, c'est tout... Ça lui passait le temps!

— Comment elle s'appelle?

— Je ne sais pas.

— Alors, tu sais au moins où elle habite. C'est où?

— Ce n'est pas la peine, elle est morte.

— Tu te fiches de moi? Ça suffit de raconter des histoires! Elle n'est pas plus morte que toi et moi!

— Je te dis que si... Je sais même quand elle est morte.

— D'accord, mais j'irai vérifier moi-même. T'as tellement raconté d'histoires que c'est fini, t'entends! A partir de maintenant, je ne crois plus rien... Et ta mère non plus! Je vais aller la voir cette bonne femme, moi. Elle va m'entendre! Allez! donne l'adresse. Donne l'adresse, ou je te flanque une raclée dont tu te rappelleras! ...

— Mais ce n'est pas la peine, j'te dis! elle est morte. Même qu'ils l'ont tuée...

Ce père de famille est pétrifié devant cette Adeline de treize ans, sa fille, qui répète en chialant, l'air en dessous.

— Ils l'ont tuée, je ne sais pas comment. Je ne sais pas... Ils ont dit qu'ils l'avaient eue... Je ne sais rien d'autre...

Et le voilà qui court, ce papa bien ordinaire, traînant sa fille, ce petit monstre, jusqu'au commissariat du coin.

— Qui c'est «ils»? demande le commissaire un peu démonté devant cette arrivée en trombe.

— C'est Herbert, Robert, Jürgen et Nicolas...

Les petits compagnons de surprise-partie, les petits mâles du cours secondaire en jeans et en T-shirts, des gamins. Des freluquets qu'il faut aller tirer par l'oreille, chez papa-maman, et traîner comme des hommes jusqu'au commissariat de police.

Les voilà tous les quatre. Assis en rang d'oignons sur des chaises en bois, dans le bureau du commissaire. L'air mi-figue mi-raisin. L'air de ce qu'ils sont.

Dans la pièce à côté, les parents tournent en rond. Effarés. Cherchant à deviner qui d'entre eux possède le rejeton responsable. Celui qui a forcément entraîné les autres. La brebis galeuse!

Regards en dessous, affrontements muets... brèves estimations de la mère et du père des autres. Tout cela est inutile, d'ailleurs. C'est, en réalité, la traduction de leur désarroi, un réflexe de défense, bien compréhensible. Car ils se ressemblent, les pauvres gens. Pareillement ordinaires, identiquement moyens. Convenablement simples.

Herbert, treize ans, un petit garçon mince et nerveux, à l'œil malin. Papa est ébéniste. Maître ébéniste. Papa fabrique des modèles de meubles de style ancien, qu'un industriel reproduit à des milliers d'exemplaires et à grand profit. Il a l'air brave, les mains calleuses, un regard un peu buté.

Sa femme, la maman d'Herbert, est employée dans une compagnie d'assurances. Lui boit de temps en temps et il bat sa femme quand il est ivre. En 1963, ils divorcent. Herbert est élevé par sa grand-mère. Petit, on le confie à une garderie, après les heures de classe. Devenu grand, il réclame la clé de l'appartement de sa mère. Il l'obtient et vit sans grande surveillance. Son dernier bulletin scolaire est très mauvais. Avant le divorce de ses parents, il travaillait plutôt bien.

Maintenant les appréciations sont claires: sournois, peu sincère et paresseux.

Robert. Treize ans, rondelet, et pas très grand pour son âge. Papa est garagiste. On le voit peu à la maison. Tôt levé, tard couché, travailleur obstiné pour peu de rapport. Maman ne travaille pas et reste à la maison car il y a une petite sœur.

Robert est le camarade de classe d'Herbert. Lui aussi, depuis quelque temps, travaille mal. C'est un bagarreur, plus exactement un organisateur de bagarres. Il aime raconter des histoires aux filles et se faire valoir.

Jürgen, quatorze ans, adolescent aux traits fins et intelligents. Papa est mort, quand il avait neuf ans. Il était employé des douanes. Maman travaille à la Société protectrice des animaux. Elle est absente toute la journée. Récemment, elle s'est fiancée à un Italien et a fait le projet de partir avec lui en Italie, avec les enfants, Jürgen et sa sœur de douze ans. A l'âge de six ans, Jürgen a eu la polio. Il a été malade un an, mais il est maintenant parfaitement guéri. Il ne travaille pas en classe. Et sa mère n'a jamais répondu aux convocations du proviseur.

Nicolas, quinze ans, fils unique, trop grand pour son âge. Un père employé de bureau, une mère postière. C'est grand-mère qui l'a élevé. Les parents ont bien du souci avec lui depuis deux ans : école buissonnière, fugue, vol d'une bicyclette. Nicolas ne cesse pas d'accumuler les bêtises. Il est pourtant intelligent et son professeur estime qu'il pourrait être le premier de sa classe s'il le voulait. Mais Nicolas ne veut plus entendre parler d'école. Pour l'instant, il est de toute façon renvoyé des cours. Personne n'a pris de décision à son sujet.

Tous ces gens se ressemblent : moyens, ordinaires, simples.

Bien sûr, il y a un père qui battait sa femme, et ils ont divorcé. Il y en a un autre qui est mort, et sa veuve vit avec un Italien. Un des gamins a eu la polio... L'autre est élevé par sa grand-mère. Tous ces gens-là travaillent toute la journée et n'ont pas le temps de surveiller leurs gosses !

C'est vrai. Donc des gens moyens, ordinaires, simples, avec leurs problèmes et leurs caractères. Guère plus.

Combien sont-ils dans ce cas-là, à tenter d'élever des enfants ? Des milliers. Et certains d'entre eux ne comprennent pas, ils ne comprendront jamais pourquoi leurs gamins sont là, dans le bureau d'un commissaire de la criminelle.

— Alors ? Qui est-ce qui me raconte toute l'histoire ?

Tous. Ils la racontent tous. Sans même essayer de rejeter la faute sur l'un ou sur l'autre. Comme s'il s'agissait d'un exploit.

Robert :

— On a pensé l'assommer pour lui prendre ses sous.

Nicolas :

— J'ai dit que je pouvais le faire... Je sais comment on fait au cinéma. Un coup de l'arête de la main contre la gorge, c'est radical.

Ils ont tout de même essayé de cambrioler dans la grande tradition.

D'abord éloigner la vieille, trouver un prétexte pour la faire sortir, car elle ne les laissait jamais seuls. Ils inventent une histoire de vieille amie malade qui la demande à l'hôpital, et lui porte un message. Au bout d'une heure, elle n'est pas sortie.

Herbert s'énerve :

— Ça suffit, on va s'en occuper. Un bon coup sur la tête, c'est bien plus simple.

Ils ne se font pas voir, se faufilent dans l'escalier et frappent discrètement. D'habitude, la vieille dame ouvre vite la porte. Ce jour-là, elle met plus de temps. Jürgen pense qu'elle a hésité mais il ne sait pas pourquoi...

Enfin, elle entrebâille la porte. Aussitôt, Herbert et Nicolas la bousculent. Le premier la bâillonne, le second claque la porte? Ce qui empêche les deux autres d'entrer. Ils restent donc sur le palier, à faire le guet.

Pendant ce temps, les deux petits énergumènes traînent la pauvre femme sur le plancher. Herbert s'y reprendra à dix fois avant de réussir son fameux coup de karaté: le tranchant de la main sur la gorge, comme au cinéma.

Par précaution, Nicolas la bâillonne ensuite avec un foulard. Ils prennent l'argent sous l'oreiller, la montre et le livret d'épargne. Et aussi quelques bouteilles d'eau-de-vie. En sortant, Nicolas vérifie que la victime est bien morte. Herbert hésite :

— On devrait la mettre sur son lit, comme ça personne ne se douterait de rien.

Mais le corps est trop lourd. Les deux gamins abandonnent et filent retrouver leurs congénères sur le palier.

Jürgen s'inquiète :

— Elle est vraiment morte? Oh la la!...

Mais son petit camarade, Robert, le console :

— De toute façon, elle était vieille. Alors!...

Voilà ce qu'ils racontent au commissaire, les quatre terreurs de cours secondaire. Comme s'ils racontaient une chasse aux trésors. Sans plus d'émotion. Avec même une sorte de fierté. Celle des gosses qui sont sûrs d'avoir commis le définitif, l'énorme, la chose contre laquelle il n'est pas de punition plus grave que celle qu'ils connaissent déjà.

Ils se sont partagé les économies: 80 francs pour Herbert, l'indicateur, 20 francs pour Jürgen qui s'est contenté de faire le guet avec lui; 160 francs pour Robert et 160 francs pour Nicolas, les deux tueurs.

Quelques jours plus tard, ils se sont vantés de leur coup, auprès d'Adeline. Et Adeline, si jolie, a ouvert de grands yeux admiratifs.

Cinq semaines ont passé, personne ne dénonçait personne. Petit à petit, toute la classe des garçons était au courant. Puis celle des filles. A demi-mot, de bouche à oreille, par bribes... Mais au courant.

Tous ces gamins y croyaient-ils vraiment? Peu importe, car pas un n'en a parlé avant l'arrestation.

Dans la classe d'Adeline, la maîtresse a demandé:

— Vous auriez pu m'en parler! Au moins à moi... Si vous étiez désemparés, il fallait le faire!

Et une gamine a répondu:

— On ne sait pas à qui se confier de nos jours.

On ne connaît pas le verdict. Les procès d'enfants se font à huis clos, dans le plus grand secret. Afin de préserver leur avenir. Et ça doit être difficile de juger des enfants. Si le mot *juger* peut s'appliquer à eux. Il vaut mieux se remettre en mémoire un tout petit bout d'un poème de Prévert que l'on apprend à l'école:

Et les hommes mûrs parlent aux fruits verts, Qui dans l'arbre du tant bien que mal, se balancent aux agrès du vent..

Le témoin bizarre

Julius Bernstein, directeur de la société d'import-export Bernstein and Co, fait les cent pas sur la moquette de son bureau au septième étage d'un immeuble de Berne. Il dicte à un magnétophone la raison pour laquelle, selon lui, il faut bloquer le prix du soja. Julius Bernstein a l'intelligence aussi aiguë que la vue. Dicter une lettre à son correspondant de New York ne l'empêche pas de regarder par la fenêtre, chaque fois que sa promenade sur la moquette l'amène jusque-là.

— Si l'on tient compte du marché à terme...

Julius Bernstein s'immobilise. La hausse du prix du soja passe une seconde à l'arrière-plan de ses préoccupations.

— Tiens ! Que fait ce bonhomme ?

Depuis quelques minutes, il avait enregistré inconsciemment une image de l'autre côté de la rue. Derrière des rideaux transparents, il pouvait voir les bureaux de l'immeuble d'en face se vider lentement. L'une après l'autre, des silhouettes disparaissaient, des lumières s'éteignaient. Il ne restait d'illuminée qu'une pièce où allait et venait une femme, probablement une secrétaire attardée. Or, voilà que, derrière les rideaux, une autre silhouette, celle d'un homme vient de se profiler.

Julius Bernstein a l'impression que cette silhouette n'est pas à sa place, qu'elle est insolite. Pourquoi ? Parce qu'il y a quelques secondes, elle n'y était pas et que le bureau était vide, à l'exception de la femme. Or, de l'endroit où il se trouve, au même niveau, Julius Bernstein peut voir la porte du bureau. Et il donnerait sa main à couper que personne n'est entré. D'ailleurs, en y regardant de plus près, la silhouette de l'homme se trouve dans un angle, près de la pièce voisine et la femme assise ne le voit pas. Julius Bernstein se traite d'idiot. Quel roman va-t-il inventer là ? Que l'homme est entré par une porte de communication, dans le dos de la femme, et qu'il se cache ? Ridicule.

Pourtant ils ne bougent ni l'un ni l'autre. Elle est penchée sur un dossier quelconque, le dos courbé, et seule une lampe de table éclaire son travail. Le reste de la pièce est dans la pénombre, comme tout l'étage d'ailleurs. C'est normal, il est 18 heures passées.

Julius Bernstein hausse les épaules et fronce les sourcils pour se concentrer. Que disait-il déjà ? Il ne sait plus. D'une main nerveuse, il appuie sur le bouton du magnétophone et fait revenir la bande en arrière pour se réécouter.

— Si l'on tient compte du marché à terme... Tiens ! Que fait ce bonhomme ?

En entendant sa propre voix poser la question sur la bande enregistrée, Julius Bernstein se retourne instinctivement vers la fenêtre d'en face :

— Il l'agresse ! J'en étais sûr !

Là-bas, de l'autre côté de la rue, en effet, les deux silhouettes se confondent, s'agitent, et se poursuivent en un combat rapide. Julius Bernstein voit les bras de la femme se lever, et l'homme tenter de lui arracher quelque chose. Que faire ? Descendre, traverser la rue, grimper au septième étage de l'immeuble d'en face ? Trop long ! Appeler la police ? Oui, bien sûr, mais s'agit-il vraiment d'une agression ? Le regard perçant de l'homme d'affaires suit la scène qui se déroule à quelque soixante mètres de lui dans l'espace. La femme a couru dans un coin plus obscur de la pièce. Et l'homme est sur elle. Il frappe, dirait-on ! Aucun doute, c'est une agression.

La main de Julius Bernstein se tend vers le téléphone. Il compose le numéro de Police secours, explique l'affaire en dix secondes, donne l'adresse, son nom, tout en surveillant ce qui se passe. La bagarre a l'air sérieuse. La femme se défend et Julius Bernstein trépigne d'impatience en raccrochant. Combien de temps faudra-t-il à la police pour intervenir ?

C'est alors qu'il remarque le panneau publicitaire qui longe les fenêtres du bureau d'en face : *International Transport Berne. Tel 04.69.53.* Sans même réfléchir à ce qu'il fait, Julius Bernstein compose le numéro. Il entend les déclics après chaque chiffre, 6... 9... 5... son doigt vient de composer le 3 au moment où, là-bas, la silhouette de l'homme apparaît seule, en ombre chinoise derrière le rideau. La femme a disparu. Elle doit être à terre, blessée, morte peut-être... L'homme se dirige vers la porte, bien visible. Il va sortir. Non, il s'arrête ! La sonnerie du téléphone a dû le surprendre. Il revient en arrière, s'approche de la table, paraît hésiter, avance un bras, le recule, puis se décide.

Julius Bernstein entend le souffle précipité que l'homme retient avec effort. Mais il reste silencieux au téléphone, guettant comme un fauve à l'affût. Julius Bernstein lance :

— Je vous ai vu. Vous l'avez tuée ? Est-ce que vous l'avez tuée ?

Enfin la voix rauque lui répond :

— Ce n'est pas malin de me surveiller comme ça. J'ai fait ce qu'il fallait, rentrez chez vous et fichez-moi la paix !

L'homme raccroche, la lumière s'éteint, Julius Bernstein ne voit plus que du noir aux fenêtres de l'immeuble d'en face et, tandis que la sirène de Police secours hurle au lointain, il ouvre la fenêtre de son bureau avec précipitation et scrute le trottoir d'en face. Il guette la porte de l'immeuble dans l'espoir de distinguer la silhouette de l'homme qui va sortir. Mais comment le reconnaître. Cet immeuble est occupé par des dizaines de bureaux et de sociétés différentes. Des gens entrent et sortent pour se mêler à la foule.

Cet homme en pardessus ? Non. Ce garçon en blue-jean ? Non plus. L'homme était plus grand, lui semble-t-il, et devait porter un costume sombre. Celui-là peut-être ? Mais il n'a pas l'air affolé et se dirige vers une femme qui l'attendait. Non, impossible. D'ailleurs le car de Police secours vient de se ranger devant l'immeuble et quelques badauds, dont l'homme et la femme, s'arrêtent, en curieux.

Julius Bernstein a beau surveiller la double porte vitrée, il ne voit personne à l'allure bizarre ou reconnaissable. Les policiers ont pris le relais et il se décide à les rejoindre.

— C'est vous qui avez téléphoné ?

Un agent en uniforme examine Julius Bernstein d'un air soupçonneux.

— Qu'est-ce que vous avez vu exactement ?

Pendant que l'homme d'affaires entame son récit d'une voix rapide et à mots brefs et concis, il voit redescendre de l'immeuble un autre agent essoufflé :

— Prévenez la criminelle, la femme est morte étranglée. Il n'y a plus rien à faire.

Cela fait un choc bizarre à Julius Bernstein. Ainsi, il a vu, de ses yeux vu, un homme étrangler une femme, et il n'a rien pu faire.

— J'aurais dû monter là-haut, plutôt que de vous téléphoner.

— Vous connaissiez cette femme ?

Pas du tout, je regardais par hasard.

— Avez-vous vu le visage de l'homme ?

— Impossible de l'endroit où j'étais ! J'ai guetté mais je ne l'ai même pas vu sortir de l'immeuble.

— Comment en êtes-vous sûr ?

— Je ne suis sûr de rien. Je dis seulement que je ne l'ai pas vu sortir. Mais il a très bien pu sortir quand même, soit que je ne l'ai pas reconnu, soit qu'il ait fait plus vite que moi, soit qu'il ait trouvé une autre issue. En tout cas, il m'a parlé.

L'agent en uniforme regarde le témoin. Julius Bernstein sous le nez. Il est de plus en plus soupçonneux. Puis le récit du coup de téléphone le laisse perplexe !

— Pourquoi avez-vous fait ça ?

— Je ne sais pas, une idée. J'espérais le retenir ou lui flanquer la frousse ! Je ne sais vraiment pas.

— Et il vous a répondu comme s'il vous connaissait?
— Oui, absolument.
— Peut-être qu'il vous connaissait alors?
— Comment ça? Bien sûr que non! C'est impossible!
— A moins que vous ne passiez votre temps à surveiller les gens d'en face?
— Mais pas du tout! Vous ne comprenez pas! C'est un hasard!
— Vous raconterez tout ça à l'inspecteur!

Quelques instants plus tard, Julius Bernstein est conduit à l'étage du crime, illuminé. On lui intime l'ordre de s'asseoir dans le couloir et d'attendre. Puis, lorsque la brigade criminelle arrive sur les lieux, l'agent en uniforme fait son rapport à l'inspecteur:

— C'est le type là-bas qui a tout vu. J'ai l'impression qu'il a l'habitude de guetter par les fenêtres. Il dit que l'assassin lui a répondu au téléphone comme s'il le connaissait.

Il faudra bien une heure à Julius Bernstein pour faire la preuve de son innocence et décrire exactement la situation à l'inspecteur. Enfin, ayant tout expliqué, tout raconté dix fois, on le pousse dans la pièce où le crime a eu lieu. La femme est étendue sur le ventre, visage contre la moquette. Le médecin la retourne. Deux hommes s'avancent avec une civière et l'inspecteur dit machinalement à son témoin, Julius Bernstein:

— Vous ne la connaissez pas, je suppose?

Julius Bernstein devient livide et répond d'une voix effrayée:

— Si!
— Qu'est-ce que vous dites? Vous connaissez cette femme?
— C'est mon ancienne secrétaire, Marlène Rick.

C'est au tour de l'inspecteur de regarder son témoin d'un air soupçonneux. Plus que soupçonneux.

— Vous vous fichez de moi? Vous avez dit tout à l'heure que vous ignoriez qui elle était?

Non, Julius Bernstein ne se fiche de personne. Il a au contraire l'impression de devenir fou. Pourquoi est-il là? Qu'est-ce qui lui a pris de regarder par la fenêtre? D'appeler la police, de téléphoner à l'assassin? Pourquoi cette femme étranglée est-elle Marlène Rick, son ancienne secrétaire, sa maîtresse pendant cinq ans, dont il s'est séparé il y a six mois à peine? Quel est ce piège absurde? Cette histoire de fou? Il est innocent de tout! Pourquoi ce policier le regarde-t-il ainsi?

— Je vous jure que je ne comprends pas! Enfin tout de même, c'est moi qui ai appelé la police!
— Monsieur, cela n'a jamais été un critère d'innocence!

Julius Bernstein a soudain envie de se cogner la tête contre le mur pour se réveiller de ce cauchemar idiot.

Il y a maintenant deux heures à peu près que Marlène Rick, trente-cinq ans, a été étranglée par un inconnu au septième étage d'un immeuble de bureaux, à Berne, en novembre 1962. L'inspecteur de la brigade criminelle, un certain Worms, petit, râblé, s'est installé dans l'un des bureaux vides du septième étage. A son arrivée, Police secours a bloqué tous les occupants de l'immeuble, une vingtaine de personnes, et les a rassemblés dans le couloir, attendant d'être interrogés par l'inspecteur. Certains regardent leurs montres avec impatience : il est plus de 20 heures, et ce qu'ils ont à dire n'a rien d'intéressant, selon eux. D'autres discutent, excités par l'événement, d'autres se taisent.

Julius Bernstein lui, le témoin principal, est encore enfermé avec l'inspecteur, en tête-à-tête. Quarante sept ans, grand et mince, le cheveu déjà gris, le regard bleu perçant et clair, l'homme d'affaires a repris le contrôle de lui-même.

— Ce qui m'arrive est assez gênant, inspecteur. Je suis marié, depuis quelques mois seulement. C'est d'ailleurs pour cela que j'ai rompu avec cette femme. J'espérais la garder comme secrétaire car c'était une bonne collaboratrice, mais elle a préféré partir. Je la comprends d'ailleurs. La situation était difficile. Mais je vous assure que j'ignorais ce qu'elle était devenue.

— Vous ne l'avez jamais croisée dans la rue, depuis votre rupture ?

— Jamais. Mais je travaille beaucoup à l'extérieur dans la journée. C'est pourquoi il m'arrive de rentrer tard au bureau et de dicter mon courrier tout seul. J'ai une nouvelle secrétaire qui ne travaille que le matin.

Julius Bernstein se frappe soudain la tête du creux de la main :

— Le magnétophone ! Je ne l'ai pas arrêté ! Il a dû tout enregistrer !

— Tout quoi ?

— Mon coup de téléphone à la police, et ensuite à ce type, à l'assassin...

— Et alors ?

— Eh bien ! c'est une preuve que j'étais dans mon bureau, non ?

— Non. Vous le savez bien ! Vous auriez pu très bien enregistrer ça n'importe quand. D'autre part, à dix minutes près, et sans autre témoin, on ne peut pas préciser l'heure de la mort. Dans l'absolu, je dis bien dans l'absolu, vous avez donc pu étrangler cette femme, regagner votre bureau et téléphoner à la police.

— Mais pourquoi moi ?

— Je ne dis pas que ce soit vous, mais vous connaissiez la victime.

— Je vous l'ai dit tout de même !

— Il y a aussi cette réponse que vous aurait faite l'assassin ! Redites-la moi pour voir.

— Ce n'est pas très malin, ou pas malin de me surveiller comme ça. J'ai fait ce qu'il faut... Non ! Ce qu'il fallait... Rentrez chez vous et fichez-moi la paix !

— A votre avis, ça veut dire quoi? Un type étrangle une femme, le téléphone sonne et il décroche tranquillement pour répondre ça?

— Justement! Moi aussi, ça m'a surpris! On n'invente pas des choses pareilles. Peut-être que cet homme, l'assassin, est payé par quelqu'un d'autre? Et que ce quelqu'un d'autre voulait être sûr qu'il avait accompli son crime!

— Logique en effet.

L'inspecteur appelle un agent de garde dans le couloir.

— Je veux voir tout le monde. Vous allez les faire entrer. Quant à vous, Bernstein, pas un mot? Je veux voir si quelqu'un vous connaît dans le lot! On ne sait jamais. Mettez-vous debout dans ce coin-là.

Julius Bernstein se sent vraiment comme un coupable. Il lui vient tout à coup une peur bleue que quelqu'un le reconnaisse, par hasard, pour l'avoir vu au tabac du coin, ou à la brasserie, ou bien avec Marlène Rick, il y a plusieurs mois. Il ne manquerait plus que ça!

Debout dans un coin, comme on le lui a dit, il regarde entrer les personnes interceptées par la police aux environs de 18 h 20. Quelques femmes, des hommes, jeunes, vieux, tous étaient dans l'immeuble pour des raisons diverses.

Julius Bernstein tire nerveusement sur une cigarette et dévisage les gens avec avidité. Soudain il sursaute intérieurement. Il entend la voix rauque, celle qui lui a parlé au téléphone, une voix enrouée par le tabac, un peu vulgaire, parfaitement reconnaissable.

— Moi, je vide les poubelles, inspecteur. Je n'ai rien à voir là-dedans, j'étais dans les sous-sols.

Julius Bernstein examine encore l'homme qui parle. Plutôt l'air d'une brute, il est vêtu d'une combinaison jaunâtre et porte des gants. Le visage est carré, le front obtus et les yeux d'un gris sale évitent de regarder l'interlocuteur en face. L'inspecteur a lui aussi remarqué le personnage. Mais il a surtout remarqué la tension qui vient de naître chez Julius Bernstein. Il insiste volontairement:

— Vous êtes employé ici depuis quand?

— Je ne suis pas employé ici, monsieur, c'est l'entreprise de nettoyage qui m'envoie.

— Je peux voir vos papiers?

L'homme tend avec réticence un porte-cartes chiffonné et observe le policier qui lit:

— Stephen Wildrick, né le 17 novembre 1927 à Lucerne. Profession: chauffeur. Vous êtes chauffeur?

— Pas en ce moment.

— Il y a combien de temps que la société d'entretien vous emploie ici?

— C'est mon premier jour ici, monsieur, mais on travaille par roulement.

Soudain Julius Bernstein n'y tient plus. S'adressant à la fois au policier et à l'homme, il s'écrie :

— Laissez-moi lui parler au téléphone !

L'autre recule comme si un serpent l'avait piqué.

— Laissez-moi lui parler au téléphone, je suis sûr que c'est lui.

L'homme a une grimace bizarre et marmonne :

— Il est fou ce type, qu'est-ce qu'il me veut ?

L'inspecteur lui, n'hésite pas. Il s'adresse à un gardien :

— Conduisez cet homme dans la pièce voisine, nous allons faire un essai. Qu'il réponde au téléphone et faites-lui répéter la phrase suivante. Allez-y, monsieur Bernstein, dites-nous cette phrase...

— Ce n'est pas malin de me surveiller comme ça. J'ai fait ce qu'il fallait. Rentrez chez vous et fichez-moi la paix.

Le nommé Stephen Wildrick, stupéfait, regarde Julius Bernstein comme s'il voyait le diable et ses yeux s'agrandissent. Manifestement, il ne comprend plus rien. En un quart de seconde, Julius Bernstein a compris, lui, et il s'écrie :

— Vous voyez ! Il croyait avoir quelqu'un d'autre au téléphone tout à l'heure ! Vous voyez ! C'est lui, je vous dis...

Que se serait-il passé si Wildrick, l'assassin, avait gardé son calme ? Rien, peut-être, car les preuves étaient maigres et il n'avait aucun lien apparent avec la victime. Donc, aucun mobile. Mais il n'a pas gardé son calme. Il a pris la fuite en bousculant les gardes, s'est engouffré dans un couloir, a disparu par une porte de service, a grimpé sur les toits, Dieu sait comment, et Dieu sait comment a glissé, six ou sept étages plus bas, pour s'écraser sur le dos.

Stephen Wildrick est mort pendant son transfert à l'hôpital et il fut impossible de l'interroger. Mais la police retrouva dans les sous-sols le costume qu'il portait au moment du crime, dont la doublure était largement déchirée par les ongles de la victime.

Tueur à gages ? Certes. Une somme équivalente à 50 000 francs suisses dormait dans une valise de la chambre d'hôtel qu'il occupait à Berne. Mais il fut impossible de retrouver le commanditaire. Celui à qui il avait cru dire au téléphone : « Rentrez chez vous et fichez-moi la paix. » Il y avait bien un homme dans la vie de Marlène Rick. Un homme qui aurait pu penser que sa maîtresse avait choisi un travail bien près de ses anciennes amours, qui aurait pu en prendre ombrage et, peut-être... Mais rien ne permet de prononcer ici son nom. D'ailleurs, il n'apparut pas à l'enquête, et il ne fut cité que dans certains journaux à scandale.

Quant à Julius Bernstein, tout ce que l'on peut dire, c'est que sa nouvelle épouse n'apprécia pas de le voir mêlé à une histoire semblable, même innocent, et même en sachant que Marlène Rick avait trouvé cet emploi, en face de son bureau, tout à fait par hasard, ainsi qu'il le fut prouvé. Une petite annonce, tout bêtement. La vie et la mort ont de ces bizarreries.

Terreur sans mobile

Dans l'appartement silencieux, le téléphone résonne longuement. La sonnerie se promène à travers un salon couleur feuille-morte, aux meubles bas et aux divans profonds. Elle effleure les plantes rares, les bouquets précieux, franchit un couloir ocre, carrelé de noir, une chambre de moine qui pratiquerait la religion du luxe sévère, tapis ras et lit de cuivre. La quatrième sonnerie se heurte à la porte d'une salle de bains, qu'une main hâtive et mouillée ouvre précipitamment.

Carole Francey, professeur de biologie animale, quarante ans, célibataire et genevoise, se précipite en direction de l'appareil, laissant derrière elle, un sillage de gouttelettes sur le parquet ciré. Elle est nue, entortillée dans une serviette, et grogne toute seule après « L'imbécile qui choisit ce moment pour téléphoner ». C'est donc d'une voix un peu essoufflée et rébarbative qu'elle dit :

— Allô ?

Pas de réponse.

— Allô ? Qui est à l'appareil ?

— Mademoiselle Carole Francey ?

— C'est moi, oui. Qui est à l'appareil ?

— C'est de la part de l'homme du bateau.

— Vous devez faire une erreur de numéro...

— Non, mademoiselle Carole Francey, et vous le savez bien.

— Mais qu'est-ce que vous voulez ? Qu'est-ce que c'est que cette histoire de bateau ?

— Vous avez oublié votre croisière aux Antilles ?

— Qui êtes-vous ?

— Je suis l'homme à qui vous avez donné rendez-vous.

— Ça suffit maintenant, je n'ai donné de rendez-vous à personne. La plaisanterie a assez duré !

Carole Francey raccroche brusquement. La voix de cet homme, nasillarde, vulgaire et désagréable, l'a mise mal à l'aise. Une voix qui ne peut appartenir à aucun de ses amis ou collègues. D'ailleurs, aucun d'eux ne se prêterait à une plaisanterie aussi douteuse. L'univers de Carole Francey est celui d'une femme cultivée, aisée, de bonne famille. Un univers policé, harmonieux, comme son appartement, comme elle-même.

Si Carole Francey vit seule, c'est qu'elle l'a délibérément choisi. L'image qui renvoie la glace immense de la salle de bains est celle d'un corps musclé, ferme, doré par le soleil des courts de tennis et de sa croisière aux Antilles. Carole fait la grimace en brossant ses courts cheveux châtains. Quel rapport y a-t-il entre cette croisière, effectuée il y a une quinzaine de jours, et ce coup de téléphone stupide?

Lorsque la sonnerie retentit à nouveau, elle sursaute nerveusement. Que faire? Répondre ou laisser sonner. Et si c'était quelqu'un d'autre? Oui, mais si c'est lui... Qui, lui?

Le premier coup de téléphone de l'inconnu a eu lieu le 8 septembre 1962. Une semaine plus tard, Carole Francey est assise devant un commissaire de police. Ce dernier l'écoute avec patience.

— Et vous êtes sûre de ne pas reconnaître la voix de cet homme?

— Certaine, commissaire. D'ailleurs, je crois savoir comment il a eu mon nom et mon numéro de téléphone. J'ai fait une croisière il y a quelque temps et, sur le bateau, j'ai rencontré un confrère médecin. Nous avons sympathisé et, au retour, je lui ai donné mon adresse et mon téléphone. Nous étions sur le pont, juste avant de débarquer, il a noté cela sur un morceau de papier qu'il a mis dans sa poche.

— Vous pensez donc qu'il l'a perdu et que quelqu'un d'autre s'en sert pour vous importuner?

— Importuner est un mot faible, commissaire. Voilà trois jours que cet homme me menace de mort si je ne viens pas à son rendez-vous.

— Faire surveiller votre téléphone, c'est à peu près tout ce que nous pouvons faire actuellement. Et encore, la surveillance sera limitée à quelques jours. Je vous conseillerais plutôt de faire changer votre numéro.

— A quoi bon, il a mon adresse. J'ai déjà reçu deux lettres.

Carole Francey montre au policier deux cartes couvertes d'une écriture démesurée, et comportant le même texte: «*Rendez-vous au bar du* Lion d'or *à 15 heures.*»

— Il n'a jamais précisé le jour du rendez-vous?

— C'est toujours pour le lendemain. Mais hier, il était plus nerveux. Il a dit que ma mort approchait si je ne venais pas demain. Que c'était ma dernière chance.

— Je n'ai guère le temps de vous faire installer une écoute d'ici demain, malheureusement.

— Écoutez, commissaire, le plus simple serait d'envoyer un de vos hommes au rendez-vous.

— Et puis? Qui va-t-il interpeller? Tous ceux qui boivent au bar? Nous n'avons pas le droit de faire cela, mademoiselle. Il faut un délit.

— Mais cet homme me tyrannise! Je ne dors plus, je sursaute à toutes les sonneries, je n'ose plus répondre, ni laisser sonner. C'est à devenir folle! Qui vous dit que ce fou ne va pas mettre sa menace à exécution?

— En général, ce genre d'individu ne va jamais jusqu'au bout.

— Et s'il y allait? Je suis menacée de mort tout de même! J'ai droit à la protection de la police!

— Si l'on devait protection à toutes les victimes des maniaques du téléphone, la totalité des policiers de Genève n'y suffirait pas. Croyez-moi, vous ne risquez rien pour l'instant. Vous allez me signer une demande d'écoute téléphonique. Si vous le désirez, le surveillant prendra tous les appels et répondra lui-même à votre maniaque. Cela suffit en général à faire cesser les menaces.

Carole Francey signe la demande mais elle est en colère. De toute évidence, le policier fonctionnaire ne prend pas sa peur en considération. Une femme seule, menacée par un fou, ça le concerne à peine. Et pourtant, Carole a le sentiment que quelque chose de grave risque d'arriver. Elle le dit au commissaire en partant:

— Vous appellerez ça comme vous voulez, intuition féminine si ça vous amuse, mais je sens que cet homme est dangereux. Il y a des intonations de voix, des silences, je ne sais pas... C'est la première fois que cela m'arrive mais j'ai la certitude que...

— Que quoi, mademoiselle Francey?

— ...Je ne sais pas, cela ne s'explique pas! Mais je vous le dis, vous êtes coupable aujourd'hui de non-assistance à personne en danger!

La jeune femme n'a jamais été aussi nerveuse de sa vie. Durant toute la journée, ses collègues et les étudiants qu'elle va côtoyer pourront en témoigner. Pourtant, elle ne parlera de ses ennuis à personne d'autre. Peut-être a-t-elle le sentiment d'être ridicule. En fin d'après-midi, elle tente de joindre, à Rome, Giancarlo Comecci, le médecin rencontré lors de cette croisière. Mais elle n'y arrive pas. Il avait dit: «Je suis dans l'annuaire de Rome.» Son nom y figure bien, mais la femme qui lui répond ne comprend rien aux explications de Carole. Une domestique sans doute, qui ne sait que répondre: «Le *dottore* est absent»...

En rentrant chez elle, Carole ignore donc toujours si son compagnon de croisière a égaré le papier portant son adresse. Car elle ne peut pas imaginer une seconde qu'il soit responsable de cette mauvaise plaisanterie. Elle imagine ensuite que le personnage était un passager du navire mais, en faisant le tour des visages masculins dont elle se souvient, impossible d'attribuer à l'un ou à l'autre le rôle d'un maniaque. Des hommes mariés, pères de famille, tous, il faut bien le dire, d'un milieu social assez élevé, qu'il est impossible de confondre avec un fou.

Reste l'équipage. Carole en est arrivée à la conclusion, en effet, que le papier portant son nom et son adresse est tombé sur le pont et que quelqu'un l'a ramassé. Ce quelqu'un avait forcément vu la scène entre elle et le docteur Comecci. Il a assisté à leurs adieux amicaux. Il a entendu leurs propos, c'est certain, sinon pourquoi aurait-il dit: «Je suis l'homme à qui vous avez donné rendez-vous.»

Carole se souvient fort bien d'avoir dit, elle-même, en serrant la main du docteur:

— N'oubliez pas le rendez-vous.

Il s'agissait d'un congrès de médecine à Berne, au mois de décembre prochain, auxquels ils devaient assister tous les deux.

Le dernier coup de téléphone de Carole Francey, ce soir-là, sera pour la direction de la compagnie de navigation londonienne qui a organisé la croisière. Effort inutile: il est presque impossible de retrouver rapidement le capitaine et d'obtenir la liste de l'équipage formé il y a plusieurs mois.

Le lendemain matin, après une nuit agitée et sans sommeil, Carole Francey quitte son appartement. Mais elle n'arrive pas à ses cours. Elle disparaît.

La concierge la voit passer vers 8 heures du matin, vêtue d'un pantalon noir et d'un blouson de cuir. C'est le seul témoin que la police pourra interroger. La disparition de la jeune femme est en effet vite connue. Le spécialiste des écoutes téléphoniques ayant trouvé porte close, le surlendemain, c'est donc avec quarante-huit heures de retard que commence l'enquête. Et la police ne peut imaginer qu'une chose: Carole s'est rendue au rendez-vous du maniaque, puisqu'elle a quitté son appartement seule et libre, le matin fatidique.

Rendez-vous au bar du Lion d'or *à 15 heures*. C'était le message, c'était la menace.

Le commissaire Muller n'a guère de mal à repérer le bar du *Lion d'or*. Un lieu classique, ouvert de midi à minuit, ne servant que des cocktails et des alcools et abritant des rendez-vous discrets. Le barman se souvient d'une jeune femme aux cheveux châtains, courts, en pantalon et blouson.

— Elle est entrée seule et s'est installée au bar. Elle a demandé un café. Je n'ai même pas eu le temps de lui expliquer qu'on ne servait pas de café, un type l'a rejointe et ils sont allés s'asseoir à une table. Mais elle n'a pas pris de consommation. Ils avaient l'air de se disputer.

— Comment était l'homme?

— Pas très grand, un imperméable foncé.

— Le visage?

— Rien de spécial, mais ce n'est pas la première fois que je le voyais. Il est venu plusieurs jours de suite, tout seul. Il avait l'air d'attendre.

— Essayez de le décrire un peu mieux. C'est un dingue, il menaçait la jeune femme de mort. Ils sont partis ensemble?

— Ensemble, oui. Ils n'avaient plus l'air de se disputer, mais c'était le grand froid.

— Alors le type? Les yeux? Les cheveux, le nez? Faites un effort!

— Lunettes, c'est tout ce que je peux dire, cheveux rares. Pour le reste, je n'ai vraiment pas fait attention. L'air d'un type moyen, pas beaucoup d'argent, ni d'allure. Il buvait du vin blanc.

— Voiture? Profession?

— Aucune idée.

— A quelle heure sont-ils partis?

— Environ un quart d'heure après qu'elle est arrivée. Le seul détail dont je me souvienne, c'est que, pendant qu'il payait sa consommation, elle lui a dit: «Je ne vous crois pas.»

— Comment ça? A propos de quoi?

— Ah! J'en sais rien. Il ne parlait pas, il fouillait dans sa poche et elle a dit ça abruptement, comme si elle venait de réfléchir à quelque chose.

Les témoignages du concierge et du barman, ainsi que la vérification des deux coups de téléphone donnés par Carole, à Rome et à Londres, n'apprennent rien de plus. Sinon que le médecin romain confirme avoir perdu le papier contenant l'adresse de Carole. Mais c'était sans importance, il l'avait noté presque aussitôt dans son carnet.

La police est donc devant un mystère total. Où chercher? Par où commencer? Est-on sûr, d'abord, que la jeune femme a disparu de manière anormale? Il semble qu'elle ait suivi l'homme de son plein gré. Toutes les hypothèses sont envisageables, y compris celle d'un amoureux jaloux, ou farceur. Il faudra donc encore une semaine avant que la police prenne véritablement l'affaire en main, une plainte contre X ayant été déposée par le frère de Carole. Son compte en banque n'a pas été touché. Le téléphone ne sonne plus chez elle que pour des communications normales et l'écoute ne donne rien. L'enquête piétine. Deux mois passent.

Et puis, le 10 décembre 1962, vers 8 heures du matin, la concierge de l'immeuble fouille précipitamment dans un tiroir, à la recherche du numéro de téléphone laissé par la police.

— Allô? Commissaire Muller? C'est la concierge de mademoiselle Francey, celle qui a disparu. Dépêchez-vous, il y a quelqu'un dans l'appartement.

— Comment savez-vous qu'il y a quelqu'un?

— On a ouvert les volets de la chambre.

— Ne bougez pas de la loge, je vous envoie deux hommes. Vous leur donnerez votre clé. Surtout, ne tentez rien!

Devant la porte de l'appartement de Carole Francey, quelque vingt minutes plus tard, deux policiers tendent l'oreille. La concierge se dévisse le cou à l'étage inférieur, curieuse mais prudente. L'un des policiers frappe à la porte et, n'obtenant pas de réponse, utilise la clé fournie par la concierge.

Les deux hommes pénètrent dans l'appartement silencieux, qui sent la poussière et le renfermé. Personne dans le salon, personne dans la cuisine ni le couloir. C'est dans la chambre qu'il y a quelqu'un.

Carole Francey est étendue sur son lit, les yeux mi-clos. Sur le sol sont jetés des vêtements sales et déchirés, dont elle s'est dépouillée pour revêtir une robe de chambre fleurie qui contraste avec son visage émacié aux yeux cernés. A l'entrée des policiers, elle sursaute :

— Qui êtes-vous ? Qu'est-ce que vous voulez ? La police ? Déjà ? Laissez-moi tranquille. Je vous en prie, le cauchemar n'est pas fini.

— Que vous est-il arrivé, mademoiselle ? On vous recherche depuis deux mois ?

Carole Francey se redresse péniblement. Son teint est jaune, elle semble avoir vieilli de dix ans. Elle est sale, dépeignée, couverte de bleus et de traces de coups. Son regard est dangereusement vide.

— Ce qui est arrivé ? Vous voulez savoir, maintenant qu'il est trop tard ?

La voix aussi a changé. Cassée, brisée, avec des pointes suraiguës et des silences essoufflés. C'est une malade que voient les policiers, une femme qui a subi une épreuve terrible et qui avoue une chose terrible :

— Je l'ai tué hier soir, je l'ai massacré. Vous comprenez ce que ça veut dire, massacrer quelqu'un ? J'ai tué ; j'ai fait pire que tuer, j'ai écrasé.

— Il faut nous suivre, mademoiselle !

— Non ! Je n'irai nulle part, je ne sortirai plus d'ici, plus jamais.

Carole Francey a été transportée à l'hôpital. Et c'est seulement quelques jours plus tard, après avoir subi un traitement, calmée, presque anesthésiée, qu'elle a raconté.

Deux mois de séquestration. Deux mois d'enfer. L'homme, dont elle ignore encore le nom et les mobiles, et qui ne sera identifié que plus tard, cet homme s'est acharné sur elle pendant deux mois.

— Il voulait m'expliquer que j'étais responsable de tous ses malheurs. Il m'a raconté une histoire extravagante dans ce bar. Il prétendait être le fils de mon père qui l'aurait abandonné. Il avait les preuves chez lui, il disait qu'il était devenu fou et clochard par sa faute, alors que moi je vivais dans le luxe. J'ai eu pitié de lui. Il a voulu m'entraîner chez lui, mais j'ai refusé ; alors nous sommes sortis du bar et nous avons marché. Je l'écoutais débiter son histoire et, plus je l'écoutais, plus je me rendais compte qu'il disait n'importe quoi.

Il avait tout simplement récupéré sur le quai le papier avec mon adresse que le docteur avait laissée tomber. C'était un pauvre type sans travail, qui vivait d'escroqueries minables. Il a dû faire de la prison plusieurs fois. Je crois qu'il était anglais, mais j'ignore d'où il venait.

Nous sommes arrivés près d'un parking, au bord du lac. Là, il m'a assommée. Il a dû me transporter en voiture jusque chez lui, une espèce de maison délabrée, près d'une voie de chemin de fer. Je me suis réveillée deux fois dans la voiture, et deux fois il m'a assommée avec une matraque. Je croyais mourir mais ça a été pire ensuite. Il m'a attachée sur un lit, complètement ficelée des pieds à la tête, et il venait régulièrement me faire de grands discours. Dès que je me plaignais ou que je voulais le calmer, il se jetait sur moi pour me battre, avec tout ce qui lui tombait sous la main. Parfois, il disparaissait deux ou trois jours, me laissant presque mourir de soif et de faim.

Un jour, il est revenu avec des chaînes et des cadenas. De temps en temps, il me nourrissait lui-même. C'était écœurant, épouvantable. J'ai été malade, il ne m'a même pas détachée. J'étais paralysée, mes jambes, mes bras, plus rien ne voulait fonctionner. Et puis, un jour, je ne sais plus quand, j'ai dû m'évanouir, un coma qui a duré longtemps sûrement. Et il a dû me croire morte. J'ai repris conscience, enveloppée dans des chiffons, des sacs, un drap par-dessus la tête. Mais il m'avait détachée et il avait joint mes mains comme pour une morte, en les attachant avec un mouchoir. Pendant toute une journée, je n'ai pas osé bouger. Il n'était pas là ; je ne l'entendais pas, j'étais si faible. Enfin, j'ai pu me traîner hors du lit et j'ai trouvé à boire. Je ne pouvais plus manger, mais je buvais sans arrêt.

Il n'y avait qu'une pièce dans cette maison. A un moment, j'ai entendu la voiture arriver. Je me suis alors cachée derrière la porte, j'ai pris un morceau de bois par terre, le plus gros que je pouvais soulever — un morceau d'une poutre je crois — et, quand il est entré, j'ai frappé. Je ne sais pas comment j'ai fait. J'ai eu de la chance, il est tombé aussitôt. Son crâne saignait. J'ai frappé encore. J'étais folle. Je frappais assise par terre, je n'avais plus de force mais j'aurais voulu qu'il rentre dans le sol, qu'il disparaisse dans la terre comme une bête nauséabonde.

J'ai dû rester deux ou trois jours, malade, à grelotter de fièvre, incapable de me tenir sur mes jambes, incapable de faire démarrer la voiture. Et puis, j'ai mangé des provisions qui traînaient. Je suis sortie. Je n'ai pas pris la voiture, je n'aurais pas pu la conduire. J'ai marché un moment, j'ai retrouvé la route du lac. Il faisait nuit. Je suis rentrée chez moi comme une automate. J'avais encore mes clés dans la poche de mon pantalon. Non, je n'ai pas pensé à prévenir la police ou à arrêter quelqu'un. Je ne pensais plus. Je n'étais plus rien. Je ne serai plus jamais la même.

L'homme, identifié sous le nom de Mitchel Arpad, était un apatride, âgé de trente-sept ans, expulsé de plusieurs pays, sans profession ni domicile fixe. Il avait dû suivre Carole jusqu'en Suisse, depuis le quai d'Angleterre, où il l'avait aperçue la première fois, à sa descente de bateau.

Pourquoi ? Folie, c'est tout. Sous des apparences et un comportement normaux, cet homme était un aliéné, justifiable de l'internement. Mais les petits délits qu'il avait commis jusque-là n'avaient incité personne à s'occuper plus profondément de son état mental. Ballotté d'un pays à l'autre, parlant plusieurs langues, sans famille, sans racine... né à Budapest en 1925. De qui ? On l'ignore. Parti comment ? Élevé par qui ? Mystère.

Une fosse commune d'un cimetière de Genève a recueilli son corps. Et Carole Francey a essayé d'oublier. Mais ce fut sans doute difficile.

Une vieille dame très indigne

La différence qui peut exister entre un représentant en machines à laver et un inspecteur de police se lit d'abord sur les boîtes aux lettres.

Monsieur DURAND : Représentant — 3e étage.

Monsieur DUPONT : — 4e étage.

Car il ne viendrait pas à l'idée de monsieur Dupont d'inscrire sur sa boîte aux lettres : *Inspecteur, troisième échelon, police judiciaire.*

Et pourtant, il habite au quatrième, un deux pièces-cuisine, salle de bains, parfaitement identique à celui du représentant. Il a deux jambes, deux bras, une femme, et un costume sur mesure, comme lui.

Seulement, sa vie professionnelle reste un petit mystère. On a tout de même appris dans l'immeuble — Dieu sait comment — que le locataire du quatrième est dans la police. Mais, pour le commun des mortels, un homme qui ne porte pas d'uniforme et qui est « dans la police », c'est un petit mystère. Un petit mystère en imperméable, qui ne raconte jamais les péripéties de son boulot au petit bar du coin.

Ainsi vivent, dans une petite ville d'Allemagne, dans un petit quartier, dans un petit immeuble : au troisième étage, Herr Schmitt, représentant en machines à laver ; au quatrième étage, Herr Bauer, inspecteur de police.

Que se passe-t-il lorsqu'un représentant en machines à laver rencontre un inspecteur de police ? Que se disent-ils ? « Belle soirée de juin. Beau temps. Journée finie. » Herr Schmitt, le représentant, lit son journal, voluptueusement enfoui dans un fauteuil, en attendant le dîner. Frau Schmitt interrompt brutalement ce moment précieux.

— Karl ! J'ai oublié le pain... Fais un saut jusqu'à la boulangerie...

Herr Bauer, l'inspecteur de police, regarde la télévision, voluptueusement enfoui dans un fauteuil, en attendant le dîner.

— Frantz ! J'ai oublié le pain... Fais un saut jusqu'à la boulangerie...

A première vue, rien ne paraît excessivement important dans ces petites scènes de la vie conjugale. Il faut pourtant rendre grâces aux Frauen Schmitt et Bauer. Il faut leur rendre grâces, au nom de la justice. Depuis des années que Frau Schmitt et Frau Bauer oublient régulièrement d'acheter du pain pour le dîner; depuis le temps qu'elles troublent le repos bien gagné de leurs deux époux, en les expédiant le chercher. Hasard extraordinaire, c'est la première fois qu'ils vont se croiser dans la boulangerie. Deux maris, en pantoufles, le même pain sous le bras.

Comme ils se connaissent vaguement, ils se saluent vaguement. Et, comme ils habitent au même endroit, ils reprennent de concert le même chemin.

Échange de banalité.

— Beau temps, n'est-ce pas?

— Vous êtes au quatrième, je crois? Vous n'avez pas trop de bruit? etc.

— Tiens! dit l'un, je vais en profiter pour acheter du tabac.

— Bonne idée, dit l'autre, je n'ai plus de cigarettes.

— Au fait, on est voisin et on ne se connaît pas.

— C'est vrai. On mène des vies de fou.

— Et si on arrosait ça?

— D'accord...

Et voilà nos deux hommes sirotant l'apéritif à la terrasse d'un bistrot et faisant connaissance. Sur les machines à laver, peu de choses à dire qui intéressent notre histoire. Par contre, sur la police, il y a toujours à dire.

— Alors comme ça, vous êtes dans le crime. Ça fait longtemps?

— Plus de vingt ans...

Une fois épuisées les petites curiosités classiques, le représentant prend soudain l'air gêné.

— Vous allez me trouver idiot, mais je vous raconterais bien quelque chose si j'osais, une chose bizarre...

— Quoi donc?

— Un crime.

— Que vous avez vu?

— Non! Que je soupçonne.

Le représentant ajoute immédiatement:

— Ne croyez pas que je vous dise ça pour dénoncer quelqu'un, ou pour jouer au flic mais, depuis hier, ça me travaille et, puisque vous êtes là, vous me donnerez votre avis.

— Je vous écoute...

— Vous voyez le petit immeuble d'en face? Hier, une femme y est morte. Une vieille dame qui vivait seule. Je la connais, elle habite le quartier depuis longtemps.

— De quoi est-elle morte?

— Les voisins ont dit que le cœur avait lâché. Ils l'ont trouvée dans son lit, en fin de matinée.

— Elle était malade du cœur?

— Oui. Depuis plusieurs années déjà.

— Alors, où est le bizarre?

— La veille de sa mort, je l'ai rencontrée dans la rue, je l'ai saluée et je lui ai parlé un moment. Elle avait l'air en pleine forme.

— Cela ne veut rien dire.

— Je sais bien, mais ça me tracasse quand même. Elle n'avait pas la tête de quelqu'un de très malade. Je l'ai souvent croisée, comme ça, par hasard. Je l'ai vue malade, je l'ai vue convalescente, je l'ai vue normale, eh bien! je vous assure qu'elle était normale la veille de sa mort.

— Je suppose qu'on a appelé son médecin?

— Bien sûr.

— Il a donné le permis d'inhumer?

— Bien sûr, elle est déja enterrée, depuis ce matin. J'ai vu partir le cortège avec la famille.

— Alors?

— Il y a autre chose. Hier matin, avant que l'on apprenne sa mort, j'ai vu un jeune homme inconnu sortir de l'immeuble.

— En quoi vous a-t-il intrigué? Il était bizarre?

— Non, mais depuis que j'ai appris la mort de cette vieille dame, je ne peux pas m'empêcher de revoir ce type. J'associe les deux choses, c'est plus fort que moi. D'abord, elle n'était pas malade, la veille; ensuite, le lendemain, un inconnu sort de l'immeuble. Et enfin on la trouve morte!

— C'est maigre, si on remet les choses au point: dame âgée, cardiaque, morte dans son lit, vue par son médecin traitant et enterrée par la famille... ça ne veut plus dire la même chose.

— Oui, mais aujourd'hui, je vous rencontre par hasard, et vous êtes inspecteur de police. Moi, les coïncidences me troublent: plus j'y pense, et plus je suis persuadé qu'il y a quelque chose là-dessous.

— Qu'est-ce que vous voulez que je fasse?

— Une enquête! Ça doit être facile pour vous de vous renseigner.

— Je verrai ça mais, croyez-moi, vous faites du roman.

Sur ce, les deux hommes rentrent chez eux. Et il y a une autre différence entre un représentant en machines à laver et un inspecteur de police, car en ramenant son pain, avec un peu de retard, le représentant raconte tout à sa femme. Mais l'inspecteur de police, lui, est évasif:

— J'ai rencontré un voisin, on a parlé de choses et d'autres.

L'inspecteur Bauer, en 1965, au moment où il rencontre son voisin pour la première fois, n'en est pas à sa première enquête. On peut même dire qu'il a à peu près tout vu dans le genre. Il reconnaît cependant dans son rapport:

C'est la première fois que j'ai démarré une enquête sur rien, à partir d'un soupçon qui n'était même pas le mien. Mon état d'esprit après cette conversation était curieux. Mon voisin m'avait communiqué sa certitude. J'étais sûr qu'il y avait eu crime, sans avoir pour cela une seule raison valable.

Bauer va donc rendre visite au médecin traitant de la vieille dame. Rien de suspect. Il a bien délivré un permis en ayant constaté la mort par arrêt du cœur.

— Que vouliez-vous qu'il y ait de suspect. Je la soignais depuis douze ans ! Je ne m'attendais pas à autre chose !

Premier point à mettre de côté. Si le médecin ne s'attendait pas à autre chose, il n'a donc pas cherché autre chose. Mais un simple raisonnement ne suffit pas pour demander une exhumation.

Bauer enquête sur place dans l'immeuble. Voici sa récolte :

1. Le locataire qui a découvert la vieille dame a trouvé la porte de son appartement ouverte. Or, elle était toujours fermée à clé d'habitude ;

2. Aucun des locataires n'a reçu la visite d'un jeune homme la veille de la mort ;

3. Trois locataires sur quatre ont déjà vu un jeune homme rendre visite à la vieille dame, mais :

— Ils ne l'ont pas vu ce jour-là ;

— Ils ne peuvent affirmer qu'ils ont vu le même ;

— Ils ne le reconnaîtraient pas, ne l'ayant vu qu'en silhouette pour la plupart ;

— La vieille dame n'en a jamais parlé à personne.

L'inspecteur Bauer demande à visiter l'appartement. Surprise : il est pratiquement vide. Explication : telle une volée de rapaces, le jour même du décès, la famille a tout passé en revue. Plus un papier, plus une trace de quoi que ce soit, plus un bibelot. On a tout jeté, ou tout emporté. Il ne reste qu'un sommier, un buffet de cuisine vide, et un portemanteau.

Bizarre ? Non. La « famille » n'avait pas de temps à perdre avec la mort d'une vieille cousine. Elle a fait le voyage, à condition de le rentabiliser. On enterre le lendemain matin, on « nettoie » l'appartement l'après-midi, et on reprend le train.

— C'était une location. Vous comprenez, inspecteur ? Il valait mieux arrêter les frais le plus vite possible, et on était à la fin juin.

A-t-elle constaté quelque chose d'anormal, cette « bonne et brave » famille ?

— Oh oui, inspecteur ! Il n'y avait pas un sou dans la maison, et elle venait de toucher sa pension. Elle la touchait tous les 20 du mois ! On a vérifié.

Et voilà. Remarque sordide, mais utile. En présentant son rapport au procureur, l'inspecteur Bauer résume ainsi la situation :

La vieille dame recevait la visite régulière d'au moins un jeune homme.

Ce jeune homme a été vu par un témoin, le matin de sa mort. Il sortait de l'immeuble, donc sortait de chez elle. Or, à cette heure-là, d'après le médecin traitant, elle était déjà morte. Pourquoi n'a-t-il prévenu personne? Pourquoi l'argent liquide a-t-il disparu?

Et le procureur ordonne l'autopsie.

Coup de théâtre! Bien roulé, bien enfoncé dans la gorge de la vieille dame, on découvre un bas de Nylon. Et, en regardant de plus près à l'extérieur, on aperçoit des marques de strangulation.

Si le cœur a cédé, c'est qu'il y avait de quoi. Mais comment retrouver le jeune homme? Plus une lettre, plus un papier, plus rien qui permette de retrouver l'embryon d'une piste. Seule chose à faire, examiner toutes les relations connues de la vieille dame.

Une vieille dame, pas si vieille que ça d'ailleurs. A soixante-cinq ans, on est encore alerte.

C'est une autre vieille dame de soixante-dix ans qui en fait l'amère constatation devant l'inspecteur.

— Elle venait me voir de temps en temps. Nous nous connaissions depuis l'enfance. Maintenant qu'elle est morte, je peux bien le dire, elle ne décrochait pas, vous savez! A son âge, si ce n'est pas honteux! Je lui disais souvent: «Erna, c'est ridicule!» Elle me racontait des prétendues aventures... pour me rendre jalouse! Vous pensez, à son âge! prétendre que les hommes lui couraient après! Et des jeunes encore! Je ne l'ai jamais crue! Ces derniers temps, elle faisait des mystères à propos d'un gamin de vingt-deux ans! D'après elle, il ne la quittait plus!

Peu à peu, l'inspecteur Bauer arrive à savoir que le jeune homme était mineur de fond et que ses parents connaissaient bien la victime.

Conclusion de la vieille amie d'enfance:

— Un gosse qu'elle avait vu naître! Vous pensez bien que je ne l'ai pas cru! Depuis son veuvage, Erna racontait n'importe quoi à propos des hommes! Si on l'écoutait, tous les fils de ses amies étaient amoureux d'elle!

Quelques semaines pour retrouver les parents du jeune mineur en question, et le voilà devant l'inspecteur Bauer. Le voilà. Un beau petit jeune homme, costaud, timide, renfermé, qui tombe dans le piège grand ouvert devant lui.

— Où étiez-vous le 28 juin 1965, dans la matinée?

— Je travaillais à la mine. Vous pouvez vérifier.

— C'est déjà fait, jeune homme. Vous n'étiez pas à la mine le 28 juin 1965 dans la matinée. Vous avez repris votre travail l'après-midi, en racontant que vous étiez malade...

Le reste est un jeu d'enfant pour l'inspecteur Bauer. Car le joli jeune homme est encore un enfant, facilement terrorisé par son père qui a toujour cogné fort sur la table. Terrorisé par sa mère qui se moquait de sa timidité envers les filles. Terrorisé par les copains qui le forçaient à participer à leurs équipées nocturnes. Terrorisé par l'inspecteur Bauer qui gronde en face de lui :

— Allez raconte ! J'ai un témoin qui t'a vu sortir de chez elle ce jour-là !

Ce que raconte le jeune Franz, c'est l'histoire d'un crime, bien sûr, mais avant tout, l'histoire d'une vieille dame très, très indigne.

— Elle connaissait mes parents depuis très longtemps. Moi, elle m'a connu tout gosse. Il y a deux ans, elle est venue nous voir, son mari était mort. Elle disait qu'elle s'ennuyait, qu'elle était bien seule, et qu'elle regrettait de ne pas avoir un fils comme moi. Un jour, j'ai eu un accident de voiture et on m'a mis dans une clinique pendant deux semaines. Elle est venue me voir souvent, elle m'apportait des livres, des tas de trucs. Quand je suis sorti, elle m'a invité chez elle. Elle a dit à ma mère qu'elle voulait m'offrir des vêtements tout neufs, des affaires que son mari n'avait jamais portées. Alors, j'y suis allé, un soir, vers 7 heures.

En fait, elle m'a montré des photos curieuses et des livres sur la pornographie. Elle m'a offert à boire et elle m'a dit que je lui plaisais bien... Et puis voilà...

Ça a duré deux ans. Chaque fois que je voulais la quitter, elle menaçait d'aller tout raconter à mes parents. Je sais qu'elle l'aurait fait ! Elle me dégoûtait, mais elle m'a appris des tas de choses. Un jour, j'ai rencontré une fille et j'ai eu le courage de lui faire la cour. Elle voulait qu'on se marie, mais la vieille ne voulait pas que je la quitte. Elle m'a dit : « Si tu t'en vas, je vais trouver ta donzelle et je lui raconte tout ce que tu fais avec moi. » Je ne savais plus comment m'en débarrasser, j'avais peur mais je ne pensais pas à la tuer. Je n'ai pas eu de chance.

Ce jour-là, je suis allé à l'entraînement sportif, après mon travail, et les copains m'ont entraîné au café. On est restés tard. Il était plus de 1 heure du matin, j'étais un peu saoul et je n'osais pas rentrer chez mes parents. Je n'ai pas la clé et mon père m'aurait sûrement mis une volée ! Alors, je suis allé chez la vieille, juste pour y passer la nuit. Comme ça, je pensais raconter à mon père que j'avais fait l'équipe de nuit à la mine...

En arrivant chez la vieille dame, Franz demande à manger.

— Ah non ! Je ne vais pas t'entretenir, en plus !

Et il n'obtient qu'une tartine. Ensuite il veut dormir.

— Ah non ! Tu te crois à l'hôtel ?

Pour la suite, le jeune Franz, terrorisé, alcoolisé, affamé et ensommeillé, se trouve dans l'incapacité totale de remplir son devoir — tel que l'entend la vieille dame. Alors, suprême raffinement de l'indignité, elle décide :

— Parfait ! A partir de maintenant, chaque fois que tu refuseras, il faudra payer ! Donne-moi ce que tu as dans ton portefeuille.

Et elle prend tout l'argent du jeune imbécile. Il voit bien dans ses yeux qu'elle recommencera. Il voit bien l'affreux labyrinthe. Tous les chemins mènent à cette vieille exigeante, à cette vieille folle. Elle menace pour la famille, elle menace pour la fiancée, elle exige le corps de Franz, l'argent de Franz, son honneur, sa liberté, tout ! Elle voudra tout, jusqu'à sa mort.

— Le matin, quand je me suis réveillé, elle dormait à côté de moi. Elle était plus vieille, plus laide et plus horrible que d'habitude. C'est là que j'ai eu envie de l'étrangler. Mais je ne pouvais même pas le faire avec mes mains nues. Le dégoût me rendait malade. Je l'ai étouffée avec le drap, mais ce n'était pas suffisant, alors j'ai pris un bas qui traînait, je l'ai roulé en boule, et voilà. J'ai enlevé toute trace de mon passage, une photo de moi, et je suis parti. J'avais peur qu'on m'arrête mais je voulais tenter ma chance.

La chance. Elle était presque là. Un médecin sans méfiance, des voisins indifférents, une famille de rapaces, un enterrement à la va-vite et tout était dit. Il n'avait même pas pris l'argent. La famille l'avait subtilisé, en même temps qu'ils avaient brûlé l'attirail de livres et de photos curieuses.

Une vieille cousine sans héritage, ça s'enterre vite et sans scandale. La chance...

Tout ça parce qu'un représentant en machines à laver et un inspecteur de police se sont rencontrés dans une boulangerie, en pantoufles, un soir de juin, à cinq minutes de la fermeture.

La chance, à cinq minutes près, et le jeune homme se débrouillait avec sa liberté. Et la vieille dame très, très indigne, reposait en paix. Mais on ne sait jamais quel vent fait tourner la chance.

Une enfant de New York

Erica habite au 435 de la 80ᵉ rue, dans un quartier appelé Yorkville, où les maisons sont encore flanquées d'un escalier de fer à l'extérieur. C'est le quartier des employés de modeste condition, aux confins de Harlem, qui commence à la 96e rue. Le quartier de *West Side Story*. C'est la frange invisible où se mêlent des vagues de populations noires, portoricaines et blanches. Une frontière imperceptible mais réelle, que les enfants eux-mêmes franchissent avec circonspection.

Erica est une enfant de New York, comme beaucoup d'autres, c'est-à-dire qu'en rentrant de l'école à 3 heures de l'après-midi, elle trouve un appartement vide. Sa mère travaille et son beau-père aussi. Elle sera seule jusqu'à 10 heures du soir. Seule pour goûter, seule pour dîner, seule pour regarder la télévision, seule pour jouer sur le trottoir.

A onze ans, on joue à la poupée d'habitude. Erica joue à la poupée à sa manière. Un petit garçon de cinq ans fait le bébé. Elle le berce sur ses genoux en lui racontant des histoires, tandis que le frère du bébé, un gamin de dix ans, joue le rôle du père. Marco, le petit garçon, est italien. Il a la chance, lui, que sa mère ne travaille pas. Ou plutôt, qu'elle fasse des heures de ménage dans le quartier, ce qui lui permet de se trouver toujours à proximité des enfants.

Erica berce le petit en chantonnant. Marco, qui s'ennuie un peu à faire le papa, abandonne son rôle pour redevenir un gamin curieux.

— Qu'est-ce qu'il fait ton père?

— Mon vrai père, tu veux dire? Il est producteur à la télé. Mais je ne le connais pas, ma mère l'a quitté quand j'avais un an.

— Pourquoi?

— Oh! J'en sais rien — Elle était mannequin dans ce temps-là. J'ai vu sa photo sur la couverture de *Life*. Elle était jolie, c'est pour ça qu'elle a quitté mon père, sûrement. Et puis, dans sa famille, c'est tous des artistes. Et les artistes, ils ne restent jamais au même endroit. Mon grand-père, le père de ma mère, il était peintre à Paris.

— Et où il est maintenant?

— Il est mort chez les Arabes. Il s'est converti à leur religion et il est mort là-bas, je ne sais pas où. — Chez les Arabes, quoi...

— Tu vivais où, quand tu es née?

— A la Nouvelle-Orléans. J'avais un beau-père là-bas, il s'appelait David, je l'aimais bien.

— T'as combien de beaux-pères, alors?

— Deux. David et puis celui-là.

— Il est bien, celui-là?

— Philipp? Il est très bien. Le dimande, on va se promener ensemble avec ma mère.

— Qu'est-ce qu'il fait comme métier?

— Linotypiste.

— C'est quoi?

— C'est lui qui tape sur une machine ce qu'on lit dans le journal. Il travaille tard le soir, et des fois toute la nuit.

— Ma mère dit que ça ne va pas chez vous. Ce matin, on les a entendus se disputer. C'était à cause de toi?

— Non. Je ne sais pas bien à cause de quoi. Mais je suis triste. Tu vois, Mario, chaque fois que j'aime bien mon beau-père, ma mère trouve le moyen de se disputer et de changer encore. Ce matin, elle m'a laissé les clés: elle a dit qu'elle ne rentrerait pas ce soir. Je n'ai pas le moral. Je voulais lui lire mon discours pour la fête de fin d'année à l'école.

— Tu peux me le lire à moi, ton discours, si tu veux.

Erica sort un papier de la poche de son pantalon et se lève. Elle lit son discours avec gravité. Elle en est fière. C'est elle qui l'a écrit, c'est elle qu'on a choisie sur le tableau d'honneur pour saluer les professeurs, en cette fin d'année scolaire. Elle n'a pas vu, en tirant le papier de sa poche, que la clé de l'appartement était tombée par terre.

Ainsi commence une histoire cruelle, celle d'une enfant de New York, une histoire qui a ému la ville monstrueuse qui, soudain, s'est mise à avoir honte des enfants qu'elle élève dans la solitude la plus totale.

— Nous avons tous beaucoup travaillé et nous avons hâte de nous reposer pour être prêts à suivre l'année prochaine avec courage. Mais, en retournant à l'école, nous devons changer de classe, de professeurs et de compagnes. Aussi, au nom de mes camarades et de moi-même, c'est le cœur ému que nous nous séparons. Pour moitié, nous sommes contents d'avoir accompli notre devoir mais, d'un autre côté, nous sommes très tristes de devoir quitter ceux que nous aimons.

Mario applaudit avec conviction, ce qui a pour effet de réveiller le petit frère endormi sur le trottoir, et dont la tête reposait sur ses genoux.

Erica le prend dans ses bras d'un air compétent et déclare :

— Viens Mario, on va aller le coucher chez toi. Comme ça, je montrerai mon discours à ta mère et, s'il y a des fautes, elle me les corrigera.

Les deux enfants quittent le trottoir, portant le plus petit. La clé de l'appartement d'Erica reste dans le caniveau, devant le numéro 435 de la 80e rue. Un petit ours de plastique y est accroché.

Les gens passent sur le trottoir. Une bonne heure s'écoule avant qu'une main aux ongles rognés, brune de peau, ne ramasse la clé et le petit ours.

Vers 18 heures ce soir-là, Erica quitte l'appartement de madame Divito, la mère de Mario, et s'apprête à rentrer chez elle. En s'apercevant qu'elle a perdu la clé, la petite fille s'effondre en larmes sur les marches de l'escalier. Mario propose aussitôt une solution :

— Tu n'as qu'à venir à la maison. Tu dormiras sur le divan.

— Oh non ! Il faut que je rentre. Ce n'est pas la première fois que je la perds. Si ma mère revient, elle va m'engueuler ; et puis je préfère l'attendre à la maison.

— Alors, tu n'as qu'à passer par l'escalier de secours. La fenêtre de la cuisine n'est pas fermée, regarde, c'est facile.

Erica renifle un moment puis hoche la tête. Elle va passer le reste de la soirée à traîner dans la rue, interrogeant les enfants à propos de sa clé perdue et fouillant les caniveaux, sans résultat. Puis, à la nuit tombée, comme une voleuse, elle escalade la fenêtre de la cuisine au cinquième étage et se retrouve seule dans l'appartement. L'angoisse monte. Cette dispute entre sa mère et son beau-père, le matin même, a été violente. Pourquoi sa mère ne rentre-t-elle pas ? Et son beau-père qui va travailler toute la nuit, il n'est même pas venu se changer ou prendre une douche. Erica est seule... seule. Elle va pleurer toute la nuit. Au matin, c'est un petit visage chiffonné qui se présente chez la voisine, madame Divito, seul recours d'Erica dans sa détresse.

Maman n'est pas rentrée.

Elle te l'avait dit, mon petit. Ne te fais pas de souci, elle va sûrement revenir...

— Je ne sais pas. Peut-être qu'elle va me laisser seule avec mon beau-père. Sans maman, il ne voudra plus s'occuper de moi. Il n'a pas le temps, il travaille et, comme je ne suis pas sa fille, il va m'envoyer dans un collège d'orphelins.

— Allons Erica, ne dis pas de bêtises. Tout va s'arranger, tu vas voir. Ta mère va revenir. Tu veux rester avec nous pour déjeuner ?

— Je ne voudrais pas vous déranger, madame Divito. Et puis, il faut que j'essaye de retrouver ma clé. Ça fait trois fois que je la perds. Je ne sais pas comment ça se fait, maman dit que je n'ai pas de tête.

Madame Divito regarde ce petit bout de femme de onze ans, qui s'est couchée toute seule et a dû pleurer beaucoup. Une jolie petite fille blonde, avec de longs cheveux, mal démêlés et, au coin de la bouche triste, un restant de flocons d'avoine. Intérieurement, elle se dit:

— Je t'en ficherais, moi, des mères qui disparaissent des journées et des nuits entières, sans s'occuper de ce que peut faire leur fille. Pauvre gosse. Se faire à manger toute seule à son âge!

— Tu n'es pas allée à l'école, Erica? Mario est parti depuis longtemps, lui.

— Je n'ai pas le courage, madame Divito. J'ai peur.

— Tu as peur de quoi, grosse bête?

— Je ne sais pas. Je suis angoissée...

— Angoissée. A onze ans. Quel grand mot d'adulte pour exprimer une si petite détresse d'enfant!

Petite détresse, c'est en effet ce que pense la brave madame Divito, qui n'imagine pas l'incroyable enchaînement de circonstances qui va mener la petite Erica sur la grande page des journaux new-yorkais, et ébranler, l'espace d'un matin, la conscience d'une ville.

Erica est donc seule depuis la veille. Depuis que sa mère et son beau-père actuel se sont disputés. Il est évident que l'existence de l'enfant passe loin après leurs soucis personnels. Erica a perdu la clé de l'appartement, ce qui semble être un détail sans grande importance puisqu'elle a pu entrer chez elle, en passant par l'escalier de secours qui grimpe le long de l'immeuble et passe à proximité de la fenêtre de la cuisine. C'est pourtant ce détail, insignifiant, qui va devenir le détonateur de l'histoire.

L'après-midi, le deuxième qu'elle passe sans ses parents, Erica n'a pas eu le courage d'aller à l'école et traîne autour de madame Divito, la voisine italienne qui l'a gardée à déjeuner. Puis le téléphone sonne chez la voisine.

— Madame Divito? C'est madame Halphern, la mère d'Erica. Est-ce qu'elle est chez vous? J'ai appelé à la maison, ça ne répond pas.

— Oui, elle est là, je vous la passe.

Erica bondit sur le téléphone:

— Maman? Où est-ce que tu es? Est-ce que tu vas rentrer?

— Oui, je vais rentrer ce soir. Ça ne va pas?

— Si. Je m'ennuyais, c'est tout. Et Philipp n'est pas rentré non plus.

— Je m'en doute. Écoute, Erica, tu es une grande fille n'est-ce pas? Tu peux comprendre certaines choses? On s'est disputés avec Philipp, et...

— Je sais maman, je comprends. Tu vas rentrer tard?

— Je ne sais pas. Si je ne suis pas là pour dîner, tu te débrouilles.

Erica sait se débrouiller. Elle fait mieux la cuisine que sa mère à force de se débrouiller. Ce n'est pas cela qui la préoccupe:

— Je peux téléphoner à Philipp et lui dire que tu rentres?
— Si tu veux. A ce soir.
— A ce soir, maman.
Erica est folle de joie: tout s'arrange. Elle n'a pas prêté attention au ton légèrement ennuyé de sa mère, lorsqu'elle lui a demandé si elle pouvait appeler Philipp, son beau-père. Tout ce qu'elle voit, tout ce qu'elle croit, tout ce qu'elle veut, avec la force et le besoin de son âge, c'est que la vie s'arrange. Alors elle téléphone à son beau-père.
— Philipp? Maman retourne à la maison. Elle sera là ce soir. Tu rentres tard?
— Vers 10 ou 11 heures. Tu es sûre qu'elle a dit qu'elle rentrerait?
— Sûre, Philipp. C'est pour ça que je t'appelle. A ce soir. Je ferai à dîner!
— A ce soir, bébé.
Qui se conduit en enfant, et qui en adulte? La mère et son troisième mari ou Erica?
A 21 heures 30, la mère n'est pas rentrée. Erica déçue, fatiguée, se résigne à se mettre au lit. A ce moment-là, on sonne à la porte. L'enfant bondit, persuadée qu'il s'agit de sa mère ou de son beau-père.
C'est la mort qui entre.
A 22 heures 30, la mère sonne à la porte. Elle entend la télévision hurler, mais personne ne lui répond. Comme elle a laissé sa clé à Erica, elle ne peut pas entrer et décide d'aller tout bonnement attendre dans un bar que son mari revienne de son travail.
A 1 heure 30 du matin, c'est le beau-père qui rentre. Il trouve l'appartement en désordre, la télévision allumée qui hurle toujours et, dans la salle de bains, Erica à genoux, le cou serré par une ceinture de cuir, attachée à la porte. Plusieurs blessures sur le corps, du sang autour d'elle. Elle est morte à genoux, les mains jointes.
Lorsque la mère rentre enfin, deux heures plus tard, elle trouve la police chez elle et son enfant morte. Les policiers ont découvert un couteau de cuisine qui a servi à blesser grièvement Erica. Elle est morte, étranglée par la ceinture, aussi bien que de ses blessures. Il est évident qu'elle a ouvert la porte à quelqu'un qu'elle connaissait, évident qu'il y a eu bagarre. Mais qui est l'assassin?
La marque de ses chaussures sur le carrelage de la salle de bains guide les enquêteurs.
Et, dès le lendemain, le meurtrier est arrêté. Tout a été très vite car les enfants parlent, les enfants observent, les enfants savent. Ils ont mené directement les policiers chez le meurtrier.
Il s'appelle John. Il est portoricain, il a treize ans. Les enfants l'appellent «l'affreux». Parce qu'il est méchant, qu'il ne craint pas de battre des gosses de quatre ou cinq ans, et qu'il passe sa vie à chercher à faire le mal. Ses parents travaillent et lui aussi, comme Erica et comme

tant d'autres enfants, de New York à Paris, passe le plus clair de son temps à traîner dans la rue après l'école, en attendant leur retour.

Il a trouvé la clé de l'appartement d'Erica, avec le petit ours en plastique. Il savait que cette clé lui appartenait, pour l'avoir vue souvent dans les mains de la petite fille. Mais John était un compagnon de jeu, un peu plus méchant qu'un autre. Voici sa confession :

Je suis entré et j'ai dit à Erica que je venais lui rendre sa clé. Elle a voulu la prendre, mais je me suis mis à courir dans la pièce, autour de la table, en lui criant que je ne la lui donnerai pas. Elle s'est mise à m'engueuler parce que je ne la lui avais pas rendue tout de suite. On a tourné un moment autour de la table. Puis Erica a couru dans la cuisine et elle est revenue avec un couteau. J'ai vu qu'elle était très en colère. Ça m'a rendu furieux, moi aussi. Je lui ai arraché le couteau et je l'ai frappée deux ou trois fois.

Alors elle s'est sauvée dans la salle de bains. Elle s'est assise par terre et s'est mise à pleurer en me disant d'aller chercher quelqu'un parce qu'elle avait très mal. Elle criait et elle pleurait. J'ai vu une ceinture qui pendait après la porte. Je l'ai entourée autour de son cou pour qu'elle arrête de crier et j'ai attaché l'autre bout à la poignée de la porte. Après j'ai sauté par la fenêtre et je me suis sauvé par l'escalier de secours. Mais avant, je me suis lavé les mains et j'ai allumé la télévision. Dehors, j'ai marché jusqu'à East River près de la maison. J'ai mis des grosses pierres dans ma chemise qui était tachée et je l'ai jetée dans le fleuve. Arrivé à la maison, j'ai pris mon chien avec moi et je suis retourné chez Erica. A part la télé, on n'entendait personne. Je suis retourné chez moi et je me suis couché.

Voulait-il, ce garçon de treize ans, voulait-il tuer sa camarade de jeux ? Il ne sait pas. Ça l'a mis en colère qu'elle le menace avec un couteau, c'est tout. Ni son nom, ni sa photo ne paraîtront dans la presse, car il est mineur.

Mais l'histoire d'Erica, l'histoire surtout de ces dernières quarante-huit heures vécues dans la solitude jusqu'à son assassinat par un gamin de treize ans, a bouleversé la ville. Plus de cent mille personnes assistaient à son enterrement, par une chaleur torride de ce début d'été new-yorkais.Son discours fut lu à la fête de fin d'année de l'école par une de ses camarades de classe.

La presse et la télévision se déchaînèrent. On interviewa les enfants, les voisins, les professeurs, la mère et le beau-père. On parla d'horreur, et c'était horrible. On parla de la montée de la violence parmi la jeunesse portoricaine. On parla sécurité, éducation des jeunes, répression, racisme. On écouta en grondant le témoignage de madame Divito, la voisine italienne, qui déclara en gros plan, sur toutes les chaînes new-yorkaises :

— On ne laisse pas seule une enfant de onze ans ! C'est la mère qui est coupable !

Et on écouta, en hochant la tête, une autre voisine déclarer :

— S'il y avait plus de police dans Yorkville, ça n'arriverait pas. Avec tous ces Portoricains, ces Noirs, ces Italiens, nos enfants ne peuvent pas vivre normalement.

C'est donc sur la manière de vivre normalement, pour un enfant de New York, de Paris ou d'ailleurs, qu'il faut réfléchir. Érica Halphern le mérite. Elle avait onze ans en 1960.

Pour le plaisir de l'enquête

A Topeka, dans l'État du Kansas, la police fait des rondes la nuit tombée. Le sergent Hetsig conduit l'une des voitures de patrouille.

Hetsig est un gros garçon mou, au visage de bébé, mais les délinquants du coin se méfient de lui. Il a l'œil cruel derrière ses lunettes noires, et mieux vaut ne pas se fier à sa mollesse qui n'est qu'apparente. Hetsig pèse environ quatre-vingt-dix kilos et ses mains sont des battoirs aux doigts ronds et boudinés. Dans le quartier où il fait sa ronde habituelle, on ne l'aime pas. Il gêne et il fait peur.

Une première fois, la voiture de Hetsig passe devant une maison basse aux fenêtres illuminées, celle des Shooner. Comme il est plus de minuit et que les lumières sont rares dans les maisons, Hetsig jette un regard attentif à chaque fenêtre. Silencieusement sa voiture vient se garer devant le portail de bois, tous feux éteints. Au bout d'une minute environ, il aperçoit une silhouette, puis une autre, et entend des bruits de discussion. Il en déduit que le père Shooner et son fils ne sont pas d'accord, une fois de plus.

Gaspard Shooner, cinquante-six ans, réfugié allemand, naturalisé américain, est un ancien alcoolique. Il travaille comme comptable et ne fait guère parler de lui. Le fils, Elton, est chômeur la moitié de l'année, et plus d'une fois le sergent Hetsig l'a ramassé avec une bande de voyous de son âge. Elton joue de la guitare, boit de la bière, court les filles; sa philosophie de l'existence ne va guère plus loin.

Le sergent Hetsig ne quitte pas des yeux la fenêtre illuminée derrière laquelle s'agitent leurs deux ombres. Puis une troisième ombre se mêle au tableau, celle de la mère. Hetsig l'entend crier:

— Gaspard, va te coucher! Elton ne répond pas à ton père!

Le calme semble revenir, les lumières s'éteignent. Il n'en reste bientôt qu'une; les rideaux sont tirés de l'intérieur, le sergent Hetsig reprend sa ronde. Il va faire le tour du quartier, s'arrêter pour boire une bière, surveiller les joueurs de billard et passer un message pour dire au central que tout va bien. En effet, il n'y a rien d'anormal, à signaler, à l'exception d'une prostituée qu'il a expulsée d'un bar où elle faisait trop de bruit.

Là s'arrête la vérité officielle. L'autre vérité va jouer à cache-cache entre deux hommes avec, pour toile de fond, le cadavre d'un troisième.

Le sergent Hetsig a des yeux de chat, et il aime bien rouler lentement le long des trottoirs, sans lumière, pour mieux surprendre ses victimes. Ce sont la plupart du temps de pauvres victimes : un clochard ivre, des gosses qui se partagent de la marie-jeanne, une prostituée et, quelquefois, un voleur à la tire.

Il est à nouveau devant la maison des Shooner. Plus aucune lumière n'y brille. Mais les yeux du sergent Hetsig ont immédiatement repéré une forme grise étendue devant le portail de bois. Il saute de sa voiture, l'arme au poing, examine rapidement les environs et se penche sur le corps avec précaution. Un jean, un pull-over, des baskets, une tignasse de cheveux bouclés, c'est Elton Shooner. Il est mort. Le crâne porte une blessure béante qui laisse échapper encore un filet de sang noir. Il a la face contre terre, les pieds contre le portail, le haut du corps vers le caniveau. Comme s'il avait été attaqué en sortant de chez lui.

Hetstig examine rapidement le sol autour de lui, à la recherche de l'arme. Il n'y a rien sur le trottoir mais, à l'intérieur de la petite cour, derrière le portail, il découvre une massue de plomb à la poignée tressée de cuir qui porte des traces de sang et de cheveux. Au lieu de retourner à sa voiture et de prévenir immédiatement le central, le sergent Hetsig se précipite à la porte des Shooner, tambourine avec force en hurlant :

— Ouvrez Shooner ! Police ! Descendez immédiatement !

A l'intérieur de la maison, on met du temps à réagir. Enfin la tête de Gaspard Shooner apparaît dans l'entrebâillement de la porte. Hetsig fonce sur lui, l'écarte et, l'arme pointée dans sa direction, demande :

— Où est votre femme ? Faites-la descendre. Et que personne ne bouge.

Gaspard Shooner est en pyjama et son visage exprime la stupeur la plus grande.

— Mais qu'est-ce qu'il y a sergent ? Qu'est-ce qui se passe ?
On ne réveille pas les gens comme ça !

— On se tait, Shooner, et on fait bien attention au moindre geste. Ton fils est là, dehors, le crâne éclaté, ça ne te dit rien ? Tu n'es pas au courant ?

Gaspard Shooner rend bien dix livres au sergent Hetsig, mais c'est un colosse tout de même et, physiquement, tout le contraire du policier. Rien de mou chez lui : des traits taillés nets et durs comme dans une pierre, des épaules carrées, un torse droit et puissant. A cinquante-six ans, il a encore l'air de l'athlète qu'il fut jadis. Avant la guerre, en Allemagne, Gaspard était un excellent lanceur de javelot.

La phrase du policier l'atteint comme un coup de poing.

— Mon fils? Qu'est-ce que vous dites? Où est mon fils?

Et il écarte à son tour le policier pour se précipiter dehors. Hetsig le suit, l'arme toujours pointée.

— J'ai dit de ne pas bouger, Shooner! Retourne-toi, face au mur!

Mais Gaspard Shooner ne bouge pas d'un millimètre. Il est fasciné par le corps de son fils, étendu à ses pieds, les mains tendues comme pour le relever.

— Recule, Shooner! Le dos au mur!

Le père obéit enfin, comme un automate, le regard fixe. Tandis que Hetsig le bouscule et l'oblige à tourner le dos au cadavre, il se tord le cou pour l'apercevoir. Aucun son ne sort de ses lèvres. Il est comme définitivement muet.

D'une fenêtre qui vient de s'éclairer, la voix de sa femme ne semble pas lui parvenir.

— Gaspard? Qu'est-ce qui se passe?

C'est le policier qui répond:

— Il y a eu un meurtre, madame Shooner. Descendez calmement, s'il vous plaît.

L'arme toujours pointée, le sergent recule jusqu'à sa voiture et lance rapidement son appel à la radio:

— Je tiens le père en respect, dépêchez-vous!

Pourquoi fait-il cela? Pourquoi a-t-il décidé immédiatement que le père était le suspect, voire le criminel? De quel droit? Sur quel indice? Il l'écrira dans son rapport et le répètera au coroner:

Lors de mon premier passage, le père et le fils se disputaient violemment. Je suis donc revenu pour voir si tout était arrangé et j'ai trouvé le gosse mort devant la porte. Comme je sais que le père ne voulait pas que son fils traîne avec des voyous, je pense qu'il a voulu l'empêcher de sortir et l'a tabassé. D'ailleurs, il est resté sans réaction quand je l'ai cueilli.

Voyons cela: le sergent Hetsig est-il un fin policier? Est-il capable de déterminer si vite qui est l'assassin? Pourquoi n'envisage-t-il pas une attaque extérieure? Un rôdeur, un voleur, ou plus simplement un règlement de compte entre voyous?

Parce que le corps était devant la maison et l'arme du crime dans le jardin? Mais ce n'est pas suffisant. Parce que le corps porte aussi des traces de coups, ailleurs qu'à la tête, et que le père et le fils ont pu se battre? Mais ce n'est toujours pas suffisant. Parce que la matraque de plomb appartenait au fils et devait se trouver dans la maison? Mais elle ne porte pas d'empreintes. Ce n'est donc pas suffisant, d'autant plus qu'il pouvait la porter sur lui, cette matraque.

Et il y a plus curieux. Si le père a tué son fils, volontairement ou au cours d'une bagarre, pourquoi diable aurait-il laissé le corps devant chez lui, aussi visible? Le sergent Hetsig trouve la réponse:

— Il a voulu faire croire à une bagarre de rue.

Le sergent Hetsig connaît-il bien la famille Shooner? Il sait que le père est un alcoolique repenti et que l'usine qui l'emploie comme comptable l'a menacé plusieurs fois de licenciement. Il sait que la mère était une entraîneuse de bar qui ne refusait pas, jadis, ses faveurs aux clients. Il sait que le fils est un bon à rien et qu'il a menacé son père à plusieurs reprises. Lequel père ne s'est pas privé, non plus, de lui cogner dessus pour lui apprendre le droit chemin. Un droit chemin qu'il avait tant de mal à suivre lui-même.

C'est pourquoi, malgré ses dénégations et l'absence de preuves matérielles ou de témoins, malgré sa femme qui jure son innocence, Gaspard Shooner est accusé de meurtre, mis en prison, et va comparaître devant le coroner qui décidera de sa culpabilité. En prison, il attend l'avocat nommé d'office que lui accorde la justice américaine, eu égard à sa relative pauvreté et à son manque de relations.

L'avocat de Gaspard Shooner est un petit bonhomme maigre au regard malin. Il a l'habitude de défendre les fauchés, innombrables de ce côté-ci de la ville.

Gaspard Shooner le considère avec méfiance.

— On vous a dit que je ne pouvais pas payer?

L'avocat a un geste de désinvolture.

— Mais oui, je suis là pour ça. Alors, racontez-moi tout. Vous l'avez tué?

— Non, je ne n'ai pas tué mon fils et je n'ai rien à vous dire si vous croyez ça.

— Écoutez, vous n'avez pas l'habitude, moi si. Si vous êtes coupable, il faut me le dire, j'ai besoin de déterminer votre système de défense, vous comprenez? C'est à moi d'en décider.

Gaspard Shooner a les yeux rouges de fatigue et les mains tremblantes. Il donnerait cher pour un verre d'alcool, c'est évident, mais il tient bon.

— Monsieur, je n'ai pas tué mon fils Elton. Je lui ai souvent tapé dessus, c'est vrai. Je ne voulais pas qu'il reste un paumé comme moi, ou comme sa mère. Tous les deux, on a fait ce qu'on a pu pour s'en sortir mais ce n'est pas brillant. Elton, lui, aurait pu devenir quelqu'un. Je voulais qu'il travaille dans une banque. Au lieu de ça, il s'est mis à fréquenter des voyous et à traîner le soir dans les boîtes. A vingt-deux ans, ce n'est pas une vie...

— Bien. Vous ne l'avez pas tué. Qui alors?

— Je ne sais pas Monsieur. C'est le sergent qui m'accuse.

— Pourquoi à votre avis?

— Il a vu qu'on se bagarrait cette nuit-là.

— A quel propos?

— Elton avait bu. Je ne voulais pas qu'il boive. Pas comme moi. On est fichu quand on boit, monsieur et les cures ne vous aident pas tellement, on replonge tout de suite... Je sais ce que c'est!

— Vous vous êtes servi de cette matraque pour le frapper?

— Non, monsieur, je ne connais pas cette matraque. Le sergent dit qu'elle était à mon fils, mais moi, je ne l'ai jamais vue.

— Jamais? Vous êtes sûr?

— Jamais! Mon fils n'était pas un bagarreur, il n'avait aucune raison d'avoir ça. Lui, c'était plutôt la musique...

— Pourtant s'est-il battu avec vous?

— Pas battu, bagarré, Monsieur. Je lui ai flanqué mon pied dans le derrière et je l'ai secoué un peu, c'est tout.

— Et les ecchymoses? Les marques de coups de pied qu'il avait sur le corps?

— Ce n'est pas moi, je n'aurais jamais tapé comme ça. Moi, je lui bottais le derrière ou alors je lui secouais la tignasse, c'est tout. Je n'aurais jamais fait de mal à mon fils, je l'aimais, je l'aime encore, monsieur. C'était mon seul espoir, mon fils...

Le petit avocat réfléchit un moment, puis demande:

— Vous connaissez bien le sergent Hetsig?

— On le connaît comme ça. C'est lui qui a arrêté Elton trois fois parce qu'il était avec une bande. Mais ce n'était pas grave, il n'avait rien fait, Elton. Juste joué de la musique, un peu de bruit, quoi...

— Revenons à cette nuit. Quand vous vous êtes bagarré avec votre fils, quelle heure était-il?

— Minuit, à peu près.

— Et ensuite?

— On est allé se coucher avec ma femme, et Elton aussi.

— Vous ne l'avez pas entendu sortir?

— Non. Il a gratté sur sa guitare pendant quelques minutes, puis il s'est endormi. Enfin, j'ai supposé qu'il dormait, mais il a dû sortir.

— Quand le sergent vous a prévenu, vous dormiez?

— Oui, ma femme aussi. Il ne m'a pas prévenu, il m'a accusé tout de suite, il n'a même pas pris de précautions pour me dire que mon fils était mort comme un chien devant ma porte. Il a sorti son flingue et c'est tout.

L'avocat a tendance à croire que son client est innocent. En effet, cette manière de tuer son fils ne serait pas logique. Seulement, il y a le témoignage du sergent sur la bagarre. Le seul et unique témoignage d'ailleurs, celui qui empêche pour l'instant la police de chercher une autre explication. Et puis, cette matraque de plomb que le sergent — toujours lui — prétend avoir déjà vue dans les mains d'une bande de voyous amis du garçon. De là à prétendre qu'elle appartenait à Elton et que son père l'a tué avec...

Mais pourquoi diable l'accusation repose-t-elle uniquement sur l'idée d'un policier, et pourquoi a-t-il fait un rapport aussi accablant? L'avocat n'aime pas cela du tout et rend visite au sergent Hetsig qu'il a le droit d'interroger comme témoin.

— La conversation est très rapide: c'est une fin de non-recevoir. Les yeux méchants du gros policier deviennent durs et méprisants.

— Je n'ai pas l'intention de vous aider à défendre ce fils de garce. C'est un alcoolique qui a tué son fils. Débrouillez-vous avec ça!

Quel curieux acharnement. Si le père est innocent, il n'a guère de chance de le prouver avec un témoignage aussi affirmatif. Et comme le sergent est assermenté, cela pèse lourd dans la balance.

L'enquête du coroner s'achève effectivement par l'inculpation du père qui risque la peine de mort. En revanche, le sergent Hetsig, lui, est assuré d'avoir du galon un jour ou l'autre et, en faisant ses rondes la nuit, il a de plus en plus souvent tendance à jouer les durs. Il ne permet pas à la racaille d'oublier qu'il a arrêté un criminel! C'est sa première affaire importante, son premier crime, et il aime bien en rajouter sur sa perspicacité, son flair, sa rapidité. Bref, il est le James Bond du quartier et les pauvres traîne-savates ont intérêt à se le rappeler.

Gaspard Shooner se morfond en prison, dans l'attente d'un procès qui s'annonce mal pour lui. Sa femme, tombée malade depuis son arrestation et la mort de son fils, est enfermée chez elle, au bord de la folie, elle-même commence à douter. Et si Gaspard avait tué son fils? S'il s'était relevé la nuit, pendant qu'elle dormait? Sinon, qui d'autre? Et pourquoi devant la porte?

Près de six mois ont passé, sans que l'enquête ait apporté de nouveaux éléments. Aucun des jeunes voyous amis d'Elton n'a pu être sérieusement soupçonné. Ils ont simplement juré que cette matraque ne leur appartenait pas ce qui, dans un certain sens, confirme l'idée du sergent Hetsig...

Mais le 20 décembre 1967, madame Elsa Shooner, bourrée de tranquillisants, ouvre péniblement sa porte à une femme.

— Tu ne me reconnais pas, Elsa?

Elsa Shooner fait signe que non. D'ailleurs, elle est à peine lucide.

— C'est Margareth. Tu te souviens? Le *Blue-Club*... On travaillait ensemble.

Margareth est une prostituée qui a nettement dépassé l'âge de faire des affaires. Il y a plus de vingt ans de cela, elle était belle et ambitieuse. Elsa ne l'aurait jamais reconnue dans cette femme usée aux traits défraîchis et aux cheveux rougeâtres. Elle la laisse entrer avec lassitude et l'autre prend des mines de femme traquée pour dire:

— Ferme les volets, éteins les lumières, je ne veux pas qu'on me voit ici.

— Qui, on? Qu'est-ce que tu veux, Margareth? Je suis malade, tu ne sais pas ce qui m'est arrivé...

— Si, je sais. On a tué ton fils et Gaspard est en prison. C'est pour ça que je suis là. J'aurais dû venir avant, mais j'avais peur. C'est un flic, l'autre, et un sale flic. Et puis, je me suis décidée.

— Qu'est-ce que tu racontes ?

— Écoute-moi ma fille. Tu as décroché depuis longtemps toi. Tu t'es mariée, t'as eu un gosse. Moi, j'ai plongé de plus en plus et, à mon âge, le client se fait rare. Alors, il m'arrive de me saouler un peu, tu vois, juste pour oublier... Et cette vache de flic me cherche des ennuis à chaque fois. En ce moment, il ne cherche qu'une chose : à me mettre en taule. Je n'ose plus sortir. Il dit qu'il veut nettoyer le quartier. C'est un dingue. Alors, je me suis décidée.

— Elsa Shooner ne comprend pas très bien ce que lui raconte sa vieille amie de bar, du temps où elle était entraîneuse, du temps où Gaspard lui faisait la cour, du temps où cette vieille femme-là arpentait le trottoir devant la boîte et gagnait plus d'argent que toutes les autres filles. Margareth la secoue, lui fait boire du café, puis lui arrache le nom et le téléphone de son avocat, à qui elle demande de venir les rejoindre le plus vite possible.

Enfin, elle déclare au petit homme :

— C'est Hetsig, le flic, qui a tué le gosse. Il a prétendu qu'il était arrivé devant la maison pour la première fois à minuit, et qu'il était revenu une heure plus tard. Je sais ce qu'il a fait entre-temps. Il m'a jetée hors d'un bar et m'a tabassée parce que je râlais. Et vous savez avec quoi ? Avec une matraque de plomb, celle qui a tué le gosse...

L'avocat fait un bond d'excitation :

— Vous êtes prête à témoigner ?

— Je veux, oui. Il m'a crue plus saoule que j'étais, mais j'ai bien vu l'heure. Il était minuit et quart... et pour retourner chez les Shooner, il lui fallait à peine cinq minutes. Elle est à lui, cette matraque. Ce n'est pas la première fois qu'il la sort pour taper sur une fille, c'est un sadique. Seulement elles n'oseront pas parler. Moi si, parce qu'il aura ma peau un jour ou l'autre, si c'est pas moi qui ai la sienne avant. Il se méfie de moi, il sait très bien que je l'ai vu trois quarts d'heure avant le meurtre, avec l'arme du crime, et à cinq minutes des lieux.

L'avocat a du pain sur la planche, à présent. Margareth va rester avec Elsa Shooner et ne plus se montrer, le temps de faire reprendre l'enquête sur la base de son témoignage. Le petit avocat fait exploser sa bombe chez le coroner, dès le lendemain matin.

Accuser un policier n'est pas une mince affaire. Et le témoignage d'une prostituée alcoolique est facilement tourné en ridicule. Sauf, si une autre comme elle, et puis encore une autre, et une autre, viennent confirmer l'existence de la fameuse matraque, la reconnaître, et accuser le sergent.

Mais il n'avoue pas pour autant. Même lorsque son alibi et les horaires qu'il avance se révèlent faux. Le médecin et le psychiatre qui l'examinent le déclarent psychopathe. Un fou dangereux dont on s'étonne qu'il ait pu passer inaperçu dans les services de police. C'est qu'il n'avait pas grand-chose à faire, le sergent Hetsig, à part s'acharner sur deux ou trois hippies trop bruyants et quelques filles trop voyantes. Or, il rêvait de gloire et d'honneur et se prenait vraiment pour le meilleur policier du monde.

Il n'avoua que bien plus tard, après avoir connu la prison, les interrogations des médecins et ceux des policiers. Un jour, à bout de force, il admit :

— Je l'ai tué pour faire l'enquête moi-même !

Ainsi, alors qu'il surveillait les fenêtres illuminées des Shooner, ce soir-là, était née l'idée folle et diabolique. Elle l'avait taraudé, il l'avait repoussée en se vengeant sur une vieille prostituée, Margareth. Et puis, il était retourné là-bas, attiré par un aimant irrésistible.

Quand il avait vu le garçon sortir, les mains dans les poches, sur la pointe des pieds, il l'avait cueilli sur le trottoir, à coups de matraque et s'était acharné sur lui encore longtemps, alors qu'il était mort sous le premier coup de cette arme terrible. Le sergent Hetsig ajouta dédaigneusement à ses aveux :

— C'était de la racaille, tout ça ! Fallait s'en charger.

Mais ses petits yeux cruels étaient devenus vagues. Et l'on ne jugea qu'un dément.

Table des matières

Cet ouvrage a été réalisé par la
SOCIÉTÉ NOUVELLE FIRMIN-DIDOT
Mesnil-sur-l'Estrée
pour le compte de TF1 Éditions
64, rue Pierre-Charron, 75008 Paris
en septembre 1991

Imprimé en France
Dépôt légal : février 1991
N° d'impression : 18204
ISBN : 2-87761-018-7
50-31-4013-09